STEPHEN COONTS

Das Ikarus-Projekt

Buch

Als Rip Cantrell bei seismischen Messungen in der Sahara ein fernes Glitzern, eine Lichtreflexion bemerkt, geht er der Sache nach – und entdeckt ein metallisches Objekt, das offenbar von Sandstein umschlossen ist. Es dauert nicht lange, da legen Rip und seine Kollegen eine fliegende Untertasse frei, die 140.000 Jahre im Gestein geruht hat. Ihre Entdeckung bleibt nicht lange geheim. Die amerikanische Luftwaffe entsendet eine UFO-Forschungsgruppe, die nur einige Stunden vor einem Team ankommt, das ein australischer Milliardär losgeschickt hat, um die Geheimnisse der Untertasse zu stehlen. Doch auch die Australier können das UFO nicht in Ruhe untersuchen, weil libysche Soldaten auftauchen. Inzwischen hat Rip sich mit der Untertasse vertraut gemacht. Mit Hilfe der schönen Charley Pine – einer früheren Testpilotin der Air Force – fliegt er das Raumschiff aus der Gefahrenzone. Damit beginnt eine fantastische Reise rund um die Erde, bei der die Untertasse samt Testpilotin in die Hände des raffgierigen Milliardärs gerät …

Autor

Stephen Coonts studierte Politologie an der Universität von West Virginia und war Pilot bei der Navy. 1977 schied er aus dem Militärdienst aus und absolvierte ein Jurastudium. Er ist seit langem einer der erfolgreichsten Autoren Amerikas und lebt heute in Boulder, Colorado.

Von Stephen Coonts außerdem lieferbar:

Nachteis. Roman (35377)
Fluchtpunkt Havanna. Roman (35570)
Fluchtpunkt Hongkong. Roman (35569)
Jagt die ›America‹. Roman (35831)

Stephen Coonts

Das Ikarus-Projekt

Roman

Aus dem Amerikanischen
von Andreas Heckmann

BLANVALET

Die Originalausgabe erschien unter dem Titel »Saucer«
2002 bei St. Martin Press, New York.

Umwelthinweis:
Alle bedruckten Materialien dieses Taschenbuches
sind chlorfrei und umweltschonend.

Blanvalet Taschenbücher erscheinen im
Goldmann Verlag, einem Unternehmen der
Verlagsgruppe Random House GmbH.

1. Auflage
Deutsche Erstveröffentlichung 3/2004

Umschlaggestaltung: Design Team München
Satz: DTP Service Apel, Hannover
Druck: GGP Media, Pößneck
Titelnummer: 35887
V.B. · Herstellung: Heidrun Nawrot
Printed in Germany
ISBN 3-442-35887-6
www.blanvalet-verlag.de

Für Rachel und Tyler

Die Milchstraße besteht aus mindestens
hundert Milliarden Sternen.

1

Rip Cantrell hielt die Messlatte und kämpfte blinzelnd mit dem Schweiß, der ihm in die Augen lief. Da fiel ihm am linken Rand seines Gesichtsfelds ein Gleißen auf. Es kam vom Fuß eines Steilhangs, gut einen Kilometer entfernt.

Um die Messlatte auf keinen Fall zu verrücken, drehte er den Kopf ganz vorsichtig dem Lichtstrahl zu.

»Halt das Ding noch einen Moment still, Rip.«

Der Zuruf hallte von den Gesteinsformationen wider, echote durch die klare Wüstenluft und zerstörte die tiefe Stille. Manchmal konnte man das dumpfe Grollen eines Flugzeugs hoch oben am Himmel hören, sonst aber war das Flüstern des Windes hier draußen das einzige Geräusch.

Dutch Haagen stand am Theodoliten und las die Messlatte ab. Er und Bill Taggart waren Ingenieure und führten seismische Messungen durch, um Ölvorkommen aufzuspüren. Rip arbeitete die Sommerferien über als Mädchen für alles und würde in ein paar Wochen an die Universität zurückkehren.

Er konzentrierte sich darauf, die Messlatte stillzuhalten. Nach fünfzehn Sekunden winkte Dutch ab, und Rip konnte sich wieder dem gleißenden Lichtreflex zuwenden.

Ja – in der heißen Wüstenluft schimmerte es vom Fuß eines niedrigen Felsrückens, maximal anderthalb Kilometer nördlich. Die Nachmittagssonne prallte offensichtlich von etwas Glänzendem ab.

Aber wovon?

Von Müll? Mitten in der Sahara?

Die drei Männer waren zweihundertfünfzig Kilometer von der nächsten Wasserstelle und über dreihundert Kilometer vom nächsten Lehmhüttendorf entfernt. Ein Transportflugzeug mit zwei Propellern und starrem Fahrgestell hatte sie vor drei Wochen hier abgesetzt. »Ihre nächsten Nachbarn sind Archäologen, die fünfzig Kilometer weiter westlich graben«, hatte der südafrikanische Pilot gesagt und eine vage Geste gemacht. »Amerikaner, glaub ich. Oder Briten.«

Jetzt, wo Rip darüber nachdachte, fiel ihm auf, dass er seit seiner Ankunft nicht ein einziges Stück Zivilisationsmüll gesehen hatte – keine verbeulte Coladose, keine Schokoriegel-Hülle, keine leere Zigarettenpackung, nicht mal eine Kippe. In einer so sauberen Gegend wie der Sahara war er noch nie gewesen.

Er schulterte die Messlatte und wartete, dass Dutch angefahren kam.

»Genug für heute?«, fragte Haagen, als Rip die Messlatte an der Seitenhalterung des Jeeps festschnallte.

»Wenn du willst, können wir noch weitermachen.«

Dutch hatte khakifarbene Shorts und ein T-Shirt an, war braun gebrannt und ganz schön schmutzig. Waschwasser galt hier draußen als Luxus. Haagen war Anfang dreißig und machte schon seit zehn Jahren seismische Messungen. Auf diese Weise hatte er die ganze Welt bereist und gutes Geld verdient, aber manchmal fand er seine Arbeit langweilig. »Für heute reicht's«, sagte er seufzend.

Rip kletterte auf den Beifahrersitz und zeigte auf den Lichtreflex.

»Sieh mal, Dutch.«

»Irgendwas Glänzendes – Alufolie oder ein Stück Blech, vielleicht ein alter Lkw oder sogar ein abgestürztes Flugzeug. Ich hab mal eins in der Wüste gefunden.«

»Sehen wir doch mal nach.«

Dutch zuckte die Achseln und fuhr los. Seiner Meinung nach war Rip noch ein Kind, noch voller Begeisterung. Für den war die mittlere Sahara ein großes Abenteuer – wahrscheinlich das größte, das er je erleben würde.

»Hast du das Flugzeug in dieser Gegend gefunden, Dutch?«

»Näher an der Küste, in Tunesien. Ein alter deutscher Jäger, eine Messerschmitt, wenn ich mich richtig erinnere. Der Pilot saß noch im Cockpit – als mumifiziertes Skelett.«

»Scharf! Und was hast du gemacht?« Der Jeep rüttelte kräftig hin und her, und Rip hielt sich mit beiden Händen fest.

»Was ich gemacht hab?« Haagen runzelte die Stirn. »Einige Fotos, schätz ich. Und den Zeigefinger in ein paar Einschusslöcher gesteckt – das weiß ich noch genau.«

»Hast du ein Souvenir mitgenommen?«

»Einer hat was aus dem Flugzeug rausgebrochen, ich nicht. Mir schien das nicht richtig. Eher wie Grabräuberei.«

»Habt ihr den Piloten begraben oder so?«

»Nein«, sagte Haagen leise. »Wir haben ihn einfach gelassen, wo er war. Das Cockpit war sein Sarg. Ein Sturm hatte das Flugzeug ein paar Wochen vorher aus dem Sand auftauchen lassen. Mit dem nächsten Sturm – haben wir uns gedacht – wird das Wrack wieder unter einer Düne begraben.«

Rip zeigte auf die Sandsteinklippe, auf die sie zufuhren. »Etwa da, schätz ich.«

»Ja.«

Haagen hielt an und sah dem davonspringenden Rip nach. Ein gut aussehender, sportlicher Junge, dachte er. Und ganz schön intelligent. Auf diesen Job haben sich zweihundert Studenten der Ingenieurwissenschaften beworben, und der Chef hat gerade ihn ausgewählt. Der Junge arbeitet hart und beklagt sich nie. Dabei ist das nur ein Ferienjob für ihn. Dieser Rip ist viel zu helle, um sich mit Vermessungsarbeiten zufrieden zu geben, wenn er nächstes Jahr im Mai sein Examen in der Tasche hat.

Haagen seufzte, stellte den Motor ab und reckte sich.

Der niedrige Felsrücken vor ihm war aus Sandstein, den der Wüstenwind hatte verwittern lassen. Solche Formationen gab es in dieser Gegend zu Tausenden. Der hier war etwa sechs Meter hoch und stieg im Winkel von etwa dreißig Grad an – sanft genug, um hochzuklettern.

»Komm lieber her und guck dir das an, Dutch.«

»Was gibt's denn?«

»Sieht aus wie Metall. Mitten im Gestein.«

»Eine Messlatte?«

»Komm schon.«

Haagen kletterte langsam zu Rip hoch, der auf halber Höhe des Hangs kauerte.

»Das ist irgendein Metall, Dutch. Es ist gekrümmt und steckt fest im Gestein.«

Haagen fasste es an. Der Länge nach war das Metall etwa dreißig Zentimeter freigelegt, der Höhe nach ungefähr zehn. Und es stand maximal zwei Zentimeter aus dem Gestein vor.

»Sieht ein bisschen aus wie die Stoßstange eines alten VW-Käfer, die der Wüstenwind poliert hat.«

»Das ist keine Stoßstange«, murrte Rip.

Haagen beugte sich weiter hinunter, um die metallische Oberfläche genauer zu betrachten. Einerseits sah sie aus wie Stahl, andererseits auch wieder nicht. Eine Titanlegierung vielleicht? Aber dafür glänzt und spiegelt die Oberfläche zu stark, dachte Haagen. Und farblich kommt das auch nicht hin. Das Metall, vor dem sie kauerten, war dunkel – schwarzgrau, ungefähr anthrazitfarben.

»Seltsam, dass es im Gestein ist. Mitten im Fels. Was meinst du – wie hat man das da reingekriegt?«

»Sieht aus, als hätte der Wind im Lauf der Zeit den Sandstein verwittern lassen und es freigelegt.«

»Das kann nicht stimmen«, entgegnete Rip Cantrell störrisch. »Dann wäre es ja älter als der Fels.«

»Tja, rätselhaft«, sagte Haagen leichthin, drehte sich um und betrachtete die Wüste. Nur Staub, Sand und Stein, aber wie schön! Er mochte die Arbeit in der freien Natur. Obwohl er Diplomingenieur war, hatte er niemals im Büro arbeiten wollen.

Rip hob einen Stein auf und schlug gegen das Metall. Bei dem lauten Geräusch fuhr Haagen herum und sah zu, wie Cantrell noch zweimal mit aller Kraft auf die Oberfläche einschlug und sie dann inspizierte.

»Nichts«, meldete er schließlich und setzte sich auf. »Nicht der kleinste Kratzer.«

Haagen beugte sich runter und untersuchte die Oberfläche von neuem. Sie war vollkommen glatt und wies keinerlei Unregelmäßigkeiten auf. Wie ein Spiegel. Erstaunlich, dass Sand eine Oberfläche so fein polieren kann. Aber Flugsand trägt ja selbst das härteste Gestein ab, sagte er sich dann.

»In der Sahara gibt's viele Rätsel. Die werden wir nie alle lösen.« Dutch Haagen schüttelte den Kopf und kletterte den Abhang runter zum Jeep.

Rip folgte ihm. »Vielleicht sollten wir das melden?«

Haagen lachte in sich hinein. »Wem? Harvey Quick?« Das war ihr Chef. »Und was erzählen wir ihm? Dass wir hier draußen in der Wüste ein merkwürdiges Stück Metall gefunden haben? Der alte Harvey wird sich fragen, was wir getrunken haben.« Dann grinste Haagen und sagte: »Irgendwann wird dir diese Ölgesellschaft gehören, Junge. Und ich hab demnächst sechs Richtige im Lotto. Aber im Moment brauchen wir unsere Jobs noch.«

Rip erzählte am Abend Bill Taggart von dem Fund. »Es steckt mitten im Gestein, Bill. Der Fels verwittert allmählich, und dabei kommt mehr und mehr Metall ans Licht. So jedenfalls seh ich das.«

»Was meinst du, Dutch?« Bill war etwa vierzig, untersetzt, Hamsterbacken. Die Hitze machte ihm ziemlich zu schaffen, und er verbrachte den Nachmittag meistens im Zelt, wo er die Arbeitsergebnisse der Gruppe in den Computer eingab.

»Der Junge erzählt dir keinen Quatsch. Mir ist das

Ganze so schleierhaft wie ihm. So was hab ich noch nie gesehen.«

»Zeig's mir morgen früh, ja?«

»Gerne. Wenn wir's wiederfinden.«

Taggart lächelte. »Hab ich euch schon erzählt, wie wir mal in den Sümpfen von Louisiana einen Destillierapparat gefunden haben? Die Maische war am Kochen, und der Schnaps tropfte schon aus den Rohren. Keine Seele ringsum – also haben wir uns bedient. An dem Tag sind wir nicht mehr zum Arbeiten gekommen, kann ich euch sagen – das Zeug war wirklich astrein!«

»Da steckt irgendwas im Fels«, sagte Rip Cantrell, dem es gar nicht gefiel, dass seine Entdeckung so schnell unter Geologenlatein abgebucht wurde.

»Marsmenschen vielleicht«, schlug Bill Taggart kichernd vor.

»Oder ein großer schwarzer Stein«, steuerte Dutch bei. »Wie in *2001: Odyssee im Weltraum*. Habt ihr den alten Streifen mal gesehen?«

»Das war vor meiner Zeit«, sagte Rip verärgert.

»Ich bring euch wilde Abenteurer ja ungern wieder auf den Boden der Tatsachen«, meinte Taggart. »Aber wir müssen uns demnächst um unsere Vorräte kümmern.«

»Wieso – das Essen ist doch prima«, antwortete Rip.

»Du musst es ja wissen – du hast schließlich alles verdrückt. Unsere Lebensmittel sind so gut wie weg.«

»Vielleicht machen wir Inventur und listen alles auf?«, schlug Haagen vor.

»Hab ich schon erledigt.« Taggart gab ihm ein Blatt Papier. »Seit wir letzte Woche Nachschub bekommen haben, hat dieses Früchtchen sich den Bauch mit so vielen

Fressalien vollgeschlagen, dass eine Kameltreiberkarawane davon ein ganzes Jahr satt würde. Ehrlich – ich glaub, der hat nen Bandwurm.«

»Schon wieder die Bandwurm-Theorie. Vielen Dank, Herr Professor.« Rip stolzierte davon. Haagen und Taggart zogen ihn damit schon den ganzen Sommer auf.

»Irgendwas stimmt mit dem nicht«, bekräftigte Bill. »Normale Menschen futtern nicht so viel.«

Vor dem Schlafengehen entfernte Rip Cantrell sich ein Stück vom Lagerfeuer, setzte sich und blickte in den Himmel. Da es in der Wüste weder Dunst noch Restlicht gibt, das in den Großstädten der gemäßigten Klimazonen den Nachthimmel erhellt, war das Sternenzelt atemberaubend – eine Million Diamanten funkelten vom schwarzen Samt des Universums herab. Nur hier in der Wüste hatte Rip den Nachthimmel in so Ehrfurcht erweckender Klarheit gesehen.

Die eindringliche Erinnerung an diesen Himmel, auf dem die Milchstraße wie zufällig ausgegossen wirkte – das war es, was er diesen Herbst mit an die Universität nehmen würde.

Milliarden Galaxien, jede mit Milliarden Sternen.

Wie jeden Abend in diesem Sommer, so legte Rip Cantrell sich auch heute auf einer Isomatte rücklings in den kalten Sand. Auch die Luft kühlte schnell ab. Er streckte Arme und Beine aus, und es kam ihm beinahe vor, als habe er die Erde unter sich gelassen und rase durchs All.

Er sah einen Meteorregen – Dutzende von Leuchtspuren schossen im gleichen Winkel durch die Sternenflut.

Was mochte in dem Sandsteinvorsprung verborgen sein?

Rip schwor sich, es herauszufinden.

»Siehst du, Bill. Ich hab dir keinen Unsinn erzählt – es ist *im* Stein, wurde nicht nachträglich eingebracht. Rundum ist echtes Gestein, kein Beton, kein gebrannter Ton oder so.«

»Hmm.« Bill Taggert untersuchte den Fund sorgfältig. Die Sonne war vor kaum einer Stunde aufgegangen und beschien das Metall aus niedrigem Winkel.

Als Taggart sich aufrichtete, stellte Rip sich in Position, nahm den Vorschlaghammer und ließ ihn wieder und wieder aufs Gestein sausen.

Bei jedem Schlag sprangen ein paar Bröckchen weg. Als Rip müde wurde, setzte er den Hammer ab und wischte sich die Stirn. Die Luftfeuchtigkeit war gleich Null, und es war richtig heiß; das Thermometer zeigte fast fünfunddreißig Grad Celsius – die Hitze schien einem die Flüssigkeit förmlich aus dem Körper zu saugen.

Dutch schob ein paar Steinbröckchen beiseite. »Nicht mal die kleinste Beule.«

»Was ist das bloß?«, fragte Taggart.

»Etwas, das Menschen aus enorm gutem Metall hergestellt haben, bevor sich der Fels gebildet hat«, antwortete Rip.

»Und was genau könnte es sein?«

»Keine Ahnung«, gab Rip zu. »Dutch, du treibst dich doch seit vielen Jahren in dieser Gegend rum – was meinst du?«

Haagen antwortete nicht sofort und fragte dann: »Was sagt der Wetterbericht?«

»Klar und sonnig – wie üblich«, antwortete Rip, der jeden Morgen Satellitenrundfunk hörte. »Keine Wolke zu erwarten.«

»Mit unserer Arbeit liegen wir gut in der Zeit. Wir könnten heute frei machen, zur Grabung der Archäologen rüberfahren und unseren Nachbarn Hallo sagen. Vielleicht leihen sie uns einen Pressluftbohrer – falls sie so was haben.«

»Prima!«, rief Rip und warf den Hammer den Abhang runter.

»Pressluft?«, fragte Bill Taggart nachdenklich. »Benutzt man bei Ausgrabungen nicht nur Zahnstocher und Dachshaarpinsel?«

»Fragen kostet nichts«, sagte Dutch, trat gegen das Metall, das aus dem Gestein ragte, und betrachtete es mit gerunzelter Stirn. Nein, das gehörte wirklich nicht hierher. Dass es trotzdem da war, nun, das beleidigte seinen Geologenverstand – Frösche fliegen nicht, Hunde reden nicht, und Sandsteinrücken enthalten kein Metall.

Bills Miene hellte sich auf: »Vielleicht kriegen wir bei den Archäologen was Anständiges zu essen.«

»Und sehen mal wieder ein paar Mädels«, ergänzte Rip lachend. »Euch alte Knacker interessiert das ja vielleicht nicht mehr, aber mich schon.«

Am Grabungsort gab es keine Frau, die auch nur einigermaßen in Rips Altersklasse war. Im Gegenteil – die beiden einzigen weiblichen Wesen dort kreuzten seit mindestens einem halben Jahrhundert über den Planeten und hatten in dieser Zeit jede Menge Fett angesetzt. Taggart machte sich deshalb kräftig über Rip lustig, als sie zum Bürozelt gingen.

»Wonach buddeln die hier eigentlich?«, fragte Rip, um Taggart vom Thema Frauen abzulenken.

»Nach uralten Sachen«, meinte der. »Je älter, desto besser.«

Der Grabungsleiter Dr. Hans Soldi kam von einer berühmten amerikanischen Ostküsten-Universität. Er schüttelte seinen Besuchern energisch die Hand und machte ein skeptisches Gesicht, als Dutch erklärte, wozu sie einen Pressluftbohrer brauchten.

»Wir haben einen fürs Grobe«, sagte Soldi, als Dutch die Worte ausgingen. »Aber jetzt erzählen Sie mir mal, was Sie wirklich damit vorhaben.«

»Es geht um Diamanten, Prof«, sagte Rip. »Wir haben die Mine von König Salomo gefunden. Jetzt wollen wir das Ding mit dem Pressluftbohrer ausräumen, zusammenraffen, was wir nur tragen können, und über alle Berge verschwinden.«

Soldi ignorierte Rip. »Reines Metall im Gestein – das ist unmöglich«, sagte er zu Haagen und Taggart.

»Aber es ist nun mal da«, antwortete Dutch ruhig. »Wer immer das verzapft hat, hat nicht gewusst, dass es unmöglich ist.«

»Ich leihe Ihnen den Bohrer, wenn Sie mir schwören, dass Sie keine archäologische Stätte verwüsten.«

»Ich schwöre«, sagte Rip. »Ehrenwort.«

»Und Sie beide?«

Dutch Haagen nahm seine Pfeife aus der Tasche und stopfte sie geruhsam. »Ich weiß nicht, was wir gefunden haben, Professor. Was halten Sie davon, uns die Ausrüstung zu leihen und mitzukommen? Sehen Sie sich das doch mal an. Wir bringen Sie heute Abend zurück.«

Soldi – ein Mann um die fünfundfünfzig, drahtig, dynamisch und mit Cowboyhut – überlegte nicht lange. »Gut, ich komme mit. Ich muss mal an was anderes denken als an Werkzeug aus der Steinzeit.«

»Sie graben nach Steinwerkzeug?«, fragte Rip ungläubig. »Haben hier denn mal Menschen gelebt? In der Wüste?«

»Das war nicht immer Wüste«, sagte der Professor auf dem Weg zum Kompressor. »Knochentrocken ist es hier erst seit fünftausend Jahren. Damals wehte der Wind den meisten Sand her, der jetzt Täler und Senken bedeckt. Was heute noch rausragt, sind Berggipfel und Hügelzüge.«

»Also ist Ihre Grabungsstätte mindestens fünftausend Jahre alt?«

»Eher fünfzehntausend Jahre, schätze ich. Während der Eiszeit haben hier Menschen gelebt. Wir versuchen nachzuweisen, dass sie Getreide angebaut haben.«

»Apropos«, meinte Rip. »Ist noch was vom Mittagessen übrig? Kann ich mir vielleicht eine Kleinigkeit mitnehmen? Ich bin ein bisschen hungrig.«

»Sicher, Junge.« Der Professor zeigte auf ein Zelt und sagte ihm den Namen des Kochs.

Hans Soldi untersuchte den Sandsteinrücken, während die Landvermesser den Kompressor anwarfen und den Pressluftbohrer in Position wuchteten. Kaum war Soldi fertig, setzte Rip den Bohrer an und legte los.

War man an die Hitze erst gewöhnt, war sie nicht mehr unerträglich. Die Männer trugen Jeans, langärmlige Baumwollhemden und breitkrempige Hüte, verbrachten möglichst viel Zeit im Schatten und tranken jede Menge Wasser.

»So was hab ich noch nie gesehen«, meinte Soldi zu Dutch und sah dabei Rip beim Bohren zu. Zuvor war der Wissenschaftler mit seiner Videokamera im Fels herumgeklettert und hatte aus jeder Perspektive gefilmt.

»Warten wir mal, was Rip ausrichtet.«

Haagen hob einen frisch weggebohrten Brocken auf und gab ihn dem Archäologen: »Wie alt mag der sein?«

»Auf Anhieb kann ich das nur schätzen. Ich lass ihn untersuchen.«

»Älter als fünftausend Jahre?«

»Mit Sicherheit. Wüste und Meer haben einander im Lauf der Erdgeschichte vielfach abgelöst. Zeit ist so ...« Soldi streckte die Arme breit aus. »Wir reden ganz unbekümmert über Zeit – übrigens auch über den Tod und die Unendlichkeit –, doch es fällt den Menschen schwer, ihr ungeheures Ausmaß zu verstehen. Wenn wir die riesigen Dimensionen der Zeit erfassen könnten, würden wir vielleicht auch Gott begreifen.«

Soldi steckte nachdenklich den Sandsteinbrocken in die Tasche und zeigte dann auf die Klippe. »Was Sie hier sehen, hat der Wind vor Millionen von Jahren hergeweht. Das können Sie an der Oberflächenstruktur der Ablagerungen erkennen.«

»Ich dachte, das wären Verwitterungen, die der Wind in den Stein geschliffen hat.«

»Das sehe ich anders«, antwortete der Professor. »Der Wind hat diese Strukturen geschaffen, bevor der Sand zu Stein geworden ist. Nachdem der Sand angeweht war, wurde er unter einer Erdschicht begraben – vermutlich unter der rötlichen Erde, die Sie hier überall sehen. Wasser und das Gewicht dieser Erde haben den Sand zu Stein werden lassen. Im Lauf der Jahrtausende gab es immer wieder Zeitalter, in denen die Wüste wuchs. Und mal früher, mal später kamen regenreiche Epochen und drängten sie zurück. Gegenwärtig ist die Wüste auf dem Vormarsch, aber irgendwann wird wieder eine lange Regenzeit kommen. Alles wandelt sich – auch das Klima.«

»Was da im Fels steckt, ist also vor langer Zeit vom Sand begraben worden?«

»Danach sieht's aus.«

»Sie halten sich lieber bedeckt?«

»Na ja – das Ding scheint im Fels zu stecken, aber …« Soldi hob einen anderen Brocken auf und sah ihn sich genau an. Dann betrachtete er wieder die Klippe und wog den Stein dabei nachdenklich in der Hand.

»Schätzen Sie mal – wie alt ist der Fels?«

Soldi antwortete nicht gleich. Schließlich sagte er: »Zwischen hunderttausend und einer Million Jahre.« Dann warf er den Stein weg und lächelte. »Das ergibt keinen Sinn, oder?«

»Irgendwie nicht.«

Nach drei Stunden harter Arbeit mit dem Pressluftbohrer in der glühenden Wüstensonne hatte Rip eine gebogene Metallfläche von fast fünf Metern Länge freigelegt. Sie ragte etwa einen Meter aus dem Gestein hervor und schien Teil eines kreisrunden Gebildes mit einem Durchmesser von gut zwanzig Metern zu sein.

Die vier Männer hockten sich hin, betasteten das Metall und sahen es sich genau an.

Die Oberfläche war erstaunlicherweise vollkommen intakt, wenn man von ein paar winzigen Kratzern absah – wirklich winzigen Kratzern, und wirklich nur ein paar. Das dunkle Metall funkelte wie neu und hatte keine Patina angesetzt. Das Wasser, das seit Ewigkeiten durchs Gestein gesickert war, hatte dem Metall offensichtlich so gut wie nichts anhaben können. »Vorausgesetzt, das Metall war tatsächlich im Stein eingelagert«, brummelte Dr. Soldi.

»Excalibur«, sagte Rip und wischte sich den Schweiß vom Gesicht.

Diese Anspielung verstand Bill Taggart nicht.

»Das Schwert, das König Artus aus dem Felsen gezogen hat – es hieß Excalibur.«

»Egal, was das hier ist – zu Königen wird es uns nicht machen«, meinte Dutch.

»Es kostet uns ein paar Tage, das hier komplett freizulegen«, sagte Bill Taggart düster. »Weiter hinten ist der Fels dicker – also wird's nicht mehr so schnell gehen. Vielleicht sollten wir einfach aufhören und das Ding lassen, wo es ist. Vergessen wir das Ganze einfach.«

»Was kann das bloß sein?«, wollte Dutch Haagen wissen.

»Na, ist doch sonnenklar«, meinte Rip. »Ich hab gedacht, ihr drei habt wie Schaufensterpuppen dagesessen, weil ihr Angst hattet, es auszusprechen – das ist eine Untertasse.«

»Eine Untertasse?«

»Eine fliegende Untertasse – was sonst?«

Dr. Soldi schloss die Augen, fuhr mit den Händen über das Metall und rubbelte mit den Fingerspitzen daran.

»Noch zwei, drei Tage. Was immer es ist – in ein paar Tagen haben wir es aus dem Stein befreit.«

»Versuchst du uns weiszumachen, das Ding da sei ein Raumschiff?«, fragte Bill Taggart.

»Ja«, sagte Rip Cantrell mit voller Überzeugung. »Menschen unseres Zeitalters haben es nicht gebaut und hierher verfrachtet. Und die Menschen früherer Zeiten konnten Metall nicht so bearbeiten. Es handelt sich hier um ein Hightech-Produkt einer hoch entwickelten Zivilisation – keine Frage.«

»Ich glaub nicht an fliegende Untertassen«, meinte Taggart verächtlich. »Ich hab mir diesen Quatsch im Fernsehen angeschaut – diese abgedrehten Leute, die in vergammelten Wohnwagensiedlungen leben und behaupten, sie hätten am Nachthimmel UFOs gesehen, und ihre Hunde hätten gejault, und ihre Katzen wären die Wände hochgegangen.« Zur Bekräftigung ließ er einen fahren und setzte hinzu: »Davon glaub ich kein Wort.«

Rip war außer sich. »Das ist eine Untertasse, Bill«, rief er trotzig.

»Garantiert nicht. Es ist bestimmt was anderes.«

»Und was?«, fragte Professor Soldi brüsk.

Am nächsten Tag erreichten sie das Cockpit. Es befand sich in der Mitte des Objekts, dort, wo es am dicksten war. Die Kanzel war aus einem dunklen, durchsichtigen Material gefertigt. Als sie Sand und Gesteinsbröckchen entfernt hatten, konnten sie ins Innere des Schiffs sehen und Pilotensitz und Armaturenbrett erkennen. Der Sitz befand sich auf einem Sockel, damit der Pilot – oder die Pilotin oder »es« – aus der Kanzel blicken konnte.

»Das ist tatsächlich eine Untertasse!«, rief Rip Cantrell und schlug Bill mit Schwung auf den Rücken. »Siehst du! Glaubst du's jetzt?«

»Das haben die Kommunisten gebaut – da wette ich drauf«, murrte Taggart. »Das ist irgendein Rotfront-Flugzeug.«

»Na logo.«

Als Professor Soldi mit dem Filmen fertig war, ließ er sich vorsichtig vom »Raumschiff« gleiten, kletterte den Hang runter und setzte sich in den Schatten des Jeeps, um den Fund anzusehen.

Gedankenversunken betrachtete er das runde Metallobjekt im Stein. Kurz darauf kamen die anderen zu ihm in den Schatten und nahmen sich Wasser aus der Kühlung.

»So eine Entdeckung hat's seit dem Stein von Rosette nicht mehr gegeben«, sagte Soldi leise. »Das wird die Archäologie revolutionieren. Alles, was wir über die Ursprünge des Menschen zu wissen glaubten, ist falsch.«

»Bald werden Sie berühmt sein, Professor«, sagte Bill Taggart und schenkte sich dabei Wasser ein. Soldi blitzte ihn an, doch Bill meinte es offensichtlich nicht böse.

»Sollten wir nicht noch mehr Aufnahmen machen oder so, Professor?«, fragte Rip. »Um zu beweisen, dass es tatsächlich im Gestein begraben war?«

»Wir haben doch die Videokassette«, meinte Bill.

»Falls es ein Raumschiff ist, muss es von einem anderen Planeten gekommen sein«, sagte Soldi nachdenklich. »Sobald wir es untersucht haben, dürfte daran kein Zweifel mehr bestehen. Wo und wie es gefunden wurde, spielt dann kaum noch eine Rolle.« Er griff sich mit einer Hand an den Kopf. »Unglaublich, dass ich das sage – ich, ein

Professor der Archäologie. Und doch ist es wahr. Seit fünfzig Jahren werden wir von UFO-Fotos überschwemmt, die wahrscheinlich alle gefälscht sind. Dieses Ding muss für sich selbst sprechen – sonst bedeuten alle unsere Fotos nichts.«

»Was sollen wir also tun?«, fragte Dutch.

»Tun?« Soldi wirkte verblüfft.

Rip zeigte auf die Untertasse: »Sollen wir weiter arbeiten? Sollen wir sie ganz freilegen?«

»Aber natürlich. Bevor wir der Welt davon erzählen, prüfen wir erst, was wir hier haben. Und ob es heil oder beschädigt ist.«

»Ich wüsste ja gern, ob man da reinkommt«, sagte Rip.

»Leute, ich bin nicht bekloppt«, verkündete Bill Taggart. »Ich glaub immer noch nicht an fliegende Untertassen.«

»Ein Raumschiff«, murmelte Soldi. »Niemand wird das glauben. Keine Menschenseele.« Falscher hätte er nicht liegen können, aber das wusste er in dem Augenblick noch nicht. Er seufzte: »Wenn das in die Zeitung kommt, werden mich meine Kollegen so lange auslachen, bis ich meine Sachen packe und die Uni verlasse.«

»Vielleicht sollten wir das Ganze erst mal für uns behalten«, schlug Rip Cantrell vor. »Niemand soll darüber lachen, wenn wir dann doch an die Öffentlichkeit gehen.«

»Was du nicht sagst«, murrte Dutch.

Rip sah in die Sonne und schätzte ihre Höhe überm Horizont. »Es ist noch drei, vier Stunden hell, aber höllisch heiß, und wir haben nicht mehr viel Benzin für den Kompressor. Im Lager sind allerdings noch knapp vierzig Liter.«

»Ich will zu meiner Grabung zurück«, sagte der Professor. »Ich brauche ein paar Sachen zum Wechseln und eine Zahnbürste. Wir haben vier Zwanzig-Liter-Kanister, glaube ich. So, wie wir vorankommen, haben wir das Ding vermutlich in zwei Tagen komplett freigelegt.«

»Ich fahre den Professor zu seinem Lager und wieder zurück«, sagte Rip eifrig. »Wenn du einverstanden bist, Dutch?«

»Sicher, Junge. Sicher.«

»Bring was zu essen mit, Kleiner«, jammerte Bill. »Und friss nicht alles während der Fahrt auf.«

»Was meint er damit?«, fragte Soldi.

»Der zieht die Leute gern auf«, antwortete Rip knapp.

Er brachte Dutch und Bill zum Camp zurück und fuhr dann mit dem Professor weiter.

»Erst zweiundzwanzig Jahre alt sein und schon das Kommando übernehmen«, sagte Dutch und blickte der Staubwolke des Jeeps nach, die der heiße Wind zur Seite trieb.

»Der gerät nach der Mutter, vermute ich«, meinte Bill. »Er hat mir erzählt, sein Vater war Farmer in Minnesota und starb, als Rip zwölf war. Seitdem leitet die Mutter die Farm. Die muss ganz schön patent sein.«

»Er geht dir auf die Nerven, oder?«, fragte Dutch.

»Ein bisschen.« Taggart zuckte die Achseln.

Dutch gab ihm einen Klaps auf die Schulter. »Wir werden auch berühmt, weißt du. Fliegender Untertassen-Finder – hört sich das nicht nach einer viel versprechenden Karriere an? Vielleicht schaffen wir's sogar aufs Titelblatt von *Time*.«

»Da müssen wir uns aber vorher noch rasieren.«

»Wir stellen die Untertasse in Jersey City auf einen Parkplatz und nehmen den New Yorkern für die Besichtigung fünf Dollar pro Nase ab. Damit verdienen wir Millionen. Wir sind gemachte Männer, Bill.«

2

»Also, was meinen Sie, Professor?«, fragte Rip, als sie mit fünfzig Stundenkilometern mal auf, mal neben der alten Karawanenstraße dahinrumpelten, obwohl Tempo 30 schon mehr als genug gewesen wäre.

»Über das Ding im Stein?«

»Über die Untertasse, genau.«

»Dazu kann ich noch nichts sagen. Das Metall ist mir völlig neu – wenn's denn Metall ist. Bis jetzt hab ich überhaupt keine Erklärungen.«

Hans Soldi wählte seine Worte sorgfältig. »Ich bin überwältigt. Diese Entdeckung kommt völlig unerwartet. Wenn der Schein nicht trügt, wird der wissenschaftliche Nutzen enorm sein. Denken Sie daran, wie viele Erfindungen und Erkenntnisse aus dem amerikanischen Raumfahrtprogramm der sechziger und siebziger Jahre ins Alltagsleben eingedrungen sind – diese neue Entdeckung könnte um ein Vielfaches bedeutender sein und letztlich das Leben der ganzen Menschheit verändern.« Soldi ließ den Überrollbügel kurz los, an den er sich mit allen Zeichen der Todesangst geklammert hatte, und wischte sich mit dem Ärmel über die Stirn. »Ich weiß einfach noch nicht, was ich davon halten und wo ich ansetzen soll.«

»Wir brauchen für die Untersuchung noch andere Wissenschaftler, meinen Sie nicht?«

»Natürlich – Experten aus vielen Fachrichtungen. Aber ich finde, wir sollten das Raumschiff zunächst ganz freilegen, um zu sehen, was sich unter dem Felsen verbirgt – und um uns zu überzeugen, dass es tatsächlich ist, was es zu sein scheint. Wenn wir öffentlich auch nur andeuten, ein außerirdisches Raumschiff gefunden zu haben, und das dann nicht stimmt, bin ich als Wissenschaftler ruiniert. Und als Baggerführer finde ich bestimmt keinen Job.«

»Verstehe.«

»Erst wenn wir wirklich sicher sein können, dass es ein Raumschiff ist, machen wir's weltweit bekannt.«

»So global denke ich im Moment gar nicht«, sagte Rip und sah den Professor an. »Ich frage mich nämlich, auf welchem Territorium wir eigentlich arbeiten. Die libysche Grenze ist doch ganz in der Nähe, oder?«

Soldi runzelte die Stirn. »Meine Grabung liegt im Tschad. Die dortige Regierung hat uns Archäologen die Arbeit erlaubt.«

»Soviel ich weiß, könnte die Untertasse genauso gut auf dem Staatsgebiet von Libyen oder dem Sudan liegen«, gab Rip zurück. »Von natürlichen Grenzen kann hier ja keine Rede sein. Die sind einfach mit dem Lineal gezogen. Möglich, dass Gaddhafi uns kaltstellt und die Untertasse beschlagnahmt, wenn er Wind von ihr bekommt. Wir müssen sie aus der Wüste schaffen, bevor wir irgendwem was sagen.«

»Auf meiner Grabung jedenfalls rede ich, und Sie halten den Mund«, war alles, was Professor Soldi dazu zu sagen hatte.

Am Abend des nächsten Tages hatten die vier Männer die Oberseite des Raumschiffs vollständig aus dem Sandstein befreit. Es war tatsächlich kreisrund und hatte einen Durchmesser von gut zwanzig Metern. Von oben betrachtet schien es in einwandfreiem Zustand zu sein, die Unterseite allerdings steckte noch im Gestein.

»Das Ding sieht aus wie vor einem Museum aufgesockelt«, meinte Dutch.

»Das wird ihm am Ende vermutlich blühen«, antwortete Rip und bohrte die letzten Steinbrocken aus den vier Strahlaustrittsdüsen. Die waren jeweils dreißig Zentimeter dick und zeigten, wo vorn und hinten war.

Seitlich umlaufend befanden sich am Rumpf weitere, dünnere Düsen, die teils nach oben, teils nach unten wiesen. Die vier Männer waren sich darüber einig, dass sie dazu dienen mussten, das Raumschiff in jede Richtung zu steuern. Die nach oben gerichteten Düsen waren mit Sandstein verstopft.

Obwohl es spät war und Rip seit Tagen von morgens bis abends gearbeitet hatte, steckte er noch voller Energie. Er hatte Professor Soldi die ganze Zeit mit Fragen gelöchert und damit erst aufgehört, als der Wissenschaftler ihm keine Antwort mehr gab. Soldi hing ganz seinen eigenen Gedanken nach. Gemeinsam mit Bill vermaß Rip das Raumschiff so exakt wie möglich, während Soldi in seinen Laptop eintippte, ein Video nach dem anderen drehte und obendrein Film auf Film verknipste.

Mit einer Lupe untersuchte der Archäologe die Oberfläche des Raumschiffs, ließ etwas Säure aus der Batterie des Jeeps darauftropfen und kommentierte das Ergebnis seines Experiments mit Gebrummel.

»Das ist eine riesige Solarzelle«, stellte Rip fest.

»Häh?«

»Die Außenhaut. Legen Sie mal die Hand drauf – dann merken Sie, dass die Oberfläche Sonnenenergie aufnimmt. Und sehen Sie mal, wie sich ihr Reflexionsverhalten verändert hat – wahrscheinlich abhängig von der Temperatur und davon, wie stark die Batterie geladen ist.«

Der Professor sah Rip überrascht an. Kaum hatte sich der junge Mann abgewandt, strich er mit der Hand zärtlich über die Oberfläche der Untertasse. Eine Solarzelle, die Sonnenenergie in Elektrizität verwandelte – ja natürlich!

Dann aber fuhr er erschrocken zurück. Damit hatte Rip doch gesagt, dass die Solarzelle *jetzt* arbeitete! Konnte das denn wahr sein?

Eine Stunde lag Soldi mit einem Spiegel auf dem Raumschiff und ließ Sonnenstrahlen – zum Scheinwerfer gebündelt – ins Cockpit fallen. Die drei anderen waren nacheinander zu ihm gekommen und hatten sich den Pilotensitz, die Schalter und leeren Monitore angeschaut. Ein derartiges Cockpit hatten sie noch nie gesehen, und doch wirkte es auf schwer beschreibbare Weise vertraut.

»Es ist auf menschliche Proportionen zugeschnitten«, sagte Rip.

»Ist das nicht merkwürdig?«, brummelte Soldi.

Den Rest des Nachmittags saß er im Schatten, tippte auf seinem Laptop herum und starrte immer wieder lange auf das Raumschiff.

Soweit die vier sehen konnten, hatte dessen Außenhaut keine Schäden – aber auch keinen Eingang. Die Oberfläche war nahtlos glatt.

»Die Einstiegsluke muss auf der Unterseite sein«, sagte Rip zu Dutch und bohrte weiter. Die Hitze und der Staub schienen ihm so gut wie nichts anhaben zu können.

Zweimal glitt Rip der Bohrer in nächster Nähe des Raumschiffs ab und schlug Narben in die Außenhaut. Soldi untersuchte sie mit der Lupe, sagte aber kein Wort.

Als die untergehende Sonne das Schiff in strahlendes Licht tauchte, verknipste Soldi zwei weitere Filme.

Es war schwierig, das Gestein unter dem Schiff zu entfernen – kaum waren ein paar Brocken losgebohrt, mussten sie weggeschaufelt werden.

Kurz vor Einbruch der Dunkelheit konnten die Männer das erste Fahrgestell freilegen – eine einfache Kufe, die aus dem Rumpf ragte und hydraulisch ein- und ausfahrbar schien.

»Keine Räder«, brummte Soldi und kaute weiter auf seiner Unterlippe herum.

»Es muss wie ein Hubschrauber starten und landen«, sagte Rip.

»Sieht ganz so aus.«

»Dann kann es nicht nur mit Raketenschub fliegen.«

»Sollte man annehmen, ja.«

»Aber mit welcher Art Schub sonst?«

»Ich grabe Steinzeitsiedlungen aus«, antwortete Soldi gereizt. »Woher soll denn ich das wissen?«

»Also Professor – so ein Flugobjekt hab ich noch nie gesehen. Garantiert nicht. Sie etwa?«

Soldi zeigte auf den Fels. »Bohren Sie noch was weg. In einer Viertelstunde ist es dunkel.«

Kurz bevor Rip Feierabend machte, legte er den ersten Landescheinwerfer frei. Seine Oberfläche schien aus so hartem und undurchlässigem Material zu sein wie die Pilotenkanzel, doch konnte Rip immerhin erkennen, dass sich darunter ein starker Strahler befand.

An diesem Abend saßen sie auf Campingstühlen unter einer Propangaslampe im Freien. »Wir erwarten morgen Nachmittag ein Versorgungsflugzeug aus Kairo«, erzählte der Professor seinen Gastgebern beim Essen. Solche Transporter landeten auf flachen, unbefestigten Sandpisten, als wären es Rollbahnen aus Beton.

»Es wäre besser, wenn die Flugzeugcrew die Untertasse nicht zu sehen bekäme«, meinte Dutch Haagen.

»Das denke ich auch«, sagte der Professor. »Wir haben ein paar große Planen auf unserer Grabung. Ich schlage vor, wir fahren nach dem Essen hin und holen eine. Die können wir morgen früh über dem Raumschiff aufspannen.«

»Gut«, stimmte Dutch zu. »Und vielleicht verlegen wir unser Lager näher an die Untertasse.«

Sie redeten über die Entdeckungen des Tages und darüber, wie das Raumschiff aussah, entspannten sich, tranken Kaffee und sahen zu, wie Rip die Töpfe leer aß. Der fragte schließlich: »Was haben wir hier eigentlich entdeckt, Doc? Jetzt plaudern Sie doch mal aus dem Nähkästchen.«

Soldi ließ die Pfeife kräftig rauchen und musterte die Gesichter seiner Zuhörer. »Das Ding ist sehr, sehr alt. Menschen aus der Vorzeit haben es nicht hergestellt – da bin ich mir vollkommen sicher.«

»Ist es ein richtiges Raumschiff?«, fragte Dutch.

»Gut möglich, ja wahrscheinlich, dass das Ding fliegt – es sieht ja nicht umsonst wie eine Untertasse aus –, aber ob es die Erdatmosphäre verlassen und durch den Weltraum fliegen kann ...« Er zuckte die Achseln. »Sollten wir demnächst ins Innere gelangen, werden wir mehr erfahren.«

»Und wer hat es hergeflogen?«

Soldi schmauchte seine Pfeife und schwieg.

»Warum wurde es zurückgelassen?«

»Von außen wirkt es unbeschädigt.«

»Wo sind die, die es geflogen haben?«

»Menschen?«

»Zum Beispiel.«

Soldi wedelte mit dem Zeigefinger. »Die Antworten auf diese Fragen – wenn wir sie denn finden können – werden die Zivilisation erschüttern.« Er wies mit dem Kopf zur Untertasse, die ein paar Kilometer entfernt im Schutz der Nacht unsichtbar war. »Das Ding wird unser Denken über das Universum und über uns selbst von Grund auf verändern. Wir müssen bei der Wahl unserer Worte sehr vorsichtig sein, denn sie haben gewaltige Auswirkungen.« Er zog an seiner Pfeife und wiederholte: »Gewaltige Auswirkungen.«

Bill Taggart strich sich mit den Händen durchs Haar. »Vielleicht hätten wir das Ding im Gestein lassen sollen.«

Rip Cantrell sah zum Sternenzelt auf, das fast in Reichweite seiner Arme schien. »Das ging nicht, Bill«, sagte er leise. »Wir mussten es ausgraben, weil es in der Natur des Menschen liegt, neugierig zu sein und die Welt zu erkunden.«

»Vielleicht sind *sie* deswegen auf die Erde gekommen«, meinte Dutch Haagen.

Während Soldi, Rip und Dutch in ein Gespräch darüber vertieft waren, unter welchen Voraussetzungen Flugkörper unbeschadet in die Erdatmosphäre eintreten können, verschwand Bill Taggart in die Nacht. Als er weit genug von den dreien und dem Lichtkegel ihrer Gaslampe entfernt war, ging er rasch ins Vorratszelt, suchte mit einer kleinen Taschenlampe nach dem Satellitentelefon, fuhr die Antenne aus und schaltete es ein.

Er zog ein kleines Notizbuch aus der Hosentasche, blätterte darin im Schein seiner Lampe, tippte die gewünschte Frequenz ein und wartete, bis die Verbindung zum Satelliten stand.

Dann wählte er eine lange Nummer und wartete wieder. Dabei sah er sich die Ziffernfolge auf dem Display an. War das nicht die Vorwahl von Australien?

Schließlich klingelte es am anderen Ende der Leitung und eine schläfrige Stimme meldete sich.

»Hier spricht Bill Taggart. Ist Neville da?«

»Neville – und weiter?«

»Einfach Neville.«

»Ich seh mal nach. Wie heißt du noch mal, Mann?«

»Bill Taggart.«

»Bleib am Apparat.«

Die Zeit verging. Eine Minute, zwei. Taggart spähte durch den Zelteingang zu den drei Gestalten hinüber, die im Lampenschein am Campingofen saßen; sie hatten sich nicht von der Stelle bewegt.

Schließlich hörte er die Stimme wieder: »Neville ist nicht da. Erzähl doch einfach mir, was du auf dem Herzen hast, Mann.«

»Ich hab Neville vor anderthalb Jahren kennen gelernt.

In Singapur. Er hat erwähnt, dass er Interesse hat, gewisse Informationen zu kaufen.«

»*Der* Neville …«, sagte die männliche Stimme unverbindlich.

»Ich hab eine Information anzubieten. Eine sehr wertvolle.«

»Jede Information hat einen Wert. Fragt sich nur, ob sie für uns wertvoll ist. Über den Preis reden wir mit dir, wenn wir beurteilen können, was sie uns bringt. Tut mir Leid, aber anders kommen wir nicht ins Geschäft. Du musst uns schon trauen.«

»Und woher weiß ich, dass ihr mich nicht linkt?«

»Wie gesagt – du musst uns trauen. Tust du das?«

»Nein.«

»Na gut, du hast ja unsere Nummer. Wenn du …«

»Moment, ja? Ich muss kurz drüber nachdenken.«

»Es sind deine Telefongebühren, Mann.«

Soldi war aufgestanden und blickte in die Dunkelheit Richtung Raumschiff. Rip lag im Sand und betrachtete die Sterne. Und Dutch trank Kaffee.

»Ich arbeite für eine Ölgesellschaft«, sagte Bill Taggart zu dem Mann am anderen Ende der Leitung. »Ich bin hier mit ein paar Leuten bei seismischen Messungen in der Sahara. Den genauen Längen- und Breitengrad geb ich dir gleich. Wir haben was gefunden, was Außergewöhnliches, das für Neville und seine Partner interessant sein dürfte.«

»Ich höre, Bill – nur zu!«

»Ich will zwei Millionen Dollar.«

»Ich persönlich hätte gern zehn.«

»Ich meine es ernst.«

»Ich höre, mein Freund. Du zahlst für das Gespräch.«

Captain Kathleen Sullivan war gerade Offizier vom Dienst im Kontrollzentrum des Weltraumkommandos in Colorado Springs, als einer der Soldaten sie an seinen PC rief.

»Wir haben eben Daten des Äquatorsatelliten durch die EDV laufen lassen, und der Computer hat etwas Auffälliges entdeckt. Schauen Sie sich das bitte mal an?«

»Klar«, sagte Captain Sullivan.

»Es geht um ein Gebiet in der Sahara an der Grenze von Libyen und Tschad. Laut Computer liegt es gerade noch in Libyen, aber soviel ich weiß, besteht zwischen beiden Staaten kein Abkommen über den exakten Grenzverlauf.«

»Was gibt's denn?«, fragte Sullivan barsch. Ihr war nicht nach langen Vorreden.

»Das da.« Der Sergeant drückte eine Taste, und auf dem Monitor erschien ein Luftbild, das er mit dem Trackball heranzoomte, bis in der Mitte ein großer Kreis zu sehen war. Dann trat der Soldat vom PC-Stand zurück und faltete die Hände hinterm Rücken.

»Dieses runde Gebilde ist aus Metall, reflektiert stark, hat einen Durchmesser von etwa zwanzig Metern und ist vor vier Tagen, als der Satellit das Gebiet zuletzt gescannt hat, noch nicht da gewesen.«

Sullivan beugte sich zum Monitor vor. »So was hab ich noch nie gesehen«, murmelte sie.

»Ich auch nicht, Ma'am«, pflichtete der Sergeant bei. »Wenn ich's nicht besser wüsste, würde ich sagen, das ist eine fliegende Untertasse.«

»Oder ein Wassertank.«

»Da draußen? Mitten in der Sahara?« Der Sergeant griff wieder zum Trackball. »In der Nähe steht ein Auto. Und ein kleiner Anhänger mit Ausrüstung.«

»Und Menschen?«

»Einer, höchstens zwei. Wenn die Sonne etwas niedriger gestanden hätte, wären vielleicht ein paar Schatten zu sehen gewesen …«

Sullivan richtete sich auf und runzelte die Stirn. »Glauben Sie etwa an fliegende Untertassen?«

»Ich bin unvoreingenommen, Captain, gänzlich unvoreingenommen. Ich sag bloß, dieses kreisförmige Gebilde sieht wie eine Untertasse aus. Es könnte ein Wassertank sein, oder ein Atom-Ei von oben. Oder auch ein riesiger Metallsonnenschirm für die Gartenparty der Königin von England.«

Sullivan nahm einen Schreibblock vom Tisch, notierte sich ein paar Ziffern vom Monitor und riss das Blatt ab. »Danke, Sergeant.« Sie ging wieder in ihr Büro zurück.

»Ich bin ja kein Offizier«, brummte der Sergeant vor sich hin. »Also kann ich glauben, was ich will. Sir.«

Am Schreibtisch sah Captain Sullivan in ihre Telefonliste und rief eine abhörsichere Nummer an. Nach dem zweiten Läuten meldete sich eine männliche Stimme.

Sie beschrieb die auffällige Beobachtung und gab Längen- und Breitengrad des Objekts durch, hütete sich aber, von einer fliegenden Untertasse zu sprechen. »Es sieht aus wie die Oberseite eines Wassertanks, aber es befindet sich an einem öden, gottverlassenen Ort in der Wüste. Ich schlage vor, dass wir um genauere Untersuchung des Geländes bitten, Sir.«

»In Libyen?«

»Am Dreiländereck von Libyen, Tschad und Sudan.«

»Ich bin in fünf Minuten unten.«

Sechseinhalb Minuten später beugte sich der General

über die Schulter des Sergeants, während Captain Sullivan aus ein paar Schritten Entfernung zusah.

»Wir machen eine Voruntersuchung, ehe wir diese Daten an die NIMA schicken«, erklärte sie. NIMA ist die Abkürzung für National Imagery and Mapping Agency, eine Unterabteilung des amerikanischen Verteidigungsministeriums, die für alle US-Geheimdienste Fotos, Landkarten und Satellitenbilder sammelt, untersucht und zur Verfügung stellt.

»Hmm«, meinte der General.

»Jawohl, Sir«, meinte der Soldat am PC zustimmend.

»Was mag das sein, Sergeant?«

»Für mich sieht's nach einer fliegenden Untertasse aus, General, aber ich will nichts gesagt haben.«

»Sieht verdammt danach aus«, meinte der General, straffte sich, prägte sich Längen- und Breitengrad des Objekts ein, nickte Captain Sullivan zu und marschierte ab.

Kaum eine Stunde später spuckte ein Drucker in einem fensterlosen Büro im Erdgeschoss einer Flugzeughalle in Nevada ein Blatt Papier aus. Der Hangar stand auf einem Flugplatz, der auf keiner Landkarte verzeichnet war, und das ganze Gelände war nur als Area 51 bekannt.

Zwei Stunden später stieg ein Pilot in Helm und Druckluftanzug in ein Flugzeug, das kurz zuvor aus dem Hangar geschleppt worden war. Der rundum schwarze Vogel war keilförmig, und die beiden Tragflächen strahlten von der Mittelachse im Winkel von je siebenunddreißigeinhalb Grad ab. Ein paar Soldaten halfen dem Piloten ins Cockpit, schnallten ihn fest und schlossen ihn ans Sauerstoffgerät an.

Der Pilot legte zur Vorbereitung des Starts ein paar Hebel um und wartete dann eine Viertelstunde. Erst als der Minutenzeiger seiner Armbanduhr auf die volle Stunde umsprang, gab er dem Bodenpersonal Zeichen, dass er den Motor anließ.

Genau zehn Minuten später drückte er die Gashebel seiner vier zweistufigen Triebwerke – sie arbeiteten bis 2,5 Mach als Raketen-, danach als Staustrahltriebwerke – und ließ die Bremsen los. Der Motorenlärm zerriss fast den Himmel; selbst der Pilot, der unter seinem gut gepolsterten Helm recht gemütlich im Cockpit saß, fand den Krach ätzend laut.

Als er über die Rollbahn brauste, verbrannten die Motoren eine mit flüssigem Sauerstoff angereicherte Mixtur aus Druckluft und Methan, deren Mischungsverhältnis automatisch der jeweiligen Geschwindigkeit und Flughöhe angepasst wurde.

Das Aufklärungsflugzeug hob erst am Ende der 4.000-Meter-Rollbahn ab. Mit einem Schalterkippen fuhr der Pilot das Fahrgestell ein, zog seinen Vogel dann steil hoch und stieg in einem Winkel von fünfundvierzig Grad auf. Als er doppelte Schallgeschwindigkeit erreichte, legte er einen Hebel um, und ein undurchsichtiger Metallschild schob sich hydraulisch vor die Windschutzscheibe. Der Pilot hatte sich schon seit dem Abheben der Maschine vor allem auf die Flugdaten verlassen, die auf den Displays seines Bordcomputers erschienen – deshalb war es praktisch bedeutungslos, dass er jetzt ohne Sicht nach außen flog.

Er achtete genau auf seine Fluggeschwindigkeit und überwachte, wie der Computer bei zweieinhalbfacher

Schallgeschwindigkeit von Raketen- auf Staustrahlantrieb (Ram-Jet) umschaltete. Die Druckluftleitungen waren nun geschlossen, die Zufuhr von flüssigem Sauerstoff unterbrochen. Als der Antriebswechsel abgeschlossen war, sorgte allein die Verbrennung von Methan in den vier Ram-Jets für den Schub des Flugzeugs. Eine Viertelstunde nach dem Abheben erreichte es fast 38.000 Meter Höhe, blieb auf diesem Level und beschleunigte auf über 8.600 km/h.

Der Pilot behielt den Monitor, der ihm die Temperatur an verschiedenen Punkten des Flugzeugs anzeigte, genau im Auge und achtete vor allem darauf, wie heiß die Vorderkanten der Tragflächen waren, die – wie er wusste, auch wenn er sie nicht sah – inzwischen rot glühten.

Trotz des betäubenden Krachs der Triebwerke und trotz der Druckwelle, die sich kilometerweit hinter dem Hyperschallflugzeug herzog, herrschte im Cockpit angenehme Ruhe, weil der Pilot den Lärm der Triebwerke nur als Vibration spürte. Auch auf der Erde kam kaum etwas von dem Krach an, denn die Schallwellen von Flugzeugen, die höher als 30.000 Meter fliegen, verlieren sich so gut wie ganz, bevor sie den Boden erreichen. In solcher Höhe war das Spionageflugzeug auf dem Radarschirm unsichtbar – und für das menschliche Auge erst recht. Nur Infrarotsensoren konnten es entdecken, und davon gab es wenige.

Der Pilot vergewisserte sich, dass seine beiden GPS-Geräte – Positionsmelder, die auf einem satellitengestützten, funkgesteuerten Navigationssystem, dem Global Positioning System, beruhen – identische Daten anzeigten, und koppelte seinen Autopiloten dann an eins davon. Der würde ihn zum ersten Auftanken in der Luft navigieren, das überm Atlantik stattfände. Dafür würde er auf 9.000 Meter und weniger als Schallgeschwindigkeit runtergehen müssen, um sich von einer KC-135, einem Stratotanker, versorgen zu lassen. Und dann wieder rauf auf 38.000 Meter und 8.6000 km/h und weiter quer über Afrika.

Zwar wäre die Nacht noch nicht vorbei, wenn er die mittlere Sahara erreichte, aber das machte nichts. Sein Radargerät – ein Synthetisches Aperturradar – störte sich weder an Dunkelheit noch an Wolken oder Rauch. Die Digitalsignale würden verschlüsselt über Satellit an die NIMA gesendet und dort in gestochen scharfe Bilder verwandelt werden.

Nach dem Flug über die Sahara würde der Hyperschall-Aufklärer den Nahen Osten überqueren – das machte der Pilot mindestens einmal die Woche –, dann umdrehen, westlich der Azoren ein zweites Mal in der Luft tanken und nach Nevada zurückkehren.

Ein Einsatz wie jeder andere, sagte sich der Pilot und rückte in seinem gepolsterten Sitz hin und her, um es sich bequemer zu machen.

Als Bill Taggart wieder unter den Lichtkegel der Propangaslaterne trat, erklärte der Professor gerade: »Die archäologischen Spuren des heutigen Menschen, des Homo sapiens, reichen etwa hunderttausend Jahre zurück, doch die Befunde sind widersprüchlich und schwer zu deuten. Damals lebten noch mindestens zwei weitere, menschenähnliche Gattungen. Sicher wissen wir nur, dass der Homo sapiens überlebt hat und die anderen Gattungen ausgestorben sind.«

Professor Soldi deutete auf die Dunkelheit ringsum: »Vor hunderttausend Jahren sah diese Gegend wahrscheinlich ähnlich aus wie einige Gebiete des heutigen Arizona, wo bewaldete Berge und Hügel aus wüstenhaften Ebenen aufsteigen. Menschen leben dort, wo sie zuverlässig Wasser finden, auch wenn es wenig ist – Hauptsache, die Quelle versiegt nicht. Die Wüste wächst oder zieht sich zurück, je nachdem, ob wenig oder viel Regen fällt.«

»Woher wissen Sie, was unter dem Sand begraben ist?«

»Wir setzen Radar ein, durchleuchten damit gewissermaßen den Sand, fertigen Karten danach an und machen Stellen ausfindig, an denen es wahrscheinlich mehr Wasser gegeben hat als anderswo. Und wenn diese Stellen nicht unter einer zu dicken Sandschicht liegen, fangen wir an zu graben.«

»Sind Sie schon fündig geworden?«

»Und wie!«, rief Soldi, zog eine große Klinge aus Feuerstein aus der Hosentasche, wog sie zärtlich in der Hand und sagte: »Dieses Messer ist womöglich fünfzigtausend Jahre alt.«

»Die Untertasse könnte auch so alt sein«, meinte Rip. »Oder älter.«

»Ist das nicht enorm!«, rief Soldi mit volltönender, energiegeladener Stimme. »Hier die Technologie der Untertasse, dort die Technologie, für die diese Klinge steht – beide wurden nur fünfzig Kilometer voneinander entfernt gefunden und sind unglaublich verschieden. Und doch ...«

Gerade begann es im Osten zu dämmern, als Rip erwachte; er war zu aufgeregt, um schlafen zu können, und dachte nur noch an die Untertasse.

Er rollte sich aus dem Feldbett, klopfte seine Stiefel aus, um sicher zu sein, dass sich kein Tier eingenistet hatte, und zog sie an. Dann fuhr er in Shorts und T-Shirt – das war noch fast frisch, erst ein paar Tage getragen – und schlüpfte aus dem Zelt.

Die Luft war belebend – kühl und frisch. Na ja, eigentlich war es bitterkalt. Also wieder ins Zelt zurück und nach einem Sweatshirt gewühlt. Und nach einem Pullover.

Dann ein langer, herrlicher Schluck kaltes Wasser und ein schneller Raubzug durch die Reste des Abendessens. Danach machte Rip sich zu Fuß zur Untertasse auf. Dutch, Bill und der Professor konnten später mit dem Jeep nachkommen.

Im Gehen beobachtete er, wie die Morgendämmerung das Dunkel vertrieb. Bei diesem Ferienjob erlebte er die Wüste zum ersten Mal und war vollauf begeistert von ihr.

Er war bestimmt noch anderthalb Kilometer entfernt, als er sah, wie die Untertasse in der Morgenröte strahlte. Mein Gott – dieser Anblick war so … erhaben! Geheimnisvoll und erhaben.

Heute würden sie erste Antworten bekommen. Ja – das spürte er.

Rip kletterte auf dem Felsen herum und besah sich das Raumschiff von allen Seiten, dann berührte er es mit beiden Händen und spürte die kalte, glatte Außenhaut. Ein tolles Gefühl. Als er die Hände wegnahm, blieb ihr Umriss auf der staubigen Oberfläche zurück.

Er stieg auf den höchsten Punkt der Klippe, in der die Untertasse so lange gefangen gewesen war, und beobachtete, wie die Sonne überm Horizont aufging.

Warum waren sie gerade hier gelandet? Genau an dieser Stelle? War das damals auch Wüste?

Als die Sonne aufgegangen war, nahm Rip die Schaufel und schippte Gesteinsschutt unter dem Raumschiff weg. Dann strich er mit den Fingern Sand und kleine Steine von der ausgefahrenen Landekufe.

Fast hätte er die Unebenheit übersehen. Was war das? Da im Stein?

Der Abdruck einer Hand!

Er sah aus wie die, die er eben auf der staubigen Oberfläche des Raumschiffs hinterlassen hatte ... ein Handabdruck im Fels.

Aufgeregt blies er den Sand weg und legte seine Rechte in den Umriss.

Der versteinerte Abdruck war nur geringfügig kleiner!

Rip setzte sich, starrte ihn an und versuchte zu begreifen, was er sah. Schließlich bedeckte er den Umriss mit Sand und trat ihn fest.

Als die anderen kamen, arbeitete Rip bereits mit dem Pressluftbohrer unterm Raumschiff. Er hörte den Jeep kommen, als er eine kurze Pause machte, um den Bohrer woanders anzusetzen und das Taschentuch zurechtzurücken, das er sich vor Mund und Nase gebunden hatte.

Er lächelte in sich hinein. Ja – heute war der große Tag.

Gegen neun Uhr morgens unterbrachen die Männer die Arbeit im Fels, um die Plane aufzuspannen. Danach bohrten sie weiter und legten eine Stunde später eine Ecke der Einstiegsluke des Raumschiffs frei; sie befand sich ziemlich in der Mitte der Untertasse, dort, wo sie am dicksten war.

Die Luke war so perfekt in den Rumpf des Raumschiffs eingepasst, dass sie kaum zu erkennen war. Wie üblich war es Rip, der sie zuerst bemerkte.

Mittlerweile arbeiteten sie fast wie besessen, um die Untertasse endlich ganz freizulegen.

Keuchend vor Anstrengung und Aufregung kam Professor Soldi unter das Raumschiff gekrochen, drehte sich auf den Rücken und betrachtete die Luke, die sich etwa einen halben Meter über ihm befand. Links von ihm lag Rip, rechts Bill. In der Mitte der Luke war ein Umriss in Form eines Trommelstocks zu erkennen. Auf den ersten Blick sah er wie eingraviert aus, und zwar mit einer Nadel von kaum einem Viertelmillimeter Durchmesser.

Soldi wischte sich die Hände am Hemd ab, strich den Staub von seinen Brillengläsern und flüsterte: »Was für eine Feinarbeit!«

»Sollen wir die Luke öffnen?«, fragte Dutch.

»Sie glauben also, wir schaffen das?«, meinte Soldi skeptisch.

»Klar«, sagte Rip, optimistisch wie immer. »Ich wette, das Schiff ist noch in dem Zustand, in dem es verlassen wurde. Nirgendwo ist auch nur ein Fleckchen Rost zu sehen.«

Soldi langte hoch und strich mit den Fingerspitzen vorsichtig über die Luke. »Wir stehen an der Schwelle eines neuen Zeitalters.«

»Also los«, drängte Rip ungeduldig.

»Langsam«, brummte Taggart.

»Vielleicht sollten wir auf Fachleute warten«, murmelte Soldi und wollte damit den jungen Mann neben sich, der beinahe zitterte, vermutlich nur aufziehen.

Dutch Haagen kniete neben einer Landekufe. »Ich möchte wirklich niemandem begegnen, der behauptet, Experte für fliegende Untertassen zu sein. Lasst uns weitermachen, bevor Gaddhafis Jungs kommen und uns vertreiben. Außerdem sterbe ich gleich vor Spannung.«

Soldi langte wieder hoch und drückte vorsichtig auf die Mitte des trommelstockförmigen Umrisses. Keine Reaktion. Er probierte es wieder, diesmal stärker und weiter oben. Dann weiter unten. »Genauso gut könnte ich gegen eine Tresortür drücken«, sagte er mit zusammengebissenen Zähnen.

Er versuchte es erneut und bemühte sich auch, die Fingernägel in den haarfeinen Umriss zu bekommen – keine Reaktion.

»Da gibt's wahrscheinlich einen Trick«, befand Dutch.

»Bestimmt«, pflichtete Soldi ihm bei.

»Lassen Sie mich mal.« Rip stieß den Professor mit der Hüfte an. Der blickte kurz ins erwartungsvolle Gesicht des Jungen und rückte zur Seite.

Rip legte die Hand ein Weilchen auf den Umriss und drückte dann auf das breitere Ende. Es gab nach, und das schmalere Ende klappte aus dem Rumpf.

»Na bitte!«

»Die Tür reagiert offensichtlich auf Körperwärme.« Bill staunte.

»Woher haben Sie das gewusst?«, fragte der Professor.

»Diese Lösung ist einfach naheliegend, oder?«, meinte Rip und legte vorsichtig die Hand um den Griff. Er versuchte, ihn nach unten zu ziehen, drückte ihn dann nach links und rechts – vergeblich. Schließlich probierte er, ihn zu drehen. Das funktionierte, und das hintere Ende der Klappe bewegte sich nach innen.

Die Luke öffnete sich langsam und zischte dabei ganz leise.

Als das Geräusch aufhörte, lagen die vier Männer platt auf dem Boden und stierten in das klaffende Loch im Rumpf.

»Meine Güte!«, rief Dutch.

3

Professor Soldi setzte sich vorsichtig auf und schnüffelte, was aus der Luke strömte. »Ganz normale Luft«, stellte er fest. »Aber sie riecht etwas komisch ...«

»Die Klappe war ja auch lange genug zu«, sagte Dutch Haagen mehr zu sich als zu den anderen.

Der Professor streckte den Kopf an die Luke und atmete kräftig durch die Nase ein. Dann legte er sich wieder auf den Boden. »Muffig. Sehr muffig.«

Rip Cantrell prustete vor Lachen. »Prof – Ihre Untersuchungsmethode ist erste Sahne!«

Soldi würdigte ihn keines Blickes.

Die offene Luke lockte.

»Rip, du hast das Raumschiff gefunden«, meinte Dutch. »Magst du als Erster reingehen?«

Der ließ sich nicht lange bitten, schnellte sogleich mit dem Oberkörper hoch und hockte sich direkt unter die Klappe, während Bill Taggart moserte: »Wirklich nett, dass du mich nicht gefragt hast, Dutch.«

Rip kniete sich hin und schob den Kopf langsam durch die Luke; nur allmählich gewöhnten sich seine Augen an das dämmrige Licht.

Er hatte Schmetterlinge im Bauch.

Zentimeter für Zentimeter richtete er sich auf. Endlich konnte er über den Lukenrand ins Innere des Raumschiffs blicken!

Nur durch die Kanzel über dem Cockpit fiel Licht in die Untertasse. Der Sitz dort war aufgesockelt – bestimmt, damit der Pilot einen guten Ausblick hatte.

In der Mitte des Raumschiffs, also rund um den Sockel, war die Kabine gut zwei Meter hoch und wurde nach außen hin immer niedriger. Ihr Durchmesser betrug nur etwa vier Meter. Links und rechts des Sockels befanden sich je drei Sitze mit Sicherheitsgurten, doch gab es keine Schlafkojen. Alle sieben Sitze waren nach vorn ausgerichtet, und vor den beiden Sitzen direkt neben dem Sockel befanden sich leere Flächen mit ein paar Schaltern und Knöpfen. Instrumente dagegen waren keine zu sehen.

Nachdem Rip die Kabine gemustert und sich an das schwache Licht gewöhnt hatte, erhob er sich von den Knien und ragte nun mit dem ganzen Oberkörper ins Raumschiff. Dort war es überraschenderweise kühl, obwohl der Rumpf doch aus Metall bestand und in der prallen Sonne lag. Die Untertasse musste gut isoliert sein.

Er kletterte hinein. Erst jetzt bemerkte er, dass es einen Haltegriff und ein Trittbrett gab, damit man leichter ein- und aussteigen konnte.

Dann stand er im Raumschiff und atmete tief durch. Roch es nicht schwach nach Salz? Nach Schweiß? Oder bildete er sich das nur ein?

Rip Cantrell sah sich sorgfältig um, stieg dann auf den Sockel und ließ sich auf dem Pilotensitz nieder. Die Kanzel war dunkel getönt und bot gute Sicht in jede Richtung.

Er untersuchte gerade die Knöpfe, Hebel und Schalter des Armaturenbretts, da merkte er, dass Professor Soldi links, Dutch rechts neben ihm stand.

»Unglaublich, was?«, meinte Rip. »Guckt euch das an! So was hab ich noch nie gesehen.«

»Das ist eine Raumfähre«, stellte Dutch fest. »Damit bringt man Leute und Material von einem Raumschiff in der Umlaufbahn auf die Erde.«

»Für Material ist hier nicht viel Platz. Vielleicht diente die Fähre zu Erkundungsflügen. Oder im Notfall – vielleicht war sie eine Art Rettungsboot.«

»Kein schlechter Gedanke.«

»Wozu dienen wohl diese ganzen Schalter?«

In die rechte Armlehne des Pilotensitzes war ein kleiner Hebel eingebaut – der Steuerknüppel, wie Rip vermutete. Auch auf der linke Lehne war ein Hebel angebracht, der in einem Winkel von fünfundvierzig Grad nach vorne wies, hinterm Sitz in ein Gelenk mündete und sich nur hoch und runter bewegen ließ, wie Rip feststellte, als er probeweise daran zog. Neben den Griffen beider Hebel befanden sich verschiedene Knöpfe und Schalter.

Unten vor dem Sitz waren Pedale eingebaut. Die sind für Höhen- und Seitenruder, dachte Rip, doch dann fiel ihm ein, dass die Untertasse keine Ruder hatte, sondern Steuerdüsen, die rund um das Raumschiff auf Höhe der Strahlaustrittsdüsen angebracht waren und im Winkel von fünfundvierzig Grad nach oben oder unten wiesen.

Zweifellos aktivierten die Pedale die als Ruder dienenden Düsen.

»Keine Frage – die Isolierung hält die Temperatur hier drin niedrig«, meinte Rip, als er mit der Untersuchung der wichtigsten Steuervorrichtungen fertig war. »Wenn dieses Ding dazu dient, die Erdatmosphäre zu durchqueren, muss das ja wohl auch so sein.«

»Das sind bestimmt Computermonitore«, sagte Dutch und zeigte auf die schwarzen Glasflächen vor dem Pilotensitz und vor den beiden Sitzen gleich rechts und links des Sockels. »Die würde sich Bill Gates bestimmt gern näher ansehen, um endlich völlig konkurrenzlos abzocken zu können.«

»Warum die das Ding wohl gerade hier zurückgelassen haben?«, murmelte Bill Taggart. Er stand hinter Haagen und sah ihm über die Schulter.

Rip suchte einen Schalter aus und legte ihn um. Natürlich tat sich nichts.

»Kein Strom«, raunte Dutch.

»Doch«, sagte Rip. »Die Außenhaut absorbiert garantiert Sonnenenergie. Wir wissen bloß nicht, wie man den Strom einschaltet.«

»Mann – hör auf, alles anzufassen und Knöpfe zu drücken«, maulte Bill aus dem Hintergrund. »Das macht mich total nervös.«

»Der hier ist bestimmt zum Steuern da«, meinte Rip und griff nach dem Hebel, der aus der rechten Armlehne des Pilotensitzes ragte.

»Mann – wir wissen noch nicht mal, wie das Ding betrieben wird«, sagte Bill. »Wir sollten nicht so leichtsinnig sein.«

Dutch Haagen mischte sich ein: »Ich finde, …«

Er brach ab, denn Rip hatte nach einem rötlichen Knauf gelangt, der in einem Winkel von sechzig Grad neben einem der Monitore aus dem Armaturenbrett ragte. Er versuchte, ihn zu drehen, aber das klappte nicht. Also zog er daran – mit Erfolg: Die Monitore erwachten zum Leben, rote und gelbe Signale übersäten die Schalttafeln, und hinter der Kabine erhob sich ein dumpfes Grollen.

Erschrocken drückte Rip den Knauf wieder runter. Die Lichter erloschen, die Monitore gingen aus, und das Grollen erstarb.

»Heiliger Bimbam!«, rief Bill, drehte sich um und kletterte schnell aus der Luke.

»Das Ding muss Atomantrieb haben«, meinte Dutch und starrte auf die leeren, dunklen Monitore. »Dieses Geräusch – das war bestimmt der Reaktor.«

»Bestimmt.«

»Professor, wenn das Ding Ewigkeiten hier eingeschlossen war – wie kann dann noch Saft im Reaktor sein? Stirbt der nicht wie eine Batterie?«

»Ja, aber erst nach enormer Zeit. Plutonium hat eine Halbwertszeit von zweihundertfünfzigtausend Jahren. Also hat so ein Reaktor nach einer halben Million Jahren noch immer fünfundzwanzig Prozent seiner Energie.«

Rip langte erneut nach dem Knauf, und Dutchs Hand schnellte vor.

»Nicht jetzt, Junge. Bill hat Recht. Ich weiß, du bist ein Tiger, aber lass uns das Ganze in aller Ruhe überlegen.«

»Möglich, dass das Schiff verlassen wurde, weil es nicht mehr funktioniert hat«, gab Dr. Soldi zu bedenken.

»Eben«, sagte Bill. Er stand draußen, nur sein Kopf war

zu sehen. »Du schaltest aufs Geratewohl irgendwas ein, Rip, und wir alle klopfen womöglich früher bei Petrus an, als uns lieb ist.«

»Wir müssen rausfinden, wie das Ding funktioniert«, hielt Rip dagegen.

»Schauen wir uns lieber noch ein bisschen um«, sagte Dutch beharrlich und legte Rip die Hand auf die Schulter.

Also verließ er den Pilotensitz, und die vier begannen, die übrigen Armaturen zu untersuchen. Die Schalttafeln, die zwischen den Sitzen rechts und links des Sockels angebracht waren, ließen sich aufklappen und waren nur mit Druckknöpfen verschlossen.

Dann öffnete Rip eine Luke, die aus der Kabine in den Maschinenraum führte, und die vier blickten auf das technische Innenleben des Schiffs: auf Leitungen, Pumpen – oder etwas, das wie Pumpen aussah –, Rohre, Isolierkabel.

»Die Isolation muss völlig hinüber sein«, brummte Dutch und begann am erstbesten Kabel zu zerren. Er bog es und verdrehte es in sich, doch es blieb heil.

»Was ist das wohl für ein Zeug?«

»Tja – da hat jemand für die Ewigkeit gebaut.«

»Hier drüben ist der Reaktor.«

Er war kaum größer als ein Hundertfünfzig-Liter-Tank und unter dem Gewirr von Kabeln, Druckluftschläuchen und dergleichen fast völlig verborgen.

»Stimmt, das ist er.«

»Ist der nicht viel zu klein?«, fragte Bill.

»Wie groß soll er denn sein?«

»Keine Ahnung. Ich hab gedacht, der müsste doch so groß wie ein Auto sein, oder so.«

»Wenn das Ding einen Knacks hat, werden wir wahrscheinlich gerade tödlich verstrahlt«, stellte Dutch fest.

»Das hat keinen Knacks«, entgegnete Rip mit plötzlicher Gewissheit. »An dem Schiff ist nichts kaputt. Nicht das Geringste.«

»Und worauf, bitte, stützt du diese wissenschaftliche Schlussfolgerung?«

»Ich weiß es einfach.« Der Junge zuckte die Achseln. »Das nennt man Instinkt.«

»Wunschdenken nenn ich das«, sagte Bill von der Luke zum Maschinenraum her. Zum Glück war er nicht mit reingeklettert – die anderen standen schon zu dritt wie die Heringe.

»Vielleicht sollten wir draußen warten, und du bleibst hier, Rip – als Kanarienvogel im Bergwerksstollen«, schlug Dutch vor. »Wenn du morgen noch singst, ist die Luft rein.«

»Das Schiff zu untersuchen ist gefährlich«, sagte Soldi. »Ringsum unbekannte Technologie, und wir wissen nicht, welche Probleme aufgetreten sind. Strahlung, Bakterien, Viren aus dem All – es wäre besser, wenn Fachleute in Schutzanzügen die Untersuchungen durchführen.«

Bill Taggarts Kopf verschwand sofort aus der Luke, doch weder Haagen noch Cantrell, nicht mal der besorgte Professor machten Anstalten, das Schiff zu verlassen.

Sie entdeckten Kabel, die von der Außenhaut der Untertasse zu den Batterien führten. Und jede Menge Kabel, die aus den Batterien kamen, in Sicherungskästen zusammenliefen und von dort in eine verwirrende Vielzahl merkwürdiger Boxen und Geräte führten. Von denen untersuchten sie eins nach dem anderen, um herauszufinden, wozu sie dienen mochten.

»Die Konstrukteure dieses Schiffs waren unserer Zivilisation weit voraus«, meinte Dutch Haagen schließlich. »Hier sieht's noch chaotischer aus als auf dem Technikdeck einer NASA-Raumfähre.«

Als Student der Ingenieurwissenschaft war Rip auf dem neuesten Stand der Technik. »Dieses Schiff ist gar nicht so vollgestopft«, stellte er fest und dachte dabei an seine Exkursion nach Cape Canaveral im letzten Sommer. »Irgendwie ist hier alles einfacher und ...« – er suchte nach Worten – »... durchdachter. Weiter entwickelt. Besser.«

Sie setzten ihre Untersuchung fort, bis es im Maschinenraum so heiß und stickig geworden war, dass sie möglichst schnell ins Freie wollten. Doch Rip hielt sie zurück. »Sehen Sie sich das mal an, Professor.«

Der junge Mann kniete am Boden und zeigte auf etwas, das zwischen zwei Geräte gezwängt war. In der Linken hielt er seine Taschenlampe.

Soldi kletterte zu ihm rüber.

»Das hat im Lauf der Zeit ziemlich gelitten.«

»Sieht ganz so aus.«

Der Professor schob seine Brille zurecht, beugte sich vor und vergrub die Nase beinahe in Rips Fund, der aussah wie ein uraltes Buch ohne Einband.

»Ob das Papier ist?«

»Irgendwelche Blätter – da wette ich drauf. Ich hol meinen Fotoapparat und einen Beutel.«

»Ob da was draufsteht? Und wenn ja, was wohl?«

»Mein Gott, Junge! Ich hab keine Ahnung.«

Als Rip aus dem Maschinenraum gekrochen kam, saß Dutch mit um die Knie geschlungenen Armen da, den Rücken an den Sockel des Pilotensitzes gelehnt.

»Na – was meinst du?«, fragte Rip.

»Ich komm mir vor wie im Museum. Das Ding ist richtig alt.«

»Die, die hier gelandet sind, müssen lange tot sein.«

»Und wie lange! Das können wir uns gar nicht vorstellen.«

»Ich verstehe noch nicht, wie alles technisch zusammenhängt«, sagte Rip nachdenklich. »Hier laufen überall elektrische Leitungen, und es gibt einen Reaktor, aber woher kommt die Energie?«

Dutch strich mit den Fingerspitzen langsam über den Kabinenboden, berührte, was sonst noch in Reichweite war, und nahm sich Zeit, alles zu betrachten und in sich aufzunehmen.

»Wir sind nicht allein im All«, sagte er schließlich.

»Mir wird ganz anders«, meinte Rip schaudernd. »Das alles kann doch eigentlich nicht wahr sein. Aber es ist wahr.«

»Wie mag es wohl sein, mit der Untertasse ins All zu fliegen?«, fragte Rip. Die anderen waren längst mit dem Mittagessen fertig, nur er spachtelte noch. Sie saßen unter einer aufgespannten Plane, die ihnen als Sonnensegel diente.

Dutch schüttelte nur den Kopf. Er sah zu, wie Rip Bissen für Bissen verschlang. Vielleicht hat er wirklich einen Bandwurm, dachte er.

»Die Hitzeentwicklung beim Wiedereintritt in die Erdatmosphäre ist der eigentlich kritische Punkt«, sagte Rip nachdenklich und mit vollem Mund. »Und ich bin sicher, dass das Schiff aus einem Material ist, dem Hitze so gut wie nichts ausmacht.«

»Hört, hört!«, brummte der Professor.

»Es gibt weder Speisekammer noch Küche an Bord«, meinte Dutch. »Das ist bestimmt eine Raumfähre, die Leute und Material zwischen dem Mutterschiff im Orbit und der Erdoberfläche transportiert hat.«

»Warum liegt die Untertasse ausgerechnet hier?«, fragte Rip und kaute dabei weiter. »Warum nicht woanders?«

»Fragen, Fragen, nichts als Fragen – und keine Antworten«, sagte Soldi, schien darüber aber nicht beunruhigt. Knifflige Probleme hatten ihn schon immer fasziniert.

»Dutch, Sie müssen das Schiff heute Nachmittag unbedingt genauer untersuchen«, fuhr er fort. »Ich fahre jetzt mit dem, was Rip vorhin gefunden hat, zu meiner Grabung rüber und untersuche es im Labor.«

Sie säuberten das Geschirr flüchtig, danach fuhr Soldi mit dem Jeep weg.

Als sie zum wiederholten Mal vor der Untertasse standen, meinte Dutch zu Rip: »Wir sollten mit dem Reaktor anfangen. Der ist das Herz des Ganzen.«

»Einverstanden.«

»Magst du uns helfen, Bill?«

»Nein, danke.« Taggart saß im Schatten und rauchte eine Zigarre. »Ihr seid verrückt, dass ihr in dem Ding rumstöbert. Ihr habt nicht die leiseste Vorstellung, welche Gefahren auf euch lauern.«

»Dann sind wir eben verrückt.«

»Und du musst uns ja nicht helfen.«

»Ich weiß. Und ich hab's auch nicht vor.«

»Nun mal sachte, Bill.«

»Dutch, was du machst, ist Unsinn. Das verdammte Ding liegt hier seit Ewigkeiten begraben. Du atmest da drin Viren ein, die seit Millionen Jahren auf ihren Wirt warten. Vielleicht sind die Krankheitserreger von einem anderen Planeten, aus einem anderen Sonnensystem. Weiß der Himmel, was du dir einfängst.«

Rip griff sich an die Kehle, schwankte und keuchte. Seine Augen traten hervor.

»Lass das, Cantrell«, bellte Bill. »Du Schwachkopf.«

Rip machte nur eine wegwerfende Geste.

»Komm, Dutch«, sagte er. »Schauen wir uns den Reaktor an.«

Er kletterte ins Schiff, ohne sich noch mal nach Bill umzusehen, der auf seinem Klappstuhl festgewachsen schien.

»Dutch, sieh dir das an – dieses Rohr ist beschriftet.«

Rip leuchtete mit der Taschenlampe, und Dutch beugte sich vor.

»Sieht eher nach Kratzern aus.«

»Ein bisschen. Aber das sind Zeichen. Sie haben was auf das Rohr geschrieben.«

»Solche Zeichen hab ich noch nie gesehen.«

»Natürlich nicht. Aber sie beweisen, dass die Untertasse von Menschen gebaut worden ist. Oder von menschenähnlichen Wesen.«

Dutch Haagen hielt die Taschenlampe so, dass das Licht seitlich auf die Inschrift fiel. »Sieht aus wie gemalt.

Oder doch eher wie geätzt?« Das Symbol links war klein und schwungvoll. Rechts oberhalb davon befand sich eine Art auf der Spitze stehendes Dreieck, allerdings ohne Grundlinie. Dann folgte noch ein anderes Symbol, auf gleicher Höhe wie das erste.

»So was hab ich wirklich noch nie gesehen.«

»Wahrscheinlich ein Hinweis, was durch das Rohr fließt«, mutmaßte Rip.

»Klar, Junge. Klingt sehr plausibel. Aber ich kann es nicht lesen. Du etwa?«

»Ähhh, ja ... – ›Bill Taggart ist ein Trottel‹, steht da. Übersetzt jedenfalls.« Rip zuckte die Achseln. »Ich glaube, wir haben das in der sechsten Klasse behandelt, aber da hatte ich gerade Grippe.«

»Das kann nicht die einzige Beschriftung sein. Guck mal, ob du noch welche findest.«

Kaum zehn Sekunden später hatte Rip wieder eine Zeichenreihe entdeckt, diesmal auf einer Druckluftleitung. Es waren andere Symbole.

Im Laufe der nächsten halben Stunde stellten sie fest, dass fast jede Leitung beschriftet war und sich viele Zeichen wiederholten.

»Wenn wir die lesen könnten, würden wir begreifen, wie das Raumschiff funktioniert«, sagte Rip.

Dutch antwortete nicht. Er fahndete weiter nach Zeichenfolgen, untersuchte die Installationen und betrachtete alles sehr genau. Nach einer Weile sagte er: »Das hier dürfte ein Generator sein. Siehst du die ganzen Kabel, die da rauskommen? Die laufen hier runter und münden da hinten in Leitungen.«

Die beiden Männer setzten die Untersuchung fort.

Schließlich sagte Dutch: »Ich seh es so: Der Generator erzeugt Strom, der zum Teil durch diese Leitungen hier läuft.« Dutch zeigte auf sechs Kabel, die wie konzentrische Kreise in den Boden der Untertasse eingelassen waren. »Zum Teil geht der Strom aber auch in die dicken Dinger da vorn. Das sind bestimmt Stromkreisunterbrecher oder irgendwelche Sicherungen. Und von dort wird der Strom an alle Geräte an Bord verteilt.«

»Vielleicht heben die dicken, kreisförmig verlegten Kabel die Schwerkraft auf?«, mutmaßte Rip. »Womöglich sind das Anti-Gravitations-Ringe?«

»Kann sein, Junge. Kann schon sein.« Dutch stöberte weiter.

Die Stunde vor Sonnenuntergang verbrachte Rip damit, die mit Sandstein verstopften Steuerdüsen der Untertasse zu reinigen. Dabei diente ihm ein kleiner Schraubenzieher als Meißel, auf dessen Griff er einhämmerte. Die losgeklopften Gesteinsbröckchen, die zu klein waren, um sie mit den Fingern aus den Düsen zu fischen, blies Rip einfach weg. Er kam gut voran.

Wie herrlich es war, das Schiff zu berühren und mit den Fingern über die Außenhaut zu streichen! Die Untertasse faszinierte Rip. Als die Sonne allmählich zum Horizont sank, ertappte er sich dabei, wie hypnotisiert dazusitzen und das Schiff anzustarren. Wer hatte es wohl hergeflogen? Was mochten das für Leute gewesen sein?

»Ich musste unseren Geologen einweihen«, berichtete Professor Soldi am Abend, als er von seiner Grabung zurückgekommen war, nahm die Kaffeekanne vom Propangasofen und schenkte sich eine Tasse ein. »Er hat den Sandstein unterm Elektronenmikroskop untersucht.«

»Und?«, fragte Rip, kaum dass Soldi einen Schluck genommen hatte.

»Es hat eine Weile gedauert, um die Blütenstaubeinschlüsse mit der C-14-Methode zu datieren.«

»Und?«

»Einhundertvierzigtausend Jahre, plus/minus zehntausend.« Dutch Haagen ließ einen Pfiff los; Soldi trank weiter; und Rip Cantrell schlang die Arme um die Knie und starrte ins Feuer.

Diesmal hatten sie ihr Lager am Fuß der Klippe aufgeschlagen, keine hundert Meter von der Untertasse entfernt. Die Zelte woanders aufzubauen war nichts Außergewöhnliches, sondern eine lästige Pflicht, die die drei Landvermesser normalerweise jeden zweiten Tag erledigten.

Ihr Lager bestand aus zwei Zelten – eins zum Schlafen, eins für die Vorräte und zum Kochen – und einem Sonnensegel, das den beiden auf Anhängern montierten Siebenhundertfünfzig-Liter-Wassertanks Schatten spendete. Rip übernachtete meistens unter freiem Himmel im Schlafsack.

»Wir werden jemandem von der Untertasse erzählen müssen«, sagte Dutch nach einiger Zeit.

»Unserem Boss in Houston zum Beispiel«, knurrte Bill Taggart. »Der glaubt, wir würden hier anständig arbeiten.«

»Was meinen Sie, Professor?«

»Der Geologe ist eine Klatschbase. Und mein Assistent hat wissen wollen, wo ich gewesen bin. Vielleicht hätte ich ihm geduldiger zuhören sollen, als er mir berichtet hat, was sie in meiner Abwesenheit alles geschafft haben.« Er zuckte die Achseln und trank die Tasse aus. »Ich hab die beiden gebeten, noch zwei Tage darüber zu schweigen. Vielleicht tun sie's, vielleicht auch nicht.«

»Heißt das, Sie haben ihnen von der Untertasse erzählt?«

»War nicht zu vermeiden.«

»Ich wette, die telefonieren gerade und posaunen die Neuigkeit überall rum«, sagte Rip niedergeschlagen.

»Na ja ...«

»Und was ist mit dem Zeug, das wir im Maschinenraum gefunden haben?«, fragte Rip.

»Daran hat unser Laborant noch gearbeitet, als ich losgefahren bin. Papier ist es jedenfalls nicht.« Soldi schenkte sich Kaffee nach. »Er führt ein paar chemische Untersuchungen durch, aber ich schätze, wir werden den Fund an ein Labor in den Staaten schicken müssen, um eine zuverlässige Analyse zu bekommen.«

Um ein Uhr nachts schreckte Rip hoch. Er hatte gedöst und dabei die Untertasse Zentimeter für Zentimeter im Geiste untersucht, bis ihm plötzlich die Lösung eingefallen war. Nun setzte er sich im Schlafsack auf.

Die anderen schliefen. Die Laternen waren aus, und die Sterne funkelten millionenfach vom schwarzen Himmel herab.

In ihrem Licht konnte er die Plane, unter der das Raumschiff verborgen war, nur so eben erkennen.

Die kalte Luft ließ ihn frösteln, als er nach seinen Stiefeln tastete, sie ausklopfte und anzog, ein Sweatshirt überstreifte und nach seiner Taschenlampe wühlte.

Im Inneren der Untertasse hatte sich die Temperatur nicht geändert. Sie war gleich gut gegen Hitze wie Kälte isoliert.

Jetzt, wo ihm wärmer war, kroch Rip gleich weiter in den Maschinenraum und richtete seine Taschenlampe auf die Inschrift, die er zuerst bemerkt hatte.

Ja, das mochte stimmen. Vielleicht. Wenn das exponierte Zeichen zwischen den beiden Symbolen für eine Zwei stand, bedeutete die Inschrift womöglich H_2O – Wasser.

Wenn ja, müsste es einen Separator geben, ein Gerät, das Wasserstoff und Sauerstoff voneinander schied, so dass man beide Gase getrennt ins Raketentriebwerk leiten, das Gemisch darin verbrennen und obendrein noch Sauerstoff für die Atemluft in der Passagierkabine abzweigen konnte.

Rip folgte dem Verlauf der Leitung. Gut – das hier mochte ein Wassertank sein. Und wie die Leitung lief, war das armierte Ding da vorn der Separator.

Die Rohre, die von dort weiterführten, waren tatsächlich mit nur je einem der beiden Symbole, die auf dem Wasserrohr gestanden hatten, beschriftet. Das hier musste die Wasserstoff-, das andere die Sauerstoffleitung sein.

Von seiner Entdeckung völlig in Beschlag genommen, saß Rip auf dem Fußboden und musterte die geballte Technik. Alles war so Platz sparend arrangiert, dass die Funktionsabläufe nur schwer zu erkennen waren, doch jetzt hatte er das Prinzip begriffen. Hoffte er jedenfalls. Immerhin ergab es einen Sinn – wenigstens einigermaßen.

Der Einfüllstutzen für den Wassertank musste auf der Außenseite des Schiffs liegen. Wie hatte er den bloß übersehen können?

Na ja – schließlich war er die ganze Zeit damit beschäftigt gewesen, mit dem Pressluftbohrer Gestein wegzuhämmern. Da hatte er einfach keine Zeit gehabt, die Außenhaut Quadratzentimeter für Quadratzentimeter zu untersuchen. Oder die Winkel und Ritzen rund um die Strahlaustrittsdüsen. Es musste irgendwo eine Tanköffnung geben, die ihm entgangen war.

Er verließ das Schiff und begann, den Rumpf mit der Taschenlampe abzusuchen.

Wasser!

Mann – Wasser gibt's überall. Nur nicht in der Sahara, natürlich. Vielleicht war ihnen über der Wüste der Sprit ausgegangen …

Aber vielleicht war das hier damals gar keine Wüste gewesen. Möglich, dass der Besatzung auf einem Erkundungsflug etwas zugestoßen war. Dass sie gefressen wurde oder krank geworden war … – oder Menschen sie angegriffen hatten.

Da – ein winziger, haardünner Spalt. Rip bearbeitete ihn mit dem Taschenmesser, bis sich ein Deckel öffnete.

Tatsächlich – darunter befand sich etwas, das ein bisschen wie ein Tankverschluss am Auto aussah. Da wurde bestimmt das Wasser eingefüllt.

Er hatte den Deckel gerade wieder zugemacht, als ihn der Strahl einer Taschenlampe traf. Rip drehte sich zum Licht und hörte eine männliche Stimme: »Na, Freundchen? Das ist ja eine Überraschung.« Der Mann sprach Englisch und war mit Sicherheit Amerikaner.

Der Lichtstrahl der Lampe tanzte über den Rumpf des Schiffes. Hab ich den Deckel zugemacht, bevor der mich ins Visier genommen hat? Ja, dachte Rip, hab ich.

Die Stimme verriet, wie erstaunt der Mann war: »Beim Barte des Propheten – eine fliegende Untertasse!«

»Oder ein ziemlich perfektes Modell in Originalgröße.« Das war noch eine amerikanische Stimme, eine weibliche.

4

»Wer sind Sie?«, fragte Rip, leuchtete mit seiner Taschenlampe in Richtung der Stimmen und sah eine khakifarbene Uniform und einen graugrünen Fliegeranzug.

»U.S. Air Force. Und was bist du für einer?« Die männliche Stimme hatte einen texanischen Einschlag.

»Ich heiße Rip Cantrell.«

»Hast du das Ding hergeflogen?«

»Na klar. Ich stell's nur unter der Plane ab, wenn wir was reparieren müssen – es soll ja nicht nass regnen.«

»Für wen arbeitest du, du Schlaumeier?«

»Für Wellstar Petroleum. Wir machen seismische Messungen.«

»Mhm.« Die beiden standen direkt über ihm am Rand der Klippe und betrachteten das Schiff unter der Plane. Der Mann war etwa Mitte dreißig, die Frau … – na ja, bei dem Licht schwer zu sagen. Mitte zwanzig? Hm, vielleicht doch eher Ende zwanzig. Und hübsch, so mit Pferdeschwanz und in Fliegeranzug und Pilotenjacke.

»Haben Sie auch Namen?«, fragte Rip.

»Ich bin Major Stiborek, und das ist Captain Pine.« Er wies auf die Frau.

»Nicht mehr«, sagte sie. »Inzwischen bin ich einfach wieder Charley Pine. Hab die Luftwaffe vor zwei Wochen verlassen.«

»Warum treiben Sie sich dann immer noch mit Fliegern rum?«

»Ich bin vom Militär in den Staatsdienst gewechselt, aber mein Job ist der gleiche.«

»Kennen lernen könnt ihr euch später«, raunzte der Major die Frau an.

»Langsam, guter Mann«, sagte Rip. »Nicht so empfindlich!«

»Wir haben nicht damit gerechnet, hier auf Amerikaner zu stoßen«, stellte Charley fest.

»Mit wem haben Sie denn gerechnet?«

Keine Antwort. Der Major ließ lediglich seine Taschenlampe über die Untertasse spielen.

»Unglaublich«, murmelte er der Frau so leise zu, dass Rip es beinahe überhört hätte.

Rip räusperte sich. »Also«, sagte er möglichst cool, »ist Ihnen um die Ecke das Kamel verdurstet, oder begutachten Sie hier draußen Immobilien?«

»So was in der Art.«

»Oder schnüffeln Sie nur ein bisschen rum?«

Der Major leuchtete noch immer die Untertasse ab. Dann fragte er: »Habt ihr Vermesser das Ding ausgebuddelt?«

Rip knipste seine Taschenlampe aus und schob sie in die Tasche. »Wissen Sie, Tex – das geht Uncle Sam nichts an. Zischt doch einfach wieder ab ins schwarze Unbekannte.«

»Tut mir Leid«, sagte die Frau – und es klang tatsächlich aufrichtig –, »aber das *ist* eine Regierungsangelegenheit.«

»Blödsinn«, gab Rip zurück und spürte, wie er rot wurde.

Er hasste es, wenn jemand von oben herab mit ihm sprach. »Wir sind mitten in der Sahara. Ringsum nur Wüste. Schwingen Sie sich auf Ihre Kamele und sehen Sie zu, dass Sie Land gewinnen.«

»Sechs Leute von uns sind unten beim Zeltlager, Junge«, sagte der Major barsch. »Du hast zwei Möglichkeiten – entweder du steigst wie ein Gentleman zu deinen Leuten runter, oder ich pack dich am Genick und bring dich persönlich hin.«

Rip machte zwei Schritte auf die Felskante zu. Nun reichte er an die Fußknöchel des Majors, packte sie prompt und zog. Der Mann krachte auf den Hintern und stöhnte laut auf.

»Genug geprahlt, Mann. Wenn Sie sich's jetzt noch zutrauen, schleifen Sie mich runter.«

»Rip!«, schrie Dutch Haagen durch die Nacht. »Komm her – wir haben Besuch.«

»Verdammt, Charley!«, ächzte der Major. »Ich glaub, meine linke Hüfte ist gebrochen.«

»Mr. Cantrell«, sagte die Frau verärgert. »Würden Sie mir bitte helfen, Major Großmaul ins Camp zu bringen?«

»Einen Moment«, antwortete Rip, kroch unter das Schiff und schloss die Einstiegsluke.

Als er zurückkam, fragte er über das ununterbrochene Stöhnen des Majors hinweg: »Und Sie heißen Charley?«

»Charlotte, also Charley.«

»Und was treiben Sie so?«, wollte Rip wissen, als sie den Major hochhievten und bei den Schultern nahmen.

»Ich bin Testpilotin«, antwortete sie. »Major Macho ist

Ingenieur für Raumfahrttechnik. Unser Chef, Colonel West, den Sie gleich kennen lernen werden, leitet das UFO-Projekt der Luftwaffe.«

»UFOs! Wahnsinn! Hat Ihnen jemand aus dieser Gegend eins gemeldet?«

»Spaßvogel. Wir müssen vor allem verhindern, dass die Öffentlichkeit durch unaufgeklärte Phänomene in Panik gerät.«

»Nicht aus der Schule plaudern, Charley«, brummte Major Stiborek.

»Soll ich Sie noch mal auf die Bretter schicken, Tex?«

»Seien Sie nett zu ihm, Mr. Cantrell«, sagte Charley Pine. »Wir hatten einen sehr langen Tag und sind vor sechsunddreißig Stunden in Nevada gestartet.«

»Charley!«

»Halt die Klappe, Mike.«

»Sind Sie miteinander verheiratet, oder so?«, fragte Rip.

»Oder so – ein Fehler, den ich in einem schwachen Moment gemacht habe.«

»Mögen Sie ihn wirklich, oder geht's Ihnen nur um Sex?«

Major Stiborek fluchte, und Charley prustete los. Nettes Lachen, dachte Rip.

»Sie sind also aus Kairo hergeflogen?«

»Aus Assuan. Und dann bei Nacht dreißig Kilometer im Militärjeep durch die Wüste gefahren.«

Als Rip und Charley Pine den Major neben einem der Scheinwerfer hinlegten, die das Lager in grelles Licht tauchten, stand Colonel West mit fünf Soldaten vor Bill,

Dutch und Professor Soldi und redete. Alle sechs Air Force-Männer trugen schweißfleckige Fliegermontur; die einfachen Soldaten hatten zudem Gewehre über die Schulter geworfen. Jetzt erst bemerkte Rip, dass Major Stiborek und Charley Pine geholsterte Pistolen trugen – wie Colonel West. Ihre Jeeps waren nicht zu sehen.

West sagte gerade: »... auf direkte Weisung des Oberbefehlshabers, also des Präsidenten der Vereinigten Staaten, gekommen. Ich hoffe zuversichtlich, meine Herren, dass Sie mit der Regierung der Vereinigten Staaten umfassend und vollständig zusammenarbeiten werden.«

»Klar doch, Colonel«, sagte Dutch Haagen und sah dann neugierig zum Major rüber, der sich die Hüfte rieb und wie wild auf seiner Unterlippe kaute.

»Dem ist ein Missgeschick passiert«, erläuterte Rip. »Hingefallen.«

West hatte andere Dinge im Kopf. »Ich will das untertassenförmige Gebilde sehen. Führen Sie mich bitte hin, Mr Haagen.«

»Bevor wir irgendwohin gehen, Colonel«, warf Professor Soldi ein, »sollten wir vielleicht etwas klären. Das hier ist eine archäologische Stätte im Sinne des Gesetzbuchs der Vereinigten Staaten. Die Luftwaffe ist zu keinerlei Eingriffen in solche Stätten befugt. Ich dagegen – ein Archäologe im Sinne des Gesetzbuchs der Vereinigten Staaten –, ich schon. Ich hab hier das Kommando.«

»Kommen Sie mir nicht mit dem Gesetzbuch unterm Arm, Professor. Wir sind hier nicht in den Staaten, und Befehl ist Befehl.«

»Ihre Befehle sind mir egal, Colonel. Ich kenne mich mit amerikanischem und internationalem Recht aus. Als

Archäologe habe ich die moralische und juristische Verpflichtung, dieses Objekt zu schützen. Ich verspreche Ihnen: Sollte es irgendwie beschädigt werden, landen Sie vor einem Bundesrichter.«

Der Colonel sah den Professor wütend an.

Soldi funkelte zornig zurück. Rip hatte den Archäologen für eine Art Fossil gehalten, änderte nun aber seine Ansicht.

»Sergeant«, sagte Colonel West unbeirrbar, »suchen Sie die Männer und ihre Ausrüstung nach Satellitentelefonen ab. Beschlagnahmen Sie alle Geräte, mit denen sie Kontakt zur Außenwelt aufnehmen können.«

»Ja, Sir.«

»Hier habe ich das Kommando, Professor«, bellte West. »Ich will das Ding untersuchen. Was danach passiert, hängt davon ab, was ich vorfinde.«

»Ist das eine Drohung?«

»Verstehen Sie's, wie Sie wollen.«

Soldi beschäftigte sich mit seiner Pfeife und sagte dann: »Niemand steht über dem Gesetz, Colonel. Später werden die hohen Tiere schwören, sie hätten Ihnen nie befohlen, etwas Illegales zu tun. Die werden Sie ohne Bedenken in die Pfanne hauen, um sich aus der Affäre zu ziehen. Wenn ich Sie wäre, würde ich diese Tatsache stets im Kopf behalten.«

Colonel West ließ Soldi offenbar das letzte Wort.

Der Sergeant filzte die vier Männer, während andere Soldaten die Ausrüstung in den Zelten durchsuchten. Kaum war Soldi gründlich abgeklopft, setzte er sich auf einen Campingstuhl. Dutch ließ sich neben ihm nieder.

Rip hockte sich neben Bill Taggart in den Sand.

»Sie dürfen mich gern begleiten, Professor«, erklärte der Colonel schroff.

»Ich warne Sie«, entgegnete Soldi und fügte laut hinzu: »Ich warne Sie alle. Dieses Objekt ist durch amerikanisches und internationales Recht geschützt.«

»Wir werden vorsichtig sein«, knurrte der Colonel, nahm eine Laterne vom Haken und stapfte an Dutch vorbei davon. Captain Pine folgte ihm.

Major Stiborek rappelte sich mühsam auf und massierte seinen Hintern. »Du hast noch was gut bei mir, Bürschchen«, sagte er zu Rip und humpelte den anderen nach.

Der Sergeant teilte drei Soldaten zur Bewachung der vier Männer ein, verschwand im Dunkeln, tauchte ein paar Minuten später mit einem Jeep auf und parkte ihn so, dass die Scheinwerfer auf die Untertasse gerichtet waren.

»Wir hätten gestern besser Ihre Universität angerufen«, meinte Dutch zu Soldi.

»Das stimmt wohl.« Der Professor werkelte an seiner Pfeife. Als sie ordentlich rauchte, murmelte er »Schweinerei!« – so leise, dass Rip es fast überhört hätte.

Die übrigen Soldaten bauten um die Plane herum Scheinwerfer auf, und bald stand die Untertasse wie ein Museumsstück da.

»Wie haben die wohl davon erfahren?«, wunderte sich Soldi. »Was meinen Sie, Rip?«

»Durch Satelliten, schätze ich«, warf Haagen ein. »Oder einer von Ihrer Grabung hat wo angerufen. Ist das wichtig?«

»Ich glaube nicht.«

»Warum hast du bei dem Kerl, der den anderen nachgehinkt ist, noch was gut?«, fragte Bill.

»Er hat 'ne große Klappe gehabt«, antwortete Rip. »Da hab ich ihn auf den Topf gesetzt.«

Einer der Soldaten setzte sich ihnen etwa fünf Meter entfernt gegenüber.

»Was ist hier eigentlich los?«, fragte Rip ihn. »Sind wir Gefangene oder was?«

»Halt die Klappe, Jungchen.«

Rip ging ins Zelt und schüttelte seinen Schlafsack aus. Haagen kam ihm nach. »Der Colonel und sein Gefolge kommen gleich zurück«, sagte Rip zu ihm. »Es sei denn, sie finden raus, wie sich die Luke öffnen lässt.«

»Du hast sie zugemacht?«

»Klar.«

»Wenn wir sie ihnen nicht öffnen, machen sie die Untertasse vielleicht kaputt.«

»Soll das ein Witz sein?«

»Die gehen da rein – so oder so, vermute ich. Ein US-Luftwaffenkommando, hier draußen in der Sahara? Und das auf Befehl des Präsidenten? Was erwartest du denn?«

»Ist ja schon gut! Aber ich hab die Untertasse gefunden. Sie gehört mir.«

»Jetzt werd nicht komisch, Rip. Ich bin kein Anwalt, aber ich glaube nicht, dass du einen Anspruch darauf hast. Du hast nicht mal eine leise Chance, das Ding zu behalten. Ich schätze, keiner weiß genau, auf welchem Staatsgebiet wir uns befinden.«

»Eins weiß ich«, flüsterte Rip Cantrell aufgebracht. »Mein Vater hat mir eine Viertelmillion Dollar hinterlassen. Und ein Drittel einer Farm in Minnesota. Und ich hab einen Onkel in Des Moines, der ist Anwalt, ein ganz harter Hund. Berüchtigt dafür, den Leuten saftig in den

Hintern zu beißen. Wem Onkel Olie zu nahe kommt, der braucht hinterher eine Spritze gegen Tollwut. Mit dem Geld meines Vaters und dem Mundwerk meines Onkels kann ich der Air Force jede Menge Kummer machen.«

»He, du!«, hörten sie Major Stiborek rufen.

»Ja.« Das war Bill Taggarts Stimme.

»Weißt du, wie man die Luke öffnet?«

»Das ist deine Show, Ozeanflieger! Ich hab keinen Schimmer.«

Haagen zeigte mit dem Daumen zum Zeltausgang. »Mach die Luke auf, Rip. Bleib bei ihnen und sieh zu, ob du was rausfinden kannst.«

Rip verließ das Zelt. Der Major stand draußen am Ofen.

»Ich kann die Luke öffnen, Sie Maulheld.«

»Also los, Junge.«

Als Rip unter das Schiff kroch und die Hand an den Lukengriff legte, spürte er Charleys Blick im Rücken. Nachdem er etwa fünfzehn Sekunden gewartet hatte, drückte er leicht auf die untere Hälfte des Griffs, und er schwang auf. Rip drehte ihn.

Die Luke öffnete sich, genau wie vor ein paar Tagen.

Die Umstehenden waren baff. Rip kletterte wortlos in die Untertasse und pflanzte sich in den Pilotensitz. Er hatte schon eine Weile dort gesessen, als der Kopf von Colonel West in der Luke auftauchte. Lediglich das Flutlicht, das von draußen durch die Kanzel fiel, verbreitete etwas Helligkeit in der Kabine. Die Augen brauchten einige Zeit, um sich an die Dämmerung zu gewöhnen.

West reckte den Hals, blinzelte und gaffte. Als er lange genug den Kopf verdreht hatte, kletterte er langsam in die

Kabine. Nach ihm kamen Major Stiborek und Charley Pine.

»Oh«, murmelte sie, als sie endlich einen ersten Blick ins Innere werfen konnte. Dann kletterte sie ganz rein, blieb bei der Luke stehen und sagte: »Junge, Junge!«

»Cool, was?«, meinte Rip leise und beobachtete ihre Miene.

»Eine echte … fliegende … Untertasse!«

»So werden die heute nicht mehr gebaut«, raunte Rip begeistert, ließ seine Augen wieder über die Armaturen wandern, strich zärtlich über Schalter und Knöpfe und nahm den Steuerknüppel in die Hand.

»Unglaublich!«, wiederholte Charley und trat zu ihm hin.

»Sie gehört mir, wissen Sie«, sagte Rip leise.

Charley antwortete nicht, sondern stand einfach da und staunte.

Hinter ihr stöberten der Colonel und der Major herum, befingerten und befühlten alles, leuchteten mit ihren Taschenlampen in den Maschinenraum und steckten dann die Köpfe hinein. Auf Rip und Charley achteten sie nicht.

»Und ich werde sie behalten«, fuhr Rip leise fort.

Er saß auf dem Pilotensitz und hörte den Ausrufen und überraschten Kommentaren zu. Jetzt waren alle drei Besucher im Maschinenraum und standen sich dort gegenseitig im Weg. Sie fanden schnell heraus, wo der Reaktor war, und zerbrachen sich gerade den Kopf darüber, welchen Treibstoff das Schiff wohl benötigte, als Colonel West den Hals aus dem Maschinenraum reckte, Rip zornig ansah und ihm unmissverständlich befahl, die Untertasse zu verlassen.

Widerstrebend kletterte Rip vom Pilotensitz und sprang hinaus. Der Colonel war direkt hinter ihm und rief einem Soldaten draußen zu, Videokamera und Geigerzähler zu holen.

Rip ging langsam zum Zeltlager zurück. Auf halbem Weg hielt er an und setzte sich auf den Boden.

Im grellen Scheinwerferlicht wirkte die Untertasse nackt. Ob es wirklich richtig gewesen war, dass er sie aus dem Stein gebohrt hatte?

Kurz darauf überwältigte ihn die Müdigkeit. Es war ein langer Tag gewesen.

Er rappelte sich auf und schleppte sich ins Zelt, das er mit Dutch und Bill teilte. Die beiden saßen noch mit dem Professor draußen.

Als Rip in den Schlafsack kroch, hörte er Soldi fragen: »Wer ist eigentlich dieser Junge?«

»Einer von zweihundert, die den Job hier haben wollten«, antwortete Dutch. »Mein Chef hat seine Bewerbung ausgewählt. Rip könnte seinen Abschluss im nächsten Semester machen, aber ich schätze, er wird das Examen auf ein Jahr ausdehnen.«

»Die meiste Zeit kommt's mir vor, als ob er einfach nur ein Junge in Jeans und dreckigem T-Shirt ist«, sagte Soldi nachdenklich. »Aber manchmal hab ich den Eindruck, er ist extrem begabt.«

»Rip gibt sich sehr viel Mühe, ganz normal zu wirken«, entgegnete Dutch. »Aber alle seine Studiennoten sind ein Traum, und er ist sagenhaft intelligent. Gut möglich, dass ich noch nie ein so kluges Köpfchen getroffen habe.«

Rip Cantrell schnaubte höhnisch, zog sich ein Kissen über den Kopf und schlief sofort ein.

Hubschrauberlärm weckte ihn. Als Rip den Kopf aus dem Zelt streckte, stand die Sonne bereits am messingfarbenen Himmel. Er blinzelte und sah sich um, bis er zwei große Helikopter entdeckte. Sie kreisten über dem Gelände und blieben dann nahe der Untertasse in der Luft stehen.

Rip zog Jeans und Stiefel an.

Dutch und Bill machten auf dem Propangasofen Frühstück; Soldi rauchte Pfeife und trank Kaffee.

»Sieht aus, als bekämen wir noch mehr Besuch, hm?«, meinte Rip.

»Unerwarteten Besuch, glaub ich«, sagte Bill und wies mit dem Kopf auf die Air-Force-Soldaten, die die Hubschrauber mit gezückten Waffen beobachteten.

Rip schaufelte eilig seinen Teller voll und stopfte Bratkartoffeln und aus Konzentrat zubereitetes Rührei in sich hinein. Er sah den Helikoptern zu und verdrückte sein Frühstück so schnell wie möglich.

»Mensch, Junge, wenn ich dich so schlingen sehe, wird mir schlecht«, nörgelte Bill Taggart und zog eine Grimasse.

»Was hier passiert, gefällt mir überhaupt nicht, Bill. Gut möglich, dass das für einige Zeit unser letztes Essen ist.«

»Du futterst seit zwanzig Jahren so, als würdest du nie wieder was zu essen bekommen«, antwortete Taggart und wandte sich ab, um Rips Gemampfe nicht weiter mit ansehen zu müssen.

Der war gerade mit seinem Teller fertig, als die beiden Hubschrauber hundert Meter vom Lager entfernt landeten. Aus jedem sprangen etwa zehn Männer. Dass sie bewaffnet waren, war selbst aus dieser Distanz unübersehbar.

»Wo sind wir hier bloß reingeraten, Dutch?«, flüsterte Bill Taggart.

Die Angekommenen schwärmten aus, bildeten eine Zickzacklinie und kamen – Gewehr im Anschlag – auf das Zeltlager zu. In etwa fünfzig Meter Entfernung blieben sie stehen und warfen sich bäuchlings zu Boden.

Der Air Force-Sergeant befahl seinen Leuten: »Runter!«

Als ihnen die ersten Kugeln um die Ohren pfiffen, hechteten auch Dutch, Bill und Rip in Deckung.

»Ihr da im Lager! Werft die Waffen weg und kommt mit erhobenen Händen raus. Dann passiert euch nichts.«

Rip fragte Dutch: »Wie redet der denn? Mit englischem Akzent?«

»Mit australischem, glaub ich.«

Eine zweite Salve MG-Schüsse zischte über ihre Köpfe.

Die Soldaten der Luftwaffe berieten sich flüsternd mit ihrem Vorgesetzten. Dann kam der Major zu ihnen gekrochen und sprach mit dem Sergeant, während die anderen zuhörten. Der Major musste sich von der Untertasse hergeschlichen haben, als die Hubschrauber in der Luft gestanden hatten.

Jetzt erhob er sich und rief: »Wir sind ein Kommando der amerikanischen Luftwaffe. Wer sind Sie?«

»Von mir aus kannst du der älteste Sohn des Papstes sein, Mann«, kam zur Antwort. »Werft eure Waffen weg und steht mit erhobenen Händen auf, sonst zielen wir wirklich auf euch. Das wird heute noch ein heißer Tag, und ich hab keine Lust, in diesem Sandkasten rumzutrödeln. Ihr habt fünf Sekunden.«

»Tut, was er sagt«, befahl der Major. Widerstrebend warfen die Soldaten ihre Maschinengewehre zu Boden und standen mit erhobenen Händen auf.

»Allmählich glaub ich, wir hätten die verdammte Untertasse im Gestein lassen sollen«, verkündete Dutch, ohne sich dabei an jemand Bestimmten zu wenden.

Professor Soldi setzte sich auf und strich sich den Sand vom Hemd. Er zog versuchsweise an seiner Pfeife, stellte fest, dass sie ausgegangen war, und zündete sie wieder an.

Der Anführer der Männer, die das Lager umstellten, war ein großer, schlaksiger Rotschopf. Er rupfte Major Stiborek die Pistole aus dem Holster und steckte sie ein. Währenddessen sammelten ein paar seiner Leute die Maschinengewehre ein und filzten die Amerikaner.

Der Rothaarige stemmte die Hände in die Hüften und betrachtete das Raumschiff. »So wahr ich hier stehe: Wenn ich's nicht mit eigenen Augen sehen würde – ich würd's nicht glauben. Das ist einfach der Hammer! Eine echte fliegende Untertasse!«

»Sie ist Eigentum der Vereinigten Staaten von Amerika«, erklärte Major Stiborek, ohne die Miene zu verziehen.

»Mann, Major – ich weiß nicht genau, wo wir hier sind, aber ganz bestimmt nicht in den USA.«

»Das Ding ist Regierungseigentum«, bekräftigte Stiborek.

Rip Cantrell schüttelte verwundert den Kopf. Wenn er

es nicht besser gewusst hätte, wäre er versucht gewesen, dem Major zu glauben.

»Also, ich sag Ihnen mal, was Sache ist«, antwortete der Rotschopf deutlich amüsiert. »Ich werde keine Zeit damit verschwenden, über juristische Ansprüche zu diskutieren. Solche Feinheiten sind was für Besserverdienende. Wir sind hier, um uns das Ding anzusehen, und das werden wir jetzt tun. Also setzen Sie sich, halten Sie die Klappe und benehmen Sie sich anständig – dann kommen wir prima miteinander aus.« Er sah die anderen Amerikaner an. »Das gilt für alle.«

Der Rote drehte sich zu den beiden Männern hinter ihm um. Diese trugen Brille und kurzärmlige weiße Hemden und hatten Bauchtaschen umgeschnallt; sie hielten Videokameras und Laptops in Händen und hatten den Blick nicht von der Untertasse gewandt, seit sie aufgetaucht waren. »Das ist sie«, sagte der Rotschopf. »Also ab!«

Die beiden hetzten los und liefen an Charley Pine und Colonel West vorbei, die von zwei Männern zum Camp eskortiert wurden. Beiden Amerikanern waren offenbar die Waffen abgenommen worden.

»Professor Soldi?«, fragte der Rotschopf und wandte sich an den Archäologen, der noch immer Pfeife rauchend auf dem Boden saß.

»Richtig.«

»Erfreut, Sie kennen zu lernen, Sir. Ich heiße Red Sharkey.« Er langte runter und half dem Professor beim Aufstehen. »Vielleicht kommen Sie mit, Sir, und erzählen mir, was Sie über die fliegende Untertasse herausgefunden haben.«

»Woher kennen Sie mich?«

»Wir haben ein bisschen recherchiert, bevor wir losgeflogen sind, Professor. Es schadet nie, das Terrain zu sondieren und zu wissen, wer noch in der Gegend ist.«

»Die Untertasse ist ein wertvolles archäologisches Objekt. Sie gehört der Allgemeinheit.«

»Ja, Sir. Da haben Sie vollkommen Recht. Mein Arbeitgeber ist bloß daran interessiert, sie zu untersuchen und so viel wie möglich über ihre Technologie zu erfahren. Offensichtlich ist Zeit von entscheidender Bedeutung. Je mehr Sie uns sagen, umso schneller verschwinden wir. Dann können Sie weiterforschen.«

»Trauen Sie ihm nicht«, rief Colonel West dazwischen.

Soldi sah West unverhohlen feindselig an. »Was möchten Sie denn wissen, Mr. Sharkey?«

»Alles, was Sie zu erzählen haben, Sir. Glauben Sie mir – wir haben kein Interesse, das Objekt zu beschädigen, zu stehlen oder Sie um die Gelegenheit zu bringen, es zum Nutzen der Wissenschaft zu untersuchen. Abgesehen davon könnten wir es doch gar nicht wegschaffen, selbst wenn wir wollten. Wir möchten nur erfahren, ob die Untertasse Technologien enthält, die wir sofort kommerziell nutzen können.«

»Wer ist Ihr Arbeitgeber?«

»Es wäre indiskret, ihn hier und jetzt zu nennen. Dürfte wohl reichen, wenn ich sage, dass es ein neugieriger Industrieller ist. Sollte er die Technologie, die wir uns hier ansehen, ungesetzlich verwenden, werden ihm die Richter natürlich umgehend Einhalt gebieten, um es mal so auszudrücken.«

Soldi klopfte seine Pfeife aus, stopfte sie neu, zündete

sie an, nahm ein paar Züge und sah sich dabei die bewaffneten Männer an, die das Luftwaffenkommando bewachten. Dann blickte er kurz zu Rip und Dutch rüber und betrachtete schließlich wieder die Untertasse.

»Warum nicht?«, sagte er. »In ein paar Tagen kommt sowieso alles raus.«

»Professor – ich entschuldige mich für das ruppige Auftreten bei meiner Ankunft«, sagte Colonel West aufrichtig. »Trotzdem – das ist der falsche Moment für gekränkten Stolz oder verletzte Gefühle. Diese Angelegenheit betrifft unsere nationale Sicherheit.«

»Wohl kaum, Colonel«, gab Soldi zurück. »Wie ich Ihnen schon erklärt habe, als Sie hier aufgekreuzt sind, ist die Untertasse ein archäologischer Fund, der der Menschheit gehört. Sie ist sehr alt, mindestens hundertdreißigtausend Jahre. Alles, was wir über sie herausfinden, wird so schnell wie möglich veröffentlicht. Alle Menschen weltweit haben Anspruch darauf, vom technologischen Fortschritt, der in der Untertasse steckt, zu profitieren.«

»Sie wissen nicht, was Sie da reden«, protestierte der Colonel. »Die Welt ist für diese Art Wissen längst noch nicht reif.«

»Das hat der Papst vor dreieinhalb Jahrhunderten zu Galilei gesagt«, knurrte Soldi. »Papperlapapp!«

»Colonel, bei diesem philosophischen Disput ziehen Sie den Kürzeren«, sagte Sharkey leichthin. »Kommen Sie, Professor.«

Der Australier legte Soldi den Arm um die Schulter und lotste den Archäologen sanft Richtung Raumschiff.

Es wurde heiß. Seltsam, aber wenn Rip arbeitete – ob beim Vermessen, mit dem Pressluftbohrer oder beim Ab- und Aufbau des Zeltlagers –, merkte er die Hitze nicht. Doch jetzt, da er im Schatten saß und nichts zu tun hatte, fand er die Wüstenglut erdrückend. Sie hüllte ihn ein, und es fiel ihm schwer, auch nur zu atmen; dafür schwitzte er aus allen Poren.

So wie die anderen, die unter den wachsamen Augen der Freunde des Australiers rumsaßen. Selbige schienen seit einiger Zeit kein Bad und keine sauberen Klamotten mehr gesehen zu haben, doch ihre Waffen waren bestens in Schuss. Russische Maschinengewehre, englische Armeeausrüstung, MPs ... – sie waren auf ein Gefecht vorbereitet. Zum Glück zielten sie auf niemanden, sondern ließen die Gewehre auf der Schulter oder hielten sie quer vorm Schoß. Auch die Pistolen blieben im Holster.

Dennoch waren sie die ganze Zeit auf der Hut. Wenn sich ein Amerikaner ein bisschen die Beine vertrat, nahmen sie es hin, doch wenn zwei, drei Leute gleichzeitig umhergingen, unterbanden sie das mit knappen Worten.

»Meinst du, der Professor weiht Sharkey in alle Geheimnisse ein?«, fragte Rip Haagen.

»Der kennt doch gar keine.«

»Jedenfalls hätte er sich mit dem Kerl nicht gleich anfreunden sollen.«

»Der Australier hätte sich die Untertasse auch ohne den Professor angesehen. Vielleicht macht er ja nichts kaputt, wenn Soldi dabei ist.«

»Du bist ein hoffnungsloser Optimist«, sagte Taggart zu Haagen.

»Fang bloß nicht wieder an zu mosern«, gab der zurück. »Dazu bin ich nicht in Stimmung. Und außerdem …«

Rip überließ die beiden ihrem Streit und ging zu Charley Pine rüber.

»Heiß, hm?«

Pine sah ihn an und sagte nichts.

Nach einer kurzen Pause fragte Rip: »Was halten Sie von der Untertasse?«

»Weiß nicht. Ich sitz hier schon die ganze Zeit und denk drüber nach.«

»Sie ist steinalt«, meinte Rip.

»Ja«, murmelte sie.

»Haben Sie gesehen, ob irgendwas daran beschädigt ist?«, fragte Rip leise.

»Wie – beschädigt?«

»Na ja – wir haben uns gefragt, wie sie im Sandstein enden konnte. Vielleicht hat irgendwas nicht funktioniert? Was meinen Sie?«

»Möglich. Wir haben uns das Ding gestern Abend ja nur oberflächlich ansehen können.«

»Ich bin ein bisschen neugierig, was ihr Fachleute rausgefunden habt«, sagte Rip. »Wie arbeitet die Untertasse eigentlich?«

»Da hab ich nur Vermutungen.«

»Sie hat Landekufen, keine Räder. Also muss sie senkrecht starten.«

Charley Pine blickte nachdenklich. »Ich würde sie liebend gern mal fliegen.«

»Heißt das, Sie können rausfinden, wozu die ganzen Hebel und Schalter gut sind?«

»Das ist ziemlich leicht«, antwortete sie. »Merkwürdig,

aber ganz verschiedene Kulturen finden sehr ähnliche Lösungen für technische Probleme. All die Schalter müssen dem Piloten die Lenkung der Untertasse ermöglichen. Aber wie die Bordelektronik funktioniert und das Raumschiff angetrieben wird – das rauszufinden wird Wochen, wenn nicht Monate dauern.«

»Schon mal 'ne Untertasse geflogen?«, fragte Rip nüchtern.

Charley lächelte. »Nein.«

»Haben Sie viele Flugzeugtypen gesteuert?«

»So ziemlich alles, was die Air Force auf Lager hat, dazu sechs Hubschraubermodelle.«

»Ich wette, um Testpilot zu sein, muss man eine verdammt gute Ausbildung haben, hm?«

»Man muss sich spezialisieren, das schon. Ich hab außerdem ein Diplom in Raumfahrttechnik – deshalb ist Mike manchmal so zickig.« Ein schwaches Lächeln glitt über ihre Lippen.

»Ich hab auch ein paar Veranstaltungen in dem Bereich besucht«, sagte Rip.

Charley nickte bloß und strich sich ein paar Haare aus der Stirn.

Rip zeigte auf die Untertasse. »Das Ding zu fliegen kann nicht allzu schwer sein«, vermutete er.

Charley reckte den Hals und betrachtete das Schiff, als würde sie sich Rips Bemerkung durch den Kopf gehen lassen. »Besonders schwierig wäre das nicht«, stimmte sie zu. »Aber nur, wenn alle Systeme betriebsfähig wären und wir das Pilotenhandbuch studieren könnten. Dass alles funktioniert, ist ausgeschlossen – dafür stehen die Chancen schlechter als eins zu einer Million.«

»Meinen Sie das ernst? Sie könnten das Ding fliegen?«

»Nein, könnte ich nicht. Dazu bräuchten wir erstens eine Mannschaft vom Mars, die das Schiff vorher untersucht, repariert, wartet und ein Protokoll unterschreibt, dass es flugbereit ist. Und zweitens müsste ich das Pilotenhandbuch durchackern – ich flieg doch nicht einfach drauflos.«

»Mist!«

»Das gehört zu den Grundregeln.«

»Cool«, sagte Rip. »Nur zwei kleine Hindernisse. Das gefällt mir.«

Er versuchte sich vorzustellen, wie es sein mochte, an den Steuerknüppeln der Untertasse zu sitzen und wie in *Star Trek* den Warp-Antrieb zu aktivieren.

»Der Major da drüben ist bestimmt ein sehr guter Pilot«, sagte er dann.

»Er entwickelt Flugzeuge, aber er fliegt sie nicht«, antwortete Charley Pine – etwas säuerlich, wie Rip fand.

Er strahlte sie an, und sie zwang sich ein Lächeln ab.

»Warum haben Sie die Air Force überhaupt verlassen?«

»Dass ich Uniform trug, nun, das hat Mike verrückt gemacht.«

»Mmmh ...«

»Es war Zeit ... – Zeit, mal was Neues anzufangen. Ich hab bei einem Flugzeughersteller einen Job an Land gezogen. In einem halben Jahr geht's los. Die Luftwaffe hat mich gebeten, beim UFO-Team zu bleiben, bis sie jemand anderen auf meine Stelle beordern können.«

»Verstehe.«

»Tut mir Leid, wenn ich Sie langweile. Mein Leben ist ein einziges Chaos.«

»Was macht ein UFO-Untersuchungsteam eigentlich genau?«

»Wir bringen möglichst viel in Erfahrung, schreiben Berichte, entlarven die Untertassen-Mythen.«

»Gibt's denn UFOs?«

»Das ist geheim«, sagte Charley Pine knapp.

»Die Regierung betreibt schon seit fünfzig Jahren UFO-Forschung, oder?«

»So ungefähr, glaub ich.«

»Eigentlich könnten die uns nach all der Zeit mal was darüber erzählen.«

»Wenn die Verantwortlichen sich dazu entschließen, dann vielleicht.«

»Es muss ja viele fliegende Untertassen geben, um diesen finanziellen Aufwand zu rechtfertigen.«

»Auf jeden Fall gibt es viele Leute, die meinen, sie haben eine gesehen«, gab Charley zu.

»Habt ihr UFO-Forscher schon mal eine Untertasse gefunden? In Nevada oder anderswo?«

Wieder lief ein kurzes Lächeln über Charleys Gesicht. »Nicht, dass ich wüsste. Aber wenn wir eine gefunden hätten und ich Ihnen das erzählen würde, müsste ich Sie danach umbringen.«

Rip lächelte entspannt. »Vielleicht sollten wir Sie Charley Manson nennen?«

»War doch nur Spaß.«

»Sie sind irgendwie super«, sagte Rip. »Ich meine, für 'ne ältere Frau ...«

Charley Pine rieb sich die verdreckte und verschwitzte Stirn. Hier draußen in der Wüste vor einer fliegenden Untertasse zu sitzen und neben sich ein verliebtes Jungchen zu haben! Dann sah sie sich die Australier mit ihren großen Schlapphüten und ihren Gewehren an und biss die Zähne zusammen.

5

Um die Mittagszeit verteilte Bill ein paar Packungen Dörrobst. »Gibt's sonst nichts?«, fragte Rip ungläubig.

»Wenn du deins nicht magst, esse ich's eben auf.«

Während sie auf den zähen, gefriergetrockneten Obstscheiben rumkauten, versuchte Rip, sich mit Haagen zu unterhalten, der in düsterer Stimmung war. Die bekam er von Zeit zu Zeit, und Rip ging ihm normalerweise aus dem Weg, bis die Laune vorüber war. Heute aber ließ er es darauf ankommen.

»Was meinst du, was diese Air-Force-Typen wirklich wollen, Dutch?«

»Die Untertasse, Junge. Garantiert. Genau wie die Australier.«

»Wenn die Luftwaffe sie bekommt, wird das drüben in den Staaten hohe Wellen schlagen, hm?«

Haagen schob sich eine Backpflaume in den Mund und sagte dann: »Wenn die Air Force die Untertasse einsackt, wirst du nie wieder was von ihr hören oder sehen. Die Regierung steht auf dem Standpunkt, es gibt keine.«

»Das ist doch Wahnsinn.«

»Was glaubst du, wofür die Luftwaffe UFO-Teams braucht? Ich sag's dir: Um überall hinzuhetzen, wo ein ›ungeklärtes Phänomen‹ gesichtet wurde, es wegzuerklären und die Leute zu beruhigen. Wer merkwürdige Dinge gesehen hat, wird als durchgeknallt abgetan.«

»Aber es gibt doch Untertassen! Da steht eine!« Rip wies mit dem Kopf voraus.

»Du weißt das, und ich weiß das, aber die Mächtigen in Washington wollen nicht, dass Otto Normalverbraucher und die Bibeltreuen in Aufruhr geraten. Mensch, Junge, lebst du auf dem Mond? Es gibt in den USA noch immer viele Leute, die meinen, die Evolutionslehre soll in der Schule nicht unterrichtet werden. Darwins Theorie – sagen sie – verkorkst den zarten, empfänglichen Verstand der Kinder, zerstört ihren Glauben an die Religion, bringt die Zivilisation zum Einsturz und so weiter und so fort.«

»Glaubst du das auch?«

»Was ich denke, ist egal. Die hohen Tiere in Washington glauben daran – das zählt.«

Den Kopf an eine Stange gelehnt, die das Sonnensegel hielt, döste Major Stiborek in der Mittagshitze im Sitzen vor sich hin. Bequem sah das zwar nicht aus, aber er schnarchte trotzdem leise.

Stiborek wachte auf, als Red Sharkey Professor Soldi ins Zeltlager zurückbrachte und sich Wasser eingoss. Auch Soldi nahm einen großen Schluck, seufzte Richtung Dutch und Bill, verschwand dann im Schlafzelt und legte sich auf ein Feldbett.

Sharkey versuchte sich mit den Luftwaffenoffizieren zu unterhalten, gab es aber bald auf – reine Zeitverschwendung.

Als der Australier wieder zur Untertasse aufbrach, ging Rip zu Stiborek, der auf einem Campingstuhl saß.

»Captain Pine sagt, Sie sind ein guter Ingenieur.«

Stiborek ächzte bloß und sah Rip nicht mal an.

»Ich wette, ein Fachmann für Raumfahrttechnik wie Sie hat längst durchschaut, wie die Untertasse funktioniert, hm?«

»Was willst du, Jungchen?«

»Ich versuch nur, nett zu sein, Major, und Sie kennen zu lernen. Vergessen wir doch, was vorgefallen ist.«

»Was willst du wissen?«

»Wie die Untertasse funktioniert.«

»Erstaunlicherweise verbrennt sie Wasserstoff. Den gewinnt sie im Separator aus Wasser.«

»Haben Sie so was schon mal gesehen?«, fragte Rip lässig.

»Das ist eine enorme technische Innovation.«

»Wie hält sich das Ding in der Luft, wenn die Wasserstoffmotoren nicht in Betrieb sind?«

»Das ist das eigentlich Verrückte – es nutzt irgendein Energiefeld, um die Schwerkraft der Erde zu beeinflussen.«

»Weiß Charley davon?« Rip blickte kurz zu der Pilotin hinüber, die knapp zwanzig Meter entfernt außer Hörweite saß.

»Sie war dabei, als wir das alles besprochen haben.«

»Verstehe.«

Mike Stiborek runzelte die Stirn und sah ebenfalls zu Charley Pine rüber, ignorierte sie aber dann geflissentlich.

»Ob der Reaktor wohl heil ist?«, fragte Rip.

Stiborek lachte. »Du spielst den dummen Jungen ziemlich überzeugend. Hab ich dir irgendwas erzählt, das du noch nicht weißt?«

»Was ist mit dem Reaktor?«

»Wir hatten einen Geigerzähler dabei. Nach unseren Messungen ist der Reaktor noch vollkommen dicht.« Stiborek zuckte die Achseln. »Unglaublich, oder? Eine fliegende Untertasse?«

»Warum wurde sie wohl zurückgelassen?«

Stiborek ließ sich mit der Antwort Zeit. »Keine Ahnung, Junge, wirklich. Ich glaube nicht, dass es an der Untertasse gelegen hat, denn die sieht aus, als wäre sie erst gestern abgestellt worden.«

»Wurde sie aber nicht«, entgegnete Rip. »Ich hab das meiste Gestein eigenhändig weggebohrt – echten Sandstein.« Er nahm ein Bröckchen aus der Tasche und gab es Stiborek, der es flüchtig anschaute und daran rieb.

Rip steckte den Stein wieder ein und fragte: »Könnte Charley die Untertasse fliegen?«

Stiborek lachte erneut. »Daran hab ich überhaupt noch nicht gedacht. Die Frau kann alles fliegen, aber trotzdem: Das Ding ist auf keinen Fall flugtüchtig oder raumfahrtüchtig oder so – dafür stehen die Chancen schlechter als eins zu zig Milliarden.«

»Und warum?«

»Mensch, Junge – an allem nagt der Zahn der Zeit: Metall kristallisiert; verschiedene Metalle reagieren aufeinander; überall blühende Korrosion ... In geschlossenen Systemen wird die Entropie langsam immer größer – das ist der zweite Hauptsatz der Thermodynamik. Die Zeit hat von dem Schiff ihren Tribut gefordert, auch wenn wir das mit bloßem Auge nicht erkennen.«

»Und wenn die Untertasse flugtüchtig wäre? Könnte Charley sie dann fliegen?«

»Wie heißt du noch mal, Junge? Cantrell? Also, Cantrell – wenn Elefanten Flügel hätten, wären Windschutzscheiben aus kugelsicherem Glas, und es wäre draußen ziemlich gefährlich. ›Wenn‹ ist das größte Wort in jeder Sprache.«

»Schon gut.«

»Die ganze Technik an Bord soll nach hundertdreißigtausend Jahren noch funktionieren? Die Konstrukteure der Untertasse haben viel drauf gehabt, keine Frage, aber *so viel* auch wieder nicht.«

»Nach hundertvierzigtausend Jahren.«

»Auf zehntausend Jahre kommt's doch gar nicht an.« Stiborek hob ein Steinchen auf, warf es beiseite und fügte nach kurzer Pause hinzu: »Auf den Reaktor kommt es an.«

Rip sah verblüfft drein. »Sie haben ihn überprüft, haben Sie gesagt. Das da ist doch ein Geigerzähler, oder?« Er zeigte auf ein kleines, batteriebetriebenes Gerät, das neben dem Major im Sand lag.

»Ich hab den Reaktor flüchtig kontrolliert«, gab Stiborek zu. »Mit dieser Funzel hier, die allein dazu dient, Menschen vor Radioaktivität zu warnen. Damit haben wir nur natürliche Strahlung gemessen. Aber das beweist nichts.«

»Wenigstens ...«, begann Rip.

»Die Isolierung! Da drin sind vermutlich einige hunderttausend Kilometer Draht verlegt. Wenn auch nur an einer Stelle das Dämmmaterial beschädigt ist, gibt's einen gewaltigen Kurzschluss, vielleicht ein Feuer.«

»Ich hatte den Eindruck, die Isolierung ist in Ordnung«, murmelte Rip. »Jedenfalls nach allem, was ich gesehen habe.«

»Junge, du weißt nicht, wovon du redest. Ich geb dir noch ein Beispiel, nur eins: Wenn du versuchst, den Reaktor in Betrieb zu nehmen, und dabei etwas Wichtiges kaputtgeht, schmilzt der Kern und mit ihm das Schiff. Falls es keine Explosion gibt – und die wäre nicht unwahrscheinlich –, verwandelt sich die Untertasse in eine Pfütze aus glühender, radioaktiver Schmiere. Dir würde das allerdings nichts mehr ausmachen, denn du wärst mittendrin.«

Stiborek warf wieder ein Steinchen beiseite. »Wer das Ding zu fliegen versucht, hat eine spektakuläre Methode gefunden, sich umzubringen.«

»Hab halt nur gedacht, ich erkundige mich mal. Eine rein theoretische Frage.«

»Hau ab, Junge. Lass mich in Ruhe.«

»Warum ist es mit Ihnen und Charley vorbei?«

Stiborek runzelte die Stirn. »Hat sie das gesagt?«

»Also jetzt mal halblang! Ich hab Mutter und Schwester, und im Lauf der Zeit hab ich sogar ein paar Freundinnen gehabt.«

Stiborek sah niedergeschlagen aus. »Sie zieht demnächst nach Georgia und arbeitet dort als Testpilotin bei einem Flugzeughersteller. Ich hab versucht, ihr das auszureden, aber sie ist fest entschlossen, sagt sie.«

»Und warum tut sie das?«

»Sie sagt, das UFO-Team sei eine berufliche Sackgasse.«

»Vielleicht früher mal, aber jetzt doch nicht mehr. Ihr beide seid demnächst berühmt.«

Stiborek ließ einen fahren, nahm noch ein Steinchen und warf es in hohem Bogen in den Sand.

Am späten Nachmittag ließ Sharkey seine Fachleute in der Untertasse allein und begann, die Luftwaffenoffiziere zu befragen, und zwar im Schlafzelt. Colonel West war sein erstes Opfer.

Als die Sonne unterging, war West noch immer bei ihm. Dutch teilte kaltes Essen an seine Leute und an die Soldaten der Air Force aus. Die Australier versorgten sich aus einer großen Kühlbox, die sie aus einem Hubschrauber geschleppt hatten.

Als Red Sharkey mit Colonel West fertig war, ließ er Major Stiborek rufen.

Es wurde rasch dunkel. Rip schlenderte durchs Lager, zündete die Laternen an und prüfte, ob sie genug Propangas hatten.

Ein leichter Wind erhob sich und linderte die Tageshitze.

Die meisten von Sharkeys Männern hatten sich bei ihren Hubschraubern versammelt, aßen, redeten laut und lachten, während Rip in seinen Taschen nach Pass und Portemonnaie suchte. Dann trat er die übliche Wallfahrt zum fahrbaren Toilettenhäuschen an, hielt die Tür aber einen Spalt offen, als er sein Geschäft verrichtete, und beobachtete die beiden Australier, die vor dem Schlafzelt saßen und ihre Gewehre quer über den Schoß gelegt hatten. Die zwei blickten nicht in seine Richtung.

Rip zog seine Hose hoch, schob die Klotür vorsichtig auf und schlich sich in die Dunkelheit davon.

Er schaffte es unbemerkt zum Jeep, nahm das Paketklebeband aus dem Handschuhfach und steckte es ein.

Zwei Plastikkanister mit je zwanzig Litern Wasser waren am Heck des Jeeps befestigt. In der Wüste ist Wasser

Leben. Rip hatte die Kanister jeden Tag kontrolliert, genau wie Dutch und Bill.

Er schnallte sie los und stellte sie in den Sand. Zwanzig Kilo pro Stück – ein ganz hübsches Gewicht.

Nachdem er die Lage ein letztes Mal gepeilt hatte, nahm er in jede Hand einen Kanister und machte sich zur Untertasse auf, die inzwischen wieder von zwei Scheinwerfern beleuchtet war. Die übrigen Strahler, mindestens sechs, waren diesmal nicht eingeschaltet.

Rip hörte die beiden Fachleute, die Sharkey mitgebracht hatte, in der Untertasse reden. Er vergewisserte sich, dass seine Kanister nicht zu sehen waren, und steckte dann den Kopf durch die Luke. Die beiden Techniker aus Australien schraubten gerade im Schein einer batteriebetriebenen Standlampe an einem Computer herum. Vielleicht nahmen sie den Rechner sogar ganz auseinander.

»Hey!«, sagte Rip.

»Mhm«, brummte einer der beiden, ohne sich umzudrehen.

»Sharkey hat gesagt, ihr sollt eine Pause machen und euch was zu essen holen.«

»Im Ernst?« Jetzt wandte der Mann sich um.

»Mhm.«

Der Techniker richtete sich auf. »Ich könnte wirklich eine Mahlzeit vertragen – also los, Harry.«

»Hab keinen Hunger«, knurrte der. »Geh ruhig. Bring mir 'nen Happen mit.«

»Alles klar, Mann.«

Kaum kletterte der Techniker den Abhang runter, kroch Rip in die Untertasse. Harry blickte sich nicht um.

»Woran arbeiten Sie gerade?«

»An einem Computer. Der ist wirklich toll. So was hab ich noch nie gesehen.«

»Habt ihr sonst noch was auseinander genommen?«

»Bis jetzt nicht.« Harry hockte sich gerade hin. »Den Katalysator da vorn sollten wir unbedingt zerlegen.« Er zeigte mit dem Daumen danach. »Ich glaube, das Ding trennt Wasser in Wasserstoff und Sauerstoff. Mit so einem Gerät könnte der alte Hedrick ein Heidengeld verdienen – glaub mir das, Mann. Und alle Ölgesellschaften der Welt glatt an die Wand drücken. Die Perspektiven sind atemberaubend. Trotzdem hat er gesagt, wir sollen uns zuerst die Computer vornehmen.«

Hedrick – das konnte nur der australische Milliardär Roger Hedrick sein, der zweitreichste Mann der Welt. »Der ist doch schon reich genug, oder?«, fragte Rip leichthin. »Wie viel besitzt der? Fünfzig Milliarden?«

»Eher achtzig«, meinte Harry. »Dem gehört inzwischen halb Australien. Aber man kann nie reich genug sein – denkt Hedrick jedenfalls.«

Rip tippte Harry auf die Schulter. Als der den Kopf zu ihm wandte, verpasste Rip ihm einen knallharten Schlag vors Kinn, und Harry ging zu Boden.

Rip zog das Paketband aus der Tasche und legte los. Als er ihm den Mund verklebt und Handgelenke und Knöchel gefesselt hatte, stöhnte Harry auf.

»Tut mir Leid, Kumpel,« sagte Rip zu dem Benommenen, griff ihn bei den Knöcheln, zog ihn zur Einstiegsluke und warf ihn raus. Wo Harry gearbeitet hatte, lag ein Satellitentelefon auf dem Boden. Auch das warf Rip durch die Luke, zusammen mit Harrys Werkzeugkoffer.

Viel Zeit hatte er nicht. Er schleifte den Mann möglichst weit vom Raumschiff weg und zog ihn auf die Klippe. Das musste reichen.

Rasch öffnete er den Tankdeckel zwischen den Strahlaustrittsdüsen, schraubte den ersten Kanister auf, hob ihn an und goss Wasser in den Einfüllstutzen.

Als der Kanister etwa halb leer war, fragte jemand von hinten: »Sie haben den Mann doch nicht umgebracht, oder?«

Charley Pine.

»Was machen Sie denn hier?«

»Als Sie nicht zurückgekommen sind, hab ich mich gefragt, wo Sie stecken.«

»Hat Sie jemand weggehen sehen?«

»Glaub ich nicht. Also – wie schwer haben Sie den Mann verletzt?«

»Ich hab ihm nur einen Haken verpasst und ihm den Mund zugeklebt. Der erholt sich wieder.«

»Und was schütten Sie da rein?«

»Wasser.«

»Als Treibstoff?«

»In ein paar Minuten wissen wir, ob's funktioniert.«

»Wollen Sie mich verschaukeln?«

Kaum hatte Charley diese Frage gestellt, tauchten zwei Hubschrauber mit Suchscheinwerfern über ihnen auf. Und zwar niedrig.

»Und jetzt?«, fragte Rip.

Gerade landeten zwei weitere Helikopter neben denen von Sharkey.

»Sind die auch von der Air Force?«

»Glaub ich nicht.«

Der erste Hubschrauber war noch nicht gelandet, da schoss bereits jemand aus der Tür heraus. Mündungsfeuer blitzte durch die Nacht.

Einer der Helikopter bei Rip und Charley blieb ein paar Meter über dem Boden schweben. Jemand sprach durch ein Megafon. Auf Arabisch.

»Oha!«, sagte Rip mit zusammengebissenen Zähnen, füllte das restliche Wasser in den Tank und griff nach dem anderen Kanister.

Jetzt fiel der Suchscheinwerfer auf die Plane über dem Raumschiff.

»Los, komm runter!«, rief Rip. »Rein in die Untertasse!«

Charley sprang von der Klippe, duckte sich und kroch zur Einstiegsluke.

»Hände hoch! Waffen weg! Geben Sie auf, dann passiert Ihnen nichts!« Die Megafonstimme sprach jetzt Englisch.

»Im Namen der Libyschen Republik – geben Sie auf, oder Sie werden erschossen!«

»Jetzt ist die Kacke am Dampfen«, murmelte Rip vor sich hin, als er den zweiten Kanister umfüllte. Er war noch immer nicht leer – das schien ewig zu dauern.

»Mach endlich …, jetzt mach schon …«

Schließlich war der Kanister leer. Rip vergewisserte sich, dass der Tankdeckel wieder fest zu war. Geniale Konstruktion.

Er warf die Kanister in die Untertasse, kletterte hinterher und schloss die Luke.

Charley Pine stand neben dem Pilotensitz auf einer Stufe, die aus dem Sockel vorsprang, und versuchte, etwas durch die Kanzel zu erkennen.

»Einer von uns muss das Ding jetzt fliegen«, sagte Rip. »Ich hab ein paarmal die Aeronca Champ meines Onkels geflogen.« Das ist ein zweisitziges Sportflugzeug. »Wenn du erst das Pilotenhandbuch durcharbeiten willst, setz ich mich ans Steuer.«

Charley kletterte ins Cockpit und schnallte sich an.

»Das war einfach, aber jetzt wird's schwierig«, meinte sie. »Hast du eine Idee, wie man das Ding anlässt?«

»Ehrlich gesagt, ja«, murmelte Rip, langte nach dem Hauptschalter und schaltete ihn ein. Die Instrumente leuchteten auf, die Digital- und Analoganzeigen erwachten zum Leben, die Monitore sprangen an, und hinten vom Maschinenraum kam ein willkommenes Grummeln.

»Meine Güte!«, entfuhr es Charley Pine. »Ich hab gedacht, du machst nur Spaß.«

Die plötzliche Vertrautheit empfanden sie beide als sehr angenehm – trotz oder gerade wegen der brenzligen Situation, in der sie sich befanden.

»Ich lass die Untertasse jetzt zum dritten Mal an. Neulich nachts ist sie über eine Stunde gelaufen, als die andern schliefen.«

Charley saß mit offenem Mund da und stierte auf die Armaturen.

»Wirklich toll sind die Computer«, meinte Rip grinsend. »Alles wird durch Symbole angezeigt. Ich bin mir nicht sicher, ob ich schon voll durchsteige, aber ich schätze, ich kapier's während des Flugs.«

Sie drehte sich um und musterte sein Gesicht. »Wer *bist* du eigentlich?«

»Rip Cantrell heiß ich. Kannst du das Ding nun fliegen oder nicht?«

Sie betrachtete die Schalter und Armaturen. Wie sollte sie bloß damit klarkommen?

»Dieser Hebel hier«, meinte Rip und langte danach, »muss der Steuerknüppel sein. Ich schätze, das Ding fliegt wie ein Hubschrauber. Und die Pedale da aktivieren vermutlich die Manövrierdüsen, die als Höhen- und Seitenruder dienen.«

»Hast du schon mal einen Helikopter geflogen?«

»Ich bin mal mitgeflogen und hab die Piloten beobachtet.« Er lächelte, um ihr die Angst zu nehmen. Allzu zuversichtlich war er selber nicht, aber das brauchte sie nicht zu wissen.

»Der Hebel in deiner linken Hand ist für die Anti-Schwerkraft-Ringe, glaube ich. Wenn du den mal ein kleines bisschen hochziehst …«

Kaum tat sie es, begann die Untertasse zu schweben, schwang sanft hin und her und setzte dabei mit den Kufen auf, die noch ausgefahren waren. Charley versuchte erst, mit dem Steuerknüppel in ihrer Rechten gegenzuhalten, hatte dann aber Gespür genug, ihn loszulassen. Sie berührte die Pedale nur gerade eben mit den Füßen … und spürte, wie das Raumschiff herumschwenkte.

»*Irre!*«, flüsterte Rip Cantrell und krallte die Finger in den Pilotensitz.

Über der Untertasse war die Plane aufgespannt. Charley konnte also nur flach überm Boden schweben, damit die Zeltbahn sich nicht auf die Kanzel legte und ihr die Sicht nahm. Sie drückte den rechten Steuerknüppel einen Tick vor.

Das Raumschiff schwebte sagenhaft sanft unter der Plane heraus. Sand flog auf, wie bei einem Hubschrauber.

Dutch Haagen stand mit erhobenen Händen da, als er Bill Taggart schreien hörte und den Kopf zur Untertasse wandte.

Das Raumschiff glitt lautlos und silbern aus dem grellen Flutlicht auf sie zu.

Es war so langsam wie ein Hubschrauber. Nur, dass man nicht das leiseste Geräusch vernahm. Diese Stille gab der Untertasse etwas Unheimliches. Als käme sie geradewegs aus einem Stummfilm.

»Heiliges Kanonenrohr!«, sagte Bill.

»Wenn der Junge das Ding abstürzen lässt …«, schimpfte Professor Soldi. Er war sich absolut sicher, dass Rip Cantrell am Steuer saß.

Der Offizier, der die libyschen Soldaten befehligte, wollte seinen Augen nicht trauen.

Er schrie etwas auf Arabisch, richtete seine Pistole auf die Untertasse und feuerte.

Seine Männer legten mit ihren Maschinengewehren los. Wo die Kugeln am Rumpf des Raumschiffs abprallten, schlugen Funken.

Charley zog den linken Hebel an und drückte gleichzeitig den Steuerknüppel zurück. Der Bug der Untertasse hob sich, während der Kugelhagel gegen den Rumpf prasselte.

»Ich seh nichts!«, rief Charley, als das beleuchtete Lager unter ihnen verschwand.

»Verlass dich auf die Instrumente!«, rief Rip zurück.

Tatsächlich zeigte der Monitor vor ihr einen künstlichen Horizont. Charley senkte den Bug, um das Raumschiff wieder in die Waagrechte zu bringen.

»Besonders schnell sind wir nicht«, sagte Rip.

»Ich hab die Raketentriebwerke noch nicht gezündet. Muss mit dem Ding erst mal warm werden und ein bisschen durch die Gegend fliegen.«

»Ich fürchte, das geht jetzt nicht. Wir müssen verduften.«

Charley Pine spürte, dass sie ins Schwimmen geriet. Als sie die Instrumententafel absuchte, durchfuhr sie die Panik. Sie drückte einen Knopf, aber nichts geschah. Sie legte einen Schalter um, und auf der Anzeige darüber tauchten Symbole auf – drei Pfeile, die nach oben wiesen. Dann blinkten kleine grüne Lichter.

»Gib Gas!«

Vielleicht wurde der Raketenantrieb durch die Knöpfe am linken Hebel gezündet?

Sie ließ den künstlichen Horizont aus den Augen, um den Griff zu untersuchen. Als sie den vordersten Knopf an dem Hebel drückte, war ein Grollen zu hören.

»Pass auf, wo du hinfliegst!«, presste Rip hervor. Seine Stimme war eine Oktave nach oben gerutscht.

Charley sah wieder auf den künstlichen Horizont und brachte das Schiff mit dem Steuerknüppel in die Waagrechte zurück. Dann drehte sie den Griff am linken Hebel und hörte, wie die Raketentriebwerke mit hellem Grollen zündeten. Der Schub presste sie in den Sitz. Rip Cantrell verlor den Kampf gegen die Beschleunigungskraft und stürzte rücklings zu Boden.

Irgendwie gelang es Charley, den Steuerknüppel zurückzuziehen, und sogleich hob sich der Bug des Raumschiffs. Durch die Kanzel sah sie den Sternenhimmel direkt vor sich liegen.

Das Feuer der Raketentriebwerke erhellte die Wüste rundum kilometerweit und blendete so stark wie eine kleine Sonne.

Und der Lärm war betäubend. Etwas derart Lautes hatte Dutch Haagen noch nie gehört. Der Krach brachte seinen Schädel und seine Zähne zum Schwingen und massierte ihm das Gesicht. Dutch schlug die Hände an die Ohren, fiel auf die Knie und presste die Augen zu, doch das Licht war so schneidend grell, dass es durch seine Lider drang.

Als der Krach und die Helligkeit etwas nachgelassen hatten, öffnete er die Augen ein wenig. Die Untertasse raste fünfzehn Grad überm Horizont davon und zog einen weißen Lichtschweif hinter sich her.

6

Die starken Beschleunigungskräfte hielten Charley Pine in ihrem Sitz gefangen. Rip lag auf dem Boden und wurde gegen einen der anderen Sessel gepresst.

Er drückte sich so lange mit den Beinen ab, bis er an den Sockel reichte, auf dem der Pilotensitz montiert war. Dann krallte er sich daran fest und arbeitete sich Handbreit für Handbreit hoch, bis er aufrecht stehen konnte. Dass ihm das bei dieser Beschleunigung gelang, verdankte er allein seiner guten körperlichen Verfassung.

»Gas weg, Charley, um Himmels willen!«

Sie drehte den Griff am linken Hebel ein Stück zurück, und die Wucht der Beschleunigung verringerte sich erheblich.

»Wie viel Wasser hast du in den Tank gefüllt?«

»Vierzig Liter«, antwortete Rip.

»Damit kommen wir nicht weit.«

»Vielleicht schaffen wir's bis zum Nil, bis zum Nassersee. Wir fliegen ja nach Osten, vermute ich.«

»Woran siehst du das?«

»Die Anzeige da vorn ist ziemlich eindeutig.« Auf dem Monitor war ein Globus mit einem kleinen Pfeil in der Mitte zu sehen, der nach rechts zeigte.

In der kristallklaren Wüstenluft erschien die Erde als leere, dunkle Ödnis, über der ein unendliches Sternenmeer stand. Die Mondsichel, die bei ihrem Abflug aufgegangen war, stand nun hoch am Nachthimmel und stieg schnell weiter, als die Untertasse an Höhe gewann.

»O Gott!«, rief Pine aus. »Was haben wir bloß gemacht? Wie sollen wir nur wieder runterkommen?«

Rip versuchte zu schlucken – vergeblich. »Das schaffen wir schon«, sagte er, und seine Stimme war wieder eine Oktave zu hoch.

»Wir können nicht mal sehen, wo wir landen!«

Rip suchte die Instrumente ab. »Es muss irgendwo einen Lichtschalter geben«, meinte er. »Das Ding hat auf der Unterseite zwei große Landescheinwerfer.«

Charley ließ das Raumschiff leicht kippen. »Halt die Kiste stabil«, sagte Rip schroff, und sie zog prompt den linken Flügel hoch – wenn es ihn denn gegeben hätte.

»Wie hoch sind wir?«, fragte sie. Sie wollte nicht ängstlich klingen, wusste aber, dass ihr das nicht ganz gelang.

»Weiß der Henker«, sagte Rip mit angespannter Stimme.

Er probierte die Knöpfe und Hebel des Armaturenbretts aus, bis er die Schalttafel für die Beleuchtung gefunden hatte. Überzeugt, die Lichter anzumachen, legte er jeden Schalter der dort vorhandenen Instrumente um. Die Landescheinwerfer leuchteten die Bugkante der Untertasse an, doch die Luft war zu klar, um das Licht durch die Nacht streuen zu sehen.

»Sieh dir die Anzeigen auf den Bildschirmen an«, rief Charley. »Find raus, wozu sie gut sind!«

»Bin doch schon dabei!«

Der Bug lag noch immer etwas über dem künstlichen Horizont, daher nahm Charley an, dass sie stiegen. Sie hatte keine Ahnung, wie schnell sie flog.

Als habe er ihre Gedanken gelesen, meinte Rip: »Wir sind bestimmt schneller als der Schall – die Untertassenform ist ideal für rasend hohe Geschwindigkeiten.«

Charley drehte am Griff und beschleunigte ein wenig.

Links und in einiger Entfernung – ungefähr dort, wo sich auf dem Zifferblatt die Zehn befindet – sah sie inmitten der gewaltigen Finsternis kurz die Lichter einer Stadt auffunkeln. War das Assuan? Oder Luxor? Kairo konnte es doch wohl nicht sein?

Als Charleys Herz- und Atemfrequenz fast wieder normal waren, sagte sie zu Rip: »Cool, was?«

Die Untertasse reagierte selbst auf die kleinste Bewegung ihrer Hände und Füße. Noch nie hatte Charley sich so gut und so sehr als Herrin der Lage gefühlt.

»Cooler als die Polizei erlaubt. Aber wie willst du mit dem Ding landen?«

»Tja …«

Bevor sie weiterreden konnte, erstarb das Geräusch der Raketentriebwerke. Sofort verringerte sich das Tempo, und Rip und Charley wurden nach vorne gedrückt.

»Wir haben kein Wasser mehr«, sagte Rip verzweifelt. »Flieg bloß weiter!«, setzte er schnell hinzu. »Die Untertasse wird jetzt eine ballistische Kurve beschreiben, denn wir werden langsamer. Senk den Bug ein bisschen unter den künstlichen Horizont und halt das Schiff dann in dieser Lage.«

»Ich *kann* fliegen, Junior!«

»Ich wollte mich bloß nützlich machen.«

»Die Untertasse leuchtet«, meldete Charley, als sie den Hals reckte und einen Blick auf den Rumpf warf.

»Ich schätze, das sind die Landescheinwerfer.«

Charley Pines Hirn arbeitete auf Hochtouren. Sie sah sich die Anzeigen auf den Monitoren an, die sich ständig veränderten. Eine davon musste doch den ballistischen Neigungswinkel liefern. Oder die Luftgeschwindigkeiten auf der Ober- und Unterseite des Rumpfs. Oder den Spielraum, der ihr blieb, ehe die Untertasse abschmierte. Aber welche?

Vielleicht … Sie streckte die Hand aus und berührte die Sensortasten rund um den großen Monitor. Ja – bei jedem Knopfdruck erschien in einer Ecke des Bildschirms eine andere Anzeige.

Sie fand rasch heraus, welche davon allem Anschein nach den ballistischen Neigungswinkel anzeigte. Mit plötzlicher Gewissheit sagte sie zu Rip: »Ich orientiere mich an der hier.« Dann erklärte sie ihm, wie die Nadel dieser Anzeige den optimalen Gleitflugwinkel lieferte. »Wenn sie etwa in dieser Position steht«, meinte sie und tippte mit der Fingerkuppe auf den Bildschirm, »halte ich sie dort, indem ich den Bug entsprechend neige oder hebe. Oder das wenigstens versuche.«

»Und wenn du das nicht schaffst?«

Charley schluckte vernehmlich. Die Erkenntnis, dass ihr eine ungeheuer schwere Aufgabe bevorstand, traf sie wie ein Schlag. Warum war sie auch so dumm gewesen, dieses Ding fliegen zu wollen! Und jetzt war sie dabei, sich und diesen jungen Schwachkopf zu töten! Ihre Kehle war wie zugeschnürt.

»Keine Panik«, sagte Rip und drückte ihre Hand. »Du hast uns immerhin bis hierher gebracht.«

»Du bist total verrückt!«

Rip lachte. Und das in dieser Situation, dachte Charley.

»Das Ding wird gleiten wie ein Ziegelstein«, meinte Rip. »Es hat keine Flügel und bekommt seinen Auftrieb nur durch die Form des Rumpfs, vor allem aber durch den Schub der Triebwerke – ohne den sacken wir durch, und zwar mit Karacho.« Er sah nach, in welcher Position der Hebel links vom Pilotensitz stand. »Drück den mal besser nach unten«, schlug er vor. »Der reguliert die Anti-Schwerkraft-Ringe, und von denen brauchen wir die volle Leistung, um unseren Aufprall zu dämpfen.«

Charley kullerten Tränen über die Wangen. Sie tupfte sie mit der linken Hand weg und behielt dabei abwechselnd den künstlichen Horizont und die Anzeige des ballistischen Neigungswinkels im Auge.

»Wir sind sehr hoch«, sagte sie, als sie sich schließlich wieder zu reden traute. »Es wird ganz schön dauern, bis wir unten ankommen.«

»Nicht so lange, wie du denkst – glaub mir.«

»Ich wette, das Ding hat Radar«, meinte sie.

Rip begann an den übrigen Computern rumzuspielen.

Einer hing halb aus dem Gehäuse und war teilweise auseinander genommen; drei weitere schienen unversehrt. Rip war sicher, dass der Rechner, an dem Harry und sein Kollege rumgewerkelt hatten, für die Radaranzeige zuständig war. So sind sie eben, die Launen des Glücks.

Er spürte, wie sich der Bug der Untertasse senkte, und hörte Gas aus den Manövrierdüsen zischen, als Charley den Steuerknüppel bewegte. Ach so! Dann war ein Teil des Sauerstoffs und des Wasserstoffs nicht verbrannt, sondern automatisch gespeichert worden, damit der Pilot die Untertasse auch bei ausgeschalteten Triebwerken steuern konnte, zum Beispiel beim Andocken an das Mutterschiff im Orbit.

Und jetzt erschien sogar ein Radarbild! Es zeigte ein schwarzes Band, das sich von links unten nach rechts oben schlängelte – das musste der Nil sein.

»Ich hab Radarempfang, aber ich kenne den Maßstab nicht.«

»Wir sinken verdammt schnell.« Charley klang beunruhigt.

Rip sah auf den künstlichen Horizont. Der Bug des Raumschiffs lag fast zehn Grad darunter.

»Halt nach Lichtern am Fluss Ausschau. Der Nil ist ganz in der Nähe. Wir halten direkt auf die Südspitze des Nassersees zu.«

»Lichter …«

»Kleine Orte am Fluss, Dörfer.«

»Da!«, rief Charley Pine deutlich erleichtert. »Ich steuere drauf zu.« Sie warf einen Blick auf den Radarschirm.

Der helle Fleck am Fluss, den sie auf dem Monitor sah – das konnte eine Stadt sein. Sie blickte wieder aus der

Pilotenkanzel und musterte dann noch mal die Radaranzeige.

»Sind wir hoch genug?«, fragte Rip. Charley war klar, was er wissen wollte: Kommen wir im Gleitflug so weit?

»Ich hoffe«, antwortete sie und wackelte geistesabwesend mit dem Steuerknüppel.

»Das würde ich lassen«, sagte Rip nervös und stützte sich ab, weil die Untertasse heftig hin und her schwang. »Wenn das für die Manövrierdüsen abgezweigte Gas verbraucht ist, können wir das Ding nicht mehr steuern.«

Charley platzte bald die Blase, doch sie konnte nur die Zähne zusammenbeißen.

Die Lichter der Stadt kamen schnell näher, denn die Untertasse glitt mit fast 750 km/h darauf zu.

Sie überflogen sie in ein paar Tausend Metern Höhe. Rip ließ Charley nach Nordosten steuern, um dem Nassersee von der Südspitze an zu folgen. »Wir müssen um jeden Preis am Ufer landen.«

Charley nickte heftig.

»Fang das Raumschiff kurz vor der Landung ab. Wenn wir dann Fahrt verlieren, zieh den linken Hebel hoch – die Anti-Gravitations-Ringe werden uns in der Luft halten, hoffe ich. Flieg die Untertasse weiter mit Steuerknüppel, Höhen- und Seitenruder, such dir eine ebene Stelle am Wasser und bring uns glimpflich runter.«

Charley nickte wieder und hörte gar nicht mehr auf damit.

»Schaffst du das, Charley?«

Das Nicken wurde heftiger.

»Ich würde mich wohler fühlen, wenn du was zu mir sagtest, Charley. Irgendwas.«

Sie sah ihn kurz an. Ihr Gesicht war kalkweiß. Sie hatte so viel Angst, dass sie kein Wort herausbrachte. Ihre Miene war Panik pur.

Rip küsste sie auf den Mund. »Vielen Dank für den Ausflug, Schätzchen.«

»Besser …«, begann sie und räusperte sich dann heftig, »besser, du setzt dich hin und schnallst dich an.«

Charley Pine starrte in die Dunkelheit hinaus. Zu erkennen war … absolut nichts.

Oder doch! Ein Licht und seine Spiegelung im Wasser – ein Boot.

Sie waren zu niedrig!

Charley zog den Steuerknüppel mit einem Ruck heran und riss gleichzeitig den linken Hebel hoch. Die Beschleunigung nagelte sie in den Sitz, während die Untertasse Höhe gewann.

Mist, das war viel zu viel!

Sie spürte, wie das Raumschiff flatterte – es war kurz vor dem Abschmieren. Sie prügelte den Steuerknüppel nach vorn und riss den linken Hebel bis zum Anschlag hoch. Ihr war klar, dass sie extrem übersteuerte, aber welche Wahl hatte sie denn?

Plötzlich tauchte die Erde im Lichtkegel der Landescheinwerfer auf. Charley reagierte blitzschnell und riss den Bug des Raumschiffs hoch, allerdings nicht so steil wie zuvor.

Die Untertasse schwang in die Waagrechte, dann aber kippte der Bug doch wieder nach vorn, und im Licht der Scheinwerfer kam der Erdboden rasend schnell näher. Charley zog den Steuerknüppel bis zum Anschlag heran.

Das Schiff prallte von irgendwas ab und war wieder in der Luft.

Es wurde immer langsamer. Ohne die Anti-Schwerkraft-Ringe, die den Bodenkontakt verhinderten, wäre es bereits abgestürzt. Wieder schien die Untertasse an einem unsichtbaren Hindernis abzuprallen.

Im Lichtkegel der Landescheinwerfer tauchte direkt voraus eine Klippe auf.

Charley musste sofort handeln, drückte den linken Hebel runter, warf den Steuerknüppel nach links und trat das Seitenruder. Die Untertasse schlug auf, prallte kurz hoch und blieb dann am Boden.

Rip verlor bei der abrupten Bremsung den Halt am Pilotensitz, schleuderte gegen die Armaturen und wurde ohnmächtig.

Als Rip aufwachte, blendete ihn die Sonne. Er stellte fest, dass er im Sand lag und das Licht, das ihm ins Gesicht stach, von der Untertasse reflektiert wurde. Er blinzelte und versuchte aufzustehen – vergeblich. Er rollte sich auf die Seite, um zu sehen, wo er war, und hörte ein Flugzeug brummen.

Er hob den Arm, um die Sonne abzuhalten, und sah in etwa hundert Metern einen Hochdecker kreisen, eine Cessna. Der Pilot schaute sich offensichtlich die Untertasse an.

»Wurde Zeit, dass du aufgewacht bist«, sagte Charley Pine. Sie füllte aus einem der beiden Kanister, die Rip am Abend zuvor in die Kabine geworfen hatte, Wasser in den Tank des Raumschiffs.

Rip hatte höllisches Kopfweh. Er rollte sich wieder auf

den Rücken, setzte sich mühsam auf und ertastete auf seiner Stirn eine lange, verschorfte Wunde. Eingetrocknetes Blut klebte ihm auf der Haut und in den Augenbrauen. Er kratzte es ab.

Schließlich sah er auf die Uhr: genau zehn.

Die Untertasse hockte so sauber auf den Landekufen wie eine Taube im Nest. Etwa fünfzig Meter den Hang hinab befand sich das Ufer. Der Fluss war hier bestimmt drei Kilometer breit – das musste der Nassersee sein. Der Anblick war sehenswert, aber Rips Augen schmerzten von der prallen Sonne. Er schloss sie, um sie zu schonen.

Das Dröhnen der Cessna holte ihn endgültig ins Leben zurück. »Wie lange kreist die schon da oben?«, wollte er wissen.

»Ungefähr eine Viertelstunde.«

»Ich hab gedacht, wir sind abgestürzt.«

»Sind wir auch. Aber es ist nichts kaputtgegangen. Ich hab die Untertasse danach noch mal zum Schweben gebracht und die Kufen ausgefahren. Und dich rausgeschleppt, damit du besser schläfst.«

»Ist das Ding wirklich heil geblieben?«

»Klar.«

»Du hast nichts beschädigt?«

»Ehrenwort.«

Jetzt war der Kanister leer, und Charley machte sich wieder auf den Weg ans Ufer. Rip wollte sich aufrappeln, besann sich aber rasch eines Besseren.

Die Cessna kreiste ein letztes Mal über ihnen und flog nach Nordosten davon.

Rip sah der Maschine nach. Er saß noch im Sand, als Charley zurückkam. Sie schleppte den schweren Kanister mit beiden Händen, hievte ihn allein zum Einfüllstutzen hoch und ließ das Wasser in den Tank laufen.

»Du bist ganz schön stark.«

»Heutzutage ist das ratsam.«

»Wie viel Liter sind's jetzt?«

»Zweihundert – das ist der zehnte Kanister. Ich mach gleich Pause und schaue zu, wie du die nächsten zehn ranschleppst.«

»Typisch Frau! Arbeitet, solange es kühl ist, und überlässt dem Mann das Schuften in der Hitze!«

»Typisch Mann!«, gab sie zurück. »Pennt bis in die Puppen, sieht der Frau beim Arbeiten zu und meckert dann rum.«

Rip rappelte sich auf, nahm ihr den leeren Kanister ab, griff sich auch den zweiten und ging runter ans Ufer.

Das Wasser dort war flach, braun und trüb. Rundum nur Sand, Schlamm und Gestein. Es war beinahe windstill. Schweiß tropfte Rip vom Kinn, als er den Kanister ins Wasser drückte und voll laufen ließ.

Aber konnte man diese braune Suppe überhaupt Wasser nennen? Was sie da in den Tank füllten, tat den Maschinen ganz sicher nicht gut. Doch sie hatten nichts anderes.

Als die Kanister voll waren, blieb Rip am Ufer stehen und blickte missmutig über das braune Wasser, das nicht mal zu fließen schien. Ihm war heiß, außerdem war er durstig, aber wenn er davon trinken würde, bekäme er mit Sicherheit Durchfall. Er hockte sich hin, klatschte sich Wasser ins Gesicht und in die Haare und fuhr sich mit hochgekrempeltem Ärmel über Stirn und Wangen. Na prima, dachte er – jetzt hab ich den ganzen Dreck am Hemd.

Vielleicht würden sie ja am Nachmittag einen Ort erreichen, wo es kühles, sauberes Wasser gab.

Ein Bad würde auch nicht schaden. Und was zu essen.

Wenn er überhaupt den Mut aufbrachte, noch mal mit der Untertasse zu fliegen! Er hatte noch nie so viel Angst gehabt wie letzte Nacht, als der Erdboden auf sie zugerast gekommen war … Ihn schauderte, als er daran dachte.

Während er sich mit den Kanistern zur Untertasse hochschleppte, sprach er sich Mut zu. »Letztes Mal war's dunkel«, sagte er kurz darauf zu Charley. »Man konnte kaum die Hand vor Augen sehen.«

»Mhm.«

»Bei Tageslicht zu fliegen, das ist was anderes.«

»Klar.«

»Da kann man was sehen.«

Sie nickte und strich sich das Haar aus dem Gesicht.

»Heute kriegst du's bestimmt besser hin«, fügte er hinzu.

»Kann sein.«

»Garantiert. Wenn du gestern Abend nicht mit in die Untertasse geklettert wärst, wär ich jetzt tot.«

»Hättest du das Ding wirklich allein geflogen?«

»Ich war drauf und dran.«

»Im Ernst?«

»Fest entschlossen.«

»Mhm.«

»Ich hatte ja keine Ahnung, wie viele Schwierigkeiten auftauchen würden.«

»So ist das Leben, oder?«, meinte sie und strich sich eine Strähne aus der Stirn.

Rip stapfte erneut zum Fluss runter, um die nächsten vierzig Liter zu holen.

Als er seine zehn Kanister in die Untertasse gefüllt hatte, ließ er sich neben Charley in den Sand fallen. »Wie viel wohl in den Tank geht?«

»Zeig mal deinen Kopf.« Sie legte ihm die Hände an die Schläfen und begutachtete seine Stirn. »Vielleicht behältst du eine Narbe. Das ist wirklich 'ne satte Wunde, aus der suppt immer noch Blut.«

Ihre Berührung war nicht zimperlich. Das mochte Rip.

»Bist du mit dem Major verheiratet?«

»Warum fragst du?«

»Du trägst keinen Ring, aber manche Frauen tun das heutzutage ja auch nicht.«

»Ich bin nicht verheiratet.«

»Aber du lebst mit ihm zusammen?«

Sie machte eine wegwerfende Handbewegung.

Ein schwacher Windstoß fuhr ihr durchs Haar. Sie sieht zum Anbeißen aus, dachte Rip. Aber sie ist ganz schön alt. Mann – die ist bald dreißig!

»Warum bist du eigentlich mit mir in die Untertasse gestiegen?«

»Ich wollte nicht zusehen, wie du dich umbringst.«

»Ach komm! Gib mir eine ehrliche Antwort. Ich bin kein Kind mehr.«

Sie zuckte die Achseln. »Ich hab vermutet, du wolltest damit wegfliegen, und mir gedacht: Warum nicht? Brave Mädchen kommen in den Himmel.«

Charley Pine begann zu lachen, besann sich eines Besseren und biss sich amüsiert auf die Lippe. Sie nahm einen Kanister und machte sich auf den Weg zum Ufer.

Rip schnappte sich den anderen und ging ihr nach.

»Hast du eigentlich Ärger mit der Air Force?«

»Früher oder später bekomm ich den bestimmt. Wenn die erfahren, dass das Ding tatsächlich fliegt, werden sie mir befehlen, es nach Nevada zu bringen.«

»Wohin genau?«

»Area 51.«

»Das ist doch der streng geheime Stützpunkt?«

»Ja.«

»Und – wirst du gehorchen?«

»Ich kann dich nicht mitnehmen, stimmt's? Du hast keinen Passierschein.«

»Sie schmeißen dich vielleicht raus. Und reden deinem künftigen Arbeitgeber aus, dich einzustellen.«

Charley seufzte.

Beim nächsten Aufstieg nahm Rip Charley den Kanister ab. »Was sollen wir machen? Was meinst du?«, fragte er, als er das Wasser in den Tank füllte.

»Wir sollten das Ding in die Staaten fliegen und es der Air Force überlassen.«

Rip hob den Kanister stärker an und hörte dem Gluckern zu. Als er leer war, warf er ihn beiseite und nahm den andern.

»Nein«, erklärte er.

»Und wo willst du hin?«

»Keine Ahnung«, gab er zu.

»Die Untertasse ist für den Pendelverkehr zwischen Planeten und dem Mutterschiff im Orbit bestimmt. Ich glaube nicht, dass die Tanks reichen, um längere Zeit damit in der Atmosphäre rumzufliegen.«

»Was soll das heißen?«

»Dass das Raumschiff eine Art Fahrstuhl ist und nicht für Langstreckenflüge gedacht.«

»Können wir damit gefahrlos in den Weltraum aufsteigen, ohne zu wissen, wie man die Computer bedient?«

»Mach dir doch nichts vor! Gefahrlos können wir mit der Untertasse nur eins machen – sie stehen lassen.«

»Ich will sie weder hier lassen noch der Air Force ausliefern.«

Dazu schwieg Charley.

»Und die Australier sollen sie auch nicht kriegen«, fügte Rip hinzu. »Geschweige denn Gaddhafi.«

»Mhm.«

»Ich weiß es einfach nicht«, sagte Cantrell dann.

»Na ja – irgendwas müssen wir unternehmen. Wenn wir noch lange hier rumsitzen, tauchen jede Menge Leute auf. Außerdem könnte ich was zu essen vertragen. Und was Eiskaltes zu trinken – ein Riesenglas voll.«

Kanister für Kanister schütteten sie in den Tank, bis sie endlich hörten, dass er so gut wie voll war. Rip gab Wasser rein, bis der Einfüllstutzen überlief, und warf die Kanister dann in die Untertasse – sechshundertvierzig Liter hatten sie vom Ufer hochgeschleppt!

Sie saßen im Schatten des Raumschiffs und schwiegen vor sich hin, als ein kleiner Dampfer heranglitt und fünfzig Meter vom Ufer entfernt anhielt. Er musste seit mindestens einer Viertelstunde in Sicht gewesen sein, aber die beiden hatten ihn nicht bemerkt. Zwei Decks befanden sich oberhalb der Wasserlinie des kleinen, etwa zwanzig Meter langen Schiffs, das mit Menschen und Tieren total überfüllt war. Alle Leute drängten sich an der Reling und sahen zu ihnen her. Deshalb bekam der Dampfer Schlagseite.

»Oha!«

Die Menschen auf dem Boot redeten alle durcheinander und zeigten mit dem Finger nach der Untertasse. Das Stimmengewirr drang bis zu Rip und Charley.

»Kannst du Arabisch?«, fragte sie.

»Jedenfalls nicht genug, um mit denen zu reden.« Rip stand auf und klopfte sich den Staub von der Hose.

»Wir steigen besser ein und schwirren ab.«

»Mensch – guck dir die an«, meinte Rip. »Man könnte denken, die hätten noch nie 'ne fliegende Untertasse gesehen.«

»Witzbold.«

Rip winkte dem schwimmenden Volksauflauf zu. Einige winkten zurück, die meisten aber starrten nur. Inzwischen waren sie anscheinend sprachlos.

Die Hände in die Hüften gestemmt, blickte Rip sich um, als wollte er sich die Gegend einprägen. »Dieser Ort ist bald berühmt«, sagte er grinsend. »Der wird das Roswell im Niltal. Aus der ganzen Umgebung werden Leute kommen, um sich das Fleckchen Sand anzusehen, auf dem die Untertasse stand.« Er winkte den Menschen auf dem Boot wieder zu. »Wer weiß – vielleicht sind da Leute an Bord, die die nächsten zwanzig Jahre davon zehren werden, was sie heute gesehen haben. ›Und kurz bevor der Außerirdische in sein Raumschiff gestiegen und abgebraust ist, hat er gewinkt – das ist das Tollste gewesen, was ich je erlebt habe.‹«

»Schluss jetzt, E.T. Ab in die Untertasse!«

Nachdem er den Leuten auf dem Dampfer, den unsichtbaren Fans auf der anderen Seite des Raumschiffs und denen, die zu Milliarden rund um den Globus vor dem Fernseher sitzen mochten, ein letztes Mal zugewinkt hatte, duckte sich Rip Cantrell und watschelte zur Luke der Untertasse.

»Wir müssen an unserer Einstiegstechnik arbeiten. Das sieht noch total unelegant aus.«

Er ließ den Reaktor an, wartete, bis das System etwas Wasser aus dem Tank gesogen und aufbereitet hatte, und half Charley Pine dann auf den Pilotensitz. Sie wackelte ein bisschen mit dem Steuerknüppel und trat dabei auf die Pedale. Aus den Manövrierdüsen drangen kleine Staub- und Sandwolken; sie trat und wackelte weiter, bis die Düsen frei waren.

Wie in der Nacht zuvor stand Rip neben ihr auf der Sockelstufe.

»Willst du angeschnallt werden, oder was?«

»Mach einfach nur sachte. Keine wilden Aktionen.«

Charley zog langsam den linken Hebel hoch und achtete darauf, den Steuerknüppel dabei kaum zu bewegen. Die Untertasse wurde leicht und schwebte dann zwei Meter auf, wobei sie eine kleine Staubwolke hochwirbelte. Danach drückte Charley mit dem Daumen auf den Knopf am vorderen Ende des linken Hebels, und man hörte ein Summen aus dem Maschinenraum. Gleichzeitig wurden die Kufen eingefahren.

Charley atmete tief ein und langsam aus und sandte leise ein Stoßgebet zum Himmel – bloß nichts verbocken!

Dann drehte sie das Raumschiff mit dem Seitenruder, bis sie den Dampfer vor sich sah, der noch immer fünfzig Meter vom Ufer entfernt im Wasser lag.

Sie lenkte in seine Richtung. Das Raumschiff war bereits auf mindestens dreißig Meter gestiegen, als Charley das Ufer überflog. Die Testpilotin zog den linken Hebel immer höher, und die Untertasse stieg und stieg. In gut sechzig Metern hatte Charley den Hebel bis zum Anschlag durchgezogen – ohne Raketenantrieb kam das Raumschiff nun nicht mehr höher.

Charley ließ sich Zeit und kreiste langsam über dem treibenden Dampfer. Jedes Mal, wenn sie an Bug oder Heck vorbeikam, wechselte die Schlagseite des Bootes, weil alle Passagiere von Backbord nach Steuerbord oder zurück wechselten.

»Wenn der Pott kentert, ertrinken eine Menge Leute«, meinte Rip.

»Also gut.«

Charley drehte die Untertasse Richtung Westen, überzeugte sich, dass sie waagrecht in der Luft lag, und zog den Steuerknüppel mit der Rechten an, um das Raumschiff zu beschleunigen. Gemächlich überquerten sie den See und gewannen dabei langsam Fahrt. Erst als sie am anderen Ufer eine Eisenbahnlinie und eine Schnellstraße überflogen hatten, zündete Charley Pine die Raketentriebwerke.

Die Beschleunigung drückte sie in den Sitz. Rip krallte sich an der Lehne fest.

Ja!

Auf Charleys angespanntem Gesicht zeigte sich ein Lächeln.

Die Untertasse beschleunigte ganz ordentlich, flog aber noch kaum tausendfünfhundert Meter hoch über der Sand- und Felswüste, als Rip den ersten Düsenjäger entdeckte und Charley den silbernen, in der Sonne glitzernden Fleck am tiefblauen Himmel zeigte. Seitlich dahinter folgte ein zweiter.

Die Jäger kamen von rechts und hielten fast direkt auf die Untertasse zu.

»Wir haben zu lange am Nil rumgesumpft«, meinte Charley.

Noch während sie das sagte, flammte eine Blitzserie über den Bug des ersten Kampfflugzeugs.

»Der schießt! Nichts wie weg!«

Charley drückte auf die Tube, und die Beschleunigung nagelte sie in den Sitz.

Rip Cantrell schrie irgendwas, verlor den Halt an Lehne und Armaturen und fiel rückwärts.

Die Triebwerke donnerten auf vollen Touren, doch der erste Jäger kam immer näher. Instinktiv flog Charley eine Kurve auf das Kampfflugzeug zu und ließ den Piloten so übers Ziel hinausschießen. Die Untertasse raste keine hundert Meter an dem silberfarbenen Deltaflügler vorbei und erreichte dabei doppelte Schallgeschwindigkeit.

Als Charley dreimal schneller als der Schall war, zog sie den Steuerknüppel heran, ließ die Untertasse fast senkrecht aufsteigen und beschleunigte dabei unverwandt weiter.

Das Raumschiff donnerte auf einem Feuerkegel himmelwärts.

Die Passagiere auf dem Dampfer stierten mit offenem Mund dem steil aufsteigenden Feuerball nach, der nun langsam wieder in die Horizontale ging und nach Nordosten davonflog. Sie hörten das schwache, weit entfernte Grollen der Triebwerke noch an den steilen Ufern des Sees widerhallen, als das Raketenfeuer längst vom gleißenden Sonnenlicht verschluckt worden war.

7

Auf den Monitoren waren neben Grafiken auch kurze Symbolreihen zu sehen, von denen Rip und Charley vermuteten, es handele sich um Worte und Zahlen. Da sie nichts davon entziffern konnten, drückte Rip, der sich mit der Linken am Pilotensitz festhielt, mit der Rechten diverse Tasten und ließ so jede Menge Dinge auf den Bildschirmen erscheinen – in der Hoffnung, etwas zu finden, was er zu entziffern vermochte.

»Solche Grafiken hab ich noch nie gesehen«, rief er. »Die sehen so echt aus, als könnte man sie berühren – fast wie Hologramme.«

»Das sind Hologramme«, sagte Charley. »Und das hier, das ist es! Genau diese Anzeige brauchen wir.«

Rip hielt sich mit beiden Händen am Pilotensitz fest und beobachtete den Monitor, auf dem ein gekrümmter Pfad aufwärts und nach Osten führte. Einige Instrumente am linken Rand des Bildschirms mochten angeben, wie hoch, mit welcher Geschwindigkeit und in welche Richtung sie flogen, doch welcher Zeiger stand wofür?

Ja! Die zweite Anzeige von oben musste die Höhe liefern, die darunter die Geschwindigkeit. Das sagte er Charley. »Ich schätze, du hast Recht«, antwortete sie.

Sie gab jetzt Vollgas, und die Beschleunigungskraft drückte die beiden mächtig nach hinten. Rip krallte sich fest, so gut er konnte, aber seine Muskeln machten allmählich schlapp.

Schließlich musste er den Pilotensitz loslassen und knallte gegen die Luke zum Maschinenraum.

Charley stieß einen Triumphschrei aus, konzentrierte sich dabei aber weiter auf den Bildschirm. Sie fühlte sich super. Nach all den Jahren Flugtraining, den vielen Semestern Studium, den Unmengen Schweiß, Tränen und Opfern flog sie dieses Ding jetzt in den Weltraum! Wenn die anderen Testpiloten bei der Air Force das erführen, würden sie grün werden vor Neid. Und sie würden es erfahren – daran zweifelte sie nicht.

Sie atmete tief ein und stieß noch einen Schrei aus, diesmal einen rebellischen. »Jaaaa! Jajaja!«

Charley lenkte so, dass sie in der Mitte des Pfades ins All blieb. Klar, dass die Untertasse einen Autopiloten hatte, der sich mit einem einfachen Knopfdruck aktivieren ließ, aber sie hatte keinen Schimmer, welcher Knopf das war und welche Schwierigkeiten dann womöglich auftauchen würden. Und selbst wenn sie es gewusst hätte, hätte sie auf die automatische Steuerung wahrscheinlich verzichtet.

Der Himmel war dunkel wie Obsidiangestein, also fast schwarz und glasig, und wölbte sich über dem Blauen Planeten. Sie waren schon sehr hoch – dreißig, vielleicht auch fünfzig Kilometer, schätzte Charley – und flogen noch höher. Und das weiter mit Vollgas. In einem Winkel von etwa vierzig Grad stiegen sie auf, und zwar kopfüber, also mit zur Erde gerichteter Kanzel. Bei diesem Anblick schien die Vorstellung von oben und unten nicht länger zu gelten.

Als das Raumschiff durch die äußerste Schicht der Erdatmosphäre jagte, ließ das Glühen am Bug nach. Auch wenn das Donnern der Raketentriebwerke nun etwas gedämpft war, erfüllten sie die Kabine weiter mit ihrem Brummen.

Charley Pine musste auf mindestens 29.000 km/h beschleunigen, wenn sie auf einer Umlaufbahn bleiben und nicht bald auf den absteigenden Ast geraten und wieder in die Erdatmosphäre eintauchen wollte. Falls sie weiter so auf die Tube drückte, musste sie zwangsläufig in eine immer höhere Umlaufbahn kommen. Und wenn sie auf über 40.000 km/h käme – die Fluchtgeschwindigkeit, mit der man die Gravitationskraft der Erde überwindet –, würde die Untertasse in die unendlichen Weiten fliegen.

Charley kannte sich in Physik gut aus; doch das Computerprogramm, mit dem sie hier navigierte, kannte sie nicht. Hätte sie nur die Symbolketten entschlüsseln können!

Das musste einfach das richtige Programm sein! Immerhin sah es genau danach aus, und die physikalischen Daten, die es lieferte, kamen auch hin.

Aber wie würde sie merken, dass sie die Umlaufgeschwindigkeit erreicht hatte? Und in welcher Höhe wäre ihre Umlaufbahn?

Warum fragte sie sich das bloß alles? Die Untertasse flog doch, und die, die sie konstruiert hatten, hatten ihr Handwerk verstanden. Wer auch immer die Ingenieure gewesen sein mochten …

Sie war nun weit über dem Indischen Ozean, der sich seit dem Kopfstand des Raumschiffs über ihr befand. Die Krümmung der Erdkugel war ziemlich deutlich zu erkennen, und die Atmosphäre erschien als blassblaue Linie am gewölbten Horizont. Die Wolken sahen aus wie kleine, hauchfeine Baumwollflocken, die auf die Meeresoberfläche geheftet waren. Eine Wetterfront erschien als Perlenkette winziger Wolken, neben sich eine zweite Kette aus Wolkenschatten.

Wie die Erde da über ihrem Kopf hing und dahinter das tiefe Dunkel des Weltraums begann, wie die Raketentriebwerke dröhnten und sie in das Dunkel hinaustrugen, wie die Beschleunigungskraft sie – der Hand Gottes gleich – in den Sitz drückte ... das war eine ergreifende Erfahrung, ein Fest der Sinne, und Charley Pine ließ noch einen Schrei los, einen Freudenschrei.

Neben ihr kämpfte Rip Cantrell darum, wieder auf die Beine zu kommen, um aus der Kanzel hinauszusehen. Charley warf ihm einen kurzen Blick zu. Sein Gesicht war schweißbedeckt, und die Venen an seinen Armen waren gewissermaßen zu Stromkabeln angeschwollen. Es gelang ihm, sich gegen den Beschleunigungsdruck zu ihr hochzuarbeiten.

»Wow!«, rief er und stieß ebenfalls einen begeisterten Schrei aus.

Genau in diesem Moment verschwand die Grafik mit der idealen Flugbahn. Eben war sie noch auf dem Monitor zu sehen gewesen – jetzt war sie weg.

Charley schaltete die Raketentriebwerke aus, und Rip schnellte vor, als die Beschleunigung plötzlich wegfiel – seine geballte Muskelkraft schleuderte ihn mit voller Wucht gegen die Armaturen.

Er prallte von den Instrumenten ab und schwebte zur Rückwand der Kabine – schwerelos. »Wir haben's geschafft!«

Charley lachte. Sie fühlte sich umwerfend gut.

Rip stieß sich von der Kabinenwand ab, glitt zum Pilotensitz, ging dort vor Anker und beobachtete die Erde, die über ihnen hing – eine Orgie teils explosiver, teils bis in feinste Tönungen schattierter Farben. Und rundum die Schwärze des Weltalls.

»Da ist der Persische Golf. Und da der Himalaya.«

»Die Erde«, rief Charley und lachte wieder.

»Sind wir auf einer Umlaufbahn?«

»Vielleicht, vielleicht auch nicht. Falls der Rumpf des Raumschiffs wieder anfängt zu glühen, haben wir's nicht in den Orbit geschafft.« Im Moment war am Bug der Untertasse kein Hitzeleuchten mehr zu sehen.

Die Erde schien sich langsam über ihnen zu drehen. Wolkenformationen mit Landfetzen dazwischen zogen unverwandt vorbei. Gebannt beobachteten die beiden, wie sie von der Tag- auf die Nachtseite des Planeten kamen.

»Echt unheimlich, so mit der Erde über uns«, meinte Rip. »Kannst du das Schiff drehen?«

Charley legte den Steuerknüppel ein wenig auf die Seite und brachte ihn gleich wieder in Mittellage. Das reichte aus, damit sich die Untertasse langsam um die Längsachse drehte. Als die Erde unter ihnen lag, gab Charley dem Steuerknüppel noch einen winzigen Stups, diesmal in die andere Richtung, und das Schiff drehte sich nicht weiter.

»Mann!«, rief Rip aus. »Wahnsinn!«

Das empfand Charley genauso. Plötzlich begriff sie, dass sie diesem Moment von klein auf entgegengelebt und ihren Beruf aus Sehnsucht nach diesem Ereignis gewählt hatte.

Geistesabwesend strich sie Rip durchs Haar; er schien es nicht zu merken.

Rip kam als Erster auf den Boden der Tatsachen zurück und fing an, Taste für Taste zu drücken und die Anzeigen, die daraufhin auf dem Monitor erschienen, nach irgendwelchen Hinweisen auf ihre Flugbahn und Umlaufgeschwindigkeit abzusuchen.

Schließlich tauchte eine lang gezogene Ellipse auf. »Das sind wir, schätze ich«, murmelte er und betrachtete die Grafik eingehend.

»Gibt's auch eine Anzeige, die uns sagt, wie wir wieder runterkommen?«, fragte Charley.

»Bis jetzt hab ich keine entdeckt. Wenn du eine Idee für den Abstieg hast, rück raus damit – die Gelegenheit ist günstig.«

Auch Charley probierte jetzt an den Instrumenten herum. Dass sie in der Schwerelosigkeit angeschnallt war, brachte ihr einen deutlichen Vorteil. Rip dagegen schwebte und brauchte die linken Fingerspitzen, um sich am Pilotensitz zu halten.

Charley ließ die Anzeigen auf dem Bildschirm Revue passieren, bis sie endlich das Passende gefunden hatte: eine Grafik, die die Flugbahn zeigte, auf der man zu einem Planeten runterkam. Gemeinsam mit Rip studierte sie die komplizierte, dreidimensionale Darstellung.

Intuitiv langte Charley mit dem Finger an den Bildschirm, und der Planet begann sich unter der Berührung zu drehen.

»Das ist die Erde«, sagte sie. »Das sind Nord- und Südamerika, da kommen die Azoren …«

»Mensch – sieh dir *das* an!«, rief Rip und zeigte auf den Bildschirm. Das Mittelmeer war trocken, kein Wasser zu sehen. »Und da, der Ärmelkanal!« Vielmehr das Fehlen des Ärmelkanals – auf der Grafik waren die Britischen Inseln Teil des Festlands.

»So sah die Erde vor ewigen Zeiten aus«, dachte Charley laut. »Ich frage mich, wie lange das her ist.«

»Dreh den Planeten mal weiter bis Missouri, halt ihn an und drück kurz drauf.«

»Willst du da landen?«

»Ja. Wenn wir's schaffen, runterzukommen, stellen wir die Untertasse auf dem Hof meines Onkels ab.«

»Ist der Bauer?«

»Onkel Egg wohnt auf einer Farm, aber Bauer ist er nicht, sondern Erfinder, Zauberer, begnadeter Mechaniker – von allem ein bisschen. Er hat mindestens zwanzig Patente der verschiedensten Art und lebt von den Tantiemen, die er dafür kassiert.«

Charley folgte Rips Vorschlag und drehte die Erde weiter bis Missouri. Kaum hatte sie mit dem Finger auf diese Gegend getippt, veränderte sich die Grafik: Ein langer, schmaler Kegel, dessen Spitze in Missouri lag, baute sich zum Himmel auf, krümmte sich dann nach Westen und erstreckte sich schließlich über fast ein Drittel des Erdballs. Der Beginn des Trichters lag knapp links von Hawaii.

»Wir müssen es beim nächsten Umlauf versuchen«, sagte Rip und zeigte auf ein kleines rotes Licht. »Ich schätze, das sind wir, und zwar im falschen Orbit. Wir müssen die Flugbahn ändern, um dorthin zu kommen, von wo wir wieder in die Atmosphäre eintauchen können.«

Charley ließ die Bildschirmanzeigen weiter Revue passieren. »Das hier ist die richtige Grafik, hoffe ich.« Sie sah sich das Hologramm an und zeigte auf einen Punkt: »Wenn wir die Umlaufbahn dort ändern, brauchen wir am wenigsten Treibstoff.«

»Wie viel Sprit kostet das wohl?«

Sie ging ihre Anzeigen durch und meinte nach etwa einer Minute: »Keine Ahnung. Wenn wir die ganze Energie für den Wechsel der Umlaufbahn verpulvern, haben wir keinen Treibstoff mehr, um den Trichter anzusteuern und gefahrlos in die Atmosphäre einzutreten. Falls uns das passieren sollte, verlieren wir einfach ständig an Umlaufgeschwindigkeit und prallen beim Langsamerwerden immer wieder unkontrolliert an der Erdatmosphäre ab, bis wir steil eindringen.«

»Steil? Das hört sich nicht gut an.«

»Dann verglühen wir wahrscheinlich in der Atmosphäre wie ein Meteor.«

»Wie viel Treibstoff haben wir noch?«

Charley wies auf eine andere Bildschirmanzeige. »Das dürfte die Tankuhr sein. Wir haben keine fünf Prozent mehr, fürchte ich.«

Rip sah sich langsam um. »Die Untertasse muss im Orbit Wassernachschub vom Mutterschiff bekommen haben.«

»Höchstens zwanzig, dreißig Liter. Wasser ist im Weltraum kostbar. Wahrscheinlicher, dass das Mutterschiff den Flugbahnwechsel der Untertasse besorgt hat.«

»Was machen wir also? Fliegen wir nach Missouri oder woandershin?«

»Ich seh mir erst mal weiter die Computer an«, sagte Charley und beugte sich vor.

Schließlich holte sie tief Luft. »Ich glaube, wir schaffen's nach Nordamerika, sogar nach Missouri. Wir wechseln die Flugbahn und zünden dann die Triebwerke, um zur Trichteröffnung über Hawaii runterzukommen.«

Rip nickte heftig. »Wir gehen überm Pazifik in den Sinkflug und trudeln in die gute alte Heimat. Und wenn wir übers Ziel hinausschießen, plumpsen wir eben in den Atlantik.« Er lächelte zuversichtlich. »Mach dir keine Sorgen, Charley Baby. Nordamerika ist eine große Zielscheibe – irgendwo werden wir schon einschlagen.«

»Mhm.«

»Glaub mir!«

»Nenn mich nicht Baby.«

»Nimm's nicht persönlich, Captain Pine. Wo du doch eine ältere Frau bist, und so.«

Das Raumschiff hatte sich in Längsrichtung um etwa neunzig Grad gedreht. Diesen Eindruck hatten die beiden jedenfalls. Links von ihnen befand sich die dunkle, der Sonne abgekehrte Seite der Erde. Die beiden wurden still und betrachteten den gewaltigen Ball.

»Gleich fliegen wir über die Staaten«, flüsterte Charley.

Kurz darauf kamen tatsächlich die Lichter von Los Angeles in Sicht, funkelten munter in die Nacht und bedeckten Täler und Hügel. Ganz schön ausgedehnt, der Lichtfleck, den die Riesenstadt da ins All warf. Aber schon war die Untertasse weitergeflogen und überquerte nun die schwarze Einsamkeit der Mojavewüste, die nur durch winzige, funkelnde Bänder, die Autobahnen, belebt wurde; und durch Kleinstädte, die als bloße Lichtkleckse da und dort auftauchten.

Als Rip sich schließlich von der Erde abwandte und ins Weltall schaute, sah er nur Sterne, die kalt und unerschütterlich am schwarzen, gläsern anmutenden Firmament standen. Ein Schauer durchfuhr ihn.

Die Gefahr, in der sie schwebten, traf ihn wie ein kalter Wasserschwall. Sie befanden sich mehrere hundert, womöglich rund tausend Kilometer über der Erdoberfläche, und das in einem uralten Raumschiff, das er mit einem Pressluftbohrer aus dem Gestein geholt hatte. Wenn irgendwas schief ging, würden er und Charley sterben. In der Untertasse. Und zwar sehr bald.

Rip spürte eine leichte Übelkeit. Das ist die Schwerelosigkeit, sagte er sich und bemühte sich, daran zu glauben. Dass er absolut leichtsinnig gewesen war, versuchte er zu verdrängen. Charley Pine hat mitkommen wollen, dachte er – niemand hat sie dazu gezwungen.

Dann fragte er sich, wie viel Wasser wohl noch im Tank war.

Ob die Raketentriebwerke überhaupt anspringen würden? Angst überkam ihn, und Schweiß trat ihm auf die Stirn.

Die Triebwerke müssen einfach anspringen. Sie müssen! Es darf doch nicht damit enden, dass wir von der Außenwelt abgeschnitten im Orbit treiben und dazu verdammt sind, zu ersticken oder zu verglühen!

Da – die Sonne!

Mit blendendem Glanz stieg sie über der Erde auf und ergoss ihr Licht in die Kabine des Raumschiffs.

Charley sah zu, wie die Sonne dem Zenit entgegenstieg, und wandte sich dann wieder den Instrumenten zu. Sie wechselte ständig zwischen den drei Monitoren, verglich jede Menge Anzeigenkombinationen und wirkte dabei so ruhig und gelassen, als bekäme sie nur ein paar Mails.

»Wenn die Triebwerke nicht anspringen, sind wir erledigt«, meinte Rip. »Weißt du das?«

Sie sah ihn mit unveränderter Miene an. »Ich hab vor unserem Start versucht, dir das Risiko klarzumachen.«

»Jetzt ist es mir verdammt klar.«

»Das Risiko hat sich nicht verändert – die Gefahr ist jetzt genauso groß wie zu dem Zeitpunkt, als wir uns fünf Meter über dem Boden befanden.«

»Jedenfalls kommt es mir jetzt viel gefährlicher vor«, gab Rip zurück und sah dabei unwillkürlich zur Erde, die ihm nun bedrohlich erschien: Aufgetürmte Kumuluswolken zogen in niedriger Höhe dahin und warfen dramatische Schatten. Es sah aus, als seien plötzlich Abertausende davon aufgetaucht.

Charley wandte sich wieder den Monitoren zu.

»Ich hab ein mulmiges Gefühl«, sagte Rip, doch sie konzentrierte sich schon wieder auf die Anzeigen und hörte ihn nicht.

Er stieß sich sanft vom Pilotensitz ab, erreichte schwebend die Luke zum Maschinenraum und ließ sich dann kreuz und quer langsam durch die Kabine treiben, während die Erde rasend schnell neben der Untertasse kreiste und Charley Pine an den Instrumenten tüftelte.

Knallharte Braut, dachte er. Knallhart.

Rip schwebte gedankenverloren durch die Kabine, als plötzlich die Raketentriebwerke ansprangen und er gegen die Luke zum Maschinenraum krachte. Nach drei Sekunden gingen die Motoren wieder aus.

»Heh!«

»'tschuldigung – hab vergessen, dir Bescheid zu sagen.«

»Na ja – wenigstens funktionieren die Triebwerke«, gab Rip unwillig zu. »Warum hast du sie überhaupt angelassen?«

»Um die Flugbahn zu wechseln. Jetzt sind wir im richtigen Orbit und kommen in die Gegend, wo der Trichter anfängt.«

Rip schwebte zu Charley hinüber, um einen Blick auf die Monitore zu werfen.

Während er ihr über die Schulter sah, wendete sie die Untertasse um hundertachtzig Grad und manövrierte sie genau ins Fadenkreuz, das auf der Holografie am Bildschirm erschienen war. »Noch etwa fünf Minuten.«

»Fein.«

Er war nicht mehr ängstlich, auch wenn er vielleicht hätte Angst haben sollen. Eine große Ruhe überkam ihn. Die, die das Raumschiff gebaut hatten, waren schon seit Ewigkeiten tot, und dennoch fühlte er sich mit diesen Geschöpfen verwandt ... mit diesen Menschen? ... egal. Er flog in ihrer Untertasse, so wie sie selbst vor Jahrtausenden, und das schien ihm irgendwie richtig, angemessen. Diese Wesen hatten den Mut gehabt, sich ins Unbekannte zu wagen, und jetzt wusste Rip Cantrell – ohne Angeberei oder Draufgängertum –, dass er diesen Mut auch besaß.

»Wir schaffen das schon«, sagte er zu Charley, die wieder voller Energie am Computer arbeitete.

»Klar«, antwortete sie und konzentrierte sich auf die Anzeigen.

Dann rief sie erneut das Hologramm für den Abstieg auf und rückte sich im Sitz zurecht.

»Du solltest dich lieber anschnallen«, meinte sie.

»Aber nur für die Zündung der Triebwerke.«

»Wie du willst.«

Er glitt in den nächsten Sitz und legte den Gurt an.

Als sie die Trichteröffnung erreichten, konnte Rip einen kurzen Blick auf den Monitor werfen. Dort leuchtete eine Flamme auf – Triebwerke zünden, musste das heißen. Charley gab Gas, und das nicht zu knapp. Sie beschleunigte die Untertasse sanft, aber zügig und hielt sie dabei genau auf der vorgeschriebenen Flugbahn.

Kaum hatte sie Höchstgeschwindigkeit erreicht, fielen die Triebwerke für eine Sekunde aus. Als sie wieder ansprangen, brachten sie deutlich weniger Leistung – vielleicht die Hälfte, wenn überhaupt. Trotz seiner selbstverordneten Zuversicht klopfte Rip vor Angst das Herz im Hals.

Wieder stotterten die Triebwerke … und wieder … und wieder …

»Jetzt macht schon!« Das war Charley, die die Motoren beschwor wie eine Reiterin ihr Pferd. »Tut mir das nicht an!«

Rip hatte sich losgeschnallt und arbeitete sich zum Pilotensitz hoch, um auf die Anzeigen zu sehen. »Was ist los?«

Die Motoren stotterten erneut. Dann gaben sie den Geist auf. Aber das Hologramm auf dem großen Monitor befahl Vollgas.

»Oha!«

»So ein Mist …«

»Meine Güte!«

Charley fummelte am Steuerknüppel, rüttelte am Gashebel, zerrte daran herum.

Die Motoren sprangen wieder an und liefen eine Sekunde, zwei … drei …

»Wir sind nicht mehr im Trichter«, sagte Charley angespannt.

»Versuch's weiter. Uns bleibt nichts anderes übrig«, meinte Rip. Seine Stimme war ruhig und beherrscht.

Die Motoren liefen etwa vier Sekunden ohne Stottern, dann schaltete der Computer sie endgültig ab, lieferte aber zugleich eine Flugbahn für den Abstieg, die deutlich oberhalb des Trichters lag, in dem sie eigentlich zur Erde gelangen sollten. Auf dem Bildschirm tauchten Vorgaben zum Neigungswinkel der Untertasse und zur Flugrichtung auf – Charley musste sich bemühen, beide Funktionen, die als eigene Graphen auf dem Monitor auftauchten, in Übereinstimmung zu bringen, die Linien also aufeinander treffen zu lassen und dann eng parallel zu führen.

Sie benutzte Höhen- und Seitenruder sowie den Hebel links von ihrem Sitz, um das Schiff zu manövrieren und stark nach unten zu neigen, damit sie der für den Abstieg vorgesehenen Flugbahn wieder näher kam.

»Willst du etwa im Sturzflug runter in den Trichter?«

»Zu gefährlich«, gab Charley zurück und zeigte aus der Kanzel. Vom Weltraum war fast nichts mehr zu sehen. Dafür kam die Erde zügig näher, auf die sie mit einem Neigungswinkel von etwa fünfzehn Grad zuflogen.

Charley hielt sich genau an die Vorgaben des Computers, und die Untertasse raste der Atmosphäre entgegen.

Minuten vergingen. Die Erde kam immer näher. Rip fragte nervös: »Meinst du nicht, dass wir zu schnell sind?«

»Gut möglich. Schnall dich lieber an und halt dich fest.«

Widerwillig kämpfte Rip sich in den nächsten Sitz. Kaum hatte er den Gurt angelegt, spürte er, wie ihn das Langsamerwerden des Raumschiffs beim Eindringen in die Atmosphäre nach vorn zog.

Verräterische Blitze rasten über die Pilotenkanzel – so schnell, dass sie nur zu erahnen waren.

So hoch wie möglich reckte Charley den Kopf und konnte gerade eben ein rötliches Glühen am Bug erkennen, das mit jeder Sekunde, die die Untertasse tiefer in die Atmosphäre eintauchte, intensiver wurde.

Aufgrund einer merkwürdigen Kombination aus Licht und Feuchtigkeit bildete sich etwa zehn Minuten nach Beginn des Sinkflugs an der heckseitigen Wölbung der Pilotenkanzel eine sichtbare Druckwelle. Rip beobachtete, wie sie über die Kuppel spielte, bis sie in der zunehmend dichter werdenden Atmosphäre aus seinem Blickfeld wanderte.

Charley war voll darauf konzentriert, Neigungswinkel und Flugrichtung der Untertasse nach den Vorgaben auf dem Monitor auszurichten, und merkte kaum, dass das Raumschiff wie ein Meteor aus den Tiefen des Alls in die Erdatmosphäre tauchte.

8

Die Untertasse erschien auf einem Monitor des Luftverteidigungskommandos Nordamerika (NORAD) im Cheyenne Mountain-Bunker in der Nähe von Colorado Springs. Der Radarschirm zeigte das Raumschiff als

Leuchtpunkt, der sich vom Pazifik her Kalifornien näherte. Um einen Satelliten oder um Weltraummüll, der die Erde umkreist, konnte es sich nicht handeln, denn die Computer der NORAD sind so programmiert, dass sie ausschließlich Objekte anzeigen, die schneller oder langsamer als Umlaufgeschwindigkeit fliegen.

Die Frau, die am Radarschirm die Flugbewegungen beobachtete, hatte gerade die Hälfte ihrer vierstündigen Schicht hinter sich, die sich mal wieder endlos hinzog. Sie trank Kaffee, hörte Musik, die im Hintergrund aus Lautsprechern dudelte, und zappte teilnahmslos durch die vierundzwanzig Sektoren, die ihr Bildschirm anzeigte. Dabei dachte sie an ihren neuen Freund, der ihr am Abend zuvor deutlich gesagt hatte, in welche Proportionen sie ihren Körper zu bringen habe, um ihm zu gefallen.

Sie stierte ein paar Sekunden auf den Punkt, der sich auf dem Monitor rasch nach rechts bewegte, bis sich der Vorhang aus Langeweile, Musik und Erinnerung an das Macho-Gerede ihres Freundes mit einem Ruck teilte. Zum Leben erwacht, ging sie mit der Maus auf den leuchtenden Punkt und klickte einmal. Sofort erschienen folgende Informationen:

CO 82 – S 143 – 52 NM

CO 82 stand für den Kurs, den das Flugobjekt eingeschlagen hatte, nämlich zweiundachtzig Grad zum geographischen Nordpol – also flog es ziemlich genau nach Osten. S 143 gab die Geschwindigkeit an, wobei eine Einheit für hundert Knoten stand: 14.300 Knoten, das waren 26.500 km/h. 52 NM stand für eine Flughöhe von zweiundfünfzig nautischen Meilen, also gut sechsundneunzig Kilometer.

Die Frau am Bildschirm drückte erst den Alarmknopf, um ihren Vorgesetzten zu rufen, dann ein paar Tasten, damit das Flugobjekt auf dem großen, fast die gesamte Stirnseite des Überwachungsstands ausfüllenden Monitor erschien, der den gesamten Luftraum der Vereinigten Staaten zeigte.

Nur Sekunden später war der Vorgesetzte bei ihr und ließ sich den leuchtenden Punkt auf dem Radarschirm zeigen.

»Über 26.000 Stundenkilometer?«

»Sieht aus, als käme eine Raumfähre zurück, aber im Moment haben wir keine oben. Vielleicht stürzt da Weltraummüll ab, oder …«

Oder es handelte sich um eine heranrasende Interkontinentalrakete. Es ist Hauptaufgabe der NORAD, solche Raketen aufzuspüren und ihre Flugbahn zu verfolgen.

»Gibt es Hinweise darauf, dass irgendwo eine Rakete abgefeuert wurde?«

»Nein, Sir.«

»An alle!«, donnerte der Vorgesetzte über die Lautsprecher. »Gibt es irgendwelche Anzeichen, dass in den letzten zwei Stunden irgendwo eine Interkontinentalrakete abgefeuert wurde?«

Schweigen.

»Irgendwo?«, wiederholte er. Seine Stimme dröhnte der Frau am Radarschirm über Kopfhörer in die Ohren und drang außerdem aus allen Verstärkern.

»Das Objekt ist erst vor ein paar Sekunden aufgetaucht, Sir. Als wäre es aus seiner Umlaufbahn geraten.«

Der Vorgesetzte war ein alter Hase. Er hatte schon oft Weltraummüll in die Atmosphäre eindringen sehen. Jedes

Mal waren diese Objekte rasch langsamer geworden und längst verglüht, ehe sie die Erde erreicht hatten. Er blickte auf die Flugdaten des Leuchtpunkts und wartete auf die rapide Verlangsamung, doch seine Geschwindigkeit nahm bei weitem nicht schnell genug ab.

»Für einen Meteor kommt das Ding ziemlich flach rein«, meinte die Frau am Radarschirm überflüssigerweise.

Raketensprengkopf, Meteor oder Weltraummüll – was das auch war, es würde auf der Erde einschlagen und nicht vorher verglühen.

Der Vorgesetzte fluchte und griff zum roten Telefon.

Von San Diego bis San Francisco sahen Leute, die sich drei Stunden vor Sonnenaufgang draußen rumtrieben, eine feuerrote Spur in östlicher Richtung übers Firmament ziehen. Der glühende Ball war langsamer als eine Sternschnuppe, aber schneller als jedes Flugzeug, zog einen kleinen Schweif nach sich und strahlte leuchtend orange. Trotz der frühen Stunde sahen ein paar Tausend Menschen diese Erscheinung. Einigen von ihnen gelangen unterbelichtete Fotos. Ein Mann in der Nähe von Bakersfield, ein leidenschaftlicher Hobby-Astronom, bannte die vorbeifliegende Untertasse auf einen Film, der die Veränderungen des Sternenhimmels im Zeitraffer aufnahm – schade: Zeitlupe wäre besser gewesen. Die meisten beobachteten das Himmelsphänomen einfach ergriffen, ohne zu wissen, was sie da eigentlich sahen.

Die Untertasse flog viel zu hoch, als dass der Überschallknall die Erde hätte erreichen können – umso besser für die vielen, die noch im Tiefschlaf lagen.

So schnell, wie er gekommen war, verschwand der Feuerball am östlichen Himmel. Vierzig, fünfzig Leute meldeten die Erscheinung ihrem Lokalradio, und ein paar ganz Fixe stellten die Nachricht gleich ins Internet.

Als das Tempo des Raumschiffs unter die zehnfache Schallgeschwindigkeit fiel, befahl der Bordcomputer einen steileren Sinkflug. Charley Pine gehorchte dieser Anweisung ungern – die Außenhaut der Untertasse leuchtete immerhin kirschrot –, senkte den Bug nach kurzem Zögern aber doch um ein paar Grad; nicht so viel, wie der Computer verlangt hatte, aber doch ein Stück. Das wird die Geschwindigkeit, mit der die Luft über den Rumpf streicht, nicht allzu sehr erhöhen, dachte sie und suchte vergeblich nach einer Anzeige, die ihr die Luftgeschwindigkeit liefern mochte. Na ja, überlegte sie dann, es wäre ohnehin wichtiger, die Temperatur der Außenhaut zu erfahren – der Rumpf ist natürlich für astronomisch hohe Temperaturen ausgelegt, aber immerhin ist er auch schon verdammt alt …

Nun schien das Glühen nachzulassen.

Sie zog den Bug der Untertasse höher, und das starke Rot verblich schnell. Daraufhin neigte sie den Bug wieder und wählte für den Sinkflug einen Winkel, der einen Kompromiss zwischen den Geboten des Bordcomputers und ihrem gesunden Fliegerverstand darstellte.

Das Raumschiff flog noch immer mit mehr als vierfacher Schallgeschwindigkeit, als Charley knapp westlich von St. Louis die 30.000-Höhenmeter-Marke unterschritt. Hinter ihr erreichte die Druckwelle mit einem enormen Donnerschlag den Erdboden, ließ Häuser erbeben, Scheiben klirren und Vieh und Wild einträchtig zittern. Einen so lauten Knall hatte es in St. Louis vielleicht noch nie gegeben. Wer nicht im Koma lag oder stocktaub war, hörte ein tiefes Dröhnen, einen gewaltigen Paukenschlag, der einem schmerzhaft ins Ohr fuhr, das Trommelfell aber nicht zerriss. Viele glaubten, ein paar Häuserblocks weiter habe es eine Explosion gegeben. Im ganzen Ballungsraum gingen die Lichter an, und das Telefonnetz brach zusammen, weil alle gleichzeitig 110 wählten.

Charley Pine tastete sich zur Erde hinab. Die Untertasse glitt durch eine niedrige Wolkenschicht, die da und dort aufgerissen war, und flog dann über eine dunkle Gegend, in der nur wenige Lichter zu sehen waren. Charley nutzte die schwachen Gleitflugqualitäten des Raumschiffs inzwischen optimal und segelte abwärts, ohne die Triebwerke zu benötigen. Als sie nur noch etwa dreihundert Meter hoch war – genau ließ sich das durch die Kanzel nicht erkennen, und die Skalierung der Instrumente war ihr ein Rätsel –, zog sie den Hebel links neben ihrem Sitz bis zum Anschlag durch und aktivierte so die Anti-Schwerkraft-Ringe. Die Untertasse glitt weiter abwärts und blieb schließlich auf etwa sechzig Metern Höhe.

Das war niedrig. Zu niedrig.

Charley wäre beinahe in einen Funkturm geflogen, der plötzlich vor ihr aufragte und nur durch ein paar rote Lichter markiert war.

Nachdem sie dieses Hindernis umschifft hatte, folgte sie der Straße zu einer Stadt, die sie nach dem Durchqueren der Wolkendecke aus der Luft gesehen hatte.

Zum Glück war das Land hier ziemlich flach. Mit der

Untertasse bei Nacht in einer gebirgigen Gegend zu landen, das wäre Selbstmord gewesen.

Rip stand jetzt neben ihr. »Wo sind wir?«, fragte er und sah aus der Kanzel hinaus, um irgendwo Licht zu entdecken.

»Keine Ahnung.«

»Meinst du, das ist Missouri?«

»Ziemlich unwahrscheinlich.«

»Sind wir wenigstens in den Staaten?«

»Kann sein.«

»Echte Präzisionsarbeit – das gefällt mir.«

In der ersten Morgendämmerung hielt Charley die Untertasse am Rand einer Kleinstadt an.

Na ja, Kleinstadt – es war eher eine Ansammlung von Häusern entlang einer geteerten Straße in einer durch und durch ländlichen Gegend.

Die beiden sahen sich das Örtchen aus etwa dreißig Metern Höhe an. Kein Auto unterwegs. »Hier dürfte es zwischen halb fünf und fünf sein«, murmelte Charley.

»He!« Rip streckte den Finger aus. »Probier's mal da bei der Tankstelle. Vielleicht gibt's dort einen Wasserhahn mit Schlauch.«

»Jetzt, wo wir wieder in der Zivilisation sind, muss ich unbedingt aufs Klo.«

»Ist bestimmt abgeschlossen.«

Sie steuerte die Untertasse zwischen ein paar Bäumen hindurch und landete auf einem ausgestorbenen Parkplatz direkt neben der Tankstelle. Rip öffnete die Luke und sprang raus.

Es roch nach Erde, Sommer und Motoröl. Ach was – es duftete danach! Rip atmete tief ein und sah nach Osten.

Am Morgenhimmel standen rosafarbene Wolken, und die Landschaft lag im sanften Frühlicht. Nach zweieinhalb Monaten in der Wüste hatte Rip den Eindruck, noch nie ein schöneres Fleckchen Erde gesehen zu haben.

An der Ecke des Gebäudes war ein Wasserhahn, allerdings ohne Schlauch. Rip drehte ihn auf, um sich zu vergewissern, dass Wasser kam, drehte ihn wieder zu, erhob sich und schaute sich um. Gegenüber der Tankstelle befand sich ein Lokal, das natürlich noch geschlossen hatte. Vier kleine Häuser waren zu sehen, weitere durch die Bäume zu erahnen. Versuchen wir's doch gleich beim ersten Nachbarn, dachte Rip.

Er betrat das Grundstück und näherte sich einem weißen, einstöckigen Haus, dessen Garage offen stand. Darin waren ein Pick-up und ein Rasenmäher abgestellt. Und an der Wand hing ein aufgewickelter Gartenschlauch. Rip griff zu.

Zwei Minuten später lief Wasser in den Tank der Untertasse. Rip drückte auf die Klinke zum Männerklo – nicht abgeschlossen.

Als er wieder neben dem Raumschiff stand und über die flachen Felder sah, die sich bis zum weiten Horizont erstreckten, kam Charley aus der Damentoilette.

»Das tat gut«, sagte sie und rückte ihren grauen Fliegeranzug zurecht.

»Besser, du nimmst dein Namensschild und deine Rangabzeichen ab«, schlug Rip vor.

»Stimmt. Die Untertasse wird garantiert jede Menge Aufmerksamkeit erregen.«

Das war eine perfekte Untertreibung, Charley, dachte Rip. Er war total ausgehungert. »Lass uns was essen, wenn das Lokal aufmacht, ja? Und überlass mir bitte das Reden.«

»Meinetwegen«, sagte sie ohne große Begeisterung und entfernte Rangabzeichen und Namensschild vom Fliegeranzug.

»Diese Streifen hätte ich schon vor zwei Wochen abnehmen sollen«, setzte sie hinzu und warf sie weg.

»Warum haben die Triebwerke gestottert, als wir wieder in die Erdatmosphäre getaucht sind?«

»Da bin auch ich überfragt.«

»Wenn wir's mit der Untertasse zu Onkel Egg schaffen, findet der das bestimmt raus.«

Rip lachte auf. Er fühlte sich großartig. »Das ist echt *cool!*« Er breitete die Arme aus, um die Tankstelle, das Lokal und die Häuser entlang der Straße willkommen zu heißen, drehte sich dann um die eigene Achse, wies schließlich mit großer Geste auf das Raumschiff und verbeugte sich tief.

Charley Pine klatschte Applaus.

»Danke sehr, vielen Dank. Für Sie, Ma'am, haben wir einen Platz mitten in der ersten Reihe.«

Charley sah nach dem Tank. Obwohl auf dem Hahn ein anständiger Wasserdruck war, klang es so, als sei der Behälter noch lange nicht voll.

Als sie sich wieder umdrehte, sah sie einen alten Hund erst am Raumschiff, dann an Rip schnüffeln. Der wartete, bis das Tier alles in Ruhe abgeschnuppert hatte, beugte sich vorsichtig runter und kraulte ihm die Ohren.

Rip ist das reinste Kind, dachte sie.

Dann wandte sie sich wieder zur Untertasse und berührte sie mit beiden Händen.

Die bin ich geflogen!

Sie schloss die Augen und dachte daran, wie sich das angefühlt hatte; wie es gewesen war, mit Raketenschub zu fliegen und die Vibration des Steuerknüppels zu spüren.

Als sie sich wieder zu ihm umdrehte, schaute Rip sie merkwürdig an.

»Was ist los?«

»Bei diesem Licht ... na ja, du siehst verdammt gut aus«, meinte er und errötete dabei sehr nett.

Sie grinste ihn an – den Jungen, den er sich bewahrt hatte, und den Mann, der er geworden war.

Er schlurfte zum Tank und lauschte dem Wasser beim Einlaufen, um seine Verlegenheit zu verbergen. »Halb voll. Höchstens.«

Sie hörten ein Auto die Straße entlangkommen und drehten sich um. Der Wagen bog auf die Tankstelle, fuhr aber nicht an eine Zapfsäule, sondern hielt auf der anderen Seite des Gebäudes. Der Fahrer – ein vielleicht sechzehnjähriger Junge in schmuddligen Jeans – kam zu ihnen. Sein Gesicht war voller Aknepickel. Der Hund, der sich neben einer Landekufe ausgestreckt hatte, klopfte mit dem Schwanz Staub auf.

»Hey!«, sagte der Junge. »Was ist *das* denn?«

»Das hat ein Spezialtransporter vor einer halben Stunde abgeladen«, antwortete Rip nüchtern. »Der Fahrer hat gesagt, das sei Werbung für einen Vergnügungspark in St. Louis, habe aber nicht unter der nächsten Autobahnbrücke durchgepasst.«

»Mann, ich werd ...«, begann der Junge und fragte dann: »Warum hat er das Ding denn hier stehen lassen?«

»Er wusste nicht, wohin sonst damit. Und hat gesagt, ein anderer Lkw kommt es in ein paar Stunden abholen.«

Der Junge riss seinen Blick von der Untertasse und sah sich Charley und Rip an. »Warum füllt ihr da Wasser rein?«

»Das Ding ist so leicht – das fliegt weg, wenn Wind aufkommt. Der Mann von nebenan hat uns seinen Schlauch gebracht.« Rip wies mit dem Kopf auf das Haus mit der offenen Garage. »Ich hoffe, ihr habt ein paar Liter Wasser übrig.«

»Schätze schon.«

Der Junge strich mit den Händen über die Untertasse. Dann klopfte er mit dem Fingerknöchel an den Rumpf. Bevor er etwas sagen konnte, meinte Rip: »An deiner Stelle wär ich vorsichtig. Da ist nur Hartschaum drunter – wenn du eine Beule reinmachst, musst du dafür geradestehen.«

»Oh.« Der Junge schob die Hände in die Taschen und bemühte sich, lässig zu wirken.

»Übrigens«, fuhr Rip fort, »ist meiner Schwester und mir ein paar Kilometer östlich der Wagen kaputtgegangen. Können wir den nach dem Frühstück von jemandem abschleppen lassen? Ich glaube, der Kühlwasserschlauch ist hinüber.«

»Jede Menge Dampf, was?«

»Kann man so sagen.«

»Den Abschleppwagen fährt nur der Chef. Bis der auftaucht, dauert's noch eine Weile. Seid ihr im Automobilclub?«

»Ich glaube ja. Der Ausweis ist irgendwo in meiner Brieftasche.« Rip griff sich an die Hüfte.

»Wie viel Wasser wollt ihr denn noch da reinfüllen?«

»Ach, das reicht jetzt, schätz ich. Das Ding soll ja nur ein bisschen Gewicht haben.« Rip drehte den Hahn zu und nahm den Schlauch ab. Charley schloss den Tankdeckel.

Als Rip den Schlauch aufwickelte, meinte er zu ihr: »Wir treffen uns vorm Lokal.«

»Nett, dass du dem Lkw-Fahrer ein bisschen Wasser spendiert hast«, sagte er dann zu dem Jungen, als Charley wegschlenderte.

»Ist ja nicht mein Wasser«, gab der zurück und musterte noch immer die Untertasse. »Sieht unglaublich echt aus, hm? Als wären lauter kleine E.T.s drin.«

»Mhm.«

»Ich schätze, so was wird in Hollywood gebaut.«

»Irgendwo in New Jersey, offen gesagt.« Rip hatte den Schlauch inzwischen aufgewickelt und brachte ihn in die Garage zurück.

Nach einem letzten langen Blick auf die Untertasse ging der Junge zur Tankstellentür und schloss sie auf.

Als die Sonne wie ein orangefarbenes Auge zwischen dem Horizont und einer tief hängenden Wolkenschicht stand, saßen Rip und Charley auf der Eingangstreppe zum Lokal. Der ganze Ort war – wie das Raumschiff – in magisches Licht getaucht.

»Der Junge hat mir das abgekauft, glaub ich«, meinte Rip.

»Du bist ein ganz schöner Lügner.«

»Alles Training – schließlich will ich Politiker werden.«

»Was wohl aus unseren Freunden geworden ist?«

»Die Libyer werden sie vermutlich bald freilassen.

Leute, die für Ölgesellschaften geologische Untersuchungen durchführen, sind Vorboten des Geldregens. Es rentiert sich für Gaddhafi nicht, sie unter Druck zu setzen. Für die Air-Force-Typen gilt das natürlich nicht. Und weiß der Himmel, was sie mit den Australiern anstellen.«

Was aus denen wurde, interessierte Charley Pine nicht sonderlich. Klar aber, dass die US-Regierung ihren Kollegen von der Luftwaffe demnächst beispringen würde, die vermutlich alle eine Medaille verliehen bekämen und nach Washington gebracht würden, um Abgeordneten die Hände zu schütteln.

Sie saß da und betrachtete die Untertasse. »Diese Anti-Schwerkraft-Technik ist wirklich was Besonderes«, sagte sie schließlich.

Das sah Rip genauso. »Ich glaube, die Ringe im Rumpf kehren die Polarität des Gravitationsfeldes der Untertasse um, sodass Raumschiff und Erde einander abstoßen.«

Sie saßen da und beobachteten gedankenversunken, wie die Sonne hinter der Untertasse aufging.

General Hoyt Alexander, der Befehlshaber des Weltraumkommandos in Colorado Springs, wurde durch ein Telefonat aus seinem tiefen Schlaf gerissen. Der OvD der NORAD in Cheyenne Mountain informierte ihn, ein bisher nicht identifiziertes Objekt sei in die Atmosphäre eingedrungen und habe offenbar unversehrt die Erdoberfläche erreicht. Der Bereitschaftsdienst im Pentagon sei bereits verständigt, setzte der OvD hinzu.

Zehn Minuten später rief er wieder bei Hoyt an und berichtete von den Himmelserscheinungen über Kalifornien.

Als der OvD vom Überschallknall in St. Louis erfuhr, hatte sich der Oberkommandierende der Air Force, General »Bomber« Joe de Laurio, bereits telefonisch mit Hoyt Alexander in Verbindung gesetzt.

»Morgen, Hoyt. Was ist denn da los? Invasion aus dem All?«

»Das glaube ich nicht, Sir«, antwortete General Alexander. Sein Sinn für Humor war perfekt getarnt – wenn er überhaupt einen hatte.

»Läuft dein Fernseher, Hoyt?«

»Nein, Sir«, entgegnete der, als sei das eine ganz normale Frage, die einem ein Vorgesetzter um – er sah auf die Leuchtzeiger seiner Armbanduhr – 4:14 für gewöhnlich stellt. Allerdings war es in Washington D.C. schon zwei Stunden später.

Bomber Joe seufzte. »Die Medien reißen sich schon um diese Geschichte«, fuhr er fort. »Die Pressesprecher sind bereits umlagert, und ich bin noch nicht mal zum Kaffeetrinken gekommen. Objekte, die über Kalifornien in die Atmosphäre eintreten, möglicherweise ein Überschallknall in St. Louis … Was, zum Teufel, geht da vor?«

»Sir, wir haben keinerlei Erklärungen … bis jetzt.«

Bomber Joe stöhnte verärgert und schwieg. Nach ein paar Sekunden fügte er hinzu: »Wie wär's, wenn du mal prüfst, ob ein paar unserer heißblütigen Flieger-Asse im Tiefflug über St. Louis gedonnert sind? Ruf mich so bald wie möglich zurück.«

»Jawohl, Sir.«

»Es gibt zu viele UFO-Meldungen, wenn du mich fragst, Hoyt«, brummte Alexanders Vorgesetzter. »Die Welt wird immer verrückter.«

Alexander hatte keine blasse Ahnung, worauf sich diese Bemerkung bezog, weil er weder über die von einem Hyperschallaufklärer bestätigte Entdeckung eines untertassenförmigen Gegenstandes in der Sahara informiert worden war, noch über die Entsendung eines UFO-Teams dorthin. Doch er behielt seine Verblüffung für sich, denn er wusste nur zu gut, dass die Air Force ein in viele Abteilungen zersplitterter Verein war. Und es war nicht an ihm, sich zu wundern …

Nachdem Bomber Joe noch ein bisschen geschimpft hatte, legte er auf, wählte dann sofort die abhörsichere Privatnummer seines Adjutanten und fragte ihn, was er vom UFO-Team gehört habe, das zwei Tage zuvor in die Sahara entsandt worden war.

»Nichts, Sir«, antwortete der.

»Ich erwarte einen umfassenden Bericht, wenn ich ins Büro komme«, donnerte Bomber Joe. Die Politiker würden sich in kürzester Zeit auf ihn stürzen. Er saß stirnrunzelnd im Bett und sah CNN-Reportern dabei zu, wie sie sich über Explosionsgeräusche in St. Louis ereiferten.

Ich werde schon wieder was gegen Sodbrennen nehmen müssen, dachte er und kletterte aus dem Bett.

Rip und Charley hörten das Auto schon aus einiger Entfernung kommen. Es hielt neben dem Lokal. Eine dicke Frau arbeitete sich aus dem Fahrersitz, betrachtete eingehend die Untertasse auf der anderen Straßenseite, kam zum Eingang, warf Rip und Charley einen kurzen Blick zu und steckte den Schlüssel ins Schloss.

»Habt ihr ’ne Ahnung, was das soll?«, fragte sie und wies mit dem Kopf auf das Raumschiff.

»Das haben zwei Lkw-Fahrer vorhin abgeladen«, sagte Rip bereitwillig. »Die haben gesagt, es hätte nicht unter einer Autobahnbrücke durchgepasst.«

»Kein Wunder. Was ist das überhaupt?«

»Das wird Werbung für einen Vergnügungspark in St. Louis, haben die Lkw-Fahrer gesagt. Unser Wagen ist auf der Schnellstraße kaputtgegangen, und wir sind zu Fuß hergelatscht.«

»Kommt rein – ich mach euch Kaffee.«

Rip und Charley folgten ihr ins Lokal.

»Seid ihr die ganze Nacht gefahren?«

»Ja. Dann hat der Wagen den Geist aufgegeben.«

»So ist das – manchmal hat man einfach kein Glück. Setzt euch. Ich beeil mich mit dem Kaffee.«

»Danke.«

Sie rutschten gleich in die erste Nische. Die Morgensonne strahlte durchs Fenster, und die Wolkenbank riss allmählich auf.

»Heute wird das Wetter schön«, sagte Charley.

»Gut, wieder daheim zu sein«, meinte Rip und nahm sich ein Tütchen Zucker. Dann gähnte er.

»Ich bin auch müde«, kommentierte Charley. »Und ich könnte eine Dusche vertragen.«

»Bei Onkel Egg gibt's Betten und heißes Wasser. Da werd ich den ganzen Tag pennen.«

Als die Frau mit dem Kaffee kam, meinte Rip: »Wir haben auf dem Weg hierher kein Ortsschild bemerkt. Wo sind wir eigentlich?«

»Gottchen – wie konntet ihr denn das Schild übersehen? Ihr seid in Upshur, Indiana, Junge – dort, wo die Prärie beginnt.«

»Es war noch ziemlich dunkel, als wir kamen.«

»Upshur, Indiana, ist 'ne tolle Heimatstadt, Süßer, vorausgesetzt, man hat ihr den Rücken gekehrt. Ich bin trotzdem schon mein ganzes Leben hier – kann mich einfach nicht aufraffen, woanders hinzugehen.«

»Das muss wahre Liebe sein.«

»Darauf kannst du Gift nehmen. Was wollt ihr denn an diesem schönen Morgen so alles verdrücken?«

»Sechs Rühreier«, legte Rip los. »Jede Menge Pommes. Ein paar dicke Scheiben Schinken, dazu vier Brötchen und zwei große Gläser Vollmilch. Und du, Charley?«

»Soll das alles für dich sein?« Charley und die Kellnerin sahen ihn mit großen Augen an.

»Ich hab Hunger.«

»Für mich bitte zwei Eier und Toast ohne Butter«, sagte Charley.

Auf dem Weg in die Küche schaltete die Kellnerin den Fernseher in der Ecke ein. Der brauchte ein wenig, bis er warm wurde. Rip nahm sich noch ein Tütchen Zucker.

»... Die zuständigen Behörden haben keine Erklärung für einen Knall, der vor etwa einer Stunde ganz St. Louis aus dem Schlaf riss, im gesamten Ballungsgebiet die Fenster zum Klirren brachte und Tausende von Menschen bei Polizei und Feuerwehr anrufen ließ.«

Charley und Rip sahen sich an. Der Junge zuckte die Achseln.

Die Reporter machten mit einer anderen Nachricht weiter. »Was heute am frühen Morgen über den Himmel von Kalifornien schoss, war vermutlich ein Meteor. Hunderte von Menschen sahen das große Objekt von Westen nach Osten rasen und dabei anscheinend in der Erdatmosphäre verglühen. Handelte es sich wirklich um einen Meteor? Oder war es ein Satellit, der aus seiner Umlaufbahn geraten ist? Die Air Force hat sich dazu noch nicht geäußert. Bis jetzt gibt es keine Nachricht, dass heute Morgen ein Meteor eingeschlagen ist, aber sollte er in einer abgelegenen Gegend niedergegangen sein, könnte es Tage dauern, bis das berichtet wird. Von Major Don Williams, einem Pressesprecher der Luftwaffe, war Folgendes zu erfahren ...«

Auf dem Bildschirm erschien ein Mann in Uniform und sagte: »Natürlich hat das Weltraumkommando das Objekt verfolgt. Später, wenn wir Genaueres über seine Flugbahn wissen, geben wir eine ausführliche Stellungnahme ab.«

Ein Journalist fragte den Presseoffizier: »Vor ein paar Minuten erst wurde von einer gewaltigen Explosion in St. Louis berichtet. Könnte der Meteor dort eingeschlagen sein?«

»Das wissen wir nicht«, antwortete der Major. »Wir versuchen es gegenwärtig zu ermitteln.«

Charley nahm einen Schluck Kaffee und sah durchs Fenster auf die Untertasse, die in der Morgensonne einen langen Schatten warf.

»Als ich nach dem Wasserschlauch gesucht hab, hab ich einen Moment gedacht, du könntest wegfliegen und mich hier lassen«, meinte Rip.

»Wirklich?«

»Aber nur einen Augenblick lang.«

»Wenn ich nicht so dringend auf die Toilette gemusst hätte, wer weiß – vielleicht hätte ich's getan.«

»Du hast es aber danach auch nicht versucht.«

»Ich will erst alles über das Schiff erfahren, bevor ich's anderen Leuten überlasse.«

Charley drehte das Papierdeckchen um, das vor ihr lag, nahm einen Kuli aus der linken Ärmeltasche ihres Fliegeranzugs und fing an, sich Notizen zu machen. Sie wollte ihre Eindrücke vom Flugverhalten der Untertasse aufschreiben, solange sie noch frisch waren. Bei niedriger Geschwindigkeit ließ sich das Raumschiff hervorragend fliegen, bei vielfacher Schallgeschwindigkeit dagegen war es kaum zu steuern. Charley schrieb schnell und ungestüm auf, was ihr gerade einfiel.

Die beiden waren bei der zweiten Tasse Kaffee, als ein Auto vor dem Lokal hielt. Der Fahrer warf einen langen Blick auf das Raumschiff, stieg dann aus und ging hin. Er umrundete es langsam, berührte es, klopfte gegen den Rumpf und kam schließlich ins Lokal.

»Florence«, rief er, »was ist denn das da drüben?«

»Bist du's, Oscar?«

»Ja. Was ist das für ein Ding gegenüber?«

Florence kam mit drei Tellern aus der Küche, hielt auf den Tisch von Charley und Rip zu und sagte dabei: »Das ist eine fliegende Untertasse, Oscar, du ahnungsloser Trottel. Die beiden hier sind damit vom Mars gekommen.« Sie setzte Rip zwei Teller vor die Nase, stellte Charley den dritten hin und zwinkerte ihr zu.

Charley versuchte zu lächeln, faltete das Papierdeckchen zusammen und schob es in ihren Fliegeranzug.

»Erkennst du etwa keine fliegenden Untertassen, Oscar?«

»Das ist diese Woche die erste«, brummte er. »Wie wär's jetzt mit 'nem Kaffee?«

Rip schnappte sich sein Besteck und legte los, während Florence und Oscar weiter im Spaß rumzankten und der Fernseher im Hintergrund lief.

Als Rip gerade sein zweites Glas Milch trank, parkte ein Hilfssheriff seinen Streifenwagen vor dem Lokal und kam rein. Bald darauf hielt ein mittelgroßer Traktor neben dem Polizeiauto. Der Farmer sprang ab und setzte sich neben den Hilfssheriff an den Tresen. Oscar erzählte ihnen, das draußen sei Werbung für einen Vergnügungspark in St. Louis, und alle drei kramten angestrengt nach witzigen Bemerkungen zum Thema Untertassen. Mittlerweile hatte sich beim Raumschiff ein kleiner Auflauf von sechs Schaulustigen gebildet – drei hatten zum Tanken an den Zapfsäulen gehalten, die anderen drei waren in Pick-ups vorbeigekommen und hatten neugierig am Straßenrand geparkt.

Als Rip seine letzten Pommes verschlang, fing das Fernsehen wieder an, vom Meteor über Kalifornien zu berichten. Charley war seit fünf Minuten mit dem Essen fertig und beobachtete Rip amüsiert.

Dann wollte sie aufstehen. »Ich zahl schon mal, während du aufisst«, meinte sie. Diese Idee behagte ihm offensichtlich gar nicht.

»Kommt nicht in Frage! Ich mach das schon. Ich hab Geld.«

Charley war belustigt.

»Wie sieht denn das aus, wenn eine Frau bezahlt?«, murrte er.

Rip stand auf und schlenderte lässig zur Kasse. Schließlich kam Florence und tippte seine Rechnung ein, da erschien auf dem Fernseher hinter ihr ein Foto, das die Untertasse im Flug zeigte. »Nun eine merkwürdige Meldung«, begann der Nachrichtensprecher. »Heute Morgen ist in Ägypten, in Assuan, …«

Rip streckte die Hand aus und schaltete um: Werbung. Er lächelte Florence an und gab ihr einen Fünfzig-Dollar-Schein. »Ich hab's leider nicht kleiner.«

»U.S. Grant wird eben immer populärer, Süßer«, meinte sie und warf einen flüchtigen Blick auf den Schein mit dem Konterfei des Bürgerkriegsgenerals und US-Präsidenten. »Stell dir vor – den kann ich wechseln.«

Weiter hinten am Tresen erzählte der Hilfssheriff einen schmutzigen Witz.

Rip steckte sein Wechselgeld ein und blieb an der Theke, bis Florence an einen Tisch ging, um Kaffee einzuschenken.

»Das war knapp«, murmelte Charley. »Jemand auf dem Dampfer muss eine Kamera gehabt haben.«

»Lass uns die Hühner satteln, und ab durch die Mitte.«

Sie bummelten aus dem Lokal und über die Straße wie zwei Leute, die kein Ziel, aber alle Zeit der Welt hatten.

Inzwischen standen zehn Leute um die Untertasse herum, und drei weitere sahen von den Zapfsäulen aus zu. Der junge Tankwart gab ihnen anscheinend erschöpfend Auskunft über das Raumschiff. »Da kommen sie ja«, sagte er und wandte sich an Rip. »He, hast du nicht gesagt, das Ding ist für einen Vergnügungspark in St. Louis bestimmt?«

»Genau.«

»Für Six Flags?«, fragte eine Frau. Sie hatte ein Kleinkind auf dem Arm.

»Weiß ich nicht, Ma'am. Das hat der Fahrer nicht erzählt.«

»Sieht unglaublich echt aus, was?«

»Mein Vater hat nachts mal ’ne echte Untertasse gesehen. Ist schon ein paar Jahre her«, meinte einer.

»Wo denn, Butch?«

»Draußen auf der Farm. Das Ding schwebte über den Kühen, und die wurden ganz nervös.« Butch redete weiter und beschrieb seinen gebannten Zuhörern die unheimliche Begegnung.

Charley ging zur Kontrolle einmal um das Raumschiff, bückte sich dann unter den Rumpf und öffnete die Luke. Während sie einstieg, sagte Rip zu den Umstehenden: »Vielleicht geht ihr besser ein Stück zurück und macht uns ein bisschen Platz.« Dann watschelte er in der Hocke zur Luke, stieg ein und schloss sie hinter sich.

Charley hatte bereits den Reaktor angeworfen.

Anscheinend hörte die Menge das Summen, denn die Leute stolperten rückwärts. Vielen stand der Mund vor Staunen offen, doch sie brachten in ihrer Verblüffung kein Wort heraus. Rip winkte ihnen durch die Kanzel zu, als Charley das Schiff vorsichtig abheben ließ. Ringsum breitete sich die übliche Staub- und Schotterwolke aus.

Behutsam brachte Charley die Untertasse auf gut drei Meter Höhe und fuhr dann die Landekufen ein. Die Menge unter ihnen stob auseinander; die Mutter mit dem Kleinkind sank neben einer Zapfsäule auf die Knie und presste ihr Baby an sich. Aus dem Lokal gegenüber strömten Leute, auch der Hilfssheriff kam angerannt.

Rip winkte ihm, während Charley den Steuerknüppel ein wenig nach vorn schob und den linken Hebel hochzog. Über dem Maisfeld neben dem Lokal gewann sie an

Höhe und hatte die Sonne nun im Rücken. »Nach Missouri?«

»Nach Missouri.«

»Blöd, dass wir keine Karten haben.«

»Die Flüsse und so erkenn ich aus der Luft – ich bring uns schon hin.«

»Halt dich fest«, sagte Charley und drehte am Gashebel. Die Raketentriebwerke stotterten kurz und zündeten dann mit sattem Donner.

»Jaaa!«, schrie Rip. Wie sie beschleunigten – ein tolles Gefühl war das.

Charley zog den Bug hoch, und die Untertasse stieg immer schneller in den Morgenhimmel über Indiana auf.

9

Wie Millionen Amerikaner, die an diesem Augustmorgen beim Anziehen oder Frühstücken fernsahen, stierte auch Bomber Joe de Laurio, General und Stabschef der US-Luftwaffe, mit ungläubigem Staunen auf die Untertasse, die auf seiner Mattscheibe herumzischte.

»Heiliger Bimbam«, murmelte er durch die Zahnbürste, die ihm noch im Mund steckte.

Als die Verfolgung des Raumschiffs durch das Kampfflugzeug auf dem Bildschirm erschien, fiel dem General die Zahnbürste aus dem Mund. Die Aufnahmequalität war lausig, weil der ägyptische Amateurfilmer versucht hatte, die Untertasse und den Jäger ranzuzoomen und im Sucher zu behalten, obwohl beide rasend schnell gewesen waren, doch als Bomber Joe kurz verräterische weiße Rauchwolken über einen Flügel des Kampfflugzeugs streichen sah, war er vollkommen im Bilde: Der Jäger feuerte auf die Untertasse. Der General schnappte sich den Hörer.

»Das Weiße Haus!«, brüllte er der Telefonistin ins Ohr. »Verbinden Sie mich mit dem Weißen Haus!«

Gerade nahm der Amateurfilmer die Flammen, die aus den Strahlaustrittsdüsen der Untertasse schlugen, ins Visier und schaffte es, das Raumschiff bei seinem immer schnelleren, fast senkrecht aufsteigenden Flug nicht zu verlieren. Es wurde immer kleiner, bis nur noch flammende Verbrennungsgase am Himmel zu sehen waren.

»Ach du grüne Neune!«, stöhnte Bomber Joe und stürzte zum Wandschrank, wo seine Uniform hing.

Er stürmte gerade im Laufschritt durch sein Vorzimmer im inneren Ring des Pentagons, als ein junger Mitarbeiter seinen Vorwärtsdrang bremste.

»General, sehen Sie bitte kurz fern. In einer Kleinstadt in Indiana behaupten Leute, sie hätten heute Morgen Besuch von einer Untertasse gehabt!«

Bomber Joe wankte unter diesem neuen Schlag. Kaum hatte er die Videoaufnahmen aus Ägypten gesehen, war er überzeugt, dass es sich um ein UFO handelte. Jetzt die Meldung aus Indiana – war das etwa eine Invasion?

»Von wie vielen Untertassen?«, fragte er.

»Von einer, Sir. Mit zwei Mann an Bord – *Aliens*. Sie trugen graue, einteilige Fliegeranzüge, futterten wie die Scheunendrescher ...«

Bomber Joe stand sprachlos und wie angewurzelt da. Nichts in seiner sechsunddreißigjährigen Laufbahn bei der Air Force hatte ihn auf diesen Augenblick vorbereitet.

Er war in einem Fiebertraum gefangen, in einem unheimlichen, drogenvernebelten Hollywood-Epos.

Er zwickte sich in den linken Handrücken: Doch – er war wach.

»Die Aliens haben ihr Essen in Dollar bezahlt«, sagte der Mitarbeiter und zeigte auf einen Mann, der am Bildschirm mit einem Reporter sprach.

»*Was* haben sie?«

»Ja, Sir. In US-Dollar. Mit einem Fünfziger, von dem der Eigentümer des Lokals sagt, es sei eine Fälschung. Dann sind sie in die Untertasse gestiegen und mit Vollgas abgerauscht.«

Bomber Joe ging langsam ein Licht auf.

»Wo ist das UFO-Team, das wir in die Sahara entsandt haben?«, brüllte er. »Ich will *sofort* wissen, was los ist, oder ich reiße hier jemandem eigenhändig den Kopf ab!«

Egg Cantrell hatte seinen Spitznamen wirklich verdient, stellte Charley Pine fest. Nicht nur sein Kopf, auch sein Rumpf und sogar sein Hals wiesen eine makellose Eiform auf und wirkten wie drei aufeinander geschraubte Ovale. Nur seine kurzen, dicken Beine trübten die Harmonie. Egg hatte einen watschelnden Gang, und sein Fett wackelte wie Götterspeise. Zwischen Nase und Oberlippe sowie auf der Stirn standen ihm Schweißtropfen, die bei jedem Abtupfen sofort nachwuchsen. Eggs fleischiges Gesicht schien seine wachen, intelligenten Augen fast zu überwuchern.

»Tag, Ma'am«, sagte er und verbeugte sich kurz und nervös.

»Na, Onkel, was hältst du davon?« Rip trat ein paar

Schritte zurück und wies mit großer Geste auf die Untertasse.

Egg Cantrell bebte vor Freude, als er das Raumschiff betrachtete. Er berührte, streichelte, tätschelte es.

»Erstaunlich!«, war alles, was ihm einfiel.

Charley strahlte übers ganze Gesicht und sah sich interessiert im alten Militärhangar um. Sie hatte die Untertasse in die Holzhalle schweben lassen, nachdem Rip die Türen aufgeschoben hatte. Inmitten all des Gerümpels, das aussah, als wäre es unter dem Staub von Jahrhunderten begraben, war kaum Platz für die Untertasse. Uralte Traktoren und Landmaschinen; ein Ford Model A von 1927; ein schweres Indian-Chief-Motorrad, das nicht viel jünger war; die Aeronca Champ, von der Rip erzählt hatte – das waren die Dinge, die Charley im Luftwaffenhangar zunächst ins Auge fielen, der als einziger auf dem während des Zweiten Weltkriegs von der Air Force als Ausbildungslager genutzten Gelände stehen geblieben war. Egg hatte den bröckelnden Beton des Rollfelds vor Jahren mit dem Pressluftbohrer entfernt und durch eine Graspiste ersetzt, die für Sportflugzeuge wie seine kleine Aeronca ideal war. Charley strich mit der Hand über deren Propeller, während Rip seinem Onkel von der Untertasse erzählte.

Als er die wichtigsten Punkte abgehakt hatte, sagte Egg: »Ihr beide seid im Fernsehen gewesen, glaube ich.«

»Meinst du die Sache in Ägypten? Ja – das waren wir, als wir am Nil getankt haben.«

»Ich rede nicht nur von Ägypten, auch von L.A. und St. Louis. Und eben kam ein Bericht aus einem Kaff in Indiana – sieht aus, als würden die da durchdrehen.«

»Jetzt erst?«, fragte Rip mit Unschuldsmiene.

»Endlich, was?«, meinte Egg Cantrell, und sein Bauch zitterte vor Lachen. »Da landet eine echte fliegende Untertasse mitten in Upshur, Indiana. Das halbe Dorf hat sie gesehen, und drei, vier Leute haben sogar ein Bekehrungserlebnis gehabt. Eine Frau behauptet, sie habe zwei Marsmenschen in grauen, einteiligen Fliegeranzügen Frühstück serviert, die hinterher mit Falschgeld bezahlt und drei Dollar Trinkgeld gegeben hätten, dann über die Straße gebummelt seien, als wollten sie mal eben einkaufen gehen, und schließlich davongedonnert seien, als wäre der Teufel hinter ihnen her.«

»Im Ernst?«

»Die Kellnerin hat erzählt, sie hätten riesige Mengen verdrückt – so viel könnte ein Mensch nie essen: Jeder sechs Eier, mehrere fingerdicke, tellergroße Schinkenscheiben und literweise Milch. Als sie das vor zehn Minuten im Fernsehen berichtet hat, hab ich an dich gedacht, Rip – das kann ich dir sagen.«

»Ich hatte gewaltigen Hunger, Onkel Egg.«

»Ich weiß, Junge. Das liegt in der Familie – mein ganzes Leben lang hab ich einen Wolfshunger gehabt.«

»Und – was hältst du von der Untertasse?«

»Eine verdammt hübsche Maschine, wirklich. Ich hoffe nur, dass du und die Dame in deiner Begleitung auf legalem Weg an das Ding gekommen seid.«

»Ich hab dir doch erzählt, wie wir es gefunden haben, Onkel Egg! Das ist die Wahrheit, ich schwör's. Es war reines Glück, dass ich den Lichtreflex im verwitterten Gestein gesehen habe. Der Rest war ehrliche, schweißtreibende Arbeit.«

»Meinst du, jemand ist hinter dem Raumschiff her?«

»Es ist jedenfalls verdammt viel wert.«

»Jemand? Vielleicht hätte ich besser ›etwas‹ sagen sollen. Etwas aus einem Traum … oder aus einem Albtraum.«

»Ich glaube nicht, dass die, die das Raumschiff vor ewiger Zeit verloren haben, zurückkommen werden, um es zu holen, aber heutzutage kann man ja nie wissen.«

»Man kann nie wissen«, pflichtete Egg bei.

»In dieser Gegend weiß niemand, dass wir die Untertasse hier abgestellt haben«, stellte Rip fest. »Wir sind die letzten siebzig, achtzig Kilometer ganz niedrig geflogen, direkt über den Baumwipfeln und mit ausgeschalteten Triebwerken – also sind wir nicht auf dem Radarschirm aufgetaucht. Es war ganz schön schwierig, bei dem Regen und den dicken Wolken überhaupt herzufinden. Sollte uns jemand gesehen haben, glaub ich trotzdem nicht, dass sie rausfinden, wo wir gelandet sind.«

»Was meinen Sie, junge Frau?«, fragte Egg.

»Die Air Force wird ziemlich bald vorbeischauen. In ein, zwei Tagen, schätz ich. Spätestens in dreien.«

»Mhm. Werden Sie die Luftwaffe anrufen und sagen, wo sie suchen soll?«

»Jetzt noch nicht. Soweit ich weiß, ist Rip der rechtmäßige Eigentümer der Untertasse.«

»Das glauben Sie doch nicht im Ernst?«, meinte Egg augenzwinkernd.

»Nicht ganz«, gab Charley lächelnd zu.

»Dann ist es ja gut«, entgegnete Egg.

»Hör mal, Onkel«, sagte Rip aufgebracht. »Du solltest auf meiner Seite sein.«

»Bin ich doch, bin ich doch«, antwortete Egg. »Ich weiß, dass du nichts Unanständiges getan hast. Ich fürchte nur, du hast ein juristisches Problem.«

Rip pflanzte sich auf und straffte die Schultern. »Besitz ist – juristisch betrachtet – mehr als die halbe Miete, hab ich immer gehört. Ich besitze die Untertasse, und so soll es bleiben. Wer sie mir nehmen will, muss vorher einen berechtigteren Anspruch nachweisen.«

Zu diesen wackeren Sätzen wackelte Egg skeptisch mit dem Kopf und fügte nach einem weiteren taxierenden Seitenblick auf Charley hinzu: »Ich schätze, wir lassen das erst mal auf sich beruhen.«

Dann zeigte er auf die offene Einstiegsluke unter dem Raumschiff: »Ob ich irgendwie durch das Loch komme?«

»Wenn du dich dünn machst, könnte es klappen«, antwortete Rip grinsend. »Wir haben ein kleines Problem mit den Triebwerken. Die Motoren stottern manchmal. Ich hab gehofft, du könntest dir das ansehen.« Mit diesen Worten bückte er sich und ging zur Luke vor. Egg ließ sich auf alle viere runter, um ihm nachzukriechen.

»Äh, Mr. Cantrell? … Mr. Egg? Bevor Sie verschwinden – könnte ich mich irgendwo frisch machen?«

»Aber natürlich – ich fürchte, ich vergesse allmählich meine Manieren, Miss Pine. Gehen Sie ins Haus und fühlen Sie sich wie daheim. Ich bin Junggeselle, und da drin ist es sehr unordentlich, aber Sie werden sich schon zu helfen wissen. Handtücher sind im Wandschrank.«

»Vielen Dank, Sir.«

Natürlich herrschte in Eggs kleinem Haus keinerlei Unordnung. Wie Charley schon vermutet hatte, war Rips Onkel sehr penibel – alles hatte seinen Platz und lag da, wo es hingehörte.

Charley ging direkt ins Bad und nahm eine lange, heiße Dusche. Nachdem sie ihren Fliegeranzug in die Waschmaschine gestopft hatte, erholte sie sich in Eggs Gästezimmer, einem gemütlichen Fleckchen mit einem Fernseher in der Ecke. An den Wänden hingen Vitrinen, die Dutzende, womöglich hundert Pfeilspitzen aus Feuerstein enthielten. Jede war säuberlich beschriftet.

Graue Wolken zogen stürmisch über den Himmel, und Regen trommelte gegen die Fensterscheibe. Charley schlüpfte unter die Bettdecke und zappte durchs Fernsehprogramm.

Auf CNN fand sie, was sie gesucht hatte. Prima – dort wurde das ägyptische Video nochmal ausgestrahlt. Danach kamen erneut Interviews mit Leuten aus Upshur, Indiana. Charley sah auf die Uhr: Gute Güte – vor kaum zweieinhalb Stunden war sie mit Rip dort abgerauscht, und jetzt war der Ort schon berühmt.

Sie saß im Bett und sah sich die Menschen an, die ein ums andere Mal ihrem Staunen und ihrer ehrfürchtigen Scheu angesichts der Fähigkeiten der Untertasse Ausdruck gaben. Ganz gewöhnliche Leute, die etwas ganz Außergewöhnliches erlebt hatten, etwas, das jeden ein wenig anders zu berühren schien – manche waren nachdenklich, andere überschwänglich, manche verängstigt, andere ärgerlich oder sogar wütend.

Und Florence, die Kellnerin des Lokals, war dankbar: »Überall auf Gottes weiter Welt hätten sie landen können, doch sie haben unseren Ort ausgewählt. Ich hab immer geglaubt, Upshur sei was ganz Besonderes, und jetzt weiß ich das sicher. Ich bin sehr glücklich darüber.«

»Warum?«, fragte der Reporter.

»Die fliegende Untertasse hat unseren Horizont erweitert und uns daran erinnert, dass das Leben nicht nur aus unseren Gemüsebeeten besteht.«

Charley zappte weiter, bis sie an einen Regierungsfritzen geriet, der erklärte, fliegende Untertassen seien Hirngespinste der Bevölkerung. »Es gibt keinen seriösen Beweis dafür«, behauptete der Wissenschaftler. »Die Air Force geht seit fünfzig Jahren UFO-Sichtungen nach und hat absolut nichts gefunden.«

»Die haben das gefunden, wozu man sie vergattert hat, du Knalltüte«, knurrte Charley und zappte weiter.

Immer wieder redeten Leute in Großaufnahme in die Kamera und verkündeten, was die »Epidemie« von UFO-Sichtungen ihrer Meinung nach zu bedeuten habe. Eine Frau war sichtlich nervös und erklärte, es sei gut möglich, dass sich unter der Bevölkerung bereits »Aliens« befänden.

Für diese Meinung hatte eine andere Frau nur Spott übrig und bestand darauf, das, worüber allerorten berichtet werde, seien in Wirklichkeit streng geheime Testflugzeuge der Luftwaffe. »Die Regierung sagt uns nie die Wahrheit«, stellte sie fest. »Die in Washington wissen, was los ist, aber sie verschweigen es.«

Schließlich schaltete Charley den Fernseher aus und ließ den Kopf aufs Kissen sinken. Sie war müde, aber noch nicht schläfrig.

Worauf hatte sie sich bloß eingelassen! Ob die Air Force von ihrem neuen Arbeitgeber verlangen würde, sie zu entlassen? Weil sie die Untertasse geflogen hatte? Weil sie nicht anrief, um der Luftwaffe zu melden, wo sie sich aufhielt? Würde der ganze Medienrummel es ihr am Ende unmöglich machen, noch irgendwo als Testpilotin zu arbeiten?

Sie dachte an Rip, der mit seinem Onkel im Hangar war – zwei Jungs, die mit einem neuen, exotischen Spielzeug beschäftigt waren. Rip hatte keinen Schimmer, welches Aufsehen die Untertasse erregt hatte … und noch erregen würde.

Doch vielleicht ging er ja ganz richtig mit seiner Entdeckung um? Er gab nicht viel darauf, was andere dachten. Die ganzen Leute, die vor der Kamera fein ziselierte Statements absonderten, waren ihm vollkommen egal. Und um die Air Force kümmerte er sich einen feuchten Dreck.

Wie mochten wohl Australier in diese Sache geraten sein?

Vielleicht sollte sie Rips Ratschlag annehmen und sich um den ganzen Zirkus überhaupt nicht kümmern?

Sie faltete das Papierdeckchen aus dem Lokal auf und las ihre Notizen durch. Die Untertasse hatte sich in erstaunlich vielen Flugmanövern glänzend steuern lassen. Charley war klar, dass das kein Zufall war. Die Konstrukteure des Raumschiffs hatten genau gewusst, was sie taten.

Als sie wiederholt in ihre Aufzeichnungen sah, war ihr, als sitze sie wieder am Steuer der Untertasse. Sie spürte die Ruderpedale unter ihren Füßen und die Energie der Raketentriebwerke. Als sie aus dem Fenster sah, war sie so in Gedanken, dass sie draußen nichts wahrnahm. Dann stand sie mit umgeschlungener Decke auf und suchte Papier. In Eggs kleinem Arbeitszimmer fand sie ein Notizbuch.

Wieder im Bett, begann sie hastig und mit tiefer Entschlossenheit ihre Erfahrungen zu Papier zu bringen. Sie würde nie wieder die Gelegenheit bekommen, eine so einzigartige Maschine zu fliegen – das war ihr sonnenklar.

Schließlich wurden ihr die Lider schwer. Sie sank ins Kissen und schlief ein.

»Mensch, Rip! Das Ding ist wirklich was Besonderes!«, staunte Egg Cantrell angesichts der außergewöhnlichen Ingenieurleistung, die ihm in der Untertasse überall ins Auge sprang.

Wie alles zusammenpasste! Wie blitzsauber die Probleme gelöst waren!

Kaum waren die beiden an Bord gegangen, hatte Rip die Untertasse angelassen und den Reaktor zum Summen gebracht. Inmitten all der Anzeigen auf den Monitoren und der blinkenden Knöpfe ringsum hatte Egg scheu und ehrfürchtig dagestanden. Dann hatte Rip den Reaktor wieder ausgestellt, und die beiden waren in den Maschinenraum gegangen.

Obwohl es dort für Egg reichlich eng war, klopfte er den Rumpf des Raumschiffs ab, besah sich jedes Einzelteil und beleuchtete alles mit seiner Taschenlampe. Er war ganz Wissbegier und Staunen.

»Du hast schlammiges Wasser in den Tank gefüllt, sagst du?«, fragte er schließlich.

»Wir hatten nichts anderes.«

»Dann muss hier im Separator Dreck sein. Ist doch logisch. Hol mir bitte mal meinen kleinen Werkzeugkasten von der Werkbank.«

Rip flitzte los und war kurz darauf wieder da.

Egg stellte rasch fest, dass kein Schraubenschlüssel passte. Um die Muttern nicht kaputtzumachen, griff er zur Kombizange.

»Schön, dich wiederzusehen, Rip. Ich hab dich diesen Sommer vermisst.«

»Ja«, meinte der. »Diese alte Farm ...« Seit dem Tod seines Vaters, also seit dem dreizehnten Lebensjahr, hatte er jeden Sommer bei Onkel Egg verbracht. »Die Wüste war eine ganz neue Erfahrung«, sagte er dann als kleine Entschuldigung.

»Man braucht neue Herausforderungen«, gab Egg zu, während er den Separator auseinander nahm. »Wirklich. Das erweitert den Horizont, und man lernt viel dazu. Ich hab dich trotzdem vermisst.«

Rip gab keine Antwort, und Egg erwartete das auch nicht. Er kannte Rip sehr gut.

»Und deine Frauengeschichte ...?«

»... ist keine Frauengeschichte. Das UFO-Team der Luftwaffe hat Charley als Testpilotin in die Sahara mitgenommen, um sich die Untertasse anzusehen. Seit zwei Wochen ist sie nicht mehr bei der Air Force, sondern Zivilistin. Sie ist in die Kabine geklettert, als ich das Raumschiff gerade aus der Gefahrenzone fliegen wollte. Draußen wurde geschossen – da konnte ich sie nicht zurücklassen.«

»Du hast Glück gehabt, dass sie zufällig aufgetaucht ist.«

»Ich hätte das Ding auch fliegen können, Onkel Egg. Ehrlich.«

»Das wär 'ne schöne Bescherung geworden ...«

»Fliegen geht ganz instinktiv.«

»Ach – hatten wir Vögel in der Familie?«

»Ich bin deine Aeronca geflogen, erinnerst du dich? Du hast mir das Fliegen beigebracht. Die Untertasse ist der Aeronca ziemlich ähnlich, denk ich. Natürlich ist sie etwas schneller und fliegt sich etwas komplizierter, aber das hätte ich schon rausbekommen. Intuitiv.«

Egg wechselte das Thema. »Als ich heute Morgen aufgestanden bin, hätte ich mir das nicht träumen lassen – eine fliegende Untertasse! Was für ein Tag! Und das Mädel ist was Spezielles. Jeder braucht einen Neffen wie dich, Rip. Einen, der einfach mal vorbeischaut. Seit vielen Jahren frag ich mich jeden Morgen, ob du nicht auftauchst.«

»Na ja – jetzt, wo mir die Untertasse gehört, steigen die Chancen.«

Rips Augen leuchteten, als er an die Aussicht dachte, mit seiner eigenen Untertasse durch die Gegend zu fliegen und jederzeit überall hinkommen zu können ... Gedankenverloren rieb er mit der Hand über die Tür zum Maschinenraum.

Als er merkte, dass Egg ihn beobachtete, lächelte er.

»Komm vorbei, wann immer du willst«, meinte Egg. »Und bring die Frau mit. Ich mag sie.«

Rip kehrte die Handflächen nach oben. »Charley ist bald über alle Berge. Sie ist nicht meine Freundin oder so, Egg.«

Der wandte sich wieder dem Separator zu. »Auf mich macht sie einen prima Eindruck«, sagte er. »Gescheit, clever ...«

»Sie ist bald dreißig – die ist viel zu alt für mich.«

»Sie ist nicht zu alt – du bist zu jung.«

»Aber sicher. Ich hab dich diesen Sommer echt vermisst, Egg. Deine ganzen Ratschläge in Liebesdingen. Deine Ansichten über das Leben und die Frauen. Und unsere Pizzeria-Ausflüge in die Stadt.«

»Wie geht's deiner Mutter?«

»So lala, nehme ich an. Hab seit einiger Zeit keinen Brief von ihr bekommen. Vielleicht sollte ich sie von hier mal anrufen.«

»Solltest du vielleicht.«

Und schon war Egg mit dem Auseinandernehmen des Separators fertig. Er hatte wirklich ein Händchen für Maschinen.

Tatsächlich war Schlamm drin. »Auf der Werkbank müssten eine Plastiktüte und eine Rolle Haushaltstuch liegen.«

Als sie den Separator so weit wie möglich gesäubert hatten, murmelte Egg: »Das Ding stammt nicht von der Erde.«

»Bist du sicher?«

»Ja. So was hab ich noch nie gesehen, und ich bin immer auf dem neuesten Stand. Hier drin steckt eine Technologie, die so fortschrittlich ist, dass sie noch gar nicht erfunden wurde.«

»Wer hat die Untertasse gebaut, Egg?«

»Menschen! Ganz klar! Sieh dich um – alles in diesem Raumschiff ist für unsere Proportionen gemacht, wenn auch vielleicht für Leute, die etwas kleiner sind als wir. Guck dir mal diesen Knauf an.« Rip beugte sich vor. »Siehst du? Der ist dafür geformt, dass eine Menschenhand ihn dreht. Darauf wette ich.«

»Weißt du was, Egg? Du setzt den Separator wieder zusammen, und ich füll mit dem Gartenschlauch Wasser in den Tank. Kann sein, dass wir hier schnell verschwinden müssen, falls Charley Recht hat.«

»Das hat sie, nehm ich stark an. Nach dieser Maschine wird die Air Force mit Argusaugen suchen.«

»Sie gehört mir, Egg. Niemandem sonst.«

»Das hast du schon gesagt. Jetzt schließ den Schlauch an und dreh den Hahn auf.«

Als Rip zurückkam, untersuchte Egg bereits den Computer, den die australischen Techniker teilweise auseinander gebaut hatten. »Das hast du doch wohl nicht gemacht, oder?«, brummte Egg.

»Natürlich nicht!«

Egg besah sich das Gerät und zückte dann eine Lupe. »Ich schätze, das kann ich wieder zusammensetzen«, meinte er schließlich. »Die Dummköpfe haben versucht, an den Chip zu kommen, hatten aber keine Ahnung, wie er aussieht. Das ganze Gehäuse ist ein einziger Chip.« Er griff nach den drei Teilen, die – nur von ein paar Drähten gehalten – am Armaturenbrett baumelten.

»Das soll der Chip sein?«

»Ja. Vermutlich hat er Milliarden und Abermilliarden Transistoren. Wenn es sich denn um Transistoren handelt, was ich bezweifle.« Egg untersuchte die Innenseite des Gehäuses mit der Lupe.

»Wird so was an deiner Schule überhaupt unterrichtet?«, wollte er dann wissen.

»Mhm.«

Egg hielt die drei Teile vorsichtig in Händen. »Wie war das noch mal? Die Anzahl der Transistoren, die die Computerindustrie auf einem Chip unterbringt, verdoppelt sich alle anderthalb Jahre?«

»Genau«, bestätigte Rip.

»Wenn wir wüssten, wie viele transistorartige Elemente in diesem Gehäuse sind, könnten wir ausrechnen, wie weit uns die Erbauer des Raumschiffs technisch voraus sind.«

»Na ja«, meinte Rip. »Könnte sein, dass die Verdoppelung nicht immer linear verläuft …«

»Sieh dir den Bildschirm an. Der ist nicht mal einen Zentimeter dick und biegsam.« Auch der Monitor hing nur noch an einem Draht. Egg bog, verdrehte und knetete ihn, als wollte er ihn auswringen. »Unglaublich.«

Er legte den Bildschirm beiseite und nahm sich wieder die drei Teile des Rechners vor. Kurz darauf lachte er auf. »Guck dir das Stirnband hier an – das muss die Tastatur sein.«

»Nee«, entgegnete Rip und suchte die Teile eilig nach etwas Vertrautem ab.

»Aber ja!«, rief Egg. »Meine Güte – das ist sie! Über dieses Ding läuft der Dialog mit dem Computer – garantiert!«

Das Stirnband bestand aus Tausenden ganz feiner Drähte, die anscheinend von einem elastischen Material – Plastik vielleicht – zusammengehalten wurden.

Nach kaum fünf Minuten hatte Egg den Computer wieder zusammengebaut. »Schalt den Strom ein.«

Rip zog den Hauptschalter und setzte den Reaktor in Betrieb. Dann gab er Egg das Stirnband, der es sich vorsichtig auf den Kopf schob.

»Du hast schon schlauere Sachen gemacht, Onkel.«

»Wir sind mitten in einer wissenschaftlichen Untersuchung. Sollte ich ausflippen, nimm mir das Ding ab.«

»Und wenn …?«

Doch Egg hatte die Augen schon geschlossen und saß völlig gelassen da.

Rip wartete.

Er hörte, wie das Wasser in den Tank lief. Es kam aus Eggs Brunnen, und der Wasserdruck war ziemlich schwach – das würde noch eine ganze Weile dauern.

Jetzt lächelte Egg über alle vier Backen. Er hatte die Augen geöffnet, bewegte die Hände, langte vor … und hielt inne.

Über sein Gesicht spielten verschiedene Mienen – Erstaunen, Zufriedenheit, reine Freude.

Was mochte wohl in dem Computer stecken?

Rip wedelte mit der Hand vor Eggs Gesicht hin und her, doch seine offenen Augen reagierten nicht.

Immerhin schien seine Atmung in Ordnung. Rip saß da, beobachtete Egg und hörte dem laufenden Wasser und der Stille zu. Die war überwältigend – während der Regen auf das Blechdach des Hangars trommelte, herrschte in der Kabine des Raumschiffs Grabesruhe.

Wenn Professor Soldi Recht hatte, war es hier drin hundertvierzigtausend Jahre vollkommen still gewesen. Mann – das war eine Ewigkeit! In dieser Zeit hatte sich der Homo sapiens entwickelt und aus seiner afrikanischen Heimat über die ganze Welt verbreitet; Eiszeiten waren gekommen und gegangen; Stämme waren über die Landbrücke zwischen Sibirien und Alaska nach Amerika gewandert; die Pyramiden waren erbaut worden; Moses hatte sein Volk aus der ägyptischen Knechtschaft geführt;

Griechenland war aufgeblüht, dann das Römische Reich … Die ganze Geschichte der Menschheit hatte sich abgespielt, während die Untertasse in vollkommener Stille im Gestein begraben gewesen war.

Es schauderte Rip.

Endlich nahm Egg die Außenwelt wieder wahr. Er legte das Stirnband ab, und sein Lächeln wurde immer breiter. »Ja! Das ist das Herzstück des Ganzen! Rip – es ist *fantastisch!*«

»Was denn?«

Egg hielt ihm das Stirnband hin. »Setz es auf und lass auf dich wirken, was du zu sehen bekommst. Das ist sozusagen das Handbuch für Bedienung und Wartung der Untertasse … eine Art Hologramm, eine dreidimensionale Darstellung. Da siehst du alles: Wie das Schiff funktioniert, welche Aufgaben jeder Bestandteil hat, wie man die Geräte auseinander nimmt und repariert. Alles wirkt so echt, dass man danach greifen will. So was hab ich im Leben noch nicht gesehen.«

Er sprang auf und warf das Stirnband auf den Sitz. Sekunden später lag er auf den Knien und schraubte an der vorderen Verkleidung der Passagierkabine. Eine Verschalung ging auf, Egg langte hinein, zog eine Schachtel hervor, die in weichem Material verpackt war, und hielt sie Rip hin.

»Sieh mal! Werkzeug zur Wartung der Geräte an Bord! Und noch ein paar Stirnbänder für den Dialog mit den Computern.«

Rip nahm das Stirnband, das Egg zuvor getragen hatte, und setzte es auf. Es war etwas eng, aber elastisch und deshalb nicht unbequem.

Die Untertasse war eins von drei Objekten, die ihm nun vor Augen standen. Er näherte sich ihnen, musterte sie … die waren ja *echt!*

Er riss sich das Stirnband vom Kopf.

Egg lachte schallend los. »Ich hab's dir doch gesagt!« Er stand auf und beugte sich nah ans Gesicht seines Neffen. »Versuch's nochmal.«

Kaum hatte Rip das Stirnband wieder aufgesetzt, ging er auch schon auf die Untertasse zu, vielmehr: Er brauchte sich bloß zu wünschen, näher ans Raumschiff zu kommen, da rückte es bereits heran. Oder wurde er herangerückt? Schwer zu sagen. Die Untertasse war im Ganzen zu sehen – und doch auch nicht. Aus ein, zwei Metern Entfernung war das Schiff durchsichtig, und er konnte alle Einzelteile erkennen, jeden Verschluss und jeden Draht, jedes Ventil und jedes Rohr. Und alles wirkte absolut *echt*, als dreidimensionaler Gegenstand mit Perspektive und Schatten. Als könnte man alles anfassen. Wie vorhin Egg, streckte nun auch Rip die Hände aus.

Der Reaktor, der Separator, das Anti-Schwerkraft-System … Rip beugte sich vor, um einen Computer zu untersuchen, und je weiter er sich vorbeugte, desto mehr konnte er erkennen. Tiefer und tiefer tauchte er in den Chip des Hauptcomputers vor dem Pilotensitz ein, immer tiefer, bis er die mikroskopisch kleinen Schaltkreise sah.

Als Rip Cantrell das Stirnband schließlich wieder abnahm, war er völlig erledigt. Er brauchte ein paar Sekunden, um zu begreifen, wo und in welcher Gesellschaft er sich befand.

Egg saß ihm gegenüber, und ein Lächeln umspielte seine Lippen. »Wahnsinn, was?«

»Mann, Onkel Egg – ich hätte nicht im Traum gedacht …«

»Jetzt weißt du, wie sich die Indianer fühlten, als sie auf Kolumbus' Schiff kamen.«

Rip saß sprachlos da und ließ das, was er eben erlebt hatte, Revue passieren.

»Eins«, sagte Egg grüblerisch, »eins wissen wir: Diese Untertasse haben Menschen gebaut.«

»Aber … wir haben sie doch aus dem Sandstein gebohrt – ich und die beiden Männer, mit denen ich gearbeitet habe. Onkel Egg, ich hab Staub und Dreck eingeatmet und sie mit diesen Händen freigelegt! Das war garantiert echtes Gestein. Und hundertvierzigtausend Jahre alt, hat der Archäologe gesagt.«

»Der Computer und das Stirnband …«, meinte Egg und zeigte darauf, »… lesen *unsere* Gedanken und beantworten *unsere* Fragen. Die sind dazu gemacht, mit *unserem* Gehirn, mit dem *menschlichen* Gehirn in Verbindung zu treten. Ich kann das nicht erklären, aber es ist so.«

Der Präsident und seine Ratgeber waren ernsthafte Männer – und eine ernsthafte Frau –, die sich Tag für Tag ins ernsthafte Geschäft der Politik stürzten, also daran arbeiteten, sich selbst ein möglichst großes Stück vom Kuchen zu sichern. Gelacht wurde in diesem Kreis nur selten und wenn, dann war es ein gehässiges Lachen, das den Schwierigkeiten eines Feindes galt. Und Feinde hatten sie noch und noch, denn Freunde waren nur die, die dem Präsidenten und seiner Regierung blind und überloyal ergeben waren, Feinde hingegen alle anderen. Die große UFO-Hysterie überforderte diese ernsthaften Leute allesamt;

ihre Erfahrungen und die Situation passten in keiner Weise zusammen.

Das Untertassen-Theater war wie geschaffen fürs Fernsehen, ein maßgeschneidertes Medienereignis, das unglaublich viele Zuschauer vor die Mattscheibe bannte, denen man bei dieser Gelegenheit von Autos bis zu Tabletten gegen Sodbrennen, von Finanzdienstleistungen bis zu Zäpfchen alles aufschwatzen wollte. Zwischen den Werbeblöcken brauchte das Fernsehen Zehn-Sekunden-Statements von den ernsthaften Leuten. Deshalb lagen TV-Reporter mit ihren Kamera-Teams überall dort auf der Lauer, wo sich auch nur eine winzige Chance bieten mochte, eine ernsthafte Person zu erwischen.

Und selbst wenn die ernsthaften Leute nicht mitspielten, musste der unersättliche Appetit des Fernsehens irgendwie gestillt werden. Also schickten einfallsreiche Produzenten ihre Günstlinge selbst der God Squad auf den Hals, dem Regierungsausschuss für Artenschutz.

»Wie können die Fernsehanstalten es wagen, einen derartigen Mist zu senden?«, tobte ein prominentes Mitglied dieses Ausschusses vor der Kamera. »Dieses Gerede über fliegende Untertassen und Aliens gehört ins Kino, nicht in ein ernsthaftes Gespräch!«

Die Ratgeber des Präsidenten nickten mitleidig, als sie diesen Ausbruch auf der Mattscheibe sahen. Was sollten sie selbst bloß demnächst vor der Kamera sagen? Das Fernsehen ist eine heikle Sache, denn es konserviert jeden Moment, ob gut oder schlecht. Sollte sich – wie es wahrscheinlich schien – die UFO-Hysterie als blinder Alarm herausstellen, würden die ernsthaften Männer und Frauen bis auf die Knochen blamiert dastehen, wenn sie das

Gerücht jetzt ernst nähmen. Falls sich jedoch hinter der ganzen Sensationsmache tatsächlich eine echte Untertasse voller Aliens verbarg, mussten die ernsthaften Leute zum Kampf oder zum Händeschütteln gerüstet sein. Oder wenigstens gerüstet scheinen.

»Wie sind wir eigentlich in diese Patsche geraten?«, wollte P.J. O'Reilly – als Stabschef des Weißen Hauses der engste Mitarbeiter des Präsidenten – von Bomber Joe de Laurio wissen. Die ernsthaften Leute waren sehr unzufrieden mit der Air Force und mit Bomber Joe und hatten sie im Verdacht, irgendwie für diesen Schlamassel verantwortlich zu sein.

Bomber Joe sah O'Reilly finster an. Der würde auch den Wetterfrosch für das Gewitter verantwortlich machen, dachte er.

»Die ganze Sache ist sehr beunruhigend«, sagte der Präsident. »Welche Möglichkeiten haben wir überhaupt?«

»Mr. President«, begann Bomber Joe, »ich habe von der CIA erfahren, dass Gaddhafi unser UFO-Team möglicherweise verhaftet hat, und …«

»Versuchen Sie nicht, die Sache auf Gaddhafi abzuwälzen«, unterbrach O'Reilly knurrend.

»Ich wollte sagen, …«

»Ich kann Hochtechnologie erkennen. Das da …« – O'Reilly zeigte auf das Video aus Ägypten – »… ist in meinen Augen garantiert Hightech.«

»Wer weiß schon, was das ist?«, höhnte Bomber Joe. »Gehen Sie mal öfter ins Kino! Es ist verblüffend, welche Effekte sich heutzutage mit Computern erzeugen lassen.«

Der Sicherheitsberater des Präsidenten griff nach einem Bündel Computerausdrucke mit Agenturberichten über den Knall in St. Louis sowie die Ereignisse in Upshur und wedelte damit herum. »Siebenundzwanzig zurechnungsfähige Leute in Indiana haben geschworen, am hellllichten Tage aus weniger als hundert Metern Entfernung eine fliegende Untertasse gesehen zu haben. Vier davon haben einen Eid darauf geleistet, sie berührt zu haben. Das sind doch keine Spezialeffekte!«

Bomber Joe erklärte nun mit vollem Ernst: »Ich sage Ihnen – keine unserer Entwicklungen sieht aus wie das Ding im Fernsehen oder fliegt so. Klar haben wir ein paar streng geheime Projekte, aber da geht's nur um Flugzeuge. Das wissen Sie doch! Ich weise die Unterstellung, die Air Force habe irgendeine Wunderwaffe ohne Wissen der Regierung entwickelt, mit aller Schärfe zurück.«

»Und wenn es wirklich eine fliegende Untertasse ist?«, fragte der Präsident. Er war Politiker, weil er gern im Licht der Öffentlichkeit stand. Er wollte geliebt werden, und es war ihm zuwider, Entscheidungen treffen zu müssen. »Von irgendwo *da draußen*? Begreifen Sie, was das bedeuten würde? Technologisch überlegene Wesen von einem anderen Stern? Müsste ich mich mit denen im Rosengarten des Weißen Hauses treffen und ihnen die Kapitulation Amerikas überbringen?«

In diesem Moment erschien Dr. Jim Bob Cantwell, ein bekannter Erweckungsprediger, auf CNN. »Die Ereignisse, die wir heute erleben, kündigen das Kommen des Antichrist an«, legte er los.

Wütend schnappte sich P.J. O'Reilly die Fernbedienung und drehte Cantwell den Saft ab. »Dieser Dummkopf!«, brummte er.

Eine andere ernsthafte Person wies darauf hin, ein beträchtlicher Teil der Wähler seien Kirchgänger. »Und die machen sich Sorgen, welche Auswirkungen diese UFO-Hysterie auf ihren Glauben hat.«

»Ich hab's nicht mit der Religion«, sagte der Präsident entschieden. »Alles, was über ein paar Platitüden an Feiertagen hinausgeht ...«

Bomber Joe entschuldigte sich, verließ das Zimmer und suchte ein Telefon. Eins wusste er jetzt: Er hätte vor Jahren den Dienst quittieren und sich ernsthaft aufs Golfspiel konzentrieren sollen.

10

Am frühen Abend stiegen Rip und sein Onkel den sanften Hügel zu Eggs kleinem, von Bäumen umgebenen Haus hinauf. Charley Pine hatte ihren frisch gewaschenen grauen Fliegeranzug an und ging vor dem Fernseher auf und ab.

Die beiden sehen müde aus, dachte sie. »Der Separator war völlig verschlammt«, erzählte Rip. »Egg hat ihn gereinigt. Wir können starten.«

»Wohin?«

»Keine Ahnung«, antwortete Rip verärgert. »Irgendwohin, wo uns die Air Force, Gaddhafi und die australischen Spinner nicht entdecken.« Die ungerechte Verfolgung ging ihm auf die Nerven – schließlich gehörte die Untertasse *ihm*.

Charley zeigte auf den Fernseher. »Setzt euch hin und

schaut euch das an. Die Medien überschlagen sich – alle Sender berichten laufend über fliegende Untertassen oder blenden ein, es gebe gleich wieder Sensationen zu melden.«

Rip und Egg setzten sich. CNN brachte schon wieder das Video vom Abflug der Untertasse am Ufer des Nassersees. »Das ist heute von jedem Sender schon hundertmal gezeigt worden«, erklärte Charley. »Wenigstens beginnt das Band mit dem Abheben des Raumschiffs, nicht damit, wie Rip und ich Wasser in den Tank füllen oder an Bord klettern.«

»Hm.«

»Kalifornien ... St. Louis ... Upshur, Indiana ... – alles wird bis zum Abwinken durchgenudelt. Die Reporter haben jeden befragt, der auch nur im Verdacht stand, ein Krümelchen beitragen zu können. Und damit es nicht allzu eintönig wird, haben sie auch alle spinnerten UFO-Forscher interviewt, die bereit waren, markige Sprüche zu klopfen.«

Sie zappte herum, um den beiden eine Kostprobe zu geben.

Nach fünf Minuten reichte es Rip. »Schalt aus. Ziehen wir los, um was zu essen – ich bin am Verhungern.«

Charley wollte den Apparat schon ausmachen, da erwähnte der Nachrichtensprecher Clarksville, Missouri. Egg hob die Hand. »Warten Sie – das ist gleich hier um die Ecke.«

Ein Bauer erschien vor der Kamera. »Ich hab heute Morgen eine Untertasse gesehen, jawohl«, gab er feierlich bekannt. »Sie flog absolut geräuschlos direkt über den Baumkronen. Rund und irgendwie dunkel. Jedenfalls hat sie in Dunst und Regen schwärzlich gewirkt. Und sehr unheimlich. Ich war mit dem Traktor unterwegs, um das Feld für den Winterweizen zu pflügen, da ist sie mir aufgefallen ... Ich würde gar nicht darüber reden, wissen Sie, aber ich hab den Pfarrer angerufen. Der meinte, es sei meine Christenpflicht zu sagen, was ich weiß, damit die Regierung die notwendigen Maßnahmen ergreift, um uns vor *denen* zu schützen.«

»Vor denen?«, fragte Egg.

»Vor denen«, bestätigte Charley und schaltete den Fernseher aus. »Die Jäger sind schon in der Nähe, Rip. Nur ein paar Kilometer weg. Bald sind sie da.«

Egg musterte ihr Gesicht. »Die Regierung sucht nach der Untertasse?«

»Genau. Satelliten haben sie in der Sahara fotografiert. Dann ist mein UFO-Team losgeschickt worden, um die Sache zu untersuchen.« Den Hyperschall-Aufklärer erwähnte Charley nicht, denn seine Existenz allein war schon ein Staatsgeheimnis. »Die Mitglieder des Teams haben gesehen, wie Rip und ich mit der Untertasse losgeflogen sind. Sobald die Regierung weiß, wer wir sind, ermittelt sie, wo unsere Eltern wohnen und wo wir aufgewachsen sind. Die werden mit allen reden, die uns kennen, und jeden Ort überprüfen, wo wir sein könnten.«

»Das sind alles bloß Spekulationen«, sagte Rip, und seine Miene verhieß nichts Gutes.

»Von wegen, Rip«, meinte Egg nur. Er hatte keine Lust auf eine Diskussion. »Fahren Sie fort, Miss Pine. Lassen Sie die Katze aus dem Sack.«

»Es gibt nur einen Grund, warum das FBI noch nicht

bei Ihnen angeklopft hat: Vermutlich haben die Libyer die Kollegen von Rip und mir – und die Australier – verschleppt. Sobald die Air Force vom UFO-Team erfährt, wer mit dem Raumschiff unterwegs ist, wird das FBI angefordert, um uns zu finden.«

»Das FBI wird versuchen, alle Informationen geheim zu halten«, meinte Egg nachdenklich. »Die wollen bestimmt nicht von Journalisten belagert werden.«

»Das wird sowieso rauskommen«, sagte Rip und rieb sich das Kinn.

»Natürlich«, pflichtete Charley bei. »Irgendwer plaudert das aus, oder einer unserer Verwandten verrät es einem Freund, und der gibt es an einen Reporter weiter oder an jemanden, der es schließlich preisgibt. Die Sache ist einfach zu heiß. Die Journalisten bekommen das raus, deshalb kann das FBI nur versuchen, ihnen immer einen Schritt voraus zu sein.«

»Wie viel Zeit haben wir noch?«, fragte Rip.

»Das kommt auf die Libyer an. Wenn sie unsere Leute freilassen, stürzen die sofort ans Telefon. Ich schätze, wir erfahren schnell davon, weil Professor Soldi so rasch wie möglich auf die Mattscheibe will. Wenn er es nicht schafft, die Hintergründe der Geschichte publik zu machen, sackt die Luftwaffe die Untertasse ein, und niemand bekommt sie wieder zu sehen. Sie wird direkt ins Area 51 gebracht, und niemand in der Regierung wird je zugeben, dass sie existiert. Soldi ist kein Dummkopf – der weiß, was auf dem Spiel steht.«

»Klingt so, als hättest du noch etwas Zeit«, meinte Egg zu Rip.

»*Onkel* Egg«, wandte Charley ein, »im Moment wird

überall fieberhaft gesucht. Das Weltraumkommando hatte die Untertasse seit dem Eintritt in die Atmosphäre auf dem Radarschirm. Die Air Force nimmt bestimmt an, dass das unbekannte Objekt das Raumschiff oder ein Meteor gewesen ist. Die bieten bis zum letzten Dorfpolizisten alles auf, um rauszukriegen, wo das Ding runtergekommen ist. Heerscharen von Ordnungshütern durchkämmen gerade Wald und Flur und suchen nach kleinen grünen Männchen. Darüber wurde bereits im Fernsehen berichtet. Das alles hat was mit Massenhysterie zu tun, der die Medien und die Regierung nur zu gern nachgeben. Schließlich kommen die Politiker ausgiebig vor die Kamera und können an die Bevölkerung appellieren, Ruhe zu bewahren. Es ist haarsträubend.«

»Was steht eigentlich auf dem Spiel, Miss Pine?«, fragte Egg.

»Sie haben die Untertasse doch gesehen«, gab Charley zurück. »Was fragen Sie noch?«

»Soll ich uns was kochen, oder fahren wir in die Stadt?«, fragte Egg seine Gäste. »Bis dahin sind's dreißig Kilometer.«

»Besser in die Stadt«, meinte Rip. »Ich bin drei Monate in der Wüste gewesen. Jetzt will ich was Anständiges essen, außerdem brauchen Charley und ich was zum Anziehen.«

»Willst du meine Kochkünste beleidigen?«, gab Egg aufgebracht zurück, und Rip musste lachen.

»Erkennt die Flugsicherung die Untertasse auf dem Radarschirm?«, fragte er Charley, als die drei in Eggs Pick-up auf der Landstraße unterwegs waren.

»Nur, wenn sie danach sucht. Ihre Geräte sind auf den Empfang kodierter Transpondersignale ausgerichtet, nicht auf die Radarsignale, die von der Oberfläche eines Flugobjekts reflektiert werden.«

»Wäre die Untertasse nicht auch schwer auszumachen?«

»Ober- und Unterseite des Raumschiffs sind so gewölbt, dass es zum Tarnkappenflugzeug taugen könnte«, meinte Charley nach kurzem Nachdenken. »Aber die kreisrunde Außenkante reflektiert Signale. Die erscheinen auf dem Radarschirm, wenn eine Station nahe genug liegt und ihre Geräte so eingestellt sind, dass sie sie empfangen.«

»Wie groß sind denn unsere Chancen, heute Nacht zum Beispiel heimlich nach Denver zu fliegen, uns dort sehen zu lassen und unentdeckt wieder zurückzukommen?«

»Ist das dein Ernst?«, fragte sie.

»Wenn wir die Spürhunde dazu bringen, in Colorado nach uns zu suchen, können wir noch ein, zwei Tage hier bei Onkel Egg bleiben.«

»Warum das denn?«

»Ich persönlich«, antwortete Rip, »möchte heute Nacht gern ausschlafen und danach noch ein paarmal richtig gut essen. Außerdem müssen wir uns überlegen, wie's weitergehen soll.«

»Wie soll's denn weitergehen?«

»Mit jedem Tag, den du länger mit mir verbringst, gerätst du in größere Schwierigkeiten. Hast du daran mal gedacht?«

»Ja«, gab Charley zu.

»Und?«

»Meine Schwierigkeiten sind meine Sache. Ich komm damit schon klar.«

Rip zuckte die Achseln. »Gut, Ma'am, Sie sind ja schon sehr erwachsen und so – diese Entscheidung muss ich wohl akzeptieren. Aber zurück zu meiner Frage: Können wir uns mit der Untertasse hier wegstehlen, ohne den Landeiern im Umkreis von achtzig Kilometern das Trommelfell zu zerfetzen?«

»Reden wir noch ein bisschen über Denver. Die Fernsehreporter sprechen von einer Invasion von Untertassen, nicht bloß von einer. Die haben alle Leute dazu gebracht, nach einem Schwarm Raumschiffe Ausschau zu halten, nach einer Armada aus dem All.«

»Je mehr Untertassen sie vermuten, desto geringer ist die Wahrscheinlichkeit, dass sie eine einzelne finden.«

»Denver?«

»Denver.«

»Wenn wir im Dunkeln losfliegen«, meinte Charley nachdenklich, »erst mal nur die Anti-Schwerkraft-Ringe benutzen und dann die Raketen zünden …«

»Wenn wir die gedrosselt einsetzen, um Höhe zu gewinnen, klingt die Untertasse vielleicht wie eine Linienmaschine im Tiefflug«, schlug Rip hoffnungsvoll vor.

»Vielleicht«, grübelte Charley. »Vielleicht auch nicht.«

»Vielleicht ist es am besten, das Ding zu lassen, wo es ist«, sagte Egg.

Ein Streifenwagen kam ihnen entgegen. Alle drei sahen ihm im Vorbeifahren nach.

»Also, Rip – was hast du eigentlich mit der Untertasse vor?«, fragte Egg, als das Auto verschwunden war.

»Ich weiß es nicht, Onkelchen.« Rips Stimme verriet,

wie sehr ihn die Situation quälte. »Ehrlich – ich weiß nicht, was richtig ist. Das Raumschiff der Air Force auszuliefern reizt mich nicht gerade.«

»Was meinen Sie, Miss Pine?«, fragte Egg und sah auf die Straße.

»Rip muss eine Entscheidung treffen, mit der er leben kann«, antwortete sie.

»Das ist doch nur ein Ausweichmanöver«, seufzte Rip. »Vielleicht solltest du das verdammte Ding einfach stehlen und damit nach Area 51 fliegen.«

»Vielleicht«, sagte Charley leichthin.

»Was ist das denn?«, fragte Rip die Kellnerin im Lokal.

Die sah ihn an, als wäre er auf den Kopf gefallen. »Ihre Bestellung – Bananentorte.«

»Ich wollte kein Stück – ich will den ganzen Kuchen.«

Sie stierte ihn einen Moment an. Dann wurden ihre Augen schmal. »*Sie* kenne ich doch – Sie waren letzten Sommer schon mal hier.«

»Stimmt. Bringen Sie mir jetzt bitte den Rest?«

Die Kellnerin sah Charley und Egg argwöhnisch an und marschierte dann in die Küche. Kurz darauf war sie wieder da. Hinter ihr spähte die gesamte Küchenmannschaft vorsichtig aus der Tür. Die Kellnerin setzte den Kuchen schwungvoll vor Rip ab, befahl »Guten Appetit« und zockelte davon.

Während Rip aß, fragte ihn Egg: »Warum willst du heute Abend eigentlich nach Denver?«

»Du möchtest mitfliegen, was?«

»Ja, schon – wer wollte das nicht? Aber ich will euch dadurch nicht in Schwierigkeiten bringen.«

»Keine Sorge«, sagte Rip und aß hastig weiter.

»Und was meinen Sie, Miss Pine?«

»Gut möglich, dass uns jemand losfliegen oder zurückkommen sieht.«

Rip nickte: »Das Leben ist ein einziges Risiko.«

»In deiner Nähe allerdings.«

»He! Ich weiß nicht, wie dieses Abenteuer ausgeht, aber solange wir die Untertasse haben, sollten wir's genießen. Fliegen wir doch eine Runde mit Egg! Dann kann ich mit ihm in zwanzig Jahren vor dem Hangar sitzen, und wir können davon schwärmen.«

»Hört sich vernünftig an«, meinte Egg.

»Probier mal«, sagte Rip und gab Charley das Stirnband. Er hatte es diesmal an den Computer angeschlossen, an dem der große Bildschirm vor dem Pilotensitz hing. Der Reaktor war eingeschaltet, also gab es auch Strom. »Onkel Egg hat am Nachmittag rausgefunden, wie die Rechner arbeiten. Setz das auf und probier's aus, bevor wir abrauschen.«

»Hast du das schon getestet?«, fragte Charley und achtete auf seinen Gesichtsausdruck. Sie saß auf dem Pilotensitz und ließ das Raumschiff warm laufen. Egg stand links, Rip rechts von ihr.

»Klar«, versicherte Rip. »Völlig ungefährlich.«

Sie sah Egg an. »Wofür ist das Stirnband?«

»So weit wir's verstanden haben«, erklärte der, »braucht es der Computer, um zu erfahren, was man wissen will, und gibt einem dann die Antwort. Aber vorher müssen Sie etwas auswählen – gehen Sie einfach auf das Symbol oder in das Menü, das Sie interessiert.«

»Kann ich dabei denn überhaupt noch fliegen?«

»Das nehmen wir an«, meinte Egg und nickte nachdenklich.

»Seid ihr eigentlich lebensmüde?«

»Nur montags, um es kurz zu sagen. Die ausführliche Antwort ist, dass der Computer einen Dinge sehen lässt – man tritt gewissermaßen in die Welt des Rechners ein. Als ich heute Nachmittag den wichtigsten Flugcomputer ausprobiert habe, schien er dem Piloten auf dem Bildschirm Anzeigen zu geben und Grafiken auf die Scheiben der Kanzel zu projizieren. Mit anderen Worten: Der Pilot bleibt – wie soll ich sagen? – hier. Ja, der Pilot bleibt hier.«

Charley sah Rip an: »Hast du mit deinem Onkel heute Nachmittag einen psychedelischen Computertrip gemacht?«

»Nicht nur«, beteuerte Rip. »Und es war echt cool.«

Charley setzte das Stirnband auf und schob ihr Haar zurecht. Sie zuckte heftig zusammen, als sich der Bildschirm belebte.

»Man muss sich erst ein bisschen daran gewöhnen«, meinte Rip, doch Charley schien ihn nicht gehört zu haben. Ihr Blick wanderte durchs Cockpit und nahm alles in sich auf. Einmal streckte sie den Arm aus und berührte den Steuerknüppel.

»Hörst du mich?«, fragte Rip mit kräftiger Stimme.

»Ja«, antwortete sie schließlich und hob die Hand. Ruhe, sollte das heißen, ich will mich konzentrieren.

Auf dem großen Bildschirm vor ihr leuchteten Anzeigen auf, und zwar in so rascher Folge, dass es schwer war, sie zu lesen. Die kommen und gehen so schnell, wie Charley denkt, begriff Rip. Er schaute sich das grafische Gewimmel mit nur beiläufigem Interesse an, bis ihm plötzlich klar wurde, dass er ja in Charleys Gehirn blickte: Er sah ihr beim Denken zu.

Jetzt erschien eine Karte auf dem großen Bildschirm und verwandelte sich schnell wie ein Gedanke in eine Landschaft mit Farm, Einzelbäumen, Waldstücken und den Bächen rundum. Und mittendurch war ein Pfad angegeben, der von Eggs Hof wegführte. Alles war dreidimensional dargestellt, und zwar so perfekt, dass Rip versucht war, danach zu greifen. Der Pfad war lang und schmal wie ein Band, verlief so knapp über den Baumkronen, dass diese wie Brückenpfeiler wirkten, und führte ein paar hundert Kilometer nach Südwesten, fast bis nach Kansas. Dann erst bog er zum Himmel und führte hoch in die Atmosphäre.

Jetzt zog Charley den Hebel links von ihrem Sitz an und schob den rechten Knüppel gleichzeitig sanft nach vorn. Die Untertasse hob sich einen Meter vom Boden und schwebte langsam vorwärts aus dem Hangar.

»Soll ich die Schuppentür zumachen, oder …«, begann Rip, doch das Raumschiff schwebte weiter. Charley schlug den empfohlenen Pfad zu den Wipfeln ein und flog dann Richtung Südwesten, wobei sie dem Auf und Ab der Landschaft stets auf Höhe der Baumkronen folgte. Die Triebwerke blieben aus. Das, dachte Rip, entspricht unserem Plan, erst mal ein gutes Stück von der Farm wegzukommen, bevor wir die Raketen zünden, die kilometerweit zu hören sind. Der Regen und die dicken Wolken dieser Warmfront dürften dafür sorgen, dass kaum jemand die Untertasse sieht.

Rip sah seinen Onkel an. »Besser, wir setzen uns und

schnallen uns an«, meinte er, als das Raumschiff nur mithilfe der Anti-Schwerkraft-Ringe auf etwa hundertachtzig Stundenkilometer beschleunigt hatte.

Kaum angegurtet, sah Rip zu Charley hoch. Sie hielt die Hände im Schoß und blickte konzentriert auf den Bildschirm. Die Untertasse hob und senkte sich im Rhythmus der Landschaft.

Charley muss herausgefunden haben, wie der Autopilot funktioniert, dachte er – bis er begriff, dass der Computer der Autopilot war.

Dort, wo Rip mit Egg den Computer ausgebaut hatte, der das komplette Bedienungs- und Wartungsprogramm der Untertasse enthielt (den Computer, den die Australier geöffnet hatten und der laut Egg »das Herzstück des Ganzen« war), dort also war ein heller Fleck auf der Verkleidung zu sehen, der aber nur auffiel, wenn man wusste, wonach man suchte. Rip hatte ein dumpfes Schuldgefühl, weil er Charley nichts von diesem Computer erzählt hatte. Das aber lag daran, dass er ihr nicht völlig traute – immerhin arbeitete sie für die Luftwaffe, mochte ihn also irgendwo seinem Schicksal überlassen und die Untertasse stehlen …

Aber fliegen konnte sie – das musste man ihr lassen.

Wie ein Vogel. Oder wie ein Engel.

Eine Stunde später spürte Rip im Halbschlaf, wie die Raketen gezündet wurden. Die Beschleunigung drückte ihn sanft in den Sitz. Jetzt folgt Charley bestimmt dem Pfad in den Himmel, dachte er und sah Egg neben ihr stehen und alles fasziniert beobachten.

Rip lächelte, lauschte dem leisen Brummen der Triebwerke und schlief darüber ein.

»Rip, wach auf!«

Charley rief immer wieder seinen Namen. Er schnallte sich los und zog sich an ihrem Sitz hoch.

Sie hatte die Triebwerke gedrosselt. Die Untertasse schien waagrecht zu fliegen.

»Wir sind etwa vierzig Kilometer hoch, schätze ich«, sagte Charley und zeigte nach hinten.

Rip drehte sich um, blickte aus der Kanzel und sah eng beieinander ein paar rote und weiße Lichter näher kommen. In dieser Höhe? Das konnte kein Flugzeug sein. Oder doch?

»Was ist das?«

»Ein Hyperschallflugzeug – Air Force.«

»Was?«

»Ein Hyperschallaufklärer – der Nachfolger der SR-71. Der macht in dieser Höhe 6.000 Stundenkilometer.«

Das Flugzeug kam sehr schnell näher.

»Hat der uns im Radar?«, fragte Egg, der sich nun auch an den Pilotensitz klammerte und nach hinten sah.

»Garantiert«, meinte Charley. »Festhalten!« Sie flog eine scharfe Kurve, legte das Raumschiff dabei auf die Seite und gab zugleich Gas. Die Beschleunigung zerrte gewaltig an den dreien. Egg krallte sich um die Lehne des Pilotensitzes und hielt sich mit aller Kraft fest.

Der Aufklärer versuchte den Schwenk der Untertasse mitzumachen, schaffte es aber nicht.

»Wie schnell fliegen wir?«, fragte Egg klagend.

»Etwa fünffache Schallgeschwindigkeit.«

»Ich hab von einem Hyperschallflugzeug nicht mal gerüchteweise gehört«, sagte Rip zu Charley.

»Tja – topsecret.«

»Also musst du uns jetzt umbringen?«

»Führ mich nicht in Versuchung, Rip.« Charley ging noch schärfer in die Kurve und gab Gas bis zum Anschlag. Die Untertasse jagte vorwärts, und die Beschleunigungskraft nahm heftig zu. Egg verlor den Halt und stürzte nach hinten.

Die Lichter des Aufklärers verschwanden innerhalb von Sekunden in die Nacht. Ein, zwei Minuten später schaltete Charley die Raketentriebwerke aus und neigte den Bug der Untertasse abwärts, in dickere Luftschichten.

Über der Erde war es klar, und der Mond stand so strahlend am Himmel, dass die Sterne verblassten. Denver und die erste Bergkette der Rocky Mountains lagen vor ihnen ausgebreitet, als sie mit dem Raumschiff herabgeschossen kamen. Die Sicht schien unbegrenzt, bald zweihundert Kilometer weit. Die Lichter von Colorado Springs, Boulder, Loveland und selbst Fort Collins glitzerten in der Dunkelheit wie Juwelen, und im Hintergrund ragten die spitzen Gipfel der Rockies auf. Von einigen war der Schnee nicht ganz geschmolzen und schimmerte jetzt im Mondlicht.

»Noch etwa achtzig Kilometer bis Denver«, murmelte Charley. »Ich muss ein paar Kurven fliegen, um Geschwindigkeit zu verlieren.«

Onkel Egg brummte etwas, das Rip nicht verstand. Er hatte sich wieder aufgerappelt und hielt sich gut fest.

»Was hat der Aufklärer eigentlich da oben gemacht?«, fragte Rip.

»Nach uns gesucht«, antwortete Charley.

»Na – jetzt hat der Pilot denen in Area 51 was zu erzählen, hm?«

»Stimmt.«

»Gibt's sonst noch was, worüber du mit mir sprechen möchtest?«, wollte Rip wissen.

»Wovon redest du?«

»Davon, dass Aufklärer nach uns suchen – Aufklärer, über die du anscheinend genau Bescheid weißt.«

»Ach, halt den Mund.«

»Also – was sind wir? Verbrecher?«

»Das glauben *die*. Natürlich suchen die nach uns – sie wollen die Untertasse haben.«

Rip dagegen wollte diesen Moment genießen, nicht über die Zukunft nachdenken. Charley kam ihm immer wieder mit der Außenwelt, und das ärgerte ihn.

»Und – was willst du jetzt machen, Rip?«, fragte sie und wies mit dem Kopf auf die Stadt, die direkt vor ihnen lag. Erst jetzt merkte er, dass die Untertasse die ganze Zeit per Autopilot geflogen war: Charley hielt die Hände in der Nähe der Hebel, berührte sie aber nicht.

»Ich weiß nicht genau. Tief runter gehen, uns sehen lassen und dann verschwinden, denke ich. Was meinst du?«

»Solange wir um den Flughafen einen Bogen machen, ist mir alles recht.«

»Lasst uns nichts unternehmen, was zu Herzattacken führt«, mahnte Egg.

»Aber nein«, versicherte Rip. »Niemand wird sich bedroht fühlen. Das ist nur ein schönes, harmloses Vergnügen.«

»Ist das alles, was die Untertasse dir bedeutet, Rip?«, fragte Charley. »Ein schönes, harmloses Vergnügen?«

»Hoppla, Charley – wir sind nicht verheiratet oder so! Ich bin mir nicht mal sicher, ob ich dich besonders mag.«

»War nur 'ne Frage.« Sie hatte den Blick die ganze Zeit

nicht vom Bildschirm gewandt, auf dem der Pfad nach Denver als vorwärts und abwärts führendes Band zu sehen war.

Im Baseballspiel zwischen den Dodgers aus Los Angeles und den Colorado Rockies stand es an diesem schönen Augustabend schon geraume Zeit zwei zu zwei. Etwa 30.000 Menschen waren noch im Stadion, um etwas zu erleben, was es in Denver nur selten gab – ein langes Duell der Werfer.

Unter den Zuschauern befanden sich auch Wally Greenberg, seine Frau und die beiden halbwüchsigen Söhne. Die waren müde und gelangweilt und raunten einander schmutzige Bemerkungen über ein üppiges Mädchen zu, das drei Reihen vor ihnen und zehn Sitze weiter links saß. Wallys Frau hatte sich schon seit längerem zum Aufbruch gerüstet, ihr Mann aber wollte bis zum Schluss bleiben. Er kam nicht oft dazu, ein Heimspiel der Rockies im Stadion zu verfolgen – die Familie konnte sich das nicht leisten –, und wollte kein Geld verschenken. Er gab den Jungen eins hinter die Löffel, knurrte sie an und versuchte, die resignierte Teilnahmslosigkeit seiner Frau zu ignorieren.

Aus irgendeinem Grund sah Wally vom Schlagmann auf die Anzeigetafel hoch. Dabei bemerkte er die Untertasse, deren linsenförmiger Umriss sich nur schwach gegen die tiefschwarze Nacht außerhalb der Flutlichtzone abhob. Dann war das Raumschiff schon über der Lichtglocke und kam langsam tiefer.

Zuerst dachte Wally, es wäre der Zeppelin irgendeiner Werbeagentur – davon waren in letzter Zeit viele unterwegs.

Dann begriff er, dass das, was da ins Stadion schwebte, kein Zeppelin war.

»Seht mal!«, rief er und zeigte mit dem Finger nach oben.

Seine Frau schnappte nach Luft.

»Wow!«, entfuhr es seinem älteren Sohn, der normalerweise zu cool war, Freude oder Begeisterung zu zeigen.

Die Leute hinter Wally atmeten hörbar scharf ein.

»Eine Untertasse!«

»Eine *fliegende Untertasse!*«

Im ganzen Stadion sprangen Zuschauer auf und zeigten zum Himmel.

Als das Raumschiff immer tiefer schwebte und dem Spielfeld näher kam, erstarrte die Menge in großer, ehrfürchtiger Stille.

Elmer Disquette stand für die Dodgers am Wurfmal und war ziemlich nervös. Das war jetzt schon sein vierter Durchgang, und dass seine Mannschaftskameraden ihn reihum mit Ratschlägen versorgten, machte ihn nicht ruhiger. Wenn er nicht bald einen guten Wurf anbrachte, wurde es kritisch.

Beim Schwungholen sah er kurz zur Auswechselbank. Dort waren alle aufgesprungen.

Der Schlagmann lauerte gespannt an seinem Platz.

Elmer wusste sofort, dass der Wurf eine Niete war – er hatte den Ball einen Tick zu früh losgelassen.

Ramon Martinez holte aus und legte seine ganze Kraft in den Schlag. Er war erst vor kurzem von der Jugendmannschaft der Colorado Rockies zu den Profis gewechselt, und dies war sein drittes Spiel in der ersten Liga. Einen wirklich überzeugenden Schlag aber hatte er bisher nicht abgeliefert. Und wenn ihm der nicht bald gelänge, würde er demnächst wieder mit der Jugendmannschaft trainieren müssen. Daran dachte er, als er spürte, wie er mit Wucht traf.

Der Ball stieg steil auf, und Ramon sackte das Herz in die Hose – schon wieder Mist gebaut.

Er spurtete los, um das Spielfeld zu umrunden. Auf dem Weg zum ersten Mal sah er zum Ball, der hoch und immer höher stieg, die große, dunkle Untertasse nur knapp verfehlte …

Die Untertasse?

… und weiter und immer weiter flog …

Weder Ramon noch sonst jemand im Stadion wusste, dass der Ball ins Anti-Gravitations-Feld unter dem Raumschiff geraten und deshalb gut dreißig Meter durch die Schwerelosigkeit geflogen war. Und das reichte: Der mittlere Fänger der Dodgers versuchte gar nicht erst, an den Ball zu kommen, sondern stand reglos da und starrte zur Untertasse hoch. Der Baseball flog weit über ihn hinweg und ging außerhalb des Spielfelds nieder.

Ramon Martinez machte einen meterhohen Freudensprung, reckte die Fäuste empor, erreichte das erste Mal und wetzte weiter zum zweiten. Er war total begeistert von seinem genialen Schlag, und so entging ihm völlig, dass die Zuschauer keinerlei Reaktion zeigten.

Während Ramon fleißig rannte, beobachteten alle anderen, wie die Untertasse immer tiefer herabschwebte und dabei ebenfalls auf das zweite Mal zuhielt.

Dann begann das Anti-Schwerkraft-Feld des Raumschiffs rund um das Mal Staub aufzuwirbeln, den der leichte Westwind durchs Stadion wehte.

Die Staubwolke fiel Ramon auf. Endlich sah er wieder hoch, erreichte kurz darauf das Mal und fühlte sich plötzlich so leicht, als verliere er gleich den Kontakt zum Boden. Er ließ sich auf die Knie fallen und klammerte sich an das Mal.

»Besser, wir hauen ab, bevor jemand Panik bekommt«, meinte Rip zu Charley. Er beobachtete die Leute in der Nähe der Stadionausgänge, die noch immer wie erstarrt und mit offenem Mund dastanden. Aber das würde nicht so bleiben. Der Fluchtreflex würde bald einsetzen.

»Gut«, sagte Charley leise, ließ das Schiff nicht weiter sinken und drehte es.

Als die Untertasse Richtung Anzeigetafel wies, drückte Charley den Steuerknüppel ein wenig nach vorn. Kaum nahm das Schiff Fahrt auf, drehte sie am Gashebel. Die Raketen zündeten, und die Untertasse jagte über die Tafel hinweg in die Nacht.

Als das Stadion in sicherer Entfernung lag, gab Charley Vollgas und zog den Bug des Raumschiffs steil nach oben. Die Beschleunigungskraft nagelte sie in den Sitz.

Der Donner schlug wie eine Meereswoge über Wally Greenberg zusammen, begrub ihn unter sich und übermannte seine Sinne, während die Untertasse auf einem Feuerschweif höher und höher stieg.

Als er sich schließlich wieder umdrehte, leuchteten die Gesichter seiner Söhne. »Hast du *das* gesehen?«, brüllte der eine.

»*Irre! Total cool!*«, meinte der andere.

Wally Greenberg riss die Arme hoch und jauchzte zum Himmel empor.

Ramon Martinez ging mit gesenktem Kopf am Spielfeldrand entlang zum dritten Mal und weiter zum Schlagmal zurück. Dabei konzentrierte er sich darauf, einen Fuß vor den anderen zu setzen, und bekreuzigte sich in einem fort.

Was für ein Ereignis! Da muss man viel drüber nachdenken, um es richtig einordnen zu können …

Elmer Disquette stand am Wurfmal und rieb sich übers Gesicht. Dann zog er seinen Handschuh aus, rieb weiter und spuckte in den Staub.

Der Fänger der Dodgers kam zu ihm: »Ein echter Knaller.«

Elmer schnaubte: »Was war das überhaupt?«

»Keine Ahnung. Wenigstens ist es nicht gelandet.«

»Das hätt ich mir nicht träumen lassen.«

»Stell dir vor, ein Rudel Aliens wär übers Spielfeld gerannt …«, sagte der Fänger nachdenklich und beobachtete, wie die Zuschauer panisch zu den Ausgängen drängten. »Ich glaub, auf so viel Entertainment bin ich nicht vorbereitet.«

Die Fernsehkameras im Stadion hatten alles aufgenommen. Zwar war das Spiel nicht live übertragen worden, doch kaum war die Untertasse verschwunden, da wurden die Bilder von ihrem jüngsten Auftauchen bereits im ganzen Land gesendet.

Im Weißen Haus sahen der Präsident und seine Berater mit Entsetzen, wie das Raumschiff ins Flutlicht glitt und mitten auf dem Spielfeld niederschwebte.

»Um Gottes willen!«, flüsterte der Präsident. »Die ist tatsächlich echt!«

»Jesus, Maria und Josef«, entfuhr es Bomber Joe de Laurio.

Sie saßen wie gebannt da, bis die Untertasse dem Blick der Kamera entschwunden war.

»Die sind weiter als wir«, murmelte die Außenministerin. »Vielleicht versklaven sie uns.«

Bomber Joe sah sie entsetzt an. Die alte Schachtel hat inzwischen wirklich ein paar Schrauben locker, dachte er.

»Die Leute werden denken, Religion sei Quatsch«, meinte O'Reilly. »Werte, Normen, das philosophische Fundament unserer Zivilisation – alles ist in Frage gestellt. Kann sein, dass die Regierung zusammenbricht.«

»Wo, zum Teufel, ist mein UFO-Team?«, fragte sich Bomber Joe halblaut und trabte los, um wieder im Pentagon anzurufen.

Der Präsident hämmerte mit der Faust auf seine Armlehne. »Und *das* drei Monate vor der Wahl«, sagte er bitter.

11

Tief in der Nacht landete die Untertasse wieder in Eggs Hangar. Die letzten anderthalb Stunden des Rückwegs von Denver war sie nur mithilfe der Anti-Schwerkraft-

Ringe in sechzig Metern Höhe geflogen, also so niedrig, dass sie von kaum einem Radargerät geortet werden konnte. Als der Autopilot anzeigte, sie seien daheim, schaltete Charley die Landescheinwerfer ein, und tatsächlich – sie befanden sich direkt über Eggs Flugzeugschuppen.

Kaum hatten sie das Raumschiff im Hangar abgestellt und das Hallentor geschlossen, meinte Egg gähnend: »Danke, Kinder – das war der Flug meines Lebens.«

Rip grinste nur.

»In ein paar Stunden bricht der Tag an«, fügte Egg hinzu. »Ich alter Sack gehöre ins Bett.«

»Ich auch«, pflichtete Charley bei und stapfte ihm nach zum Haus.

Rip blieb bei der Untertasse. Zwar war er vom Jetlag so übermüdet, dass er Kopfweh hatte, doch schläfrig war er nicht.

Auf dem Weg zum Haus hinauf bedankte Egg sich nochmals bei Charley für den Flug: »Das war wirklich *die* Erfahrung meines Lebens.«

»Mr. Cantrell – wem gehört eigentlich die Sammlung Pfeilspitzen im Gästezimmer?«

»Die gehört Rip. Nach dem Tod seines Vaters hat er jeden Sommer bei mir verbracht und ist auf den frisch gepflügten Feldern rundum auf Pfeilspitzenjagd gegangen. An aussichtsreichen Stellen hat er auch danach gegraben.«

»Das ist eine ganz hübsche Sammlung.«

»Rip ist ziemlich helle«, meinte Egg. »Der wird auch ein guter Ingenieur.«

Rip Cantrell saß in einer Ecke des Hangars auf dem Sofa und dachte darüber nach, wie bedrohlich die Untertasse gerade wirkte. Die dunkle, metallische Außenhaut des Schiffs schien das Deckenlicht einfach zu schlucken – aus irgendeinem Grund spiegelten sich die Lampen in dieser kühlen, feuchten Nacht nicht auf dem Rumpf.

Schließlich musste er die Untertasse wieder berühren. Er ging hin und strich mit den Fingerspitzen über die Oberfläche.

Das Raumschiff war ein beeindruckendes Zeugnis der Unermesslichkeit der Zeit. Einhundertvierzigtausend Jahre! Mehr als sechstausend Generationen. *Sechstausend!*

Ob Onkel Egg Recht hatte? Ob wirklich Menschen die Untertasse gebaut hatten? Bestimmt nicht.

Und doch – es konnte nicht anders sein! Die Stirnbänder waren für *menschliche* Köpfe gedacht. Und der Computer las die Gedanken von Menschen.

Wie aber war die Untertasse in den Fels gekommen?

Wie viele Geheimnisse das Raumschiff verraten konnte, wenn man geduldig und ausdauernd nach Antworten suchte! Und wollte nicht Professor Soldi die Lösung des Rätsels finden?

Merkwürdig, dass Rip gerade jetzt an Soldi dachte.

Der hatte natürlich Recht damit, dass die Untertasse der ganzen Menschheit gehörte – ihre technologischen Errungenschaften sollten jedem auf Erden zugute kommen.

Was also sollte Rip mit der Untertasse machen?

Die Luke unterm Raumschiff stand offen, deshalb kletterte er wieder hinein und ging zum Pilotensitz. Im Cockpit war es ziemlich duster – nur von den Glühlampen an den Dachbalken fiel Licht in die Kanzel.

Rip schaltete den Reaktor ein. Die Instrumente und Computer sprangen an, ebenso die Innenbeleuchtung der Kabine – wie Zauberwerk wirkte das.

Ja – die Menschen, die vor hundertvierzigtausend Jahren auf der Erde gelebt hatten, mussten die Untertasse für Zauberwerk gehalten haben. Für schwarze Magie, die sich dem Verständnisvermögen gewöhnlicher Sterblicher entzog. Und als die Raumfahrer aus der Luke gestiegen waren …

Was war da wohl geschehen?

Von seiner Einbildungskraft gebannt, saß Rip Cantrell da und fragte sich, wie es gewesen sein mochte.

Die Raumfahrer waren Menschen gewesen, hatte Onkel Egg gesagt. Die Untertasse war von Menschenhand gefertigt, um von Menschenhand bedient zu werden. Und vom menschlichen *Gehirn* …

Rip nahm das Stirnband und setzte es auf.

Er musste sich an den Armlehnen des Pilotensitzes festhalten, denn er bekam plötzlich in rasend schneller Folge Flugoptionen präsentiert. Prompt lief sein Möglichkeitssinn heiß.

Möglichkeiten.

Sie waren grafisch, ja symbolisch dargestellt. Wenn ihn ein Symbol ansprach, verweilte er darauf, und sofort wurden ihm die entsprechenden Optionen vor Augen geführt. Immer schneller bewegte er sich durch all die Möglichkeiten, die sich ihm boten …

Vorhin hatte Charley die Untertasse geflogen, ohne Steuerknüppel und Pedale auch nur zu berühren. Sie hatte alles rein gedanklich erledigt. Wie mochte das funktioniert haben?

Rips Verstand jagte durch eine labyrinthische Flucht von Möglichkeiten. Sekunden später sah er ein Symbol, hinter dem die Antwort stecken mochte.

Kaum hatte er sich auf das eingelassen, was sich hinter dieser Gedankentür befand, da löste sich die Untertasse ganz sanft vom Boden und schwebte langsam einen halben Meter empor.

Rip riss sich das Stirnband vom Kopf und hechtete zur offenen Einstiegsluke. Jetzt lag der dunkle, festgetretene Boden des alten Schuppens schon zwei Meter unter ihm.

Er drehte sich um und sah von der Luke aus zum erleuchteten Armaturenbrett.

Ja – das war Zauberwerk!

Ja! Ja! Ja!

Er würde dem Computer befehlen, die Untertasse landen zu lassen. Noch als er das dachte und zum Cockpit zurückging, um das Stirnband aufzusetzen, spürte er, wie das Raumschiff mit einem leichten Ruck wieder auf den einziehbaren Kufen landete.

Erschrocken sprang Rip zur Luke zurück, um sich mit eigenen Augen davon zu überzeugen, und spähte durch die Öffnung. Tatsächlich – die Untertasse stand wieder auf der Erde.

Rip legte sich auf den Kabinenboden, beugte den Oberkörper aus der Luke, sah auf die vordere Landekufe und befahl dem Schiff, sich zehn Zentimeter von der Erde zu lösen. Mit einem kaum spürbaren Ruck hob die Untertasse ab. Vom Boden des Hangars wirbelte Staub auf.

Abwärts. Setz dich hübsch hin!

Und das Raumschiff landete wieder.

Rip glitt kopfüber aus der Luke, fing sich mit den Händen am Boden ab, kroch unter dem Raumschiff hervor und setzte sich wieder auf das Sofa, über dem ein altes Cola-Schild aus Emaille hing.

Rauf, dachte er, und die Untertasse schwebte.

Runter.

Rip öffnete einen Flügel der Schuppentür und ging etwa fünfzehn Meter auf die Wiese raus. Dann drehte er sich nach dem Raumschiff im erleuchteten Hangar um.

Rauf.

Runter.

Das Ding raubte ihm die Fassung, und er fiel auf die Knie, hockte sich auf und starrte ungläubig auf den steinalten Flugapparat.

Er nahm eine Hand voll Erde und spürte ihre kühle, knetbare Feuchtigkeit. Nein, das war kein Traum.

Schließlich streckte er sich aus und rollte sich auf den Rücken.

Alle Wolken waren verschwunden, und er sah Sterne, Tausende von Sternen, Millionen.

Nach einiger Zeit ging Rip in den Hangar zurück und befahl der Untertasse, den Reaktor abzustellen. Und schon war der Reaktor aus.

Er legte sich aufs Sofa. Wunder über Wunder, dachte er noch. Dann fielen ihm die Augen zu.

Der Präsident und seine Trabanten hingegen verbrachten eine schlaflose Nacht. Im Weißen Haus steckten sie die Köpfe zusammen und wetterten auf den Orkan, der auf sie zuhielt, während alle Fernsehsender wieder und wieder die Filmaufnahmen aus dem Baseballstadion von Denver ausstrahlten. Draußen waren die Lichter von

Washington zu sehen, doch alle, die im Weißen Haus zusammensaßen, wussten, dass hinter diesen Lichtern Chaos herrschte.

»Sieht aus, als würden wir von einer ganzen Untertassenflotte angegriffen«, sagte einer, nachdem er schon wieder wie gebannt in die Flimmerkiste geschaut hatte.

Stabschef P. J. O'Reilly sah Bomber Joe de Laurio an und hielt dabei den Finger hoch. »Es ist von höchster Priorität, herauszufinden, wie viele Untertassen es sind. Kann die Air Force das ermitteln?«

Bomber Joe, ein baumlanger Kerl, brodelte wie ein Vulkan vor dem Ausbruch und konnte seine Wut kaum unter Kontrolle halten. Seit seiner Zeit als Frischling an der Luftwaffenakademie war er nicht mehr so von oben herab behandelt worden, und das war verdammt lange her. Doch jetzt schien nicht der geeignete Moment, O'Reilly – diesem Waschlappen, der die Gunst des Präsidenten genoss – über den Mund zu fahren. Deshalb schürzte Bomber Joe die wutverzerrten Lippen und marschierte mit knallrotem Gesicht raus, um wieder zu telefonieren.

Obwohl es spät in der Nacht war, klingelte das Telefon pausenlos. Einige Anrufer waren zu wichtig, als dass der Präsident sie hätte übergehen können. Er nahm einen Anruf von Willard Critenden an, einem politischen Berater, der ihn lange Jahre begleitet hatte, jüngst aber durch einen Sexskandal in Unehre gefallen und aus seiner Nähe verbannt worden war. Nun führte der Präsident seine Beratungen mit Willard per Ferngespräch.

Nachdem die beiden eilig ein paar Höflichkeitsfloskeln ausgetauscht hatten, kam Willard zur Sache:

»Du musst etwas gegen die Untertassen unternehmen. Die Bibeltreuen sind gestern schon im Karree gehüpft. Die flippen total aus, wenn sie bei Sonnenaufgang den Fernseher einschalten. Einige Erweckungsprediger verkünden bereits, das Ende der Welt sei angebrochen. In der Offenbarung des Johannes …«

»Schon gut«, sagte der Präsident schnell und schnitt Willard das Wort ab. Er hasste es, wenn Leute die Bibel zitierten. Das erinnerte ihn immer an die schrecklichen Vormittage in der Sonntagsschule, damals, als die Welt noch taufrisch vor ihm gelegen hatte. »Wir tun, was wir können.«

»Also gar nichts.«

»Um Himmels willen, Willard – was, zum Teufel, soll ich denn machen? Mit der Taschenlampe in den Garten gehen und warten, bis der Anführer der Außerirdischen reinschneit?«

»Ich bin bloß dein Berater. Und ich rate dir, die höchste Sicherheitsstufe auszurufen. Die Leute werden sich besser fühlen, wenn Heer, Marine und Luftwaffe in Alarmbereitschaft sind. Du musst stark, entschlossen und kompetent erscheinen. Wenn du wie ein Schisshase wirkst, bricht im Land Panik aus. Und glaub mir – wenn das passiert, kannst du und kann deine Partei die Wahl im November abschreiben.«

»Niemand wird Panik bekommen – das jedenfalls hab ich im Griff«, antwortete der Präsident recht zuversichtlich. Er hatte schon vor langer Zeit entdeckt, dass die Arbeit von Volksvertretern zu neunzig Prozent daraus besteht, vor der Kamera eine gute Figur zu machen. Und er war ziemlich fotogen, beherrschte den dezenten Einsatz von Schminke und hatte sein Mienenspiel jahrelang vor dem Schlafzimmerspiegel geübt. Natürlich reichten diese Voraussetzungen in dieser Situation nicht ganz aus.

»Es sei denn, sie landen. Was passiert, wenn sie landen?«, fragte der Präsident.

»Was meinst du damit?«, gab Willard zurück.

»Ich meine – was passiert, wenn eine dieser blöden Untertassen im Garten landet und so ein Glibberding rausklettert und sagt: ›Bringt mich zu eurem Boss.‹ Was dann?«

»Dann benimm dich wie ein Staatsmann. Darauf kommt's an. Mach dir nicht in die Hose, erstarre nicht in Ehrfurcht, und verrate unser Land nicht.«

»Ahhh!«, meinte der Präsident. Ihm war doch immer klar gewesen, dass Willard ein politisches Genie war.

»Und erinnere die Medien daran, dass du stets ein großer Verfechter der multikulturellen Gesellschaft gewesen bist.«

»Willard – ich bin dir wirklich dankbar, dass du dir für diesen Anruf Zeit genommen hast.«

»Stets zu Diensten, Kumpel«, meinte Willard und legte auf.

Als in Washington die Sonne aufging, wurde Bomber Joe de Laurio an ein abhörsicheres Telefon geholt. Seine dauernden Anrufe im Pentagon, wo das in die Sahara geschickte UFO-Team stecke, hatten endlich Früchte getragen.

»Sir, die CIA hat bestätigt, dass das UFO-Team von Libyen gefangen genommen worden ist.«

»Ist das sicher?«

»Absolut. Die CIA sagt, die Mitglieder des Teams werden in Tripolis ohne Kontakt zur Außenwelt festgehalten, bis Gaddhafi entscheidet, was mit ihnen geschieht. Und laut Geheimdienst sind noch andere Leute unter den Gefangenen – ein paar Australier und zwei Angestellte einer Firma, die nach Ölquellen sucht.«

»Was unternimmt das Außenministerium, um sie zu befreien?«

»Äh, im Moment nichts, nehm ich an. Die CIA hat mit Libyen so ihre Probleme. Sie hat Himmel und Hölle für uns in Bewegung gesetzt, um wenigstens das rauszubekommen. Weitergeleitet hat sie die Sache noch nicht.«

»Die Außenministerin ist gerade hier. Ich sag ihr Bescheid – mal sehen, ob ich ihr Feuer unterm Hintern machen kann.«

»Sir, wenn ich etwas vorschlagen darf – vielleicht können wir jemanden von unserer Botschaft zu den Gefangenen schicken. Sie sind losgezogen, um eine fliegende Untertasse zu suchen, und von denen scheinen ja jede Menge unterwegs zu sein ...«

»Jaja, danke.«

Bomber Joe legte auf und machte sich zur Außenministerin auf den Weg.

Die Sonne strahlte durch die Hangartür, als Rip erwachte. Etwas stieß ihn an, und er öffnete ein Auge.

»Na, Freundchen? Willkommen im Leben.«

»Wer sind Sie?«

»Ich heiße Rigby – wie Eleanor bei den Beatles.«

Der Mann lächelte schief und stupste mit einer Pistole den Schirm seiner Baseballkappe hoch. Dann richtete er die Waffe vage in Rips Richtung und fuchtelte auffordernd damit. »Los, steh auf. Wir haben keine Zeit zu verlieren. Gehen wir.«

»Sie sind Australier.«

»Und du bist ein Blitzmerker«, sagte Rigby. »Ich möchte dir nicht zu nahe treten, Junge, aber wenn du jetzt nicht die Beine vom Sofa schwingst und dich in die Senkrechte begibst, muss ich etwas tun, das wir beide bereuen werden.«

Rip stand auf und sah dabei, dass drei weitere Männer im Hangar waren. Sie standen neben der Untertasse, berührten sie, sahen durch die offene Luke und achteten anscheinend nicht auf Rigby.

»Gehen wir«, sagte der, fuchtelte wieder mit der Waffe und wies mit dem Kopf zur Tür.

»Wohin?«

»Zum Haus hoch, Junge. Wecken wir sie auf.«

Rip ging los. Hinter ihm sagte Rigby zu seinen Leuten: »Kommt mit. Gaffen könnt ihr später.«

»Wie haben Sie uns gefunden?«

»Das hat etwas Arbeit gemacht. Deine Mutter meinte, du wärst vielleicht hier, und siehe da – sie lag richtig.«

Rip fuhr herum. »Wenn Sie meiner Mutter etwas ange…«

Rigby verpasste ihm eine saftige Ohrfeige, lässig aus der Rückhand geschlagen.

»Ich hab's nett versucht, Jungchen. Jetzt sag ich dir: zum Haus hoch und Maul halten.«

Der Schlag hatte gesessen. Rip traten Tränen in die Augen, und er drehte sich um, damit Rigby das nicht sah.

Sie gingen hinein, und Rigby befahl Rip, sich ins Wohnzimmer zu setzen, während die anderen Männer das Haus absuchten, Egg und Charley aus dem Bett holten und sie zwangen, neben Rip auf dem Sofa Platz zu nehmen. Einer der Männer setzte sich ihnen gegenüber auf einen Stuhl und zog seine Pistole aus dem Achselholster. Ein anderer machte in der Küche Kaffee. Rigby zog ein Handy aus der Jackentasche und tippte eine Nummer ein.

»Es ist hier«, sagte er triumphierend. »In einem kleinen Holzhangar an einer Graspiste, etwa fünfzig Meter unterhalb des Hauses ... Wir sind im Wohnzimmer.«

Er sah nach, was der Mann in der Küche trieb, und blickte dann Charley an. »Heißen Sie Pine?«

Charley musterte ihre Füße und ignorierte ihn. Rigby kam auf sie zu.

»Ja«, meinte Rip schnell. »Das ist Pine.«

»Sie ist hier«, sagte Rigby ins Telefon. Er hörte noch ein bisschen zu, brummte einmal, stellte dann das Handy aus und schob es wieder in die Tasche.

»Wer sind Sie eigentlich, Sie vier?«, wollte Egg wissen. »Leute mit der Waffe zu bedrohen ist in Missouri ein Verbrechen.«

»Verdammt«, entgegnete Rigby. »Ich hoffe sehr, dass wir euch nicht umlegen müssen. Das verstößt auch gegen das Gesetz, hab ich mal gehört. Ich versuche, vor dem Frühstück nie mehr als sechs bis acht Verbrechen zu begehen. Jack – wie steht's mit dem Kaffee?«

»Beherrsch dich«, gab der mit flachem australischem Akzent zurück.

Die vier Schlägertypen tranken gerade Kaffee, da hörte Rip ein Auto kommen. Rigby ging ans Fenster und sah nach. Kaum eine Minute später öffnete er die Haustür.

Der Mann, der nun eintrat, war etwas mehr als mittelgroß, ungemein durchtrainiert und so braun gebrannt, wie man das nur auf der Sonnenbank hinkriegt. Er trug einen dunkelblauen Anzug und eine handgemalte Seidenkrawatte, ging quer durchs Zimmer, sah sich alles und jeden an und blieb vor Charley stehen.

Erst in diesem Moment erkannte Rip, dass der Mann mindestens siebzig war. Aus drei Metern Abstand hätte man ihn locker für fünfzig halten können.

»Captain Charlotte Pine, US Air Force«, sagte er, und sein australischer Akzent war kaum hörbar.

»Früher war ich bei der Luftwaffe«, sagte Charley kühl. »Für Sie bin ich jetzt einfach Miss Pine.«

»Verstehe.«

»Wenn Leute in mein Haus kommen, Mister«, bemerkte Egg, »möchte ich wissen, wer sie sind.«

»Sie müssen Egg Cantrell sein.«

»Stimmt.«

»Ich heiße Roger Hedrick.«

»Von Ihnen hab ich schon gehört«, entgegnete Egg. »Und zwar nichts Gutes.«

»Wir werden von diesen Schlägern hier mit Schusswaffen bedroht, Mr. Hedrick«, sagte Rip. »Das ist hierzulande ein Verbrechen. Würden Sie uns bitte helfen, die Leute loszuwerden?«

Hedrick sah belustigt drein.

»Wenn nicht«, fuhr Rip fort, »werde ich Sie nämlich anzeigen und per eidesstattlicher Erklärung dafür sorgen, dass Sie zur Fahndung ausgeschrieben werden. Australien ist groß, aber nicht groß genug, um der Auslieferung zu entgehen.«

Hedrick lächelte. »Rip Cantrell. Student der Ingenieurwissenschaft, Vermessungsgehilfe, Nachwuchs-Don Quichotte. Schön, Sie kennen zu lernen, Mr. Cantrell. Rigby – gib ihm dein Handy.«

Rigby warf Rip das Telefon in den Schoß.

»Rufen Sie die Polizei an, Mr. Cantrell. Sagen Sie ruhig, wer Sie sind, wo Sie sind und dass Sie mit der Waffe bedroht werden.«

Rip sah erst Hedrick an, dann das Telefon. Hedrick nahm sich einen Stuhl, drehte ihn zu Rip, setzte sich und schlug die Beine übereinander.

»Ah«, meinte er dann. »Ich sehe, dass Ihre grauen Zellen arbeiten. Wenn Sie die Polizei anrufen, beschlagnahmt die Air Force die Untertasse, und Sie sehen sie nie wieder. Die Regierung wird die Technologie des Raumschiffs als Staatsgeheimnis behandeln. Vielleicht wird irgendwann eins Ihrer Kinder in einem Aufklärer über China jagen, der auf Grundlage der Untertasse entwickelt worden ist. Vorausgesetzt, Ihr Sohn oder Ihre Tochter geht zur Luftwaffe und wird Pilot. Na – wollen Sie nicht klein beigeben?«

Rip nahm das Handy, schaltete es ein, wählte aber nicht.

»Bevor Sie anrufen, Mr. Cantrell, sollten wir vielleicht darüber sprechen, wie Mr. Rigby und ich Sie gefunden haben. Möchten Sie mal raten?«

Rip schüttelte den Kopf.

»Nachdem Sie im Tschad meinem Techniker in der Untertasse eins übergebraten hatten, haben Sie einen schweren taktischen Fehler gemacht. Der Mann hatte ein Satellitentelefon dabei und während der Untersuchung des Raumschiffs mit mir gesprochen. Sie haben das Telefon einfach weggeworfen. Ein anderer Techniker, Mr. Hampton, hat mir kurz vor seiner Gefangennahme durch die Libyer über dieses Telefon berichtet, was passiert ist, Mr. Cantrell. Und er hat mir Ihren Namen und den von Miss Pine genannt.«

Hedrick lächelte. »Überflüssig zu sagen, dass ich entsetzt war, als ich hörte, die Untertasse sei ausgeflogen. Ach was, entsetzt – ich war *perplex*. Dieser Anruf war der Schock meines Lebens.«

Er beugte sich vor und stützte die Ellbogen auf die Knie. »Sie können sich bestimmt vorstellen, in welcher Lage ich mich plötzlich befand. Die wertvollste Hochtechnologie-Fundgrube auf Erden war gerade zu einem unbekannten Ziel geflogen worden, und zwar von einer früheren Testpilotin der Air Force und einem zweiundzwanzigjährigen Vermessungsgehilfen. Ein technisches Wunderwerk, das Milliarden, Zigmilliarden US-Dollar wert ist, war einfach verschwunden … *puff*!« Hedrick schnippte mit dem Finger.

Er grinste und ließ makellose, strahlend weiße Zähne sehen. »Natürlich hab ich beschlossen, mir das Ding zurückzuholen. Ich …«

»Es hat Ihnen nie gehört«, warf Rip ein. »Es ist meins.«

»Oh, Mr. Cantrell – Sie glauben doch nicht, dass irgendein Gericht der Welt Ihren Anspruch anerkennt! Sie haben die Untertasse entdeckt, das stimmt, aber als Sie sie ausgegraben haben, haben Sie für die Wellstar Corporation geschuftet. Und wissen Sie was, Mr. Cantrell? Wellstar gehört *mir* – *Sie* haben für *mich* gearbeitet.«

Dazu schwieg Rip bitter. Als Hedrick fertig war und

sich im Stuhl zurücklehnte, entgegnete er: »Dann verklagen Sie mich doch!«

»Für mich ist die Rechtslage eindeutig, Mr. Cantrell. Mein Eigentumsanspruch ist wasserdicht. Leider habe ich jetzt nicht die Zeit zum Prozessieren. Später können sich die Anwälte nach Herzenslust vor Gericht streiten.« Er machte eine Armbewegung. »In der Zwischenzeit nehme ich mir, was mir gehört.«

Rip sah auf das Telefon in seiner Hand und begann, eine Nummer einzutippen.

Hedrick hob den Zeigefinger. »Fragen Sie sich lieber erst, wie ich erfahren habe, dass Sie hier sind.«

Rips Hand erstarrte im Wählen.

»Vielleicht rufen Sie mal Ihre Mutter an? Sprechen Sie mit ihr. Danach können Sie sich immer noch bei der Polizei melden …«

Rip schaltete das Handy aus und wieder ein und wählte erneut.

Sekunden später hörte er bei seiner Mutter das Freizeichen. Ein Mann ging an den Apparat: »Bei Mrs. Cantrell.« Eine flache, näselnde Stimme.

»Mrs. Cantrell, bitte.«

»Wen darf ich melden?«

»Ihren Sohn Rip.«

»Einen Moment.«

Sekunden vergingen. Dann fragte seine Mutter atemlos: »Rip, ist alles in Ordnung? Haben sie …« Und schon war die Verbindung unterbrochen.

Rip schaltete das Handy aus und starrte Hedrick an.

»Sie halten Mom als Geisel«, sagte er zu Charley und Egg.

Hedrick stand auf: »Wollen Sie noch immer die Polizei anrufen?«

Rip pfefferte das Handy an die Wand zur Küche. Es prallte ab und sprang halb zum Sofa zurück. Rigby hob es auf und sah nach, ob es noch funktionierte.

»Tja«, sagte Hedrick und lächelte wieder. »Das ist die Lage. Captain Pine, ich möchte Ihre Dienste in Anspruch nehmen. Wir lassen die beiden Herren hier ungeschoren, wenn Sie uns und die Untertasse nach Australien fliegen. Die Männer, die sich bei Mrs. Cantrell aufhalten, werden auch verschwinden. Dann sind alle in Sicherheit, und die Welt wird wieder sein, wie sie war.«

Charley stand auf und sah erst Egg, dann Rip an. »Einverstanden.«

»He, Charley«, sagte Rip. »Lass dich von denen doch nicht bluffen. Die werden niemandem ein Haar krümmen. Hedrick will schließlich nicht für den Rest seines Lebens in den Knast.«

»Rigby!«, bellte Hedrick.

Der ging, ja tänzelte in Windeseile auf Egg zu, der noch immer auf dem Sofa saß. Im nächsten Moment würde er ihm geradewegs ins Gesicht treten.

Rip sprang vom Sofa und hechtete nach Rigbys Beinen. Beide Männer landeten längelang auf dem Boden, doch ehe Rip sich versah, hatte Rigby ihn schon an der Gurgel und schüttelte ihn wie ein Terrier eine Ratte. Rip hörte Hedrick noch etwas sagen, dann verlor er das Bewusstsein.

Er kam wieder zu sich, als ihm jemand Wasser ins Gesicht schüttete. Hedrick kniete neben ihm. »Na bitte«, sagte er.

»Der ist so gut wie neu. Ein bisschen Halsweh wird er in den nächsten Tagen haben, aber er ist ja noch jung.«

Hedrick beugte sich ganz nah zu Rip runter.

»Miss Pine verschwindet mit uns, Mr. Cantrell. Wenn Sie die Polizei einschalten oder uns irgendwelche Unannehmlichkeiten machen, wird sie das ausbaden. Kapiert?«

»Warum …« Rips Kehlkopf war lädiert, und seine Worte kamen heiser und geflüstert. »Warum sind Sie …?«

»Es geht um Geld, Mr. Cantrell, um Geld. Die Untertasse ist sehr wertvoll. Sie wird mich zum reichsten Mann der Welt machen.«

»Bill Gates ist der reichste …«

Da knurrte Hedrick zum ersten Mal. »Diesen Flegel treib ich in den Ruin.« Dann richtete er sich auf.

»Kommen Sie, Miss Pine.«

Während Rip ohnmächtig gewesen war, hatte Charley sich anscheinend im Obergeschoss in ihren Fliegeranzug geworfen. Ihre neu gekauften Sachen, ihren Pyjama und ihre Jacke hatte sie in einen Kopfkissenbezug gestopft, den sie in der Linken hielt.

Jetzt wandte sie sich an Egg und gab ihm die Hand. Rip setzte sich mühsam auf und wollte gerade auf die Beine kommen, als Charley sich zu ihm runterbeugte und ihn auf den Mund küsste. »Danke, dass du's versucht hast«, flüsterte sie.

Dann verließ sie das Zimmer. Hedrick folgte ihr.

Rigby und seine Schläger warteten ein paar Minuten und gingen ihnen dann nach.

»Sagenhaft, was?«, rief Hedrick, als seine Leute die Türen des Hangars öffneten. Charley Pine hatte den Eindruck, die dunkle Außenhaut der Untertasse schlucke das Morgenlicht.

»Unglaublich!«, setzte Hedrick hinzu, ging zum Raumschiff und strich mit den Fingern über den glatten Rumpf. Dann reckte er den Kopf und sah sich zu Charley Pine um, die gleichfalls mit der Hand über die Untertasse fuhr.

»Als ich von dem Raumschiff hörte«, meinte Hedrick, »wollte ich es zuerst nicht glauben. Hirngespinste, hab ich gedacht, blinder Alarm im großen Stil. Inzwischen sehe ich fantastische Möglichkeiten voraus, mir meinen Reichtum zu rauben.« Er schnaubte verächtlich. »Als ob das so einfach wäre!«

Er streichelte die Untertasse und betrachtete sein Spiegelbild auf der dunklen Außenhaut.

»Sie werden die Untertasse für mich fliegen, Miss Pine.«

»Rücken Sie raus damit – was passiert, wenn ich mich weigere …«

»Ach, das machen Sie doch nicht! Denken Sie an Ihre Mutter, Lehrerin in Virginia; an Ihren Vater, Architekt in Georgia; an Ihre Schwester in New York, die Malerin werden will … Soll ich die Liste noch verlängern? Um wen? Um Egg Cantrell? Um den jungen Rip …?«

»Erpressung ist ein Verbrechen, Mr. Hedrick. Genau wie Entführung und Mord.«

»Miss Pine, Sie sind jung, schön und dumm. Sie werden tun, was ich will, wenn ich es Ihnen befehle. Die Untertasse ist sehr viel wert. Ich will sie haben. Und ich werde *alles* tun, um sie zu bekommen. Verstanden?« Er stand nun nah vor ihr und sah ihr direkt in die Augen.

Sein Blick und seine Miene waren vollkommen starr. »*Alles!*«

Charley hoffte, ihren Gesichtsausdruck genauso gut im Griff zu haben.

»Sie werden tun, was ich will, Miss Pine. Wenn nicht, werden Ihre Lieben spurlos verschwinden.«

»Und danach? Lassen Sie mich dann frei?«

»Nicht nur das – ich bezahle Sie sogar für Ihre Dienste. Dreitausend US-Dollar für jeden angefangenen Tag, von heute an.« Hedrick lächelte, und zwar entwaffnend und charmant. »Betrachten Sie das Ganze als gut bezahlten Kurzzeit-Job, Miss Pine. Und mich als Ihren Arbeitgeber.«

»Gut, ich fliege das Raumschiff.«

»Ich hab mir doch gedacht, dass wir uns einig werden. Aber erzählen Sie mir erst mal ein bisschen über die Untertasse. Wie wird sie angetrieben?«

Charley fasste für Hedrick in fünf Minuten das Wesentliche zusammen. Als sie fertig war, fragte er lächelnd: »Wollen wir?«, und zeigte auf das Raumschiff.

Charley kletterte als Erste rein, danach Hedrick, dann Rigby, seine rechte Hand. Charley schloss die Luke hinter den beiden, kletterte auf den Pilotensitz und schnallte sich an.

Dann schaltete sie den Hauptschalter ein und setzte so den Reaktor in Betrieb. Hedrick stand reglos da und beobachtete, wie die Monitore und Armaturen ansprangen.

Rigby sah sich neugierig in der Kabine um.

Ganz vorsichtig hob Charley die Untertasse vom Boden und ließ sie langsam aus dem Hangar gleiten, der am westlichen Ende der Graspiste stand. Sie stoppte das

Raumschiff, das etwa anderthalb Meter über der Piste schwebte, trat auf die Pedale, aktivierte damit das »Seitenruder« und drehte die Untertasse. Ein paar abgeschnittene Grashalme, die vom Anti-Schwerkraft-Feld zum Schweben gebracht worden waren, wehten davon. Der Windsack bei den Bäumen zeigte eine schwache Brise aus Nordost. Windstärke Zwei.

Hedricks Schläger standen mit offenem Mund vor dem Hangartor.

Charley langte nach dem Stirnband und setzte es auf.

Computer, haben wir genug Wasserstoff, um Vollgas zu geben?

Vor ihr auf dem Monitor erschien ein Diagramm mit einer ansteigenden Linie, die schon bei neunzig Prozent war. Nur noch ein paar Sekunden.

Hedrick stand neben Charley und betrachtete die Instrumente. Rigby öffnete die Konsole, hinter der das Werkzeug lag, und sah hinein. So behutsam, wie Charley mit der Untertasse umging, hatte Rigby möglicherweise gar nicht mitbekommen, dass sie schon schwebte.

»Wohin, Mr. Hedrick?«

»Hundertsechzig Kilometer westlich von Sydney. Dort hab ich eine Rinderfarm – eine Ranch, wenn Sie so wollen.«

Charley Pine sah geradeaus auf die Piste, drückte den Kopf an die Kopfstütze, stemmte die Füße auf die Ruderpedale und gab Vollgas.

Donnernd zündeten die Raketen, und die Beschleunigungskraft wirkte fast sofort: Hedrick und Rigby wurden umgerissen und knallten mit voller Wucht gegen die Rückwand der Kabine.

Egg und Rip saßen auf der Veranda, als die Untertasse langsam aus dem Hangar in Sicht schwebte, sich drehte und mit dem Bug nach Osten am Anfang der Piste hielt.

Rip massierte sich den Nacken.

»Ich bin gespannt, ob Charley denen gesagt hat, sie sollen sich hinsetzen und anschnallen«, flüsterte er Egg zu.

Beim ersten Feuerschimmer aus den Strahlaustrittsdüsen schlugen beide die Hände an die Ohren. Hier oben blieb ihnen der schlimmste Krach erspart, ein immer helleres und lauteres, schließlich betäubendes Heulen. Das Feuer, das aus den Strahlaustrittsdüsen schlug, versengte das Gras und ließ einen Streifen der Piste in Flammen aufgehen.

Kaum war die Untertasse bei hundertachtzig Stundenkilometern, zog Charley den Bug steil hoch. Das Donnern der Triebwerke fuhr Egg und Rip durch Mark und Bein und ließ die Fensterscheiben vibrieren.

Beide Männer saßen reglos auf der Veranda, bis nichts mehr von der Untertasse zu hören war.

Das Feuer auf der Piste hatte ein, zwei Minuten gebrannt und war dann ausgegangen. Mitten über den Rasen zog sich ein schwarzer, rauchender Streifen.

Hedricks Gorillas kamen vom Hangar hoch. Ihre Sachen sahen aus, als hätten sie sich im Gras gewälzt. Sie rieben sich die Ohren und öffneten und schlossen immer wieder den Mund.

»So nah, wie die den Strahlaustrittsdüsen waren, ist ihnen vielleicht das Trommelfell geplatzt«, murmelte Egg.

»Schönen Tag noch«, sagte er zu dem ersten Mann, der vorbeikam und sich ums Haus herum zu den Autos in der Einfahrt schleppte.

»Hoffentlich hast du bleibende Schäden«, meinte Rip zu dem letzten Mann, der ihn nicht mal ansah.

12

Lieutenant Raymond Stockert würde diesen Morgen nie vergessen, sondern bis an sein Lebensende über das Zusammenspiel von Glück und Schicksal staunen, das ihn genau in dem Moment mit einer F-16 über Missouri fliegen ließ, als eine Untertasse kaum hundert Meter entfernt von unten an ihm vorbeigeschossen kam.

Es war ein unangenehmer Tagesanbruch gewesen. Das Militär hatte in den frühen Morgenstunden höchste Alarmstufe ausgelöst und war auf Gefechtsbereitschaft gegangen. Darum hatte man Raymond zu Hause aus dem Schlaf gerissen und ihn zu seiner Flugstaffel, die zur Nationalgarde gehörte, beordert – und zwar einsatzbereit.

Am Abend zuvor hatte er die große Untertassen-Hysterie im Fernsehen verfolgt, genau wie jeder andere zurechnungsfähige Mensch in Nordamerika. Doch erst auf dem Fliegerhorst brachte Stockert die befohlene Gefechtsbereitschaft mit der Panik vom Vorabend in Verbindung.

Der Kommandeur der Staffel war merkwürdig gelaunt. »Also, Jungs, das ist die Lage: Washington hat befohlen, alle Jäger flottzumachen. Jeder bekommt ein Gebiet zur Patrouille. Ihr rauscht ab und kontrolliert euren Sektor, bis der Benzinvorrat knapp wird und ihr zurückkommen müsst oder bis ihr abgelöst werdet.«

»Und?«, fragte einer zweifelnd. Kein Pilot glaubte dieses Blabla. Das konnte doch nur ein Witz sein – und was für einer! Dafür hatten sie ihren Nachtschlaf geopfert?

»Und?«, wiederholte der Kommandeur. »Wenn ihr eine fliegende Untertasse sichtet, schießt ihr sie ab.«

Die Piloten sahen ihren Vorgesetzten an, als hätte er den Verstand verloren.

»Im Ernst – der Befehl lautet: Fliegende Untertassen sichten und abschießen. Aber dass mir keiner von euch Knalltüten auf was anderes feuert, kapiert? Wer ein Passagierflugzeug vom Himmel holt, kommt besser nicht zurück.«

So kam es, dass Raymond Stockert an diesem Morgen nicht in einer Apotheke im Einkaufszentrum Pillen zählte – wie sonst von Montag bis Freitag bei nur zwei Wochen Jahresurlaub –, sondern im Cockpit einer F-16 über Missouri flog, um gegebenenfalls den ersten Schuss im Krieg der Welten abzufeuern. Er hatte schon nachgetankt und war zum zweiten Mal in der Luft. Und da zischte doch wahrlich und wahrhaftig *direkt* vor ihm wie ein gigantischer Sektkorken eine echte Untertasse im Steilflug vorbei!

Raymond drückte den Knopf, mit dem er seine beiden an den Flügelspitzen der F-16 befestigten Luft-Luft-Raketen scharf machte, zog dabei die Nase des Jägers steil hoch und zündete den Nachbrenner. Erstaunlicherweise – manche haben einfach Dusel! – verlief der Steilflug von Untertasse und F-16 etwa parallel, und Stockert konnte den Bug des Jägers deshalb leicht auf sein Ziel ausrichten.

Kurz darauf hatte der Infrarotsucher der ersten Sidewinder-Rakete die Hitzestrahlung aus den Triebwerken der Untertasse im Visier, und Raymond hörte ein Signal im Kopfhörer.

Er jagte die Infrarotrakete los, die in einem Schweif aus Feuer und Rauch abzischte. Dann meldete die andere Sidewinder, dass sie die Untertasse im Sucher hatte. Wer A sagt, muss auch B sagen, dachte Raymond und feuerte sie ab.

Er beobachtete den Morgenhimmel in Erwartung einer Explosion, bis die Luft in 12.500 Metern Höhe für seinen Jäger allmählich dünn wurde. Raymond legte das Flugzeug auf die linke Seite, flog einen Überschlag und kehrte zur Erde zurück.

Als er die Untertasse das letzte Mal sah, war sie nur noch ein funkelnder Lichtpunkt am Himmel, der Richtung Osten verschwand.

Raymond hatte keine Ahnung, was mit den Raketen passiert war, die er abgefeuert hatte.

Charley Pine hatte die F-16 nicht bemerkt, wohl aber die erste Sidewinder, die – warum auch immer – den Hitzestrahl der Untertasse knapp verfehlt hatte. Als die Rakete an ihrer Kanzel vorbeizischte, erkannte sie sofort, womit sie es zu tun hatte.

Der zweiten Rakete ging zum Glück nur wenige Sekunden vor Erreichen der Untertasse der Treibstoff aus. Sie verlor ein paar hundert Meter unterhalb des Raumschiffs an Fahrt und stürzte ab.

Charley hatte mit dem Gedanken gespielt, die Untertasse auf hoher See über einem Schiff anzuhalten, durch die Luke abzuspringen und Hedrick und Rigby sich selbst zu überlassen, doch die Rakete hatte sie ganz schnell zur Vernunft gebracht. Plötzlich schien ihr Australien eine gute Idee, und sie flog mit Vollgas weiter. Die Flugbahn, die ihr der Computer am Monitor zeigte, verlief aufwärts und in leicht östlicher Richtung. Charley lenkte die Untertasse per Hand, denn sie wollte Hedrick auf keinen Fall entdecken lassen, dass der Computer das Schiff nach den Wünschen des Piloten steuern konnte.

Bei dieser Beschleunigung blieben Hedrick und Rigby wie festgewachsen an der hinteren Kabinenwand kleben. Das Himmelsblau wurde allmählich dunkler, als die Untertasse aus der Erdatmosphäre hinausjagte.

Charley kontrollierte das einwandfreie Funktionieren aller Maschinen an Bord, indem sie durch bloße Gedankenbefehle die verschiedensten grafischen Darstellungen auf die Monitore rief, und raste dabei immer weiter ins All hinaus.

Der Flug in den Orbit dauerte etwas mehr als eine Viertelstunde. Als Charley Umlaufgeschwindigkeit erreicht hatte, schaltete sie die Raketentriebwerke aus.

Und schon kamen Hedrick und Rigby durch die Kabine geschwebt.

Hedrick lachte laut und glücklich, Rigby arbeitete sich an Charley heran und knurrte: »Du Schlampe! Das wirst du mir büßen …«

»Schluss damit, Rigby«, erklärte Hedrick.

»Genau«, meinte Charley. »Lass stecken, du Arschloch.«

»Bitte, Miss Pine – nicht übermütig werden«, sagte Hedrick und lachte wieder. Dann stieß er sich mit den Füßen ab, segelte durch die Kabine und johlte dabei vor Freude.

Obwohl der Nordatlantik zum Großteil unter einer

Wolkendecke lag, konnte Charley durch die Kanzel erkennen, dass sie die Ostküste der Vereinigten Staaten überflogen. Und durch die manchmal aufreißende Bewölkung war kurz der dunkelblaue, fast schwarze Ozean zu sehen.

Sie drehte die Untertasse so, dass die Sonne direkt ins Cockpit schien. Charley war aufgeregt – wie immer, wenn sie die Untertasse flog. Sie atmete tief ein und langsam aus.

Hedrick war wieder neben ihr und sah aus der Kanzel. Rigby hatte sich auf einen Sitz zurückgezogen und schnallte sich an.

»Das ist die Erfahrung meines Lebens«, schwärmte Hedrick. »Wunderbar, dass ich das noch erleben darf.«

Ach, was soll's, dachte Charley, drehte die Untertasse so, dass Hedrick die Erde unter sich dahinziehen sehen konnte, und befasste sich dann mit dem computergesteuerten Wiedereintritt in die Atmosphäre.

»Noch zwanzig Minuten«, sagte sie zu ihm. »Dann lasse ich die Triebwerke wieder an, um Kurs auf die Erde zu nehmen. Bis dahin sollten Sie sich einen Sitzplatz gesucht haben.«

»Könnten wir nicht einmal rundrum kreisen?«

»Der Ausblick ist fantastisch, aber die Gesellschaft lässt zu wünschen übrig. Wir fliegen nach Australien, sobald wir das Fenster für den Wiedereintritt in die Atmosphäre erreichen. Wann das genau ist, kann ich nur schätzen. Der Computer ist nicht nach Minuten und Sekunden programmiert.«

»Schon gut, Miss Pine«, sagte Hedrick widerwillig und ließ sich auf einen Sitz gleiten. »Sie sind die Pilotin.«

Hedricks Schlägertrupp war zwar schon eine Weile weg, doch Rip und Egg saßen immer noch schweigend und gedankenversunken auf der Veranda.

Schließlich zog Rip sein Portemonnaie aus der Tasche und zählte seine Barschaft. »Onkel Egg, kannst du mir dreitausend Dollar leihen?«

»Willst du verreisen?«

»Nach Australien.«

»Da müssen wir in die Stadt. Ich stell in der Bank einen Scheck aus.«

Rip stand auf und klopfte sich den Staub vom Hosenboden. Dann fuhr er sich mit der Hand über die Augen und murmelte: »Ich bin bereit.«

»Bei meinem Zahnarzt hab ich in einer Investment-Zeitschrift einen Artikel über Hedrick gelesen. Das war vor zwei, drei Wochen. Er lebt westlich von Sydney, wenn ich mich richtig entsinne. In einer Villa mit jeder Menge Marmor, Glas und Luxusweibchen. Vor allem an die Frauen erinnere ich mich gut.«

»Vielleicht können wir kurz beim Zahnarzt halten – den Artikel hätte ich gern.«

»Klar. Und ich schließ besser das Haus ab. Wer weiß, ob nicht jemand Charleys Kavalierstart mitbekommen hat.«

Nachdem Rip seinen Pass und seine neuen Sachen aus dem Schlafzimmer geholt hatte, schlenderte er zum Pick-up, während Egg durchs Haus ging, Türen abschloss und das Licht ausmachte. Rip stand untätig herum, als ein Pritschenwagen angerast kam, schlitternd bremste und den Schotter durch die Gegend spritzen ließ.

»Hast du das gesehen?«, rief der Mann am Steuer und zeigte in die Richtung, in der das Raumschiff am Himmel verschwunden war. »Ob das eine dieser fliegenden Untertassen war?«

»Ja.« Rip wandte sich um und zeigte auf die Piste. »Da hat sie Anlauf genommen, und dann ...« – er holte mit der rechten Hand weit aus und wies aufwärts – »... ist sie fast senkrecht hochgestiegen, bis sie nicht mehr zu sehen war. So was Tolles hab ich noch nicht erlebt.«

»Sag mal, dich hab ich in dieser Gegend noch nie gesehen, oder?«

Der Mann trug Latzhose, T-Shirt und eine grüne Kappe mit gelbem John-Deere-Emblem drauf.

»Ich bin Eggs Neffe Rip.«

Der Bauer musterte ihn argwöhnisch. »Im Fernsehen heißt es, die Untertassen setzen womöglich Aliens ab – so wie im Film. Vielleicht versuchen sie, die Erde zu erobern. Woher soll ich wissen, dass du wirklich Cantrells Neffe bist?«

Egg, der gerade mit einem Koffer anmarschierte, hatte den letzten Satz gehört, und rief: »Lemuel, hab ich dir nicht schon hundertmal gesagt, du sollst mir vom Acker bleiben? Ich will nicht, dass du hier rumschnüffelst.«

»*Ich hab die Untertasse gesehen, Cantrell, und ...*«

»*Aliens!* Du alter Narr. Wenn hier ein paar wären, würde ich sie dir auf den Hals hetzen! Dreh um und hau bloß ab, bevor ich den Sheriff rufe.«

Als Lemuel wendete, rief Egg: »Und flick das Loch im Zaun, durch das dein Bulle immer abhaut, du Geizkragen. Ich glaube, du treibst das Viech hier rüber, damit es mein Gras frisst.«

Lemuel rauschte ab und ließ dabei wieder kräftig Schotter spritzen.

»Also los«, sagte Egg zu Rip und wies mit dem Kopf auf seinen Wagen. »Aber wir halten gleich noch am Tor, um zuzusperren.«

»General de Laurio! Das Weltraumkommando berichtet, vor zwanzig Minuten sei ein Flugobjekt mitten in Missouri aufgestiegen und in die Erdumlaufbahn eingeschwenkt. Jetzt kreist es mit abgeschalteten Triebwerken im Orbit. Laut unbestätigten Angaben von Nachrichtenagenturen war das Flugobjekt extrem laut und hat die Form einer Untertasse.«

De Laurio war wieder im Westflügel des Weißen Hauses. Er hatte sich von daheim eine neue Uniform und eine Zahnbürste kommen lassen. Vor zwei Stunden war er für ein Schläfchen ins Pentagon gefahren und von P.J. O'Reilly mit eiskaltem Blick verabschiedet worden. Auf dem Weg ins Verteidigungsministerium hatte sich de Laurio gefühlt, als lasse er Frauen und Kinder auf der Titanic zurück und rudere im einzigen Rettungsboot davon, aber er hatte einfach dringend ein Nickerchen gebraucht.

»Jetzt umkreist es also die Erde?«, fragte Bomber Joe seinen diensthabenden Verbindungsoffizier aus dem Pentagon.

»Jawohl, Sir. Es hat vor fünf Minuten eine stabile Umlaufbahn erreicht. Und, General – anscheinend hat eine F-16 der Nationalgarde auf einem Patrouillenflug über Missouri zwei Sidewinder auf das Ding abgefeuert.«

»*Was? Sagen Sie das noch mal!*«

Der Diensthabende tat, wie ihm befohlen.

»Wer hat bewaffnete Patrouillen angeordnet?«

»Ich glaube, der Befehl kam aus dem Weißen Haus, Sir.«

»Wer hat Feuererlaubnis gegeben?«

»Sir, das kam aus dem Weißen Haus.«

»Machen Sie das rückgängig!«, brüllte de Laurio. »Lassen Sie diese schießwütigen Schwachköpfe am Boden. Stellen Sie sich vor, die holen ein Passagierflugzeug runter!«

»Äh, Sir – ich nehme an, das Weiße Haus war sich des Risikos bewusst, als …«

»Sie kennen diese Leute nicht! Keiner von denen würde auch nur einen Bruchteil der Verantwortung für einen derartigen Unfall übernehmen. Rufen Sie alle Jäger vom Himmel und sorgen Sie dafür, dass sie unten bleiben. Das ist ein Befehl. Und für den übernehme *ich* die Verantwortung.«

»Jawohl, Sir.«

»Ich berichte dem Präsidenten gleich von dem Start in Missouri. Wie läuft's mit der Befreiung des UFO-Teams in Libyen?«

»Leute vom Außenministerium reden gerade mit den Gefangenen. In einer halben Stunde wissen wir mehr.«

»Sagen Sie mir Bescheid.«

»Jawohl, Sir.«

Bomber Joe suchte O'Reilly in dessen Büro auf. »Eine F-16 der Nationalgarde hat vorhin über Missouri zwei Sidewinder-Raketen abgefeuert«, sagte er zum engsten Berater des Präsidenten. »Anscheinend hat irgendein Schwachkopf Jägerstaffeln im ganzen Land befohlen, bewaffnete Patrouillen zu fliegen.«

»Passen Sie auf, was Sie sagen, General. Dieser

›Schwachkopf‹ war der Präsident. Er hatte das Gefühl, etwas Dramatisches tun zu müssen.«

»Warum hat er sich nicht mit mir beraten? Dafür verlang ich nicht mal Honorar.«

»Sie waren doch im Pentagon, Nickerchen machen. Wir konnten nicht warten.«

»Wenn so ein Gebrauchtwagenhändler in einem Düsenjäger ein Passagierflugzeug voller Wähler abschießt, *dann* wird's wirklich dramatisch. Haben Sie den Verstand verloren? Denken Sie doch mal nach, O'Reilly!«

»Schluss jetzt, de Laurio!« O'Reilly war aufgesprungen und stand mit hochrotem Gesicht vor dem General. »Ihr uniformierten Lackaffen begreift anscheinend gar nicht, dass die westliche Zivilisation auf dem Spiel steht.«

Bevor Bomber Joe O'Reilly auf die Bretter schicken konnte, kam der Präsident ins Zimmer gestürmt. Er hatte gerade eine Pressekonferenz hinter sich, in der er sich um ein staatsmännisches Auftreten bemüht hatte. Einen Tag wie diesen hatte er noch nie erlebt, nicht mal, als seine Geliebte in New York vor einer Journalistenschar ihre Affäre bis in alle Details ausgeplaudert hatte. Sein Gesicht war aschfahl, und seine Hände zitterten.

»Diese verdammten Untertassen«, rief er und ließ sich in einen Sessel fallen. »Warum konnte der Mist nicht meinem Vorgänger passieren? Warum hat's mich erwischt?« Er zerrte an seinem Schlipsknoten.

»Weil Sie es nicht anders verdienen«, brummelte Bomber Joe de Laurio in sich hinein. Sollte jemand das gehört haben, ließ er es sich nicht anmerken.

Der General holte tief Luft, zählte leise bis zehn und sagte dann sehr vernehmlich: »Mr. President.« Als dieser ihn ansah, berichtete de Laurio die neuesten Nachrichten vom Weltraumkommando.

»Eine Untertasse ist von Missouri aus in die Erdumlaufbahn gegangen?«, fragte O'Reilly ungläubig.

»Es sieht ganz danach aus, Sir«, versetzte Bomber Joe. »Und eine F-16 hat zwei Sidewinder auf das Raumschiff abgefeuert – mit unbekanntem Ergebnis.«

»Davon glaub ich kein Wort«, grummelte der Präsident entschlossen und lehnte sich ins Polster zurück. »Von diesem ganzen Bockmist glaub ich gar nichts, basta.« Er tupfte sich die Brauen vorsichtig mit einem Taschentuch ab, um sein Make-up nicht zu verschmieren. »Die *Washington Post* wollte wissen, welchen Standpunkt die Regierung einnimmt, wenn Aliens zu Verhandlungen einfliegen.«

»Hat sie das wirklich gefragt?« O'Reilly schien verblüfft.

»Alle möglichen Professoren sagen, es sei an der Zeit, die Existenz anderer Lebensformen im All anzuerkennen. Und die Bibeltreuen drehen völlig durch – von denen haben sich mindestens tausend gegenüber im Lafayette Park versammelt, halten Spruchbänder hoch und schwingen Reden über die unmittelbar bevorstehende Ankunft des Antichrist.«

»Steht es so schlimm?«

»Es steht so schlimm.« Die Miene des Präsidenten verzog sich zu einer Grimasse. »Ich hab alles für meine politische Karriere geopfert. Und jetzt bin *ich* es, der draußen im Garten die Aliens begrüßen muss.«

»Das ist nur wieder eine Verschwörung von ganz rechts«, versicherte O'Reilly.

Das Telefon klingelte. General de Laurio schnappte es

sich, brummte ein, zwei Mal, hörte eine Minute zu und legte den Hörer dann sorgfältig auf die Gabel.

Er schüttelte den Kopf und rieb sich die Augen. »Gut. Endlich wissen wir, was los ist.« Der Präsident und der Stabschef des Weißen Hauses sahen ihn mit offenem Mund an.

»Es ist nur eine fliegende Untertasse unterwegs«, erklärte Bomber Joe. »Ein Vermessungstrupp hat sie in der Sahara aus einer Sandsteinklippe gebohrt. Das Ding steckte seit Altvater Noahs Zeiten im Fels. Jetzt fliegen eine frühere Testpilotin der Air Force und ein Landvermesser damit rum.«

Der Präsident war entsetzt. »Ach du meine Güte!«, stöhnte er.

»Das ist keine Invasion aus dem All«, fuhr Bomber Joe fort, wählte seine Worte sorgfältig und forschte im aufgelösten Gesicht des Präsidenten, ob sie ihn überhaupt erreichten. »Es gibt keine Flotte von Raumschiffen. Wir haben es nicht mit Aliens zu tun, die das Universum erobern wollen. Von Androiden, die Menschenfleisch fressen, kann keine Rede sein. Die apokalyptische Schlacht von Armageddon fällt aus. Die ganze Krise wurde von zwei Schwachköpfen verursacht, die in einem runden Flugkörper durch die Gegend düsen und den Leuten eine Heidenangst einjagen.«

»Wer sagt das? Von wem haben Sie das?«, wollte O'Reilly wissen.

»Das Außenministerium hat jemanden ins Gefängnis von Tripolis geschickt, wo das UFO-Team eingesperrt ist. Das Team ist in der Wüste auf die Untertasse gestoßen und hat sie sogar betreten. Die Testpilotin gehörte zum

Team. Als die Libyer aufgetaucht sind, hat sie sich im Durcheinander mit einem Landvermesser ins Raumschiff geschlichen und ist weggeflogen.«

»So ein verflixtes Pech …«, sagte der Präsident, stierte auf seine Hände und sank in den Sessel zurück. »Warum muss das ausgerechnet mir passieren? Ich hab der *Washington Post* gerade gesagt, die Aliens würden wie jede andere ausländische Delegation empfangen! Man wird mich als Spottgestalt aus dem Weißen Haus jagen.«

»Ich brauch was zu essen«, sagte Bomber Joe, stand auf und marschierte aus dem Büro, ehe ihm jemand befehlen konnte zu bleiben.

Beim Zahnarzt fanden Egg und Rip die Zeitschrift mit dem Artikel über Hedrick. Die Sprechstundenhilfe telefonierte gerade und nickte nur zu Eggs fragender Geste, ob sie das Magazin behalten dürften. Die drei Patienten im Wartezimmer sahen auf die Mattscheibe, wo das Auftauchen der Untertasse über dem Baseballstadion immer wieder gezeigt und aus dem Off von Experten erschöpfend kommentiert wurde.

Also nahmen die Cantrells die Zeitschrift und gingen. In der Drogerie gegenüber kaufte Rip sich eine Zahnbürste und einen Nassrasierer und tat beides in Eggs Koffer. Nach dem Besuch der Bank bog Egg am Stadtrand auf eine Tankstelle und hielt neben der Telefonzelle.

Etwas später hatte Rip seinen Flug von St. Louis über Los Angeles nach Sydney. Ohne Rückfahrkarte.

»Schaffst du's bis mittags um zwölf nach St. Louis, Onkel Egg?«

»Spring rein. Nichts wie los.«

»General, die Untertasse kommt aus der Umlaufbahn zurück«, meldete eine selbstgefällige Stimme am Telefon. »Das Weltraumkommando verfolgt sie auf dem Radarschirm. Sie hält Kurs auf Australien.«

De Laurio nahm eine Gabel und stach damit ein paarmal auf die Tischplatte. »Gut«, sagte er nach kurzem Überlegen. »Rufen Sie das Außenministerium und das Weiße Haus an und melden Sie das den diensthabenden Beamten. Vielleicht können die Australier die Besatzung verhaften, bevor die beiden alle Leute zwischen Perth und Sydney in Panik versetzen.«

»Sir, unsere Streitkräfte sind weltweit noch immer in höchster Alarmbereitschaft. Wie steht's damit?«

»Das sollen die Politiker entscheiden. Ein bisschen Drill schadet den Soldaten nicht. Aber auf keinen Fall darf ohne ausdrücklichen Befehl des Generalstabs auf irgendwen oder irgendwas geschossen werden. Verstanden?«

»Jawohl, Sir.«

Bomber Joe legte auf und machte sich über sein Frühstück her.

Egg und sein Neffe waren eine Stunde auf der Autobahn, da sagte Rip: »Du überzeugst dich doch davon, dass Mom wohlauf ist, oder? Wenn diese Mistkerle sich noch auf ihrer Farm rumtreiben, ruf die Polizei. Die Beamten sollen gefälligst nach dem Rechten sehen.«

»Klar, Rip. Mach dir keine Sorgen um deine Mutter. Hedrick hat bekommen, was er wollte. Der hat seine Hunde zurückgepfiffen.«

»Er wird an der Untertasse keine Freude haben.«

»Gut möglich, dass du sie Hedrick nicht abnehmen

kannst, Junge. Er ist unverschämt reich, besitzt eine Privatarmee und hat Australien und sämtliche Politiker dort in der Tasche.«

»Das weiß ich, Onkel. Ich werd's trotzdem versuchen. Aber eigentlich bin ich ja hinter der Frau her – ich werde Australien nicht ohne Charley verlassen.«

Egg lächelte.

Charley Pine fand Hedricks Rinderfarm problemlos, obwohl in Australien tiefe Nacht war. Sie hielt sich westlich von Sydneys Lichtermeer, bis sie die beleuchtete Einflugschneise seines Privatflughafens entdeckte. Dort war Hedrick schon oft mit seiner Boeing gelandet und stand deshalb jetzt neben Charley, sah aus der Kanzel und gab ihr ein paar allgemeine Hinweise.

Das Zentrum der Ranch war ein ausgedehnter Komplex in der Nähe der Piste.

»Landen Sie vor dem Hangar«, befahl Hedrick. »Wir schaffen die Untertasse gleich rein.«

Charley tat, wie ihr geheißen.

Kaum war das Raumschiff am Boden, versammelte sich eine Menschenmenge. Charley öffnete für Hedrick die Luke. »Fliegen Sie das Ding in die Halle«, sagte er vor dem Rausklettern zu ihr. Dann rief er Rigby, sah ihn kurz an, wies mit dem Kopf auf Charley und verschwand nach draußen.

Rigby grinste breit. »Ab ins Cockpit. Ich stell mich direkt hinter dich. Eine falsche Bewegung, und ich brech dir das Genick wie einen morschen Ast.«

»Auf einen echten Kerl wie dich hab ich mein Leben lang gewartet.«

»Du bist aber auch wirklich zum Anbeißen.«

Damit pflanzte Rigby sich unmittelbar hinter ihr auf, und sie konnte seinen Atem riechen. Als sie nach dem Steuerknüppel langte, um die Untertasse vom Boden schweben zu lassen, legte er ihr die Hände um den Hals.

»Lass mich los, du Widerling.«

Tatsächlich ließ er von ihr ab, doch seine Hände blieben bei ihren Schultern. »Gib kräftig Gas«, flüsterte er mit Nachdruck. »Na los. Ich möchte erleben, wie du mit gebrochenem Genick fliegst.«

Charley ließ die Untertasse in den dunklen Hangar schweben und setzte sie wieder ab.

Dann schaltete sie den Reaktor aus und kletterte vom Sitz. Die Luke war offen geblieben, und sie sprang raus.

Hedrick telefonierte per Handy und winkte einem Mann, der Charley daraufhin aufforderte, ihn zu begleiten. Sie stiegen in einen Golfwagen und fuhren die knapp fünfhundert Meter zum Hauptgebäude, das die Dimensionen eines großen Hotels hatte. Nachdem sie durch endlose Flure gegangen waren, in denen sich so viele Kunstwerke befanden, dass man ein mittleres Museum damit hätte bestücken können, wurde Charley in einem Zimmer ohne Telefon eingesperrt.

Da erst begann sie zu zittern. Nach einer Minute hatte es sich wieder gegeben, doch Charley war völlig erschöpft. Sie stand im zweiten Stock am Fenster und blickte lange auf den beleuchteten Hangar. Schließlich legte sie sich hin.

Nach dem Frühstück kehrte Bomber Joe ins Weiße Haus zurück. Gut, dass ich noch mal hergekommen bin, dachte er, denn so bekam er das Gespräch des Präsidenten mit dem australischen Premierminister mit, das ihn herzlich amüsierte, obwohl er sich das mit keiner Miene anmerken ließ.

»Herr Premierminister, Sie verstehen mich nicht«, sagte der Präsident ins Telefon. »Wir bitten Sie nicht, diese Leute zu verhaften, auf keinen Fall, Sir. Wir möchten bloß, dass sie zur Vernehmung festgehalten werden …«

Der Präsident schwieg eine Weile in den Hörer und sah dabei sehr verdrossen drein. »Ja, Sir, wir sind sicher, dass sich die Untertasse in Australien befindet … Unsere Überwachungssatelliten haben den Weg des Raumschiffs aus der Erdumlaufbahn bis in den Großraum Sydney verfolgt. Dort haben wir seine Spur verloren.«

Er runzelte die Stirn.

»Es ist bestimmt dasselbe Raumschiff … Das versichere ich Ihnen. Wir haben es vom Start in Missouri bis zur Landung in Australien lückenlos auf dem Schirm gehabt … Ja, zugegeben, nur bis in den Großraum Sydney … Nein, mit ›Landung‹ hab ich mich falsch ausgedrückt. Helfen Sie uns?«

Der Präsident schwieg fast eine Minute, bevor er wieder etwas sagte: »Die Vereinigten Staaten unterhalten umfangreiche militärische, kulturelle und wirtschaftliche Beziehungen zu Australien. Unsere Länder sind Verbündete. Warum sind Sie bloß so verstockt?«

Die Verabschiedung war von beiden Seiten kurz und frostig. Der Präsident pfefferte den Hörer auf die Gabel und sah die Anwesenden – die Außenministerin, O'Reilly, Bomber Joe und einige Berater – finster an.

»Die wollen nichts unternehmen, solange die Besatzung der Untertasse nicht gegen australische Gesetze verstößt – gar nichts!«

»*Was?*«, rief O'Reilly in heller Wut. »Das kann der Premier doch nicht machen!«

»Hat er aber gerade. Er hat gesagt, da gehe es auch um andere Fragen, um Fragen der Souveränität seines Landes. Und dass er vom Präsidenten der USA keine Weisungen annehme. Er hat vorgeschlagen, der amerikanische Botschafter solle während der Bürozeiten eine diplomatische Note abgeben, die unser Ansuchen und dessen Begründung ausführlich darlegt. Man werde dann darüber beraten, hat er gemeint.«

»Der hat Sie abblitzen lassen«, erklärte O'Reilly, offensichtlich schockiert.

»Da hat noch jemand die Hände im Spiel«, sagte die Außenministerin in Unheil verkündendem Ton.

»Was für ein Tag! Ich weiß nicht, wie es Ihnen geht, aber ich brauch einen Drink«, meinte der Präsident und klingelte nach einer Bedienung, obwohl die Wanduhr erst elf Uhr vormittags zeigte.

Am späten Nachmittag kreiste ein großer Hubschrauber der US Air Force langsam über Egg Cantrells Farm, flog an das verbrannte Gras auf der Piste heran, schwebte kurze Zeit knapp darüber und landete schließlich weich. Drei Männer sprangen aus dem Helikopter.

Sie untersuchten die Brandspuren auf der Startbahn und trennten sich dann. Ein Mann stieg zum Haus hoch und klopfte an die Tür, der zweite ging zum Hangar und spähte durch die Scheiben, der dritte inspizierte die übrigen Gebäude auf Eggs Grundstück.

Der Pilot blieb im Hubschrauber und ließ die Rotoren laufen.

Zwölf Minuten nach der Landung stiegen die drei Männer wieder in den Helikopter und flogen weg. Einer von ihnen ging ans Funkgerät und meldete: »Das Ding ist wahrscheinlich hier gewesen. Der Hangar ist groß genug. Da stehen zwar jede Menge Gerümpel und alte Sachen drin, aber der Platz reicht. Auf dem Gelände ist niemand.«

Der Mann bekam Antwort und winkte dem Piloten, er solle weiterfliegen.

Rip Cantrell saß auf dem Flughafen von Los Angeles in einer Cafeteria der Wartezone für Auslandsflüge, schlug Zeit tot und nippte an einer Cola, als auf dem Fernseher, der oben in der Ecke angebracht war, Professor Soldi erschien. Seit Rip sich vor einer Stunde ins Café gesetzt hatte, war die ganze Zeit über die Untertasse berichtet worden. Nur ein paar Leute achteten darauf.

Dann aber legte Soldi los und erzählte vom Raumschiff. »Es ist sehr alt, etwa hundertvierzigtausend Jahre. Wir haben es aus dem Sandstein gebohrt.« Ein paar seiner Fotos kamen ins Bild. Soldi erklärte, was die Aufnahmen genau darstellten.

»Was ist dann passiert?«, fragte der Reporter.

»Um es kurz zu machen – eine frühere Testpilotin der Air Force namens Charlotte Pine und ein Landvermesser namens Rip Cantrell haben die Untertasse weggeflogen.« Dann erklärte Soldi ein paar Minuten lang, wie es dazu gekommen war, und beschrieb den Start des Raumschiffs.

Inzwischen sahen alle Leute in der Cafeteria gespannt auf den Bildschirm, Rip natürlich auch.

»Wie Sie wissen«, fuhr der Professor fort, »wurde ich nach dem Abflug der Untertasse drei Tage von der libyschen Regierung gefangen gehalten. Wir sind erst vor ein paar Stunden auf freien Fuß gesetzt und zum Flughafen von Tripolis gebracht worden, wo wir in ein Flugzeug nach Rom gestiegen sind. Alle, die mit mir gefangen waren, fliegen gerade weiter in die USA, aber mir liegt daran, die Neuigkeiten so schnell wie möglich zu verbreiten. Darum bin ich hier in Rom geblieben und habe die Presse informiert.«

Sie redeten noch ein wenig über das Raumschiff, wie es funktioniert und wie es entdeckt wurde.

»Sagen Sie, Professor«, fragte der Reporter dann, »woher stammt die Untertasse?«

»Ganz offensichtlich nicht von der Erde«, antwortete Soldi. »Es scheint sich um eine Raumfähre zu handeln, die Leute und Material aus dem Orbit auf die Erde und wieder in den Orbit bringen sollte. Anscheinend wurde die Raumfähre dort, wo wir sie gefunden haben, zurückgelassen, und zwar vor sehr langer Zeit.«

»Wer hat sie zurückgelassen?«

»Tja«, sagte der Professor, »wenn wir das wüssten! Ich nehme an, eine sorgfältige Untersuchung der Untertasse – und damit meine ich eine gründliche und umfassende Analyse jeder Schraube und jeder Mutter, jedes Quadratmillimeters und jedes Geräts an Bord – würde einige Antworten liefern.«

»Haben Sie eine Theorie, wie das Raumschiff auf die Erde gekommen ist?«

»Mehr als eine. Aber alle darzulegen, würde die Sendezeit sprengen.«

»Bitte erzählen Sie uns, welche Theorie Sie für die wahrscheinlichste halten.«

»Dass die Untertasse von Menschen gebaut wurde.«

»Sie meinen – von Menschen wie Ihnen und mir?«

»Ich meine – von unseren Vorfahren.«

Ein Raunen lief durch die Menge, die sich inzwischen hinter Rip gesammelt hatte, um zuzuschauen. Er blickte sich um und sah Weiße, Schwarze, Latinos, Asiaten und auch manche, die er nicht so einfach zuordnen konnte. Alle hörten Professor Soldi aufmerksam zu.

»Zivilisationen entstehen nicht einfach so«, erklärte der Professor. »Die Jäger und Sammler-Völker der Steinzeit sind am einen Ende der Entwicklung angesiedelt, unsere Gesellschaft ein wenig weiter am anderen Ende. Wenn Sie so wollen, erfordert jedes technologische Niveau oberhalb der steinzeitlichen Jäger und Sammler einen neuen Organisationsgrad der Gesellschaft. Dabei kommt es grundsätzlich zu immer stärkerer Ausdifferenzierung. Das Industriezeitalter benötigte Millionen Arbeiter und Konsumenten. Die postindustrielle Epoche erforderte eine noch höhere Spezialisierung, die noch mehr Menschen in den Kreislauf von Produktion und Verbrauch integrierte. Jetzt treten wir ins Zeitalter der Globalisierung, in dem – wie ich hoffe – die intellektuellen Fähigkeiten, die Begabungen und das handwerkliche Geschick von Menschen auf dem ganzen Erdball in weltumspannenden Konzernen verschmolzen und weitere technische Fortschritte gemacht werden. Es ist unsere Bestimmung …« Soldi wurde langsam kurzatmig, »… das technologische Niveau zu erreichen, das den Bau dieser Untertasse ermöglicht hat.«

»Ich glaube, ich verstehe, was Sie meinen«, warf der Reporter ein.

»Die Voraussetzungen des technologischen Fortschritts, über die wir hier sprechen, sind streng, ja gesetzmäßig. Da jedes höhere Fortschrittsniveau das Zusammenarbeiten von immer mehr Menschen und eine entsprechend feiner ausdifferenzierte Gesellschaft erfordert, folgt daraus, dass die technologische Entwicklung ohne hochgradige Arbeitsteilung, also ohne Spezialisten, nicht vorankommen kann.«

»Weiter«, ermunterte der Reporter.

»Eine Gesellschaft, die eine solche Untertasse bauen und in ein Raumschiff stecken kann, das ganze Sonnensysteme und die unendlichen Weiten zwischen den Galaxien durchquert, kann seine hochkomplexe Zivilisation nicht einfach exportieren, *es sei denn, die ganze Bevölkerung oder ein Großteil davon macht sich auf die Wanderschaft*. Die wenigen Menschen aber, die die Reise zur Erde antraten, mussten – kaum auf dem Planeten angekommen, den sie kolonisieren wollten – auf das technologische Niveau zurückfallen, das sie als Kleingruppe aufrechterhalten konnten.«

»Das heißt, wenn mit der Untertasse Siedler kamen, wurden sie zu Jägern und Sammlern, um zu überleben?«

»Genau«, erklärte Professor Soldi. »Raumschiffe, Computer, Werkzeug, Waffen, Laser, hoch entwickelte medizinische Geräte, Bücher, ein Ausbildungssystem – das alles haben die Kolonisten verloren. Es gab einfach nicht genug Menschen, um etwas davon in Stand zu halten oder herzustellen. Die verlassene Untertasse wurde irgendwann mit Sand zugeweht, während die Menschen in Höhlen lebten, aus Steinen Werkzeuge zu machen begannen und sich von rohem Fleisch ernährten. Ihre Vergangenheit lebte nur noch in Legenden und Mythen weiter. Und im Laufe von Generationen waren diese Überlieferungen schließlich nicht wiederzuerkennen und hatten sich von den historischen Tatsachen völlig gelöst. Die Vergangenheit war verloren – genau wie zuvor das Raumschiff.«

»Das heißt … die, die das Raumschiff hergeflogen haben, sind … wir?«

»Ich glaube, die genaue Untersuchung der Untertasse wird letzten Endes genau das ergeben.«

Neun FBI-Agenten – sieben Männer und zwei Frauen – warteten auf Egg Cantrell, als er in seine Einfahrt bog. Sie waren in drei Autos gekommen. Egg stieg aus seinem Pick-up und fragte den Agenten, der am nächsten stand: »Haben Sie das Schloss an meinem Tor geknackt?«

»Äh – als wir ankamen, stand das Tor offen, Sir. Ich hab kein Schloss gesehen. Wir sind einfach reingefahren.«

»Na prima! Und was wollen Sie?«

»Wir müssen miteinander reden, Mr. Cantrell. Wir wollen wissen, was heute hier los war.«

Egg musterte seine Besucher und fällte eine rasche Entscheidung. Wenn er ihnen erzählte, was er wusste, würden sie schließlich verschwinden. Wenn er es nicht täte, würde er sich vermutlich in Schutzhaft wiederfinden, bis er doch redete.

»Kommen Sie ruhig alle rein. Ich mach uns eine Kanne Kaffee oder zwei.«

Es war nach Mitternacht, als die FBI-Leute aufbrachen. Egg ging auf die Veranda und sah zu, wie alle neun Agenten in ihre Autos stiegen und wegfuhren. Grillen zirpten, und zwischen den Bäumen trieb heller Nebel, durch den die Mondsichel nur gerade eben zu erkennen war.

Als er die Wagen nicht mehr hören konnte, ging Egg zum Hangar runter, sperrte das Vorhängeschloss auf und machte drinnen Licht. Vor einer Stunde hatte er die Agenten hierher geführt, und sie hatten die Halle oberflächlich abgesucht. Der Leiter der Gruppe hatte Egg gebeten, alles auf den Kopf stellen zu dürfen, doch der hatte abgelehnt.

Nun ging Egg zu einem großen, verstaubten Schrank hinten in einer Ecke. Dieser hatte unten Holz-, oben Glastüren und war die Zier eines Eisenwarengeschäfts in einer achtzig Kilometer entfernten Kleinstadt gewesen. Egg hatte ihn auf einer Auktion ersteigert, als der Laden nach der Eröffnung eines Wal-Marts geschlossen worden war. Fortschritt …

Egg öffnete die Tür unten rechts und nahm ein paar alte Schilder aus Emaille heraus. Dahinter befand sich ein gepolstertes Laptop-Etui. Er zog es aus dem Schrank, stellte die Schilder wieder an ihren Platz, trug das Etui ins Licht, legte es vorsichtig auf den Boden und machte den Reißverschluss auf.

Der Computer aus der Untertasse war unbeschädigt – genau, wie er ihn in den Schrank getan hatte. Egg Cantrell zog den Reißverschluss wieder zu, schaltete die Hangarbeleuchtung aus und schloss die Tür hinter sich ab.

13

Charley Pine fand in ihrer ersten Nacht in Australien kaum Schlaf. Damit hatte sie schon gerechnet, denn sie hatte die Zeitzonen so oft gewechselt, dass sie sich seit Tagen angespannt und müde zugleich fühlte. Nach einer langen, heißen Dusche versuchte sie, zur Ruhe zu kommen.

Als das nicht klappte, nahm sie ein Buch aus dem Regal und erwartete damit den Morgen. Doch sie konnte sich nicht aufs Lesen konzentrieren – ihr Bewusstsein wollte sich einfach nicht von der aktuellen Lage ablenken lassen.

Sie hatte die Untertasse für Hedrick geflogen, weil sie seine Drohungen ernst nahm. Seit sie ihn in Eggs Haus beobachtet hatte, als Rigby über Rip hergefallen war, glaubte sie, Hedrick werde über Leichen gehen, um zu bekommen, was er wollte.

Wenn sich aber eine Gelegenheit böte, würde sie in die Untertasse klettern und wegfliegen. Sollten doch andere Hedrick und seinen Gorillas das Handwerk legen! Natürlich würde der ihr nicht willentlich eine Gelegenheit zur Flucht geben. Aber vielleicht konnte sie sich eine Möglichkeit verschaffen …

Ganz langsam ging die Nacht zu Ende, im Osten graute der Morgen, und schließlich tauchte die Sonne am Horizont auf.

Charley stand fertig angezogen am Fenster, als es an der Tür klopfte. Sie machte auf und Rigby stand vor ihr.

»Er will mit dir reden.«

Sie trat auf den Flur, zog die Tür hinter sich zu und ging

Rigby voraus. Ihr war intuitiv klar, dass er nicht der Typ war, andere in seinem Rücken zu dulden.

Er folgte ihr zum Fahrstuhl, der sie ins oberste Stockwerk brachte, in die vierte Etage.

Hedrick hatte ein großes Büro mit Panoramafenstern in alle Himmelsrichtungen, die sich wie Verandatüren öffnen ließen und auf einen Dachgarten führten, der sich über die ganze Fläche des Hauses erstreckte. Trotz der Größe der Anlage dachte Charley dabei an die Dachbalkone der Walfängerhäuser auf der Insel Nantucket, auf denen die Frauen der Seeleute nach den heimkehrenden Schiffen ihrer Männer Ausschau hielten. Weil viele Fischer auf See blieben, hießen diese Balkone auch Witwenlaufställe.

Roger Hedrick saß hinter seinem Schreibtisch und stand nicht auf, als Charley eintrat. Sie setzte sich auf einen der Stühle, die dem Tisch gegenüberstanden.

»Ich seh dich beim Frühstück«, sagte Hedrick zu Rigby, und der verschwand über die Treppe beim Fahrstuhl.

Hedrick hatte Charisma – etwas Elektrisierendes. Charley glaubte zu spüren, dass sich ihr die Härchen auf den Armen sträubten.

»Willkommen in meinem luftigen Atrium«, begann Hedrick im Plauderton und wies auf sein in Leichtbauweise errichtetes Büro. »Wie ich Ihnen gestern gesagt habe, werde ich Sie für jeden Tag bezahlen – egal, ob Sie fliegen oder nicht.«

»Damit das Ganze nicht als Entführung gilt, was?«

Er schien sie zu mustern, um schlau aus ihr zu werden. Charley fragte sich, was er denken mochte.

Dann sagte er einfach: »Es ist mir egal, wie Sie Ihre

Lage bezeichnen, Miss Pine. Ich versuche nur, Ihnen die paar Tage hier so angenehm wie möglich zu machen. Ich will, dass Sie mit mir zusammenarbeiten, und das schaffe ich auch.«

Er schien durch ihre Augen in ihre Seele zu schauen.

»Sie werden die Untertasse fliegen, wann und wohin ich will, um sie ein paar Leuten vorzuführen, die ich zu einer Besichtigung eingeladen habe. Wenn Sie sich weigern, wenn Sie sich Ihrem Arbeitgeber nicht vollkommen loyal erweisen, übe ich auf Ihre Familie in den Vereinigten Staaten Druck aus. Wir können es einrichten, dass Sie Ihren Vater oder Ihre Mutter am Telefon haben, wenn denen gerade jemand die Finger bricht. Oder die Arme. Die Beine? Die Wirbelsäule?? ... Da haben Sie freie Wahl, Miss Pine – wir richten uns ganz nach Ihnen.«

»Sie sind ja *krank!*«

»Vielleicht möchten Sie hören, wie Ihre Schwester vergewaltigt wird?«

»Perverses Schwein!«, fauchte Charley und schlug unwillkürlich die Augen nieder, um seinem Blick auszuweichen.

Als sie ihn wieder ansah, lächelte Roger Hedrick. Es war ein böses, grausames Lächeln. Dann beherrschte er sich.

»Nehmen Sie's nicht persönlich, Miss Pine«, sagte er knapp. »Hier geht's ums Geschäft – so einfach ist das. Es steht sehr viel Geld auf dem Spiel. Eine junge Frau, die der Vernunft nicht gehorchen will, bekommt hier keine Gelegenheit, den Fortschritt zu behindern. *Die Entwicklung ist nicht aufzuhalten* – haben Sie das kapiert?«

Sie zwang sich, seinem Blick standzuhalten.

»Ich hoffe sehr, dass Sie das begreifen, Miss Pine. Zu *Ihrem* Besten.«

Hedrick stand auf und kam um den Schreibtisch herum. Auch Charley erhob sich, damit er ihr nicht nahe kam.

»Und jetzt frühstücken wir.«

Er langte nach ihrem Arm, und sie unterdrückte den Impuls zurückzuzucken.

»Vielleicht möchten Sie sich danach meine Rinderfarm ansehen? Natürlich nicht aus der Luft.«

Er führte sie aalglatt zum Fahrstuhl, und sie fuhren schweigend abwärts. Seine Miene war vollkommen ruhig, als habe die Unterhaltung eben gar nicht stattgefunden.

»Ich sorge dafür, dass jemand Sie begleitet«, meinte Hedrick locker. »Sie werden Australien mögen, da bin ich mir sicher. Wie die meisten.«

Das Esszimmer im Erdgeschoss war ein Saal mit zehn Tischen für je vier Personen. Drei waren besetzt. Hedrick dirigierte Charley zu einem Tisch, an dem eine atemberaubend schöne, junge Blondine saß. Und daneben Rigby. Charley musste sich zwingen, das Mädchen nicht anzustarren.

»Ah, Bernice«, meinte Hedrick. »Ich möchte dir Charley Pine vorstellen, unsere amerikanische Pilotin. Sie fliegt die Untertasse.«

Bernice schenkte Charley ein blendendes Lächeln. Dann gab sie Hedrick einen Kuss auf die Wange, und er tätschelte sie. Charley setzte sich neben Bernice.

»Rigby kennen Sie natürlich.«

»Mit dem Arschloch hatte ich bereits das Vergnügen«, bemerkte Charley.

Bernice zuckte nicht mit der Wimper. Die Art Bräute kenn ich, dachte Charley und schrieb die Blondine ab. Rigby trank seinen Kaffee so ungerührt, als wäre Charley gar nicht da.

Ohne die Stimme zu verändern, fuhr Hedrick im Plauderton fort: »Für alle ist das Leben viel angenehmer, wenn gewisse Umgangsformen gewahrt werden, Miss Pine – das gilt auch für Sie.« Ihre Stellung war offensichtlich für niemanden am Tisch ein Geheimnis.

Ein Kellner kam, um ihre Wünsche aufzunehmen. Nachdem er gegangen war, meinte Hedrick zu Bernice: »Ich hab mir gedacht, du und Rigby, ihr könntet Miss Pine heute Vormittag die Ranch zeigen. Das würde ihr gefallen, hat sie gesagt.«

Bernice legte die Hand auf Hedricks Arm. »Nur zu gern«, meinte sie lächelnd und zeigte dabei ihre makellosen Zähne.

»Haben wir nicht fabelhaftes Wetter?«, sagte Hedrick und leitete damit zu unverfänglichen Gesprächsthemen über.

Nach dem Frühstück sagte Bernice zu Charley: »Kommen Sie, wir holen ein Auto aus der Garage.«

Ehe Charley antworten konnte, warf Hedrick ihr einen eisigen Blick zu. »Sie haben die Wahl – entweder Sie geben mir Ihr Wort, dass Sie nicht versuchen zu fliehen, oder wir schließen Sie wieder in Ihr Zimmer ein. Also?«

Sie blickte ihm fest in die Augen. Dieser Mann würde Killer auf ihre Familie hetzen, um Charley dazu zu bringen, die Untertasse zu fliegen, und nicht, um seinem verletzten Ego zu schmeicheln, denn damit war kein Profit zu machen – und Profit war das Einzige, was für Roger Hedrick zählte.

Die Rinderfarm war garantiert bewacht. Selbst wenn es ihr gelänge, ein Auto zu stehlen und in die nächste Stadt zu kommen – was hätte sie davon? Mit seinen Milliarden konnte Hedrick sich bestimmt jede Menge Unterstützung der Polizei vor Ort und der Lokalpolitiker erkaufen.

Und schließlich war da immer noch die Untertasse. Wenn sie die zurückließe, würde Hedrick sie umgehend in irgendeiner Weise zu Geld machen. In Charleys Herz breitete sich die durch nichts zu erschütternde Gewissheit aus, dass sie ihm das Raumschiff nicht überlassen wollte.

»Ich verschwinde nirgendwohin«, sagte sie so gelassen wie möglich.

»Wenn sie versucht abzuhauen, Rigby, kannst du mit ihr machen, was du willst. Nur umbringen darfst du sie nicht.«

Rigby grinste.

Roger Hedrick warf seine Serviette auf den Teller und stand unvermittelt auf. Beim Weggehen zog er ein Handy aus der Tasche und tippte eine Nummer ein.

Bernice saß am Steuer des Landrovers, Charley links neben ihr auf dem Beifahrersitz. Als die beiden Frauen das Esszimmer verlassen hatten, war Rigby am Frühstückstisch geblieben. Sollte er ihnen doch noch gefolgt sein, hatte Charley das nicht mitbekommen. Sie hielt gar nicht erst nach ihm Ausschau.

Stattdessen zwang sie sich, die Umgebung zu mustern und Beobachtungen anzustellen. Wenn die Zeit zum Handeln käme, wollte sie vorbereitet sein. Und dafür musste sie wissen, wo der Feind stand und wie er zu bekämpfen war.

Bernice hatte zuerst wenig gesagt, begann aber auf der Fahrt, ihr die Ranch zu erklären und von Tausenden von Rindern, von Jackeroos (den australischen Cowboys), Flugzeugen und den Gebäuden ringsum zu erzählen. Charley sog alles auf, ohne Fragen zu stellen. Wenn eine Antwort fällig schien, brummte sie nur.

Schließlich fing Bernice an, über sich zu reden. Sie sei Engländerin, Fotomodell. Vor ein paar Jahren habe sie »Roger« zufällig auf einer Modenschau in London kennen gelernt. Sie sprach darüber, wie sie mit ihm um die Welt jette, nach Paris, Monte Carlo, Rom, Kopenhagen, Los Angeles, Chicago, New York – wohin auch immer es sie auf Geschäfts- oder Vergnügungsreisen verschlage. Das eine Wochenende in St. Moritz Ski zu fahren, das nächste schon an der Copacabana am Strand zu liegen – das alles sei so traumhaft.

Nachdem Charley sich das eine Viertelstunde angehört hatte, reichte es ihr. »Hört sich an, als wären Sie gekauft und würden ausgehalten«, meinte sie.

Bernice war nicht beleidigt, widersprach nicht, tat auch nicht so, als habe Charley nichts gesagt. Roger hatte ihr befohlen, dieser amerikanischen Pilotin die Gegend zu zeigen – also machte sie das, egal, was Charley redete. Sie holte tief Luft und meinte dann: »Muss ja *das* Abenteuer sein, mit einer fliegenden Untertasse rumzuheizen.«

Diese Bemerkung kommentierte Charley nur mit einem weiteren Brummen.

»Wir müssen versuchen, miteinander auszukommen«, meinte Bernice leicht gereizt.

»Warum?«

»Weil *Roger* das will.« Bernice war ein bisschen entsetzt, dass Charley etwas so Offensichtliches nicht klar war. »Roger ist Roger. Er ist überaus clever und hat Berge von Geld verdient. Er setzt sich extrem unter Druck. Im Innersten aber ist er ein großzügiger, warmherziger Mensch. Jeder mag ihn einfach.«

»Sie sind eigentlich auch kein schlechter Mensch, was?«, meinte Charley, und tätschelte Bernice den Arm.

An Bord einer bis auf den letzten Platz ausgebuchten Boeing 747 mit Kurs auf Australien war Rip Cantrell drauf und dran zu wünschen, die Brüder Wright hätten sich aufs Fahrradgeschäft konzentriert, statt die ersten Flugzeuge zu bauen. Mit fast fünfhundert zappelnden, schlafenden, furzenden, schnarchenden Menschen auf engstem Raum zusammengepfercht zu sein, war wirklich kein Vergnügen.

Rip schaffte es, drei Paar Beine zu übersteigen und in einen Gang zu kommen. Dann begab er sich in den hinteren Teil der Maschine, wo sich beim Notausgang eine winzige freie Fläche befand. Dort blieb er stehen, reckte sich, sah durch ein kleines Bullauge in die Dunkelheit und hörte dem Summen der Motoren zu. Das Flugzeug war vor sechs Stunden in Los Angeles gestartet und flog nach Südwesten. Nach einem langen Sonnenuntergang war es inzwischen dunkel. Die Passagiere waren abgespeist und mit einem Film ruhig gestellt worden; die meisten waren mittlerweile am Schlafen.

Rip beugte sich runter, um durchs Fenster neben dem Notausgang zu sehen. Rabenschwarz – nichts zu erkennen. Anscheinend war der Himmel dicht bewölkt.

Er konnte nicht aufhören, an die Untertasse und an Charley Pine zu denken.

Irgendwie war beides so eng miteinander verbunden, dass es ihm stets als Einheit in den Sinn kam.

Er zog die Zeitschrift aus der Tasche, las zum x-ten Mal den Artikel über Roger Hedrick und sah sich die Fotos sorgfältig an.

Schließlich faltete er die Illustrierte zusammen und schob sie wieder in seine Jeans.

Dann betrachtete er sein Spiegelbild im Fenster. Dieses Gesicht hatte Charley gesehen, als sie ihn geküsst hatte.

Als er sich aufrichtete, lächelte er.

Die Nachricht, dass in Missouri eine F-16 der Nationalgarde am Vortag zwei Sidewinder-Raketen auf eine fliegende Untertasse abgefeuert hatte, ging als Schlagzeile um die Welt. Zwar wollte das Pentagon diese Information geheim halten, doch jemand aus Missouri hatte seine Lokalzeitung alarmiert. Der Rest ist Geschichte, wie man so sagt.

Der Apotheker Raymond Stockert wurde zu Hause und an seinem Arbeitsplatz von einer Journalistenmeute belagert, und sein Chef gab ihm schließlich frei, um an diesem Tag überhaupt noch etwas verkaufen zu können.

Das Weiße Haus war gezwungen zuzugeben, der Präsident habe die Streitkräfte angewiesen, über dem gesamten Luftraum der Vereinigten Staaten Patrouille zu fliegen und jede Untertasse abzuschießen. Diese Enthüllung entfachte im Kapitol eine hitzige Debatte. Einmal mehr stand das Weiße Haus unter Beschuss.

Der Präsident bereute seinen Befehl nicht und donnerte seine Berater hinter verschlossenen Türen an: »Natürlich hab ich den Abschuss angeordnet! Und ich würd's wieder tun! Das Volk hat mich gewählt, um den American Way of Life zu schützen, und genau das werde ich.«

»Aber Mr. President – es ist doch nur *eine* Untertasse unterwegs, und die wird von zwei Amerikanern geflogen. Die sind bestimmt ...«

»Von diesem Unsinn glaub ich kein Wort. *Eine* Untertasse? Obwohl es in den letzten Tagen zig UFO-Sichtungen gab? Die verdammten Aliens reiten eine Desinformations-Kampagne, aber mich können sie nicht zum Narren halten!«

»Sir, mal rein hypothetisch – könnten wir die Möglichkeit nicht wenigstens erwägen, dass sich da draußen ... keine Aliens rumtreiben?«

»Wenn das stimmt, ist die ganze Untertassen-Sache eine Verschwörung von rechts. So oder so – die Bevölkerung muss geschützt werden. Jetzt holen Sie die Reporter rein. Die Öffentlichkeit soll erfahren, dass diese Regierung in den Startlöchern steht, den American Way of Life zu verteidigen.«

Bei dem ganzen Theater ging die Tatsache, dass die Streitkräfte gar keine bewaffneten Patrouillen mehr flogen, irgendwie unter. Darüber war Bomber Joe froh. Er saß in seinem Büro im Pentagon vor dem Fernseher und fragte sich, warum in Washington alle außer ihm den Verstand verloren hatten.

Bevor er zum Essen nach Hause fuhr, nahm Bomber Joe am Abend an einer Sitzung des Generalstabs teil, auf der der Geheimdienst über seine Erkenntnisse informierte. Der Referent der CIA blieb hartnäckig dabei, es gebe nur eine Untertasse, und die sei in Australien.

»Roger Hedrick hat sie«, erfuhr der Generalstab. »Er hat die Testpilotin gezwungen, das Raumschiff von Missouri nach Australien zu fliegen. Übrigens war er an Bord, als die F-16 der Nationalgarde die Untertasse mit Raketen beschossen hat.«

»Hat der Präsident diese Nachrichten schon bekommen?«, fragte Bomber Joe.

»Wir werden ihn informieren, sobald er Zeit dafür hat, Sir. Im Moment trifft er sich mit führenden Abgeordneten und Senatoren des Kongresses.«

»Hmmm«, meinte Bomber Joe.

»Um fortzufahren, meine Herren: Roger Hedrick hat die Untertasse auf seiner Ranch – oder Rinderfarm – in Australien. Gegenwärtig lädt er die Regierungen von China, Russland und Japan ein, Vertreter zu ihm zu schicken, die sich das Raumschiff ansehen und es ersteigern sollen. Er hat vor, es gegen Höchstgebot zu verkaufen.«

»Warum sollte jemand die Untertasse haben wollen?«, fragte einer.

»Wegen ihrer Technologie, Sir. Unsere Wissenschaftler sagen, die Technik, die in dem Raumschiff steckt, wird die weltweite technologische Entwicklung dieses Jahrhunderts bestimmen.«

»Und warum sind die Vereinigten Staaten nicht eingeladen?«

»Wir sind in die Gedankengänge von Mr. Hedrick nicht eingeweiht«, antwortete der CIA-Referent so respektvoll wie möglich, »aber wir vermuten, er lädt nur Regierungen ein, die ihn nicht in einen Prozess verstricken dürften, wem die Untertasse eigentlich gehört.«

»Und was glaubt Hedrick an ihr verdienen zu können?«, fragte der Chef des Generalstabs.

»Unser Informant berichtet, Hedrick habe einem seiner Berater eine Summe genannt – fünfzig Milliarden Dollar.«

Als Charley nach der Besichtigungstour zum Hauptgebäude zurückkam, wartete Hedrick schon. Zwei Professoren waren bei ihm – ergrauende, zerstreute Männer in billigen Anzügen. Charley und die beiden Hochschullehrer gingen mit Hedrick den halben Kilometer zum Hangar, in dem die Untertasse abgestellt war. Rigby tauchte aus dem Nichts auf und schloss sich der kleinen Gruppe an.

Das Raumschiff stand genau dort, wo Charley gelandet war. Sie erklärte den Professoren und Hedrick, wie der Antrieb der Untertasse im Grundsatz funktionierte, öffnete dann die Luke und ließ sie einsteigen.

Sie inspizierten das Cockpit und gingen dann in den Maschinenraum. Einer der Wissenschaftler hatte einen Geigerzähler von der Größe eines Laptops dabei und überprüfte damit Reaktor und Separator.

»Erstaunlich«, murmelte einer der beiden, doch im Allgemeinen behielten sie ihre Kommentare für sich.

Rigby ließ sich auf dem Pilotensitz häuslich nieder. Charley überlegte kurz, ob auch er Pilot sei, verwarf die Idee aber dann.

Hedrick blieb bei den Wissenschaftlern.

»Wir würden viel mehr herausfinden«, sagte einer von

ihnen, »wenn Sie uns die Maschinen auseinander nehmen ließen.«

»Können Sie garantieren, dass Sie alles wieder richtig zusammensetzen?«

»Nein, Sir. Kann sein, dass es Dichtungen und vieles mehr gibt, was ausgetauscht werden müsste.«

Charley war es leid, Rigby dabei zuzusehen, wie er sich im Pilotensitz fläzte. Deshalb sprang sie aus der Luke und setzte sich neben eine Landekufe.

Die Wächter – es waren neun, alle bewaffnet – achteten kaum auf sie.

Nach etwa einer Stunde streckte Hedrick den Kopf aus der Untertasse. »Miss Pine – wir würden gern auf einen kleinen Demonstrationsflug gehen.«

»Haben Sie das Raumschiff betankt?«

»Äh … nein. Wir haben es nicht angerührt.«

»Dann brauchen wir Wasser – je reiner, desto besser.«

»Mein Brunnenwasser enthält kaum Mineralien oder Schwebstoffe. Das lasse ich monatlich prüfen.«

»Dann lassen Sie Ihre Schläger mit dem Schlauch antanzen.«

Nachdem der Tank bis zum Stehkragen voll war, ließ Charley die Tore des Hangars öffnen.

Danach erst stieg sie wieder in die Untertasse und schloss die Luke hinter sich.

»Setzen Sie sich bitte und schnallen Sie sich an.«

Hedrick trat neben Charley, als sie den Gurt anlegte. »Äh, Miss Pine – ich weiß, dass Sie die wildeste Pilotin der Welt sind und mit diesem Ding jeden Kunstflugwettbewerb gewinnen könnten, aber ich möchte, dass Sie's *locker* angehen.« Er sah sie mit hochgezogenen Brauen an.

»Bleiben Sie über dem Gelände der Farm, solange wir unterhalb von 30.000 Metern sind. Und überfliegen Sie in niedriger Höhe keine Städte und Ortschaften. Verstanden?«

»Sie sind der Boss, Mr. Hedrick.«

Charley hob das Raumschiff behutsam vom Betonboden und ließ es langsam aus dem Hangar schweben. Die Professoren machten große Augen. Was immer sie erwartet hatten – das sicher nicht. Das einzige Geräusch war ein gedämpftes Summen aus dem Maschinenraum. Die Untertasse flog sich ruhig und mühelos, sogar, als Charley die Raketentriebwerke zündete und gleichmäßig beschleunigte.

Das hier … – dachte sie und drehte die Untertasse bei hoher Geschwindigkeit einmal um die Längsachse – … das ist der Inbegriff von Freiheit.

Aus dem Augenwinkel sah sie Hedrick mit den Wissenschaftlern tuscheln. Das machte ihre Träumerei zunichte. Sie beendete den Steigflug, ließ das Raumschiff ein paar Minuten in gleicher Höhe geradeaus fliegen und kehrte dann in weitem Bogen zu Hedricks Farm zurück.

Als die Untertasse wieder im Hangar war, wollten die Wissenschaftler die Computer vorgeführt bekommen. Charley schaltete den Hauptrechner noch mal an, setzte das Stirnband aber nicht auf, sondern drückte lieber auf die Knöpfe neben dem Monitor, um eine Reihe von Anzeigen auf den Bildschirm zu rufen. Dagegen hatte Hedrick wohl nichts einzuwenden, denn er sah einfach nur zu.

Nachdem Charley den Reaktor abgestellt hatte, gab Hedrick Rigby den Befehl, sie in ihr Zimmer zu bringen.

Sie verschwand nur zu gern, während die Wissenschaftler bei Hedrick blieben, um mit ihm zu beraten. Rigby folgte ihr im Abstand von drei Schritten wie ein wohlerzogener Hund.

Nach der Sitzung mit führenden Abgeordneten und Senatoren des Kongresses war Mr. President bedrückt und nachdenklich. Sein Befehl, auf Untertassen zu schießen, habe die Wähler in Panik versetzt, hatten ihm seine Gesprächspartner gesagt und verlangt, er solle die Streitkräfte zurückpfeifen und der Bevölkerung öffentlich versichern, er werde unter keinen Umständen eine unbesonnene Militäraktion gegen mögliche Raumschiffe aus dem All, deren Angriffspotenzial unbekannt war, anordnen oder zulassen.

Der Präsident gab den Forderungen des Kongresses nach. Aufgebrachte Wähler – dieses Stichwort ließ ihn kuschen. Er räumte ein, einen Fehler gemacht zu haben.

Als er nun mit seinen Sicherheitsberatern zusammensaß und der CIA-Mann seinen Vortrag wiederholte, wirkte der Präsident zerstreut. Sein Gesicht war grau und verschwitzt, sein Hemd durchnässt. Gerade sagte der Referent, die Untertasse werde meistbietend versteigert. Sollte der Präsident dieser Information Bedeutung beimessen, zeigte er es nicht.

Einmal murmelte er: »Wir müssen entschlossen handeln«, verriet aber nicht, worauf sich diese Bemerkung bezog.

Schließlich meinte O'Reilly: »Roger Hedrick scheint darauf versessen zu sein, die Weltwirtschaft zu ruinieren – Hauptsache, er macht dabei Gewinn.«

Diese Bemerkung schien den Präsidenten erreicht zu haben. Er zuckte zusammen und blickte die Versammelten mit großen Augen an.

»Ist die Untertasse wertvoll?«, wollte er wissen.

»In der Tat, Sir. Hedrick scheint davon auszugehen, dass sie ihm mindestens fünfzig Milliarden in bar bringt. Wenn er sie an Russland verkauft und Ratenzahlung einräumt, bekommt er möglicherweise sogar das Zwei- bis Dreifache.«

»Wenn nicht noch mehr«, sagte Bomber Joe. Am Nachmittag hatte er ein langes Gespräch mit dem Colonel geführt, der das aus Libyen zurückgekehrte UFO-Team befehligt hatte. Der Colonel war der Ansicht gewesen, das Raumschiff sei jeden Preis wert.

»Alles an der Untertasse ist revolutionär – von den Computern bis zur Metallverarbeitung, von der Elektronik bis zur Antriebstechnik«, erklärte Bomber Joe den Anwesenden. »Dieses Schiff kann ins All und zurück fliegen – wieder und wieder und wieder. Davon sind wir noch viele Jahre entfernt.«

Die Außenministerin sagte bedächtig: »Stellen Sie sich vor, welche Wettbewerbsvorteile wir im gesamten Bereich der Ingenieurwissenschaften bekämen, wenn wir diese Errungenschaften *heute schon* besäßen.«

»Was schlagen Sie also vor?«, fragte sie der Präsident.

»Wir dürfen nicht untätig dasitzen und zusehen, wie Hedrick die Hochtechnologie an ein konkurrierendes Land verkauft, Mr President«, erklärte die Außenministerin. »Er hat die Untertasse gestohlen. Er hat die Pilotin entführt und sie gezwungen, das Raumschiff nach Australien zu fliegen.«

Der oberste Sicherheitsberater schaltete sich ein: »Diese Technologie sollte der amerikanischen Industrie zugute kommen. Wenn die Chinesen oder die Japaner sie kriegen, wird unsere Wirtschaft in den kommenden Jahren ernste Wettbewerbsnachteile haben.«

»Die amerikanische Industrie?«, fragte Bomber Joe entsetzt. »Die Untertasse ist von größter Bedeutung für unsere militärische Sicherheit! Die muss geheim gehalten und nach Area 51 gebracht werden! Wir können sie als Grundlage einer neuen Generation von Kampfflugzeugen nutzen, die technologisch so überlegen sein werden, dass Krieg unmöglich wird. Stellen Sie sich mal Flugzeuge vor, die in den Orbit steigen können und von dort aus überall einsetzbar sind, wo wir sie brauchen. Mr President – Krieg ist die älteste Geißel der Menschheit, und jetzt können wir uns gegen diese Heimsuchung impfen! Unsere Bevölkerung verdient es doch wohl, keinen Krieg mehr führen zu müssen!«

»Was ist mit Russland?«, fragte einer. »Was passiert, wenn die Russen die Untertasse bekommen?«

»Die haben keine Chance, wenn Hedrick Bargeld will, aber wenn er bereit ist, mit den Russen ein Tauschgeschäft zu machen, dann ...«

»Unterschätzen Sie die Russen nicht«, warf Bomber Joe ein. »Wenn Sie berücksichtigen, mit welcher Technologie sie arbeiten mussten, haben sie die besten Flugzeuge der Welt gebaut. Russische Ingenieure können Wunder vollbringen.«

»Sie alle haben eine elementare Tatsache übersehen«, sagte O'Reilly, der Stabschef des Weißen Hauses. »Der Mensch ist damit überfordert, sich mit der Tatsache fremden Lebens im All auseinander zu setzen. Die westliche Zivilisation beruht auf der Annahme, der Mensch sei einzigartig und nach dem Bilde Gottes erschaffen, der irgendwo da oben als freundlicher alter Mann mit weißem Rauschebart auf jeden von uns achtet, sich für unsere kleinen Triumphe und Niederlagen, für unsere Schnittwunden und Bienenstiche interessiert und sich jeden Abend brav jedes Kindergebet anhört. Unsere Einzigartigkeit ist die Basis von Religion und Philosophie, von Ethik und Moral. Und die Grundlage unseres Selbstwertgefühls.«

O'Reilly sah seine Zuhörer einen nach dem anderen an. »Begreifen Sie nicht? Uns Menschen ist es ohne die Untertasse prima gegangen. Wir sitzen auf diesem kleinen Felsen fest, der seine bescheidene Sonne am Rand einer riesigen Galaxis umkreist. Sie ...« – O'Reilly wies auf die Außenministerin – »... wollen die Vorhänge von den Fenstern reißen und allen zeigen, wie unbedeutend der Mensch im großen Plan der Dinge ist. Wenn Sie die elementare Grundlage des menschlichen Zusammenlebens zerstören – womit wollen Sie sie ersetzen?«

Die Außenministerin nahm die Fernbedienung und schaltete das TV-Gerät in der Ecke ein. Kurz darauf erschien ein Gesicht auf der Mattscheibe und redete über die Untertasse. Sie schaltete um, und man sah die Aufnahmen des Raumschiffs über dem Baseballstadion von Denver. Auf dem dritten Kanal tummelte sich Professor Soldi und zeigte Fotos vom Innern der Untertasse, die er in der Wüste gemacht hatte.

Demonstrativ wies die Außenministerin auf den Fernseher. »Es ist doch schon alles bekannt – Sie kriegen den Geist nicht mehr in die Flasche zurück«, sagte sie zu O'Reilly.

»Aber wir können wenigstens den Schlamassel beseitigen«, meinte Bomber Joe. »Wir können die Technologie der Untertasse ausbeuten und dabei leugnen, dass sie überhaupt existiert. Soldi wird bald in der Versenkung verschwinden. Wenn neue Enthüllungen ausbleiben, werden sich die Medien auf ein anderes Thema stürzen. In einem Jahr ist das Raumschiff vergessen.«

Sie stritten noch ein wenig hin und her, bis jeder seinen Senf dazugegeben hatte, dann folgte eine lange Stille, die der Präsident mit der Frage unterbrach: »Also – worin sind wir uns nun einig?« Er fuhr sich mit dem Taschentuch durchs Gesicht und wischte dabei Muster in sein schweißnasses Make-up.

Niemand sagte etwas.

»Können wir uns wenigstens darauf einigen, dass wir versuchen sollten, die Untertasse in unsere Hand zu bekommen ..., bevor der neue Eigentümer sie von Australien aus wohin auch immer fliegen kann?«

Jetzt wollten alle auf einmal reden. Als der Präsident seine Berater schließlich mit einer Handbewegung zur Ordnung rief, gelang es der Außenministerin, sich Gehör zu verschaffen: »Die Australier werden eine Militäroperation als kriegerischen Akt betrachten.«

»Alles hat seinen Preis«, erklärte der oberste Sicherheitsberater. »Die Untertasse geht an den, der den höchsten zahlt. Wir müssen entscheiden, ob wir das sein wollen.«

Bomber Joe schüttelte seinen Löwenkopf. »Sie alle liegen falsch. Wir haben nur eine Möglichkeit – wenn wir das Raumschiff nicht nach Area 51 schaffen können, sollten wir es zerstören.«

14

Nachdem Rip am Flughafen von Sydney Pass- und Zollkontrolle hinter sich hatte, nahm er ein Taxi in die Stadt und suchte sich ein Hotel. Die Sonne stand schon hoch am Himmel, und der Morgen war frisch, doch Rip fühlte sich total kaputt: Jetlag.

Als er wieder aus dem Hotel kam, blinzelte er in die tief stehende Nachmittagssonne. Er hatte sechs Stunden geschlafen und war ausgehungert.

Kaum hatte er ein paar ordentliche Portionen verdrückt, kehrte er ins Hotel zurück und ging in der Lobby zum Schalter der Autovermietung. »Ich hätte gern einen Wagen«, sagte er zu seinem gut dreißigjährigen Gegenüber und warf Kreditkarte und Führerschein auf den Tresen.

Der Mann langte nach Rips in Missouri ausgestellter Fahrerlaubnis, musterte sie sorgfältig und gab sie ihm schließlich zurück. »Tut mir Leid, Mann. Sie sind zu jung.«

»Wie alt müsste ich denn sein?«

»Fünfundzwanzig, Mann. Das ist Vorschrift.«

Rip schürzte die Lippen, zog ein Bündel US-Dollar aus der Tasche, zählte drei Hunderter ab und legte sie auf den Tresen.

»Haben Sie einen eigenen Wagen?«

»He, Mann, jetzt wird's interessant. Klar hab ich ein eigenes Auto. Hat schon ein paar Jahre auf dem Buckel, aber es läuft. Und Sie sehen vertrauenswürdig aus. Sie sind nicht zufällig im Drogengeschäft, hm?«

»Gott bewahre!« Rip setzte eine etwas verlegene Miene auf. »Es geht um eine Frau. Die lebt draußen auf einer Rinderfarm, und ich brauch einen fahrbaren Untersatz, um sie zu besuchen.«

»Wie weit draußen?«

»Hundertsechzig Kilometer oder so.«

Der Mann am Schalter langte nach dem Geld. »Ich mag's gar nicht, wenn wahre Liebe darben muss«, meinte er lächelnd.

Rip rutschte das Herz in die Hose, als er das Auto sah: Das Steuer war ja rechts! Aber klar – sie waren doch auch schon im Linksverkehr vom Flughafen gekommen.

Er stieg in den Kleinwagen, nahm den Schlüssel in die linke Hand und fummelte ziemlich rum, ehe er ihn ins Zündschloss bekam. Und dann noch mit links schalten … Er würgte den ersten Gang rein, scherte vorsichtig aus der Parklücke – und wäre fast mit einem Lkw zusammengestoßen.

Meine Güte, war es merkwürdig, den Gegenverkehr auf der falschen Seite zu haben! An der ersten Kreuzung hätte er den Wagen fast zu Schrott gefahren. Er musste sich wahnsinnig konzentrieren, in der richtigen Spur zu bleiben und nicht nach rechts rüberzudriften. Wenn er auch nur ein bisschen unaufmerksam wäre, würde er sofort einen Frontalzusammenstoß bauen.

Ein paarmal musste Rip anhalten, um auf der Karte, die er in der Lobby gekauft hatte, nach dem Weg zu sehen.

Nach drei weiteren Beinahe-Zusammenstößen schaffte er es endlich auf einer Autobahn nach Westen aus Sydney raus.

Anderthalb Stunden später kam er in die Kleinstadt Bathurst, parkte vor einem Hotel im Zentrum und nahm sich ein Zimmer. Morgen war der rechte Zeitpunkt, Hedricks Farm auszukundschaften, nicht heute, wo es schon dunkel war.

Nachdem er sich ein zweites Abendessen gegönnt hatte, spazierte Rip durch die Straßen und kaufte in einem Klamottenladen Pullover und Jacke, denn die Luft war kühl.

Dann schlenderte er weiter und fragte sich, wo Charley sein und was sie tun mochte.

Am Nachmittag ihres zweiten Arbeitstags als Hedricks »Untertassen-Pilotin« führte Charley Pine das Raumschiff einer Gruppe japanischer Geschäftsleute vor. Danach wurde sie wieder ins Hauptgebäude begleitet, während Hedrick Gebrauchtwagenhändler spielte.

Kurz bevor sie aus der Luke sprang, sagte sie zu ihm: »Sie haben gar nicht das Recht, das Raumschiff zu verkaufen.«

»Und ob, Miss Pine, und ob.« Hedrick lächelte einem Japaner freundlich zu, der sich umgedreht hatte, um zu lauschen. »Ich rede heute nach dem Abendessen mit Ihnen. Gehen Sie jetzt bitte.«

Charley ging.

Kurz vor dem Abendbrot landete ein Verkehrsflugzeug mit fünf Chinesen auf Hedricks Rollbahn. Von ihrem Fenster aus beobachtete Charley, wie sie den leicht ansteigenden Weg zum Hauptgebäude hochkamen.

Beim Essen hörte sie jemanden sagen, die russische Delegation komme gegen Mitternacht an.

Charley hatte keinen Appetit. Sie schob ihr Essen auf dem Teller herum, hörte Bernice zu, wie toll man in Paris einkaufen könne, und entschuldigte sich schließlich vor dem Dessert.

Als sie wieder in ihrem Zimmer war, schaltete sie den Fernseher ein. Daraus, dass sie mehrere amerikanische Sender empfangen konnte, schloss sie, Hedrick müsse eine Satellitenschüssel haben. Sie vergewisserte sich, dass ihre Tür zugesperrt war, und ließ sich dann nieder, um sich eine Wiederholung des Interviews mit Professor Soldi anzusehen, die von einem Sender in Melbourne ausgestrahlt wurde.

»Die Cantrells sind hier, Mrs. Higginbotham. Sie haben einen Termin.«

»Bringen Sie sie rein.«

Mrs. Higginbotham blieb an ihrem Schreibtisch sitzen. Ihr Büro befand sich im fünfunddreißigsten Stock des Higginbotham Building im Zentrum von Dallas.

Sie war eine weißhaarige, auf die achtzig zugehende Frau mit entschlossenem Kinn und klaren, blauen Augen. Die beiden Männer kamen ins Zimmer und gaben ihr über den Schreibtisch hinweg die Hand. Der eine war übergewichtig und birnenförmig, der andere vollkommen kahl. Beide waren in den Fünfzigern.

Der Glatzkopf redete als Erster. »Mein Name ist Olie Cantrell, Mrs. Higginbotham, und das ist mein Bruder Arthur. Wir sind im Auftrag von Rip, dem Sohn unseres verstorbenen Bruders, gekommen. Ich glaube, er war für

Ihren Konzern bei Vermessungsarbeiten in der Sahara beschäftigt.«

Mrs. Higginbotham nickte. »Was kann ich für Sie tun, meine Herren?«

»Nun, lassen Sie mich die Situation schildern. Danach können wir Lösungsmöglichkeiten besprechen. Vielleicht haben Sie die Untertassen-Krise verfolgt ...«

»Allerdings. Sehr außergewöhnlich.« Mrs. Higginbothams Augen funkelten. »Ich verfolge die Sache in der Zeitung und im Fernsehen. Unglaublich aufregend. Die Untertasse soll hundertvierzigtausend Jahre alt sein. Erstaunlich, nicht?«

Da gaben ihr die Cantrells Recht.

»So viel Spaß hab ich seit Bill Clintons Unterleibs-Fiasko nicht mehr gehabt. Wenn ich morgens aufstehe, schalte ich sofort den Fernseher ein und schnapp mir die Zeitung.«

»Sie wissen wahrscheinlich, dass Rip die Untertasse bei der Arbeit für Ihren Konzern gefunden hat«, sagte Olie Cantrell.

»Aber ja. Das macht die ganze Geschichte irgendwie persönlich, oder?«

»Es ist eine persönliche Sache, das stimmt. Und darum sind wir hier. Vor ein paar Tagen ist Roger Hedrick auf dem Hof meines Bruders Egg in Missouri aufgetaucht. Oh, Verzeihung – Eggs richtiger Name ist Arthur.«

Mrs. Higginbotham wusste nicht recht, was sie sagen sollte.

»Wie auch immer«, fuhr Olie fort, »Hedrick hat Egg und Rip erzählt, er sei Eigentümer von Wellstar Petroleum, und behauptet, die Untertasse gehöre der Firma und damit ihm. Dann hat er die zivile Testpilotin, die sich auf Eggs Hof aufhielt, entführt und sie gezwungen, die Untertasse nach Australien zu fliegen.«

»Klingt ganz nach Roger«, kommentierte Mrs. Higginbotham ätzend. »Er hasst es, wenn man seine Pläne durchkreuzt.«

»Arthur hat sich an mich gewandt, weil ich Rechtsanwalt bin und ihm nur eine Aufwandsentschädigung in Rechnung stelle – wenn überhaupt. Im Laufe meiner Nachforschungen habe ich entdeckt, dass Hedrick längst nicht alle Aktien von Wellstar Petroleum besitzt, wenn er auch zu den Großaktionären gehört und einen Sitz im Aufsichtsrat hat.«

»Hedrick besitzt etwa zehn Prozent der Anteile«, sagte Mrs. Higginbotham, »ich dagegen achtundzwanzig Prozent – direkt oder indirekt. Und meine Söhne und Töchter halten auch ein paar kleine Aktienpakete – zusammen noch mal neun Prozent.«

Olie Cantrell nickte. »Soviel ich weiß, hat Ihr verstorbener Mann Wellstar Petroleum gegründet, Mrs. Higginbotham, und Ihre beiden Söhne haben in der Firma mit der Ölsuche Karriere gemacht.«

»Ihre Nachforschungen sind vollkommen korrekt.«

»Gut – aber jetzt kommt das Problem. Die Untertasse ist sehr wertvoll, und Hedrick will sie unbedingt haben. Im Moment befindet sie sich in seinem Besitz – aufgrund verschiedener Verbrechen, die gegenwärtig nicht beweisbar sind. Er hat das Raumschiff in Australien und will es vermutlich kommerziell ausbeuten. Mag sein, dass er früher oder später einen Rechtsanwalt konsultiert, um geltend zu machen, Wellstar habe Anspruch auf die Untertasse, denn ein Arbeitnehmer der Firma habe sie entdeckt. Dann wird er erfahren, dass Wellstar tatsächlich einen Eigentumsanspruch hat, aber einen sehr schwachen, denn der junge Cantrell hat das Raumschiff nicht im Rahmen seiner arbeitsvertraglich geregelten Tätigkeit entdeckt – schließlich wurde er nicht angeheuert, um nach fliegenden Untertassen zu suchen. Er ist in der gleichen Lage wie ein Postbote, der auf seiner täglichen Runde einen Dollar auf dem Bürgersteig liegen sieht und aufhebt – das Geld gehört ihm, nicht der Post.«

Olie hüstelte und fuhr dann fort: »Dennoch kann ich Ihnen als Rechtsanwalt versichern, dass selbst ein schwacher Anspruch auf ein wertvolles Gut besser ist als gar kein Anspruch. Der Haken für Sie ist, dass Hedrick nur zehn Prozent des Unternehmens gehören und er wahrscheinlich versuchen wird, so viele Aktien von Wellstar zu kaufen, dass er allein das Sagen in der Firma hat – nur, um seinen Anspruch auf die Untertasse unangefochten geltend zu machen.«

»Ich selbst könnte diesen Anspruch doch für Wellstar erheben«, sagte Mrs. Higginbotham.

»Das könnten Sie allerdings, Ma'am. Bedauerlicherweise scheint Hedrick aber nicht der Typ zu sein, der gern teilt. Und er hat das Raumschiff bei sich in Australien. Selbst wenn Sie eine gerichtliche Anordnung bekämen, dass er die Untertasse wieder in die USA bringen muss, wäre ihre Durchsetzung mindestens schwierig.«

Mrs. Higginbotham sah die beiden Cantrells abwechselnd an, kratzte sich die Augenbraue und fragte: »Was also schlagen Sie vor, Sir?«

»Wir sind in der Hoffnung gekommen, Ma'am, Sie

dazu zu bewegen, Wellstars Anspruch auf das Raumschiff an unseren Neffen Rip Cantrell zu verkaufen. So entgehen Sie der Gefahr, dass Mr. Hedrick versucht, Sie auszubooten und Wellstar unter seine Kontrolle zu bringen.«

Mrs. Higginbotham trommelte mit einem Finger auf den Schreibtisch. »Und der Gefahr eines Prozesses gegen Ihren Neffen?«

Olie Cantrell hob die Hände, um zu zeigen, dass er verstanden hatte, worauf sie hinauswollte. »Dazu kommt es hoffentlich nicht, aber man weiß ja nie – insofern haben Sie Recht.«

»Und was haben Sie mir verschwiegen? Was würde *mein* Anwalt in dieser Sache noch für wichtig halten?«

Olie lächelte. »Gut möglich, dass er sich die Gesetze des Tschad ansehen will, wo die Untertasse gefunden wurde. Ich habe in einem New Yorker Anwaltsbüro nachgefragt, das auch in Afrika tätig ist, und erfahren, dass es im Tschad offenbar keine Gesetze, Verordnungen oder Gerichtsurteile gibt, die das Eigentum an Fundgegenständen regeln. Sie wissen vermutlich, dass der Tschad ein bitterarmes, teilweise wüstenhaftes Land ist. Ich bin sicher, jemand könnte mit einem Koffer voll Geld dorthin fliegen, und die Gesetze würden seinen Wünschen angepasst – vorausgesetzt, er zahlt entsprechend dafür. Zwar glaube ich nicht, dass man damit vor einem amerikanischen Gericht durchkäme, aber es wäre ein weiterer Anspruch, ein weiteres Druckmittel.«

Mrs. Higginbotham stützte die Hände auf die Armlehnen und erhob sich. »Meine Herren, ich möchte diese Angelegenheit mit meinen Anwälten durchsprechen. Kommen Sie doch morgen Vormittag um zehn wieder vorbei.«

Die Brüder Cantrell standen auf, gaben ihr die Hand und verabschiedeten sich. Kaum war die Tür hinter ihnen geschlossen, rief Mrs. Higginbotham ihren Anwalt an.

In New South Wales war es drei Uhr morgens, als Charley Pine endlich den Fernseher ausschaltete. Roger Hedrick hatte sie nicht rufen lassen und auch nicht bei ihr geklopft, genauso wenig wie sonst jemand. Kurz nach Mitternacht hatte sie das Flugzeug mit der russischen Delegation landen sehen, eine viermotorige Tupolew. Danach hatte das Licht im und rund um den Hangar noch zwei Stunden gebrannt, bis schließlich die meisten Lampen ausgeschaltet worden waren.

Charley wartete noch zwanzig Minuten und machte dann ihr Fenster auf. Genau, wie sie gedacht hatte: Gut einen Meter entfernt verlief ein großes Fallrohr. Das Dach der Veranda im Erdgeschoss befand sich vier bis fünf Meter unter ihr.

Sie kletterte aufs Fensterbrett, musterte noch einmal die Umgebung und schwang sich zu dem Fallrohr hinüber.

Beinahe hätte sie es verfehlt, stieß sich den Kopf am Rohr und rutschte gut einen Meter abwärts, ehe es ihr gelang, den Fuß zwischen Rohr und Wand zu rammen, abzubremsen und einen Sturz zu verhindern.

Sie kletterte runter, spannte dabei jeden Muskel an und krallte sich am Rohr fest, um nicht zu Tode zu stürzen. Als sie sicher auf dem Verandadach stand, spürte sie ihre Lippe und spuckte etwas Dunkles aus – Blut. Sie hatte sich die Lippe aufgebissen. Auch ihr rechter Fuß schmerzte, und sie massierte ihn.

Kurz darauf schlich Charley auf Zehenspitzen übers Dach und legte sich dann auf den Bauch, um über die Kante zu sehen, ob jemand auf der Veranda war.

Ein Mann, der eine Zigarette rauchte.

Er stand gut zehn Meter entfernt, sah in die andere Richtung und hörte der Musik zu, die aus der einen Schlitz breit geöffneten Verandatür drang. Jemand spielte Klavier – es klang nach Bach.

Ab und an drehte der Raucher sich um und sah über den Rasen. Von seinem Standpunkt aus hatte er den Hangar und den größten Pferdestall im Blick, die beide nur schwach beleuchtet waren.

Ganz langsam kroch Charley übers Dach in die Ecke, die am weitesten vom Wächter entfernt war. Dort stand eine Säule, die den Vorbau trug. Als Charley das Terrain ausgespäht hatte, beschloss sie, sich mit den Händen von der Dachrinne zu lassen und die Füße auf das Geländer der Veranda zu stellen. Dabei wäre ihr die Säule nützlich, denn die würde sich zwischen ihr und dem Wächter befinden und Charleys Umriss zumindest teilweise verdecken, falls der Mann in ihre Richtung blicken sollte.

Gerade wollte sie ein Bein über die Dachkante schwingen, da entfernte sich der Wächter von Musik und Verandatür und kam in ihre Richtung.

Sie hielt den Atem an. Erst jetzt sah sie, dass der Mann eine Waffe geschultert hatte.

Als er etwa die halbe Strecke zu ihr zurückgelegt hatte, blieb der Wächter stehen und blickte einige Zeit auf Hangar und Pferdestall, hinter denen sich unter einem klaren, sternenübersäten Nachthimmel flache Hügel erstreckten.

Charley Pine hörte die Klaviermusik ganz leise ans Ohr dringen.

Der Mann nahm einen letzten Zug und schnippte die Zigarette weg. Danach drehte er sich um und ging langsam zur Verandatür zurück.

Charley schwang ein Bein über die Dachkante und schob sich über die Traufe. Sie ließ sich langsam runter, bis ihre Füße das Verandageländer berührten. Dann ließ sie die Regenrinne los und bückte sich. Die Hände auf dem Geländer, stieß sie sich mit den Füßen ab und landete zwischen dem Fundament der Veranda und den Büschen, die unterhalb des Vorbaus standen.

Sie kauerte sich hin und wagte kaum zu atmen.

Der Wächter hatte sich während ihres Abstiegs, der nur ein paar Sekunden gedauert hatte, offenbar nicht umgedreht.

Mit vorgebeugtem Oberkörper schlich Charley an der Veranda entlang zur Hausecke und spähte von dort durch die Büsche.

Vielleicht war es der sechste Sinn, der sie warten und im Knien beobachten und lauschen ließ. Eine Minute verging, dann noch eine.

Plötzlich hörte sie Schritte und Stimmen. Sie legte sich flach hinter die Büsche und sah unter den Zweigen durch.

Zwei Wächter mit Gewehren über der Schulter kamen langsam und schwatzend auf sie zu und richteten ihre Taschenlampen mal hierhin, mal dorthin.

Sie schloss die Augen und senkte den Kopf – man wusste ja nie …

Als nichts mehr zu hören war, sah sie wieder hoch. Im Hof war die Luft rein. Sie hob langsam den Kopf und spähte durchs Geländer auf die Veranda – der Wächter war nicht zu sehen.

Sie glitt hinter den Büschen hervor und rannte auf das Dunkel rechts vom Pferdestall zu. Dort angekommen, presste sie sich an die Mauer und horchte.

Langsam und vorsichtig bewegte sie sich von einem dunklen Fleck zum nächsten und arbeitete sich so um den Stall herum zur Flugzeughalle vor. In der Nähe des Hangars kamen wieder zwei Wächter vorbei, die Charley aus einer flachen Mulde heraus beobachtete. Hätten die beiden ihre Taschenlampen über den Boden streichen lassen, hätten sie sie sofort bemerkt. Aber zum Glück taten sie es nicht.

Klopfenden Herzens rannte Charley die letzten ein, zwei Meter zum Personaleingang, der sich seitlich befand, und probierte den Türknauf – er ließ sich drehen. Sie nahm die Hand weg und blickte sich noch mal um. Über der Tür war eine nackte Glühbirne installiert, die ein schwaches Licht warf, vielleicht vierzig Watt. Charley langte hoch und schraubte sie so weit aus der Fassung, dass sie ausging.

Seit sie ihr Zimmer verlassen hatte, waren zwölf Minuten vergangen.

Sie drehte den Knauf und zog ihn vorsichtig heran. Als sie die Tür einen Spalt geöffnet hatte, blinzelte sie hindurch.

Der Hangar war groß, mindestens fünfzig auf fünfzig Meter. Nur eine Lampe brannte, ein Scheinwerfer, der von einem Dachsparren direkt auf das Raumschiff leuchtete.

Charley trat in die Halle und schloss die Tür hinter sich.

In der hinteren Ecke des gähnenden Raums stand ein Pult mit eingeschalteter Schreibtischlampe. Dahinter saß jemand und las.

Sie musterte, was die Wände entlang geparkt und gestapelt war. Wie die meisten Hangars wurde auch dieser als Abstellplatz für Fahrzeuge genutzt, die kein eigenes Zuhause hatten.

Charley schlich hinter einen Flugzeugschlepper, legte sich auf den Boden und sah zwischen den Rädern hindurch.

Die Einstiegsluke der Untertasse stand offen.

Oooh, war das verlockend! Wenn sie nur ins Raumschiff käme, könnte sie einfach durch das geschlossene Haupttor fliegen. Ein kurzer Raketenschub – und die Untertasse würde die riesige Schiebetür aus der Führung reißen.

Charley konzentrierte sich auf den Mann am Schreibtisch. Er schien vornübergesunken in einer Zeitschrift zu lesen, die vor ihm lag.

Nachdem sie ihn ein paar Minuten lang beobachtet hatte, begriff sie, dass er schlief.

Mensch – der Idiot ist eingepennt!

Lautlos erhob sie sich. Sie trug Tennisschuhe, die auf dem gestrichenen Betonboden vielleicht quietschen würden. Also zog sie sie aus, knotete die Schnürbänder zusammen und legte sich die Schuhe um den Nacken.

Der Mann am Schreibtisch saß noch immer vorgebeugt da. Reglos.

Sie atmete ein paarmal tief durch, straffte die Schultern, trat aus dem Dunkel und marschierte direkt auf die Untertasse zu. Dort bückte sie sich und ging zur Luke.

Schon stand sie darunter, kletterte hoch und …

Rigby saß auf dem Stuhl gleich neben dem Pilotensitz. Er hatte eine Schrotflinte im Schoß, die direkt auf sie zeigte.

»Ich hab schon gedacht, du schaffst es nie«, sagte er und sah auf seine Uhr. »Siebzehn Minuten.«

Charley stieg ins Raumschiff und warf die Schuhe auf den Kabinenboden. Die Schrotflinte war direkt auf ihren Bauch gerichtet.

»Das ist nah genug, Schätzchen«, meinte Rigby. »Ich würd ungern abdrücken müssen …«

Sie schlug den Gewehrlauf mit der linken Hand zur Seite und trat Rigby voll ins Gesicht.

Sein Kopf prallte vom Sockel des Pilotensitzes ab, und die Schrotflinte glitt ihm aus der Hand, doch er war nicht k.o. Charley brachte sich wieder ins Gleichgewicht, trat noch mal mit dem rechten Fuß zu und zielte dabei auf seinen Kehlkopf.

Sie verfehlte ihn jedoch und traf Rigby an der Schulter. Er schnappte vergeblich nach ihrem Fuß, und sie trat ein drittes Mal zu, doch ohne Schuhe konnte sie nicht viel ausrichten.

Diesmal erwischte Rigby ihren Knöchel, hielt ihn fest und riss sie zu Boden.

Als er sie in die Nieren boxte, sagte Hedrick: »Das reicht, Rigby. Die muss morgen noch ein paar Vorführrunden drehen.« Sein Kopf sah durch die Luke.

»Ich glaub, die miese Schlampe hat mir die Nase gebrochen«, stöhnte Rigby mit zusammengebissenen Zähnen und verpasste Charley noch einen Schlag in die Nieren.

»Ts, ts«, machte Hedrick verächtlich. »Dabei haben Sie mir Ihr Wort gegeben, Miss Pine.«

15

Nach einem ausgiebigen australischen Frühstück fuhr Rip Cantrell in seinem geliehenen Wagen von Bathurst aus los, um möglichst viel von Hedricks Reich auszukundschaften. Auf dem Weg nach Westen ging das Küstengebirge bald in leicht hügeliges Grasland über. Wasser schien es hier kaum zu geben – die Vegetation sah steppenhaft aus. Dennoch waren von der geteerten, zweispurigen Straße viele Rinder und Schafe zu sehen, die friedlich zwischen den verstreuten Bäumen weideten, die am besten an Bächen und in Niederungen zu gedeihen schienen.

Das Problem bestand darin, auf Hedricks Ranch zu kommen. Rip vermutete, Händler aus Bathurst, der nächstgelegenen Stadt, gingen regelmäßig auf dem Gelände ein und aus; das schien ihm ein Erfolg versprechender Ansatz. Während der Fahrt hielt er nach Lieferwagen Ausschau. Vorhin war ihm ein Backwarenlaster auf dem Weg in die Stadt zurück begegnet, doch ansonsten herrschte kaum Verkehr. Nur ab und an tauchte ein Lkw auf, gelegentlich ein Personenwagen.

Gerade fuhr Rip auf einem besonders langen, öden und leeren Straßenabschnitt, der sich schnurgerade vor ihm erstreckte, als er eine Abzweigung mit einem Tor auftauchen sah, nein, mit einer Stahlschranke, die die Einfahrt versperrte und von mindestens drei Männern bewacht wurde. Im Vorbeifahren sah er auf einem Schild den Namen Hedrick.

Rip hielt nicht an, sondern suchte nach weiteren Straßen, Eingängen, Wächtern und so. Nach fünfzehn Kilometern fuhr er noch immer an Hedricks Land vorbei. Das jedenfalls nahm er an, weil er auf keine Zäune gestoßen war, die das eingefasste Gelände entlang der Straße ihrerseits begrenzt hätten.

Als die Straße eine Anhöhe erreicht hatte, die zugleich Wasserscheide war, hielt Rip auf dem Bankett und stieg aus, um sich die Beine zu vertreten.

Die Landstraße war in beiden Richtungen unbefahren. Links und rechts von ihr verliefen Zäune, aber Vieh war nicht in Sicht. In einiger Entfernung standen ein paar Bäume an einem Bach, und weit im Osten war die niedrige Kette der Blue Mountains zu sehen. Hoch am Himmel zog von dort ein Wolkenteppich auf, der die Sonne bald verdecken würde.

Rip wollte sich schon wieder ins Auto setzen, da hörte er in der Ferne ein tiefes Grollen, als stiege ein Düsenflugzeug mit Vollgas auf. Rip schirmte die Sonne mit der Hand ab und musterte den südlichen Himmel.

Er hatte die Hoffnung fast aufgegeben, als er doch noch einen kleinen, schwarzen Fleck entdeckte, der niedrig und knapp unterhalb der Schallgeschwindigkeit durch die Luft zog.

Jetzt flog das Objekt eine Kurve nach Norden, stieg und hielt dabei in etwa auf ihn zu. Es war noch gut fünf Kilometer entfernt, als Rip begriff, dass er die Untertasse vor sich hatte.

Am Abend saßen im Hotel in Bathurst vier Japaner in Schlips und Kragen an einem Tisch in Rips Nähe. Sie waren anscheinend erst am Nachmittag eingetroffen.

Rip bemerkte schnell, dass die vier ihr Haar unmodisch kurz trugen, Idealgewicht besaßen und außergewöhnlich gut in Form schienen. Keiner hatte auch nur ein einziges graues Haar. Der Älteste war vielleicht dreißig. Vier Soldaten, kombinierte Rip und fragte sich, was sie in diese Ecke verschlagen hatte.

Als er sich durch sein zweites Riesensteak futterte, fiel ihm auf, dass auch die vier einen kräftigen Appetit hatten. Das muss am gesunden Klima hier unten liegen, dachte er und wandte sich wieder der Frage zu, wie er an Hedricks Wächtern vorbeikommen konnte.

Nach dem Essen machte Rip einen Spaziergang durch die Stadt. Nur zwei Häuserblocks vom Hotel entfernt befand sich ein Einkaufszentrum, aber Bathurst war ja auch eine kleine Stadt. An der Rückseite des Ladenkomplexes parkten Lieferwagen.

Rip betrat den Markt, schlenderte durch die Gänge und sah sich an, was es zu kaufen gab. In der Fleischtheke türmten sich die Waren geradezu. Schließlich entschied er sich für ein paar Stück Gebäck und ging bezahlen.

Der Kassierer tippte seine Waren kommentarlos ein. Als Rip wieder auf dem Bürgersteig stand, nahm er einen Plunder aus der Tüte und mampfte los. Er ging am Einkaufszentrum entlang, bis er die Lieferwagen im Blick hatte.

So oder so, dachte er – ich muss auf Hedricks Gelände kommen.

Die letzte Delegation, die eintraf und einen Probeflug mit der Untertasse machte, kam aus der EU. Ein Deutscher, ein Franzose und ein Italiener schienen in dieser Gruppe das Sagen zu haben. Die drei Politiker hatten zwar Ingenieure mitgebracht, blieben aber die ganze Zeit unter sich und tuschelten.

Charley Pine drehte mit ihnen eine gemütliche Runde ohne große Beschleunigung oder heiße Flugmanöver, blieb dann zwei Stunden im Pilotensitz hocken und sah zu, wie die Europäer mit den Computern spielten und sich mal dies anschauten, mal an dem herumklopften.

Der Franzose stellte sich ihr als Nicholas Pieraut vor und sagte lächelnd: »Enchanté, Mademoiselle.«

»Ebenfalls«, antwortete Charley.

»Sind Sie die Aviatrice?«

»So isses. Egal, wohin die Untertasse kommt – ich komm mit.« Sie setzte sich etwas anders hin, um ihre Rücken- und Nierenschmerzen zu lindern.

»Ahh«, machte Pieraut.

Nach einem formellen Abendessen im Speisesaal des Hauptgebäudes führte Roger Hedrick die vier Delegationen wieder in den Hangar, wo Kammerdiener Cognac und Zigarren reichten. Die Untertasse befand sich – geschmackvoll und zurückhaltend angestrahlt – mitten in der Halle.

Daneben stand Charley Pine mit einem Glas Weißwein, um eventuelle Fragen zum Raumschiff zu beantworten. Als sie sich zum Essen ein von Bernice geliehenes Abendkleid angezogen hatte, musste sie feststellen, dass ihr Kreuz grün und blau geschlagen war. Gott sei Dank hatte sie kein Blut im Urin und sich anscheinend auch keine Rippen gebrochen. Sie bewegte sich vorsichtig. Und jetzt, beim dritten Glas Wein, tat ihr der Rücken nur noch weh, wenn sie tief Luft holte.

Rigby hielt sich gleich links hinter ihr – das war ihr deutlich bewusst. Mit seiner geschienten Nase sah er richtig schlimm aus. Die Schwellung würde wohl erst im Laufe der nächsten Tage zurückgehen.

Charley sah noch mal kurz zu Rigby rüber und fand, sein zerschundenes Gesicht war ihre Rückenschmerzen wert.

»Morgen, meine Herren, beginnen wir mit der Auktion«, hob Hedrick dröhnend an, und die Übersetzer schwirrten auf diejenigen zu, die kein Englisch konnten. »Sie als Delegierte Ihrer Staaten oder Staatengemeinschaften haben die Möglichkeit, den Lauf der Geschichte zu ändern und das Leben aller Menschen auf Erden zu beeinflussen. Das Land, das die Untertasse heimführt, wird die Supermacht dieses Jahrhunderts.«

In der Stille, die nun folgte, musterten die Mitglieder der einzelnen Abordnungen sich erst gegenseitig und fassten dann die anderen Delegationen prüfend ins Auge. Charley Pine hatte den Eindruck, dass sie Hedrick durchaus Recht gaben. Und er hatte ja auch Recht.

»Jeder von Ihnen hat in der Untertasse einen Probeflug gemacht, und Sie alle sind mit eigenen Augen Zeugen ihrer erstaunlichen Fähigkeiten geworden. Sie haben das Raumschiff ausgiebig untersucht und Stunden an Ihren Satellitentelefonen verbracht, um sich mit Ihren Regierungen zu beraten. Unsere Testpilotin, die wunderbare Miss Pine, hat Ihre Fragen beantwortet. Jetzt sind Sie, wie ich hoffe, rundum über dieses technische Wunderwerk informiert, stehen mit Ihren Regierungen in Verbindung und sind bereit, ernsthafte Gebote abzugeben.«

Das muss man dem Mistkerl lassen, überlegte Charley – der ist wirklich kackdreist. Der Diener mit der Zigarrenkiste strich in ihrer Nähe herum, also nahm Charley sich einen Stumpen. Warum auch nicht?, dachte sie.

Sie trank ihr Glas leer, während der Diener mit einem Zigarrenabschneider, der wie eine kleine Guillotine aussah, den Stumpen köpfte und ein langes Küchenstreichholz anzündete. Als die Zigarre brannte, hielt Charley dem Diener mit der Cognacflasche ihr Weinglas hin.

Hedrick nickte Bernice zu, die jedem Delegationsleiter ein Blatt Papier reichte.

»Wenn Sie bitte einen Blick auf die Auktionsregeln werfen wollen, die meine Assistentin gerade verteilt«, fuhr Hedrick fort. »Wie Sie sehen, geht die Versteigerung über mehrere Runden; in der ersten liegt das Mindestgebot bei zehn Milliarden US-Dollar. Jedes Gebot im zweiten und den folgenden Durchgängen muss wenigstens eine Milliarde höher sein als das letzte Gebot der vorausgegangenen Runde – sonst scheidet der Bieter aus. Die Auktion dauert so lange, bis nur noch einer übrig bleibt – der Gewinner. Der Kaufpreis der Untertasse ist in US-Dollar zu entrichten oder in übertragbaren Sicherheiten, deren Wert ebenfalls in Dollar anzugeben ist, es sei denn, die steigernde Partei hat sich mit mir vor der Auktion über den Wert der im Tausch für das Raumschiff angebotenen Güter geeinigt. Und schließlich ist der Kaufpreis voll zu bezahlen, bevor der Gewinner der Auktion das Eigentum in Besitz nimmt.«

Hedrick wartete, bis die Dolmetscher fertig übersetzt

hatten, und sagte dann: »Meine Herren – ich wünsche Ihnen für morgen viel Glück.«

Havannas paffend und Cognac nippend umkreisten die Abgesandten in ihren Grüppchen die Untertasse und beobachteten dabei verstohlen die Mitglieder der anderen Delegationen. In einer Ecke des Hangars hatte Hedrick ein Ensemble platziert, das Kammermusik spielte.

Einer der Russen kam auf Charley zu. Er war Mitte dreißig, hatte schmale Hüften und hohe Wangenknochen, und seine Schultern waren so breit wie der Stiel einer Axt lang. »Sie fliegen sagenhaft!«, meinte er zu ihr.

Hedrick hielt auf den Leiter der japanischen Delegation zu, einen vornehm und nach Konzernmanagement aussehenden Typ mit ergrauendem Haar, der von zwei Beratern flankiert war. Charley Pine bewegte sich langsam auf die Gruppe zu, um zu hören, was gesagt wurde. Der Russe blieb dabei neben ihr, und auch Rigby kreuzte weiter in ihrem Kielwasser.

»Die Untertasse ist genau das, was Japan braucht«, meinte Hedrick schmeichlerisch, »um dynamisch aus der wirtschaftlichen Flaute zu kommen, die das Land in den letzten Jahren gelähmt hat.«

»Ja, Mr. Hedrick«, antwortete der Delegationsleiter in akzentfreiem Englisch. »Die technologischen Innovationen im Raumschiff könnten sehr wichtig sein.«

»Auch ich bin Testpilot«, sagte der Russe zu Charley. »Für Jäger-Prototypen. Und ich mache Kunstflüge auf Luftfahrtausstellungen … Waren Sie mal auf dem Flugsalon in Paris?«

»Leider nicht«, antwortete Charley und konzentrierte sich auf Hedrick.

»Reaktoren, Anti-Schwerkraft-Ringe, Computer, Hüttenkunde, die Gewinnung von Wasserstoff aus Wasser …«, meinte Hedrick und schüttelte den Kopf langsam, als schwindelte ihn schon bei der bloßen Erwähnung all dieser technologischen Errungenschaften. »Mit dem Geld, das Japan jährlich für Ölimporte ausgibt, lässt sich ein Dutzend Untertassen kaufen.«

»Sie haben zwölf davon?«, fragte der Japaner, ohne die Miene zu verziehen.

»Leider nein«, gab Hedrick bedauernd zurück. »Nur die eine.«

»Wir haben uns gefragt, welchen Rechtsanspruch Sie auf die Untertasse haben, Mr. Hedrick. Die Reichweite amerikanischer Gerichte ist berühmt-berüchtigt, und soweit wir wissen, hat sich das Raumschiff jüngst noch in den USA befunden.«

»Aber nur ganz kurz«, pflichtete Hedrick nickend bei.

»Welche Sicherheit können Sie uns geben, dass Ihr Anspruch … wasserdicht ist?«

»Was ich verkaufe, Sir, ist das Produkt selbst, nicht der Anspruch darauf. Wer die Untertasse ersteigert, kann sie morgen fliegen, wohin er will.«

»Verstehe.«

»Nur die Starken überleben«, fuhr Hedrick fort. »Und dieses Raumschiff wird *ein* Land sehr stark machen.«

»Eine schöne Frau«, sagte der Russe gerade, »sollte nie allein schlafen.«

Charley fuhr aufgeschreckt zu ihm herum. »Wie kommen Sie denn darauf, dass ich allein schlafe?«

Der Leiter der chinesischen Delegation konnte kein Englisch, und Hedricks Übersetzer tauchte gewandt neben ihm auf, als der Australier – gefolgt von Charley Pine und ihrem Hofstaat – auf ihn zukam.

»Mr. Wu, es ist mir eine große Ehre, den stellvertretenden Premierminister der Volksrepublik zu Gast zu haben.«

Wu nickte und paffte hektisch an seiner Zigarre.

Hedrick redete mit Volldampf weiter. »Ich hoffe, Sie sind von der Untertasse genauso beeindruckt, wie ich es in den letzten Tagen gewesen bin.«

»Ja, ja«, antwortete Wu zwischen zwei Havanna-Zügen, jedenfalls laut Dolmetscher.

»Vielleicht ist für China endlich die Stunde gekommen, Japan als Supermacht in Fernost abzulösen.«

Wu sah auf seine Uhr.

Etwas verblüfft fuhr Hedrick fort: »Bei einer Bevölkerung von anderthalb Milliarden Menschen braucht China die Atomtechnologie, die in diesem Raumschiff steckt.« Er legte seine manikürte Hand auf die Untertasse. »Keine Ölabhängigkeit mehr; stattdessen eine saubere, sichere Energiequelle; dazu Computertechnologie, die ihrer Zeit um fünfzig Jahre voraus ist – dieses Raumschiff wird *einem* Land den Panthersprung nach vorn ermöglichen. In den richtigen Händen kann es eine Volkswirtschaft mit einem Satz Jahrzehnte der Entwicklung überspringen lassen.«

»Vielleicht verschafft einem die Untertasse ja einen zu großen Vorteil«, murmelte Wu und schien in Gedanken und Zigarrenrauch zu versinken.

»Ich habe große Erfahrung, was die Liebe anbelangt«, sagte der russische Testpilot leise zu Charley, die seinem Anbaggern nicht weiter zugehört hatte.

Drei Meter vor ihr betrachtete Roger Hedrick das Raumschiff noch ein paar Sekunden wie eine Reliquie und machte sich dann zu dem Grüppchen auf, das den Leiter der russischen Delegation umstand.

Charley sah ihrem Russen in die warmen, blauen Augen, lächelte zerstreut und folgte Hedrick.

Dieser näherte sich stattdessen Pieraut von der Seite, der gerade – wie üblich – mit dem Deutschen und dem Italiener sprach. »Hier, meine Herren«, begann Hedrick und wies auf die Untertasse, »hier haben Sie den Katalysator, der es der EU ermöglicht, die USA wirtschaftlich zu erreichen und zu überflügeln. Denken Sie nur, welche Impulse diese Technologie der europäischen Luft- und Raumfahrtindustrie liefern kann! Meine Herren – die Zeit ist reif, unseren Horizont zu erweitern und zu erkennen, dass es *keine Grenzen* gibt – absolut keine.«

»Leider«, entgegnete der Deutsche, »gibt es immer Grenzen, Mr. Hedrick. Der Preis für die Untertasse muss bezahlt werden – so oder so. Aber wir haben uns gefragt, warum keine Amerikaner da sind.«

»Die hab ich nicht eingeladen«, sagte Hedrick. »Ich vermute, sie könnten versuchen, mir das Raumschiff mit Waffengewalt oder auf dem Rechtsweg wegzunehmen.«

»Haben sie denn einen Anspruch darauf?«

»Natürlich nicht. Ein Angestellter einer meiner Firmen hat die Untertasse entdeckt. Sie gehört mir, und ich kann damit machen, was ich will. Und ich will sie gegen Höchstgebot verkaufen.«

Der Italiener sieht skeptisch aus, dachte Charley. Nachdem Hedrick den dreien die Hand geschüttelt hatte, ging er weiter.

Der Leiter der russischen Abordnung war ein junger Hitzkopf namens Krasnoyarsk. Sein Dolmetscher hielt sich neben Hedrick. »Ein technisches Wunderwerk, was, Mr. Krasnoyarsk?«

»Ziemlich.«

»Das Land, das die Technologie der Untertasse entsprechend nutzt, verschafft sich einen großen Wettbewerbsvorteil«, raunte Hedrick. »Das ist der Katalysator, der Russland die Möglichkeit gibt, wieder eine Supermacht zu werden.«

»Russland ist arm, Mr. Hedrick«, sagte Krasnoyarsk traurig. »Ich frage mich, warum ein Mann, der so viel Geld haben will, meine Regierung zur Auktion eingeladen hat. Bestimmt nehmen Sie nicht an, wir hätten die Devisen, um zwanzig, dreißig, vierzig Milliarden Dollar oder mehr für das Ding zu bezahlen?« Er wies mit der Linken auf die Untertasse.

»Kann Russland es sich denn leisten, diese Technologie *nicht* zu besitzen?«

Charley verpasste Krasnoyarsks Antwort, weil der russische Testpilot sich vor ihr aufbaute. Sie blies ihm Rauch in die Augen, ließ ihn stehen und verschaffte sich wieder freie Sicht.

Krasnoyarsk meinte gerade: »Mr. Hedrick, wenn Sie Eintrittskarten ins Paradies für hundert Dollar pro Stück verkaufen würden, könnten sich nur wenige Russen eine leisten. Stattdessen würden wir auf die Straße gehen und rufen: ›Das ist doch bloß Ramsch!‹«

»Ich schließe daraus, dass Russland nicht genug Devisen hat, um die Gesamtsumme sofort zu bezahlen.«

»Wenigstens sind wir zu einer hübschen Flugreise, zu

feinem Cognac und guten Zigarren gekommen«, antwortete Krasnoyarsk, als der Dolmetscher fertig war. »Seit dem Zusammenbruch des Kommunismus können wir uns Castros Zigarren nicht mehr leisten.«

Hedrick machte einen Schmollmund und überlegte, was er sagen sollte. »Vielleicht könnte Ihre Regierung erwägen, etwas Wertvolles zu verkaufen – etwas Kapitalintensiveres als die Untertasse.«

»Noch kapitalintensiver? Die Technologie des Raumschiffs wird wie ein Schwamm Kapital aufsaugen. Sie wird neue Rohmaterialien, neue Produktionstechniken und neue Erkenntnisse in Chemie, Physik, Mathematik erfordern, neue Fabriken und was sonst nicht alles. Glauben Sie mir, Mr Hedrick – wir Russen wissen alles über Zukunftsinvestitionen. Wir haben siebzig Jahre lang nur in die Zukunft investiert.«

Hedrick nickte und drehte sich so, dass er und Krasnoyarsk auf die Untertasse sahen. »Trotzdem«, sagte der Australier, »kann ich mir etwas denken, das noch mehr Kapital erfordert als die Umsetzung der technologischen Möglichkeiten des Raumschiffs.«

Die Zigarre im Mund, legte Krasnoyarsk beide Hände auf die dunkle Außenhaut der Untertasse, die sich glatt vor ihm wölbte, und strich zärtlich darüber. »Das wäre?«

»Sibirien«, antwortete Hedrick und nahm einen kleinen Schluck Cognac.

Charley Pine zog an ihrer Zigarre und musterte ihn mit neuem Respekt: ein Mistkerl mit Visionen!

Der russische Testpilot flüsterte ihr ins Ohr: »Dann steigen wir also miteinander ins Bett?«

Der Zigarrenrauch brachte Charley Pine beinahe zum

Würgen. Sie atmete heftig aus und hustete los. Als der Brechreiz nachließ, flüsterte sie Ivan, dem russischen Romeo, zu: »Wenn das doch möglich wäre! Aber ich hab eine Geschlechtskrankheit – nervtötende, kleine Warzen. Und da die medizinische Versorgung in Russland so unsicher ist …«

Als die Cantrells zu ihrem zweiten Termin wieder ins Higginbotham Building in Dallas kamen, war Mrs. Higginbotham in Gesellschaft eines grauhaarigen, hochroten Herrn ihres Alters, eines Rechtsanwalts namens Rufus Howell.

Nachdem sie ihn vorgestellt hatte, ließ sich Mrs. Higginbotham an ihrem Schreibtisch nieder und fragte: »Sagen Sie, Arthur, welches Interesse haben Sie eigentlich an dieser Sache?«

Egg sah ein bisschen verlegen aus. Dies war das zweite Mal in fünf Jahren, dass er einen Anzug trug. Gestern war das erste Mal gewesen.

»Rip hat jeden Sommer bei mir in Missouri verbracht, seit sein Vater vor zehn Jahren gestorben ist. Ich hab sein Interesse für die Technik geweckt. Er ist für mich wie ein Sohn – ich hatte ja keinen.«

»Und Sie haben Ihren Bruder eingeschaltet?«

»Richtig. Ich hab juristischen Rat gebraucht.«

»Ich möchte ohne Umschweife mit Ihnen reden, meine Herren. Wie viel ist die Untertasse wert?«

Egg atmete tief ein, als er darüber nachdachte. »Fürs Erste so viel, wie ein Verkäufer einem Käufer abknöpfen kann. Langfristig ist das Raumschiff, denke ich, der Katalysator für einen Großteil der technischen Fortschritte, die die Menschheit in diesem Jahrhundert machen wird. Es ist eigentlich von unschätzbarem Wert – wenn Sie so wollen, ist es das erste Flugzeug der Brüder Wright, Graham Bells Telefon *und* Thomas Edisons Glühbirne zugleich.«

Mrs. Higginbothams Gesicht glühte. »Haben Sie die Untertasse selbst gesehen?«

Egg nickte. »Und ich bin darin geflogen. Das Erlebnis meines Lebens, kann ich Ihnen sagen.« Dann senkte er verschwörerisch die Stimme und beugte sich im Stuhl vor. »Ich bin dabei gewesen, als wir über dem Baseballstadion von Denver aufgetaucht sind.«

Mrs. Higginbotham lachte. Sogar der Rechtsanwalt grinste.

»Wie außergewöhnlich«, sagte sie dann. »Wir sind in Zeit und Raum gefangen, und dennoch …« Sie verstummte.

Nach einer taktvollen Pause meinte Egg: »Ich erzähle Ihnen besser die ganze Wahrheit, Mrs. Higginbotham – schließlich sind Sie im Ölgeschäft. Die Untertasse hat Wasserstoffantrieb. Sie zerlegt Wasser in Sauerstoff und Wasserstoff. Den verbrennt sie dann.«

»Das hatte ich mir fast gedacht.«

»Das Raumschiff kann den Weg dahin ebnen, Wasserstoff als normalen Kraftstoff zu verwenden. Das wäre umweltschonender als Benzin und viel billiger – auch wenn die Motoren dafür möglicherweise teurer sind.« Egg machte eine gereizte Handbewegung. »Aber das sind alles Spekulationen. Ohne Kristallkugel die Zukunft vorhersagen zu wollen, das ist eine riskante Sache. Im Moment ist die Untertasse einfach nur ein viel versprechender Fund.«

»Gestern Nachmittag«, sagte Mrs. Higginbotham, »hab ich ein paar Telefongespräche geführt, um etwas mehr über Sie zu erfahren, meine Herren.«

»Eine kluge Vorsichtsmaßnahme«, meinte Olie Cantrell.

Sie wiegelte mit der Hand ab. »Über Sie, Sir, hat mir der Chef des Anwaltsbüros, mit dem wir regelmäßig in Chicago zusammenarbeiten, das Allerbeste berichtet.«

Jetzt war es an Olie, ein bisschen verlegen zu wirken.

Mrs. Higginbotham redete ohne Pause weiter. »Sie, Arthur, sind ein bekannter Sachverständiger in vielen technischen Fragen. Ich habe meinen leitenden Ingenieur angerufen, und er hat nicht nur von Ihnen gehört – er kennt Sie auch persönlich. Er hat mir berichtet, Sie hätten mehrmals für Wellstar gearbeitet.«

»Stimmt«, bestätigte Egg nickend.

»Und Sie besäßen eine Reihe von Patenten.«

»Siebenundzwanzig – überwiegend für Produktionsverfahren.«

Mrs. Higginbotham blickte abwechselnd vom einen zum anderen und meinte schließlich: »Wenn Rip Cantrell Eigentümer der Untertasse würde und das Recht bekäme, Lizenzen für die im Raumschiff enthaltene Technologie zu vergeben – was hätte Wellstar davon?«

Egg und Olie sahen sich an. »Darüber haben wir lange nachgedacht, Mrs. Higginbotham«, antwortete Olie dann. »Wir schlagen vor, Sie erhalten neunundvierzig Prozent des Gewinns aus jeder Antriebstechnik, die auf der Basis der Raumschiff-Technologie entwickelt wird.«

Mrs. Higginbotham wandte sich an ihren Anwalt: »Mr. Howell, bitte bereiten Sie eine Verkaufsurkunde vor, die diese Bedingung enthält.« Dann drehte sie sich wieder zu Egg um. »Wie lautet Rips vollständiger Name?«

»Stepford Sidney Cantrell.«

»Kein Wunder, dass man ihn Rip nennt.«

»Sein Vater hieß Stepford.«

»Und wer hieß Sidney?«

»Seine Mutter wuchs in Sidney, Nebraska, auf.«

»Ah ja. Gut, Mr. Howell, verkaufen Sie die Untertasse an Stepford Sidney Cantrell zum Preis von einem Dollar, bar auf die Hand, unter der Voraussetzung, dass Wellstar neunundvierzig Prozent des Gewinns aus jeder auf Wasserstoff beruhenden Antriebstechnik erhält, die auf der Basis der durch die Untertasse gewonnenen Erkenntnisse entwickelt wird. Ist diese Formulierung für Sie akzeptabel, meine Herren?«

»Sie können den Passus ›auf Wasserstoff beruhend‹ auslassen, Mrs. Higginbotham«, sagte Olie. »Das Raumschiff enthält ein Anti-Schwerkraft-System, das Hubschrauber überflüssig machen wird. Ich denke, das Wort ›Antriebstechnik‹ umfasst auch diese Vorrichtung. Und wohl auch den Atomreaktor, der sowohl das Anti-Gravitations-System als auch den Wasserstoff-Separator mit Energie versorgt.«

Der Rechtsanwalt und Mrs. Higginbotham sahen Olie mit offenem Mund an.

»Verzeihung«, meinte Mrs. Higginbotham, die sich als Erste fing. »Anti-Schwerkraft? Das hört sich so seltsam an, so …«

»Moderne Computer würden Edison sprachlos machen«, gab Olie zurück.

»Die Untertasse gibt es wirklich, glauben Sie mir«, sagte Egg. »Ich hab sie gesehen, hab sie mit eigenen Händen berührt und bin selbst darin geflogen. Sie ist so wirklich wie dieser Schreibtisch.« Er klopfte mit den Knöcheln ein paarmal auf Mrs. Higginbothams lackiertes Mahagoni-Ungetüm.

»Los, Rufus, setzen Sie den Vertrag auf«, sagte sie zu ihrem Anwalt. Der nickte und verließ das Zimmer.

»Ich bin eine alte Frau, meine Herren, aber das – das hört sich wirklich spannend an! Ich hoffe inständig, diese Sache geht für Rip und für uns alle auf.«

»Das hoffen wir auch«, meinte Egg mit voller Überzeugung. Er zog sein Portemonnaie aus der Tasche, nahm einen Dollar-Schein raus und legte ihn auf den Tisch.

»Aber wenn er Roger Hedrick die Untertasse nicht abnehmen kann?«

»Das wäre kein unüberwindliches Hindernis«, antwortete Egg nach einem kurzen Seitenblick auf Olie. »Ich wünschte, ich könnte dazu im Moment mehr sagen, aber das geht nicht.«

Mrs. Higginbotham nickte. »Da wir nun einander ins Vertrauen gezogen haben, kann ich Sie auch gleich warnen: Ich kenne Roger Hedrick seit fünfzehn Jahren – er ist kein Ehrenmann.«

16

In der Nacht hörte Charley mehrfach Dieselmotoren. Beim dritten Mal stand sie auf und ging ans Fenster. Neben dem Pferdestall sah sie drei Lastwagen und mindestens zwölf Männer, die alle bewaffnet zu sein schienen. Dann stiegen sie ein und fuhren langsam weg.

Charley zog einen Stuhl ans Fenster, schlug sich die Bettdecke um und setzte sich hin. Ihr Rücken schmerzte bei jeder Bewegung, sie hatte Kopfweh von all dem Wein und Cognac und spürte noch immer den Geschmack der Zigarre im Mund, obwohl sie sich Zähne und Zunge dreimal geputzt hatte.

Ist doch logisch, dass Roger Hedrick das Gelände von bewaffneten Sicherheitsleuten kontrollieren lässt, überlegte sie – vermutlich hat er so viele Männer und Waffen im Einsatz, wie er auftreiben konnte. Er wäre ein Narr, wenn es nicht so wäre. Und ein Narr ist er nicht.

Charley dachte an Rip. Sie hätte zu gern gewusst, wo er war, was er gerade machte und ob er den Verlust der Untertasse allmählich verschmerzte.

Weil sie die Stille nicht länger ertragen konnte, schaltete sie den Fernseher ein. Professor Soldi erschien und erklärte, die Untertasse gehöre ins Museum, damit Wissenschaftler sie untersuchen und aus ihr lernen könnten. Tja – zwischen Soldi und Hedrick klaffte eine riesige Kluft.

»Das Raumschiff wurde von einer Hochkultur geschaffen«, sagte Soldi, »und ist deshalb nicht allein Zeugnis des technischen Wissens dieser Kultur, sondern auch Ausdruck ihrer gesellschaftlichen Ordnung. Wenn wir die Verfahren zur Herstellung der in der Untertasse enthaltenen Geräte begreifen können, lernen wir auch vieles darüber, wie die Menschen, die das Raumschiff gebaut haben, ihr Leben, ihre Gesellschaft, ihre Zivilisation organisiert haben. Pyramiden und Hieroglyphen haben uns mancherlei über das alte Ägypten gelehrt – genauso wird uns das Raumschiff über die Menschen unterrichten, die es konstruiert haben.«

Kurz darauf antwortete Soldi auf eine Frage seines Gesprächspartners: »Anscheinend glauben die Leute, der Nutzen, den uns die Untertasse bringt, sei rein *dinglicher* Natur. Diese Ansicht ist vollkommen irrig. Denken Sie daran, wie das Telefon die Gesellschaft in den letzten hundert Jahren revolutioniert hat – wegen dieses Apparats leben wir heute deutlich anders als die Zeitgenossen von Alexander Graham Bell.«

»Aber können Sie – oder sonst jemand – die Veränderungen voraussagen?«, fragte der Reporter.

»Natürlich nicht«, entgegnete Soldi. »Veränderung ist das einzig Dauerhafte im menschlichen Zusammenleben. Sie ist nicht vorhersehbar und oft nicht gewollt und nicht geplant. Veränderung ereignet sich mal evolutionär, mal revolutionär, mal gegen Widerstände, mal unter Jubel – und absolut unvermeidlich.«

»Professor – einige unserer Gäste haben darauf hingewiesen, die Veränderung, die Ihnen vorschwebe, werde nicht vom Menschen, von der Natur oder sogar von Gott herbeigeführt, sondern – so behaupten sie – durch Außerirdische angekurbelt.«

»Ich finde diesen Einwand haarsträubend«, antwortete der Professor. »*Wir* sind für die Bedingungen, unter denen der Mensch lebt, verantwortlich. Das Dasein ist ein ständiger Kampf um die Verbesserung unserer Überlebenschancen. Das ist ein Gesetz – wie Geburt und Tod.«

Soldi schien nach Worten zu suchen. »Wir sind gefangen wie die Fliege im Bernstein«, sagte er dann. »Wir sind in unsere Zeit und unsere Lebensumstände gebannt. Die Untertasse wird uns erkennen lassen, was war und was sein wird.«

Charley hörte noch ein Weilchen zu und schaltete den Fernseher schließlich aus. Die Leute, die Hedrick eingeladen hat, interessieren sich vermutlich weniger für die Bedingungen, unter denen der Mensch lebt, dachte sie.

Hedrick hatte sie nicht schlecht behandelt – mal abgesehen davon, dass er Freund Rigby erlaubt hatte, ihr eine Tracht Prügel zu verpassen. Und er hatte sie nicht umgebracht. Charley hatte befürchtet, das würde er vielleicht nach dem letzten Demonstrationsflug tun, aber nein. Jetzt fragte sie sich, ob Hedrick ihr auftragen werde, die glücklichen Käufer der Untertasse nach Hause zu chauffieren.

Egal, ob er sie mit dem Raumschiff nach Peking, Tokio, Moskau oder München schickte oder sie einfach zur Landstraße laufen und nach Sydney trampen ließe – sie würde ihm nicht viel anhaben können. Klar, ein bisschen lästig könnte sie sein, so lästig wie eine Fliege auf dem Elefantenrüssel. Aber das würde Mr. Roger Hedrick kaum in Verlegenheit bringen. Vermutlich wäre er zu beschäftigt, es überhaupt zu merken.

Sicher – wenn sie sich da verschätzt hatte, wäre sie am nächsten Abend mausetot. Rigby würde sie liebend gern erledigen, das stand fest. Der Mistkerl würde sie wahrscheinlich so aufknüpfen, dass er ihr Gesicht beim Sterben beobachten konnte.

Hedrick schien sich am Abend ganz offensichtlich gut amüsiert zu haben, als er die Untertasse wie einen alten Straßenkreuzer feilgeboten hatte. Er würde damit einen

Riesenhaufen Geld machen und glücklich bis ans Ende seiner Tage leben.

Würde er das wirklich? Darüber zerbrach Charley sich den Kopf.

Er bekäme für die Untertasse Bargeld oder Sicherheiten, doch wer immer das Raumschiff kaufte, hielt die Zukunft in Händen. Die Untertasse war ein großes Saatgutlager, und viele ihrer Saaten würden vermutlich aufgehen und reiche Frucht tragen. Die verschiedensten Wunderdinge würden dem, der das Raumschiff besaß, zuwachsen.

Letzten Endes würden sich die technologischen Errungenschaften der Untertasse für alle Erdbewohner positiv auswirken – alle würden Geld daraus schlagen, ihre Lebensumstände verbessern und für ihre Kinder ungeahnte Möglichkeiten sehen.

Alle außer Roger Hedrick, um genau zu sein. Klar – er bekäme Geld, viel Geld. Er besaß ja bereits vierzig bis fünfzig Milliarden Dollar, allerdings nicht in bar. Ihm gehörten Schiffe und Fabriken, Zeitungen und Fernsehsender, Computerfirmen und … Ölgesellschaften. Er besaß jede Menge Ölquellen, erinnerte sich Charley. Ölquellen im Wert von zig Milliarden Dollar.

Natürlich musste das Geld, das er für das Raumschiff bekäme, investiert werden. Selbst Roger Hedrick konnte den ganzen Zaster nicht in seine Matratze stopfen – er würde Anlagemöglichkeiten dafür finden müssen.

Weitere Ölquellen würde er bestimmt nicht kaufen. Was er ins Ölgeschäft investiert hatte, würde allmählich an Wert verlieren. Vielleicht würde es ihm gelingen, aus diesem Geschäft auszusteigen, bevor der Preis ins Bodenlose stürzte. Das muss sein Plan sein, dachte Charley.

Vorsichtig setzte sie die Beine auf den Stuhl und schlang die Arme um die Knie. Das streckte ihren Rücken und linderte ihre Schmerzen vorübergehend. Sie zog die Bettdecke erneut um sich, um warm zu bleiben.

Klar – wenn Hedrick ein echtes Schwein wäre, würde er die Untertasse zerstören, nachdem er den Kaufpreis eingesackt hatte. Er könnte sie auf dem Weg zu ihrem Bestimmungsort in tausend Stücke sprengen. Dann hätte er das Geld; keine seiner weltweiten Investitionen wäre durch die Technologie des Raumschiffs bedroht; er müsste seinen Eigentumsanspruch nicht vor Gericht verteidigen; niemand könnte ihm etwas nachweisen. Und wenn Charley Pine die Untertasse fliegen würde, wäre er sie auf elegante Weise los.

Wenn Hedrick ein echtes Schwein wäre …

Charley fragte sich, ob er so weit vorausgedacht hatte.

Nach dem Abendessen mit führenden Abgeordneten und Senatoren des Kongresses kehrte der Präsident ins Oval Office zurück und schaltete den Fernseher ein. Wie halb Amerika versuchte auch er, so über die Untertassen-Geschichte auf dem Laufenden zu bleiben. Außerdem wollte er die Stimmung des Wahlvolks erkennen. Vier Bildschirme hatte er nebeneinander aufstellen lassen, um vier Programme gleichzeitig empfangen zu können. Außerdem hatte er ein Radio in Reichweite.

Wie Charley Pine in Australien, so verfolgte auch der Präsident den Auftritt von Professor Soldi. Und da er gerade allein war, zeigte er dem Archäologen den Stinkefinger.

Der alte Narr schien gar nicht zu begreifen, was er mit

seinen Visionen von Veränderung alles über den Haufen zu werfen drohte. Der Präsident hingegen war sich darüber genau im Klaren. Erfolgreiche Politiker wissen, welche Hebel sie in Bewegung setzen und auf welche Knöpfe sie drücken müssen. Natürlich geben sie Lippenbekenntnisse für den Wandel ab und verbringen ihr Berufsleben damit, ihn zu lenken, doch es ist ein schrittweiser Wandel, der so konzipiert ist, dass diejenigen davon profitieren, die die erfolgreichen Politiker schon unterstützt haben oder demnächst unterstützen werden – und das sind in der Regel die, die am oberen Ende der Nahrungskette sitzen und sich ohnehin am Feinsten gütlich tun. Der Präsident begriff intuitiv, dass die Veränderung, die Soldi vorschwebte, revolutionär war – eine von der Art, die Könige den Kopf kostete, den Zar an die Wand stellte und Republiken stürzte. Soldi war der Prophet eines neuen Zeitalters, und deshalb fürchtete ihn der Präsident.

Er sah sich gerade eine Straßenbefragung an, in der Otto Normalverbraucher zu Wort kam, als sein Stabschef O'Reilly eintrat.

»Bei Roger Hedrick steigern vier Gruppen um die Untertasse, Mr. President. Die Delegationen aus China, Russland und Japan sind gestern auf seiner Ranch angekommen, die aus der EU vor etwa zehn Stunden. Deren Verhandlungsführer ist Nicholas Pieraut vom Airbus-Vorstand. Vor zwei Stunden hat er die französische Regierung angerufen und berichtet, er sei in der Untertasse geflogen. Er war völlig euphorisch.«

»Hat die Außenministerin nicht gesagt, die EU würde nicht mitsteigern?«

»Das haben die europäischen Regierungen jedenfalls unseren Botschaftern mitgeteilt.«

Der Präsident schaltete die TV-Geräte per Fernbedienung aus und lehnte sich im Stuhl zurück.

»Haben sie gelogen oder ihre Meinung geändert?«

»Sie haben gelogen.«

»Und wir können ihnen nicht sagen, dass wir das wissen?«

»Wenn wir das tun …«

Der Präsident brachte O'Reilly mit einer Handbewegung zum Schweigen. Der amerikanische Geheimdienst war dem Rest der Welt bei der Dechiffrierung verschlüsselt übertragener elektronischer Nachrichten um Lichtjahre voraus und hörte seit langem die Gespräche ausländischer Regierungen ab. Informationen aufzudecken, die auf diese Weise gewonnen worden waren, hieße natürlich, das ganze Entschlüsselungs-Unternehmen zu gefährden.

»Dieser Schlamassel wird immer schlimmer«, meinte der Präsident. Er legte die Handflächen vor die Augen und dachte nach. Kurz darauf senkte er die Hände und stierte O'Reilly missmutig an. »Es wäre schlecht, wenn die Russen oder die Chinesen dieses Ding bekämen, und schlechter noch, wenn die Japaner es nach Hause brächten. Aber wenn die Europäer sich die Untertasse sicherten, wäre es eine Katastrophe. Die haben das Kapital und die Infrastruktur, um sich ihre Technologie sofort zu Nutze zu machen.«

O'Reilly sah so erledigt aus wie der Präsident. »Ich hab mit dem Vorsitzenden des Zentralbankrats zu Abend gegessen. Er hat gesagt, durch die Technologie des Raumschiffs könnte Europa zur weltweit führenden Wirtschaftsmacht werden.«

»Gibt's Hoffnung, dass die Europäer sich durch den Kauf finanziell übernehmen?«

»Wie denn? Wenn man davon ausgeht, dass das Bruttoinlandsprodukt durch die Technologie der Untertasse in den nächsten zehn Jahren jährlich um fünf Prozent zunimmt – wie viel kann man Hedrick dann zahlen? Zehn Prozent dieses Zuwachses? Zwanzig? Dreißig? Klar, am Anfang mag die Zunahme kleiner als fünf Prozent des BIP sein, aber sie nimmt mit Sicherheit bald zu – vielleicht sehr stark.«

»Und die australische Regierung?«

»Die streitet ab, dass sich die Untertasse im Land befindet.«

Rip Cantrell achtete darauf, auf seiner Fahrbahnseite zu bleiben, als er den Lieferwagen morgens um zehn aus Bathurst Richtung Westen zu Hedricks Rinderfarm steuerte. Er trug Hemd und Kappe des Auslieferungsfahrers.

Den hatte er in einer Bar abgesetzt. Der Mann war fest entschlossen, dort die umgerechnet tausend US-Dollar, die Rip ihm gegeben hatte, zu vertrinken. Rip hatte ihm feierlich versprochen, den Lieferwagen am Abend zurückzubringen, um das Gewissen des Fahrers zu beruhigen. Der hatte ihn nicht mal gefragt, wozu er den Wagen brauchte – kaum hatte er das Bargeld gesehen, hatte er in den Handel eingewilligt.

Nun saß Rip also am Steuer. Er trug seine neue Jacke, weil es am Vormittag ziemlich kalt war, und darunter ein Hemd, auf dessen linker Brusttasche »Fred« stand. Auf dem Kopf hatte er eine Kappe mit dem Namen des Einkaufszentrums über dem Schirm. So fuhr er den alten, mit Lebensmitteln vollgeladenen Lieferwagen über die Landstraße.

Dabei summte er vor sich hin, um sich von seinem flatterigen Magen abzulenken. Vielleicht würde es helfen, etwas zu essen? Schließlich waren seit dem Frühstück schon zwei Stunden vergangen. Gut – warum nicht?

Er hielt am Straßenrand und durchstöberte die Ladung, bis er eine Schachtel Donuts fand. Die Packung geöffnet auf dem Beifahrersitz und einen Hefekringel im Mund, lenkte er den Wagen wieder auf die Straße und fuhr weiter.

So weit, so gut, sagte er sich. Gleich würde er in Hedricks Feldlager kommen, und zwar unbewaffnet. Und ohne Plan. Dafür mit der Absicht, eine Frau zu finden und eine Untertasse zu stehlen.

Erfolgsaussichten? So gut wie null. Aber was blieb ihm übrig?

Er hatte keine Waffe, und selbst wenn er eine hätte, würde er auf niemanden schießen. Auch wusste er nicht, ob Charley auf dem Gelände war und sich das Raumschiff noch dort befand – vermutlich ja, denn schließlich hatte er es am Vortag fliegen sehen. Und er hatte keine Ahnung, wie viele Gorillas Hedrick um sich hatte.

Rip aß noch einen Donut.

Viel zu schnell kam er auf den öden, schnurgeraden Straßenabschnitt. Das Tor würde in fünf, sechs Kilometern auf der linken Seite auftauchen. Rip fuhr langsamer, schüttelte Arme und Hände aus und beschleunigte wieder.

Gut – mehr als sein Bestes konnte er nicht geben. Und auf ein bisschen Glück hoffen.

Er strich sich die Krümel vom Schoß und rückte die Kappe so zurecht, wie er es am liebsten mochte. Dann nahm er den Fuß vom Gas – die Einfahrt musste gleich kommen.

In der Hütte neben der geschlossenen Schranke hockten drei Kerle. Rip hielt neben dem Schuppen.

Einer der Wächter kam raus, musterte ihn und fragte: »Hab ich dich schon mal gesehen, Mann?«

Rip schüttelte nur den Kopf.

»Neu, was?«

Rip nickte und sagte dann: »Mhm.«

»Gut, fahr rein.« Der Wächter drückte auf das Gewicht am Ende des Schlagbaums, und die Schranke öffnete sich.

Rip ließ die Kupplung kommen und setzte den Lieferwagen in Bewegung. Dann nahm er die Kappe ab und wischte sich den Schweiß von der Stirn.

Die Schotterstraße verlief knapp zwei Kilometer schnurgerade, verließ dann die Bachniederung und zog sich kurvenreich drei Kilometer über hügeliges Gelände. Das Hauptgebäude mit den umliegenden Stallungen lag auf einem flachen Hügel. Zwischen den Gebäuden standen überall Lkws verstreut, bei denen sich Männer in Uniform aufhielten – Soldaten. Tatsächlich, bewaffnete Soldaten. Neben einem Laster entdeckte Rip einen Sandsackbunker, aus dessen Schießscharte der Lauf eines Maschinengewehrs ragte.

Hedrick besaß keine Privatarmee – er hatte die *australische* Armee hier! Rip fragte sich, wen man kennen und wie viel man zahlen musste, damit Soldaten einem das

Haus bewachten. Bewachten? Ach was! Die hatten das Gelände in eine Festung verwandelt. Mit wessen Angriff sie wohl rechneten?

Er sah die aufgereihten Verkehrsflugzeuge und natürlich den Hangar, in dem er die Untertasse vermutete, aber er konnte ja nicht einfach hinfahren und in die Halle gehen. Nicht bei all den Soldaten rundum! Stattdessen fuhr er an Pferdestall und Garage vorbei aufs Hauptgebäude zu.

Er nahm an, die Küche lag auf der Rückseite. Also umrundete er mit seinem Lieferwagen langsam das Haus. Richtig – hinter dem Gebäude befand sich eine Laderampe. Er setzte rückwärts ran und stellte den Motor ab.

Kaum im Haus, sah er einen Mann in Schürze und Kochmütze. »Lebensmittellieferung«, rief Rip und ließ den Daumen über die Schulter Richtung Auto schnellen.

»Für die Kühlung?«

»Überwiegend.«

»Bring alles in die Fleischkammer.« Dann hetzte der Koch davon. Die Kammer war leicht zu finden. Rip öffnete die Hecktüren des Wagens und machte sich an die Arbeit. Nach einer Viertelstunde war er fertig.

Den Lieferschein im Klemmbrett, ging Rip durch die Küche, in der sich nur zwei Personen aufhielten. Eine schrubbte große Töpfe, die andere arbeitete an einer Torte – einer Torte in Untertassenform!

Rip lief weiter und kam durch die Schwingtür in den Speisesaal. Dort deckte ein Dienstmädchen ein. Kurz darauf gelangte er ins Foyer, nahm die Kappe ab und stopfte sie in die Hosentasche.

Aus einem Zimmer drangen Stimmen, und er lauschte

an der Tür. Japanisch oder Chinesisch – schwer zu sagen. Er ging weiter.

Am Haupteingang angekommen, konnte er über die Veranda den Hangar sehen, der ein paar hundert Meter den flachen Hügel hinab lag. Drei Soldaten lungerten neben dem Personaleingang herum.

Morgen! Morgen würde er mit dem Fahrer des Lieferwagens wiederkommen und seine eigene Kleidung mitbringen. Während der Fahrer dann ablud, konnte er sich verstecken und nach Einbruch der Dunkelheit, wenn die Luft rein war, nach Charley suchen. Könnte er sie doch bloß finden …

»Was machst *du* denn hier am Haupteingang?«

Rip drehte sich um und sah sich einer Matrone in Dienstmädchen-Uniform gegenüber.

Wortlos streckte er ihr Klemmbrett und Kugelschreiber entgegen.

Sie warf einen kurzen Blick darauf. »Das unterschreibt der Koch. Verschwinde jetzt. Ab in die Küche mit dir, wie sich's gehört.«

Er marschierte los, die Haushälterin im Nacken. Als sie hinter ihm in die Küche kam, rief sie: »He, Koch!«

Der Mann mit der hohen, weißen Mütze sprang aus einem Verschlag neben der Küche, der ihm als Büro diente.

»Dieser Jackeroo hat sich im Haus rumgetrieben. Pass gefälligst auf deine Lieferanten auf.«

»Ja, Miss Padgett.«

»Unterschreib den Lieferschein und schieb den Kerl ab.«

Der Koch kritzelte seinen Namen aufs Papier. »Bis morgen, Junge.«

Mit einem letzten Blick auf die Torte ging Rip zum Auto zurück. Er schloss die Hecktüren, ließ den Motor an und fuhr langsam die Zufahrtsstraße runter. Dabei sah er sich die ganze Zeit nach Anhaltspunkten um, wo Charley stecken mochte.

Er wollte gerade bei einem Stall abbiegen, da entdeckte er sie, wie sie mit Pferdeschwanz und in Fliegerjacke und -anzug zwischen zwei Männern zum Hangar ging.

Charley Pine!

Er beschleunigte nicht, ließ sich Zeit und fuhr langsam an den Soldaten vorbei. Als er ein letztes Mal über die Schulter blickte, sah er unter einem Baum einen Panzer stehen.

Die Soldaten waren für Charley Pine eine Überraschung. Bis zum vorigen Abend hatte sie nur ein paar bewaffnete Männer gesehen, zusammen vielleicht ein Dutzend, und jetzt am Morgen waren überall welche, mindestens hundert. Auch sie sah den Panzer unterm Baum. Und einen zweiten, der durch Heuballen getarnt war – nur der Turm und die Kanone ragten heraus.

Als Charley sich dem Hangar näherte, sah sie Soldaten am Fuß des Hangs, der zum Hauptgebäude führte, Schützengräben ausheben.

Vor dem Personaleingang der Flugzeughalle standen drei Soldaten mit geschulterten Maschinengewehren. Einer von ihnen öffnete Charley und ihren Begleitern – einem japanischen Ingenieur und dem allgegenwärtigen Rigby – die Tür. Die Schwellung in Rigbys Gesicht war über Nacht ein bisschen zurückgegangen, doch die gelben und violetten Flecke waren noch immer beeindruckend.

Der Ingenieur hatte seine Fototasche dabei. Er wollte noch mehr Digitalaufnahmen vom Maschinenraum machen und sie per Satellitentelefon an die Großkopferten in Japan faxen. Hedrick hatte Charley dazu abkommandiert, ihn zu begleiten, bewacht natürlich – das verstand sich von selbst. Egal, wohin Charley ging, stets war Rigby mit seiner verbundenen Nase und seinem prächtig verbläuten Gesicht dabei. Er sah sie nie direkt an, auch nicht, wenn sie vor ihm stand. Vielleicht spürte er, dass ihm der Blick in ihre Augen mehr Verdruss bereiten würde, als er in seinem lädierten Zustand ertragen könnte. Charley bemerkte das und behielt es im Gedächtnis.

Wie das Raumschiff da mitten in der leeren Halle stand – das raubte ihr wieder den Atem. Es sah so spektakulär aus wie beim ersten Mal, damals, im Schein der Taschenlampen in der Wüste. Glatt und schnittig, dunkel und bedrohlich. Dieser Anblick ließ Charley innehalten. Auch der japanische Ingenieur blieb stehen, betrachtete die Untertasse einen Moment und ging dann darauf zu.

Sie öffnete die Einstiegsluke, trat beiseite, ließ den Ingenieur hochklettern und folgte ihm. Sollte Rigby doch sehen, wo er blieb. Der kam ihr natürlich direkt nach und setzte sich auf den Pilotensitz. Seine Logik war zwingend: Solange er auf diesem Platz saß, würde Charley nirgendwohin fliegen. Sie schaltete den Reaktor ein, und die Innenbeleuchtung sprang an.

Charley und der Ingenieur ließen sich auf alle viere nieder und krochen in den Maschinenraum. Die Lichtverhältnisse dort waren recht gut.

Der Ingenieur wollte, dass Charley mit dem Maßband half und es an die Geräte hielt, die er gerade fotografierte.

Während der Japaner den Separator und den Wasserstofftank aufnahm, kam Charley der Gedanke, der beste Platz für eine Bombe an Bord wäre wohl hinter dem Tank – dort konnte sie niemand sehen.

Sie wartete, bis der Ingenieur seine Bilder gemacht hatte und sich für einen Moment abwandte, um in seiner Fototasche zu kramen. Dann langte sie hinter den Tank … und ertastete etwas, das an ihm befestigt war. Es mochte etwa fünfundzwanzig Zentimeter lang und acht Zentimeter breit sein, und ein dünner Draht baumelte heraus.

Heiliger Bimbam! Dieser Drecksack Hedrick hatte tatsächlich eine Bombe an Bord gebracht!

Sie zog an dem Päckchen. Erst als sie kräftig zerrte, gaben die Magneten nach, und die Bombe lag in ihrer Hand. Charley legte sie auf den Boden und verbarg sie mit ihrem Körper vor den Blicken des Japaners.

Es handelte sich um mit Klebeband umwickelten Plastiksprengstoff, an dem ein rechteckiger Zündsatz von zehn mal fünf mal fünf Zentimetern Größe befestigt war; ein etwa dreißig Zentimeter langer Draht hing heraus – die Antenne. Eine Bombe mit Fernsteuerung.

Charley ließ sie liegen, denn der Ingenieur sah wieder zu ihr rüber. Sie zog ihre Fliegerjacke aus und warf sie über die Bombe.

Weitere fünfzehn Minuten vergingen mit Fotografieren. Dann packte der Japaner seine Ausrüstung ein und stieß dabei versehentlich seine Tasche um. Er begann sich zu entschuldigen und machte lauter kleine Verbeugungen, während er seine Sachen aufsammelte und wieder verstaute.

Charley nutzte die Gelegenheit, ihre Jacke – zusammen mit der Bombe – aufzuheben. Sie schob den Sprengsatz in eine Innentasche und faltete die Jacke so, dass er nicht auffiel.

Endlich hatte der Ingenieur alles eingesammelt und kroch nach drei, vier weiteren kleinen Verbeugungen vor ihr in die Passagierkabine zurück.

Charley folgte ihm direkt. Als sein Allerwertester die Luke zum Maschinenraum fast vollständig ausfüllte, griff sie hinter den Reaktor und zog die Bombe hervor, die der Japaner dort gerade deponiert hatte. Auch die wanderte in ihre Jacke.

Zehn Minuten später besah sich Charley auf der Damentoilette im Hauptgebäude ihre Jagdtrophäen. Beide Sprengsätze besaßen eine Fernsteuerung, und beide hatten Magneten, um sie an Metalloberflächen zu befestigen.

Sie nahm die erste Bombe in die Hand, also die, die sie hinter dem Wasserstofftank gefunden hatte. Wer mochte sie dort deponiert haben? Hedrick? Die Chinesen? Die Russen?

Vielleicht war Hedricks Bombe noch an Bord.

Nach dem Mittagessen war es so weit – die Auktion begann, und zwar in der Bibliothek im Erdgeschoss, einem sieben mal zehn Meter großen Saal, in dem für Hedrick ein Schreibtisch, für die bietenden Delegationen kleinere, im ganzen Raum verstreute Tische aufgebaut waren. Charley saß in einer Ecke neben einem riesigen, schwarzen Safe, auf dem B S & A stand, die Initialen der Eisenbahngesellschaft Brisbane – Sydney – Adelaide.

Charley machte es sich auf ihrem Stuhl bequem, um sich die Show anzusehen. Die Fliegerjacke lag auf ihrem Schoß.

Beim Essen hatte Hedrick sie an seinen Tisch gebeten,

wo auch Bernice saß. »Wenn die Auktion vorbei ist«, hatte er gesagt, »werden Sie die Untertasse für den neuen Eigentümer überführen. Ich werde Sie bezahlen, wie wir vereinbart haben, und Ihnen zusätzlich Geld für Ihr Flugticket in die Vereinigten Staaten geben. Und ich werde mit dem neuen Eigentümer vereinbaren, dass Sie zehntausend Dollar für die Überführung des Raumschiffs bekommen.«

»Sie sagen immer, Sie würden mich bezahlen, aber ich hab noch keinen Cent gesehen.«

Hedrick hatte in seine Tasche gelangt, ein Bündel Hunderter rausgezogen und ihr das Geld hingeworfen. »Das sind zehntausend US-Dollar. Den Rest bekommen Sie, wenn wir wissen, wie teuer Ihr Ticket wird.«

Charley hatte mit dem Finger auf die Scheine getippt. »Und wenn ich die nehme und in den Staaten einen Haftbefehl wegen Entführung gegen Sie erwirke?«

Hedrick hatte nur die Schultern gezuckt. »Tun Sie, was Sie für richtig halten.«

»Warum geben Sie mir keinen Scheck? Dann hätten Sie den Beweis, dass Sie mich bezahlt haben.«

»Schluss mit den Spielchen, Miss Pine. Scheck oder Bargeld – wie hätten Sie's lieber?«

Charley hatte das Bündel genommen, in die Hosentasche geschoben und »Egal« gesagt.

»Kann sein, dass die Versteigerung schon heute Abend zu Ende ist, vermutlich aber erst morgen. Also bitte keinen Wein mehr, damit Sie fliegen können.«

Zu Charleys Nicken hatte Bernice gestrahlt, als habe sie sagen wollen: Siehst du – der ist doch total nett.

Charley hatte sich ein Lächeln abgezwungen und dabei ihre Serviette auf dem Schoß ausgebreitet.

»Vielleicht«, meinte Hedrick, »möchten Sie die Auktion verfolgen?«

»Interessanter Vorschlag«, hatte Charley zurückgemeint und versucht, weder begeistert noch gelangweilt zu klingen. Schließlich hatte sie nichts Besseres zu tun, wenn sie nicht noch einen Landrover-Ausflug mit Bernice machen wollte, und für diesen Blödsinn tat ihr der Rücken einfach zu weh.

»Für mich zu arbeiten war doch am Ende gar nicht so schlimm«, hatte Hedrick lächelnd gesagt. Der Mistkerl wusste seinen Charme wirklich einzusetzen.

»Stimmt vermutlich«, hatte Charley geantwortet und zurückgelächelt. »Es war mir ein großes Vergnügen, Rigby die Nase zu brechen.«

Sie hatte sich tatsächlich ein bisschen erleichtert gefühlt. Vielleicht ist keine der Bomben von Hedrick – dieser Gedanke war ihr durch den Kopf gegangen, während die so entzückende und bierernste Bernice ausdauernd auf sie eingeschnattert hatte.

Als Charley nun in der Bibliothek saß und Hedrick beobachtete, begriff sie plötzlich, dass er ihr die zehntausend Dollar gezahlt hatte, damit sie sich beruhigte und nicht zu fliehen versuchte; damit sie einverstanden war, die Untertasse für die erfolgreichen Bieter zu überführen – um zusammen mit ihnen zu sterben.

Zehntausend Dollar waren Peanuts für Hedrick – so viel gab Bernice beim Einkaufen jede halbe Stunde aus.

Während der Auktion erledigten Bernice und eine weitere Assistentin den nötigen Papierkram und die damit verbundene Lauferei zwischen den Delegationen. Bei Hedrick saßen ein paar Männer mit schütterem Haar, die

Charley nicht kannte, und sie fragte Bernice bei Gelegenheit nach ihnen. Einer der Herren war vom australischen Finanzministerium, ein anderer vom Büro des Premierministers.

Wer also bisher der Meinung war, Hedrick verfügte nicht über beste Beziehungen, sollte noch mal nachdenken!

Jede Delegation hatte ihr erstes Gebot schon in petto – also war die Eröffnungsrunde schnell um. Alle vier Abordnungen boten den Mindestbetrag von zehn Milliarden Dollar. Als sie sich für den zweiten Durchgang berieten, schlenderte Bernice rüber zu Charley.

Die fragte, was es mit Sibirien auf sich habe.

»Ich glaube, Roger hat sich mit den Russen irgendwie geeinigt«, flüsterte Bernice. »Aber ich weiß nicht, worauf. Er mag es nicht, wenn ich ihm Fragen zum Geschäft stelle.«

»Verstehe.«

»Wenn er mich in nichts einweiht, warum will er dann, dass ich ihm bei solchen Sachen helfe?«, fragte Bernice. »Ich schätze, er betrachtet mich als billige Aushilfssekretärin.« Dabei lächelte sie. Charley dachte, Roger wolle Bernice doch nur um sich haben, damit sie denke, er möge sie – so hielt er sie bei sich.

Aber vielleicht mach ich mir über das Ganze zu viele Gedanken, dachte Charley und spürte, wie sie ärgerlich wurde. Und vielleicht mag Hedrick Bernice ja wirklich. Ist das nicht vollkommen egal?

Dann wieder … war sie sich der Bomben in ihren Jackentaschen genau bewusst.

Japaner und Europäer boten in der zweiten Runde jeweils zwanzig Milliarden, gefolgt von den Chinesen mit dreizehn. Die Russen hatten mit elf Milliarden Dollar ihren Einsatz nur um das Minimum erhöht.

Danach wollte jede Delegation telefonieren, und das dauerte einige Zeit.

Die dritte Runde zog sich noch länger hin. Inzwischen lagen die Gebote um die fünfunddreißig Milliarden.

Nach der fünften Runde lag das Höchstgebot bei achtundfünfzig Milliarden, und noch war keiner ausgestiegen. Die Delegierten schwitzten jetzt. Längst waren die Schlipsknoten gelockert und die Jacketts über die Stuhllehnen gehängt; selbst Roger Hedrick war ein bisschen angespannt. Auch er hatte seine Krawatte bequemer gerückt und beobachtete jede Delegation mit Argusaugen.

Zu diesem Zeitpunkt dachte Charley, am wenigsten wahrscheinlich sei es, dass die Russen die Untertasse kaufen würden. Die Japaner verströmten Selbstvertrauen, doch Charley wusste von der Bombe, die einer der Ingenieure angebracht hatte – also hatten sie wohl eine finanzielle Obergrenze, über die ihre Regierung nicht hinausgehen wollte. Charley war ganz damit beschäftigt, wie nah sie dieser Grenze gekommen sein mochten.

Würde es nur noch eine Runde geben? Oder zwei?

Die Chinesen schienen sich am besten unter Kontrolle zu haben. Ihr Delegationsleiter war so ruhig, als spiele er schon die ganze Zeit Mah-Jongg, und zwar um Streichhölzer. Er war der Einzige im Saal, der noch sein Jackett trug. Wenn er ein Limit hatte, das er nicht überschreiten durfte, ließ er es sich jedenfalls nicht anmerken.

Genau das schien die Japaner zu beunruhigen, die die Chinesen die ganze Zeit argwöhnisch musterten.

Die Europäer diskutierten miteinander. Immer wieder steckten sie heftig flüsternd die Köpfe zusammen, verließen die Bibliothek, kamen zurück, tuschelten und verschwanden erneut.

Es ging langsam auf fünf Uhr zu, und die Gebote für die sechste Runde waren noch nicht ausgefüllt, als Bernice wieder mal zu Charley rüberkam. »Roger sagt, das ist der letzte Durchgang für heute. Möchten Sie sich vor dem Abendbrot frisch machen?«

»Gerne«, meinte Charley Pine und hob ihre Fliegerjacke auf, die neben ihr auf dem Boden gelegen hatte. Jetzt, wo nur noch eine Bombe drin steckte, war sie viel leichter.

Auf dem Weg zur Tür lächelte Charley in sich hinein.

Beim Essen erfuhr Charley Pine, wie die sechste Auktionsrunde ausgegangen war. Alle vier Bieter waren noch im Rennen, wobei die Japaner mit zweiundsechzig Komma sechs Milliarden Dollar das höchste Gebot abgegeben hatten.

Charley trug ein französisches Kleid von Bernice. Ivan, der russische Romeo, war zu sehr damit beschäftigt, sich leise mit den Mitgliedern seiner Delegation zu unterhalten, um auf Charley zu achten, doch Pieraut lächelte ihr sehr angetan zu. Ah – die Franzosen!

Dieses Lächeln tat ihr gut.

Sie fragte sich, ob Rip Cantrell sie in diesem Kleid mögen würde, und hatte dann eine Stunde lang ein vages Schuldgefühl. Immerhin war der Bursche rund acht Jahre jünger als sie.

Na ja – wenigstens hatte sie zehntausend Mäuse in der

Tasche. Wenn, nein, *falls* sie in die Staaten zurückkäme, würde sie den Personalchef des Flugzeugherstellers anrufen und fragen, ob das Angebot, dort als Testpilotin zu arbeiten, noch galt. Fraglich, ob man sie nach der ganzen Aufregung um die Untertasse noch einstellen wollte. Wenn nicht, gab es immer Alternativen. Und falls sie niemanden beschwatzen konnte, sie wenigstens ins Cockpit einer Nuckelpinne zu lassen, würde sie ihren Pilotenschein eben zerreißen.

Mit diesen Gedanken machte sie sich über ihr Steak her.

Auch Rip Cantrell arbeitete sich gerade durch ein Steak. Erstaunlicherweise war der Fahrer des Lieferwagens noch auf den Beinen gewesen, als Rip das Auto zurückbrachte. Und das, obwohl er anscheinend den ganzen Tag in der Bar Bier getrunken hatte.

»Komm, Junge«, hatte der Mann gesagt. »Setz dich, ich geb einen aus.«

Nachdem Rip den Lieferwagen auf dem Parkplatz des Einkaufszentrums abgestellt hatte, hatte er darauf bestanden, den Fahrer zum Abendessen einzuladen. Nun aßen die beiden Kängurusteak.

»War ein Glückstag für mich, dass du aufgetaucht bist«, meinte der Fahrer. Er war von Bier zu Whiskey übergegangen.

»Bist du verheiratet?«

»Und wie – ich hab 'ne kleine Frau zu Hause.«

»Willst du sie anrufen? Frag sie, ob sie nicht kommen möchte. Die lade ich auch zum Essen ein.«

»Hierher? O nein, Junge! Das ist kein Lokal für sie.«

»Sieht doch ganz anständig aus.«

»Es geht um meinen Ruf, Junge. Um meinen Ruf geht's. Meine Kumpels würden mich damit immer aufziehen. Nee, nee – die kleine Frau bleibt zu Hause. Ich verdien das Geld, und sie kümmert sich um mich – so wie sich's gehört zwischen Mann und Frau.« Er hob feierlich den Zeigefinger: »Ihr amerikanischen Männer seid viel zu nett zu euren Frauen. Siehst du – das macht es für beide Seiten schwer.«

»Du bist ein Philosoph, Fred – das seh ich.«

»Ich mag dich, Junge.«

»Wie sieht's aus – nimmst du mich morgen mit, wenn du zu Hedricks Ranch fährst?«

»Kann ich nicht machen. Ist gegen die Firmenvorschriften. Keine Mitfahrer, heißt es ausdrücklich. Wer dagegen verstößt, fliegt raus.«

»Bringt fünfhundert Piepen – amerikanische.«

»Wie viele sind das auf Australisch?«

»Etwa achthundert.«

»Manchmal kann man eine Ausnahme machen, Junge.«

»Das Höchstgebot in der sechsten und letzten Runde des ersten Auktionstags waren zweiundsechzig Komma sechs *Milliarden* Dollar«, berichtete ein Berater dem verschlafenen Präsidenten am Telefon.

»Von wem?«

»Von den Japanern.«

»Ist jemand ausgestiegen?«

»Nein, Sir. Alle vier Bieter sind noch im Rennen.«

Der Präsident sah auf die Leuchtzeiger des Weckers auf dem Nachttisch – kurz vor fünf Uhr morgens. »Wann macht der Hyperschallaufklärer Luftaufnahmen?«

»Ein paar Minuten, nachdem in Australien die Sonne

aufgegangen ist, Sir. Dann ist es hier etwa zwei Uhr nachmittags.«

»Und die Radarbilder?«

»Die empfangen wir gerade, Sir.«

»Lassen Sie General de Laurio und den obersten Sicherheitsberater zum Frühstück ins Weiße Haus kommen. Wir sehen uns dann die Aufnahmen an.«

»Jawohl, Sir.«

17

Rip Cantrell staunte, als er sah, was die Soldaten über Nacht auf Hedricks Rinderfarm geleistet hatten. Überall waren Schützengräben ausgehoben und Sandsackstellungen errichtet, als hätte ein riesiges Waldmurmeltier einen Wühlanfall gehabt. Und sechs Panzer waren rund um den Gebäudekomplex in Stellung gegangen.

»So viele Soldaten hab ich seit meiner Militärzeit nicht mehr gesehen«, meinte der Fahrer des Lieferwagens.

»Sieht aus wie ein Armee-Standort, hm?«

»Was die hier bloß machen?«

»Vielleicht hat Hedrick ein hohes Tier aus dem Ausland zu Gast?«

»Tja, möglicherweise.«

Der Fahrer setzte rückwärts an die Laderampe der Küche. »Du könntest mir beim Reintragen helfen.«

»Klar«, sagte Rip. »Aber denk dran – ich hab ohne Rückfahrt gebucht. Kurv einfach ganz unschuldig hier raus und in die Stadt zurück.«

»Mann, das gefällt mir nicht. Erst das Rumgemosere der Typen am Eingangstor und hier die ganzen Soldaten …«

»Willst du mir mein Geld zurückgeben?«

»Ach was – es ist dein Risiko, Junge, nicht meins.«

Damit öffnete der Fahrer die Tür und stieg aus; Rip sprang auf seiner Seite ab. In der Küche waren weder Koch noch Haushälterin zu sehen, nur zwei Küchenhilfen, die Tee machten.

Ein paarmal ging Rip mit Lebensmitteltüten ins Vorratslager, während zwei Kellner mit Teekannen zwischen Küche und Speisesaal pendelten. Als die Küchenhilfen sich abwandten und die Kellner gerade rausliefen, sah Rip durchs Türfenster in den Speisesaal. Dort waren noch etwa zwanzig Leute beim Frühstück. Charley saß mit dem Rücken zu ihm an einem Tisch – diesen Pferdeschwanz würde er überall wiedererkennen! Und dann hatte sie natürlich auch den Fliegeranzug der Luftwaffe an.

Einmal half Rip dem Fahrer noch beim Schleppen, sprang dann von der Laderampe, lief am Haus entlang zu einem Dienstboteneingang, den er am Tag zuvor entdeckt hatte, und drückte die Klinke – nicht abgeschlossen.

Er schlüpfte ins Haus und zog die Tür hinter sich zu.

Der Flur, in dem er nun stand, war lang und schmal, ein Durchgang, damit das Personal nicht durch den repräsentativen Teil des Hauses lief. Nicht abzusehen, wann ihm jemand begegnen würde – also trabte er einfach los.

Links tauchte eine Tür auf. Er öffnete sie einen Spalt, sah in die Küche und ließ sie leise wieder ins Schloss fallen.

Rechts zweigte ein anderer Durchgang ab. Den nahm er. Fünfzehn Meter vor ihm begann eine Treppe, bei der zwei Türen abgingen. Er machte eine auf – die Waschküche. Hinter der anderen befand sich die Zentralheizung. Hier war niemand – Rip glitt hinein und schloss die Tür.

Durch zwei Fenster oben an der Wand fiel etwas Tageslicht. Wenn sie nicht aus Milchglas gewesen wären, hätte Rip von hier aus Hof und Hangar sehen können.

Er schlich über den Flur in die Waschküche und fand dort eine grüne Hose und ein Hemd, die nur einem Gärtner gehören konnten; die Hosenbeine hatten vom Knien auf feuchter Erde zwei ausgeblichene Stellen.

Rip schlüpfte aus seinen Sachen und zog sich die Hose an: ein bisschen weit. Das Hemd passte, solange er die Ärmel nicht zuknöpfte. Er fuhr wieder in seine Jacke und ließ den Reißverschluss offen.

Im Heizungsraum fand er einen spärlich bestückten Werkzeugkasten. Damit würde er auskommen müssen.

Als Hedrick zum Frühstück in den Speisesaal kam, sagten ihm zwei der vier Bieter, sie wollten noch mal in die Untertasse. Charley Pine, die einen Tisch weiter an ihrem Kaffee nippte, wandte sich zur Seite, um die Diskussion zu verfolgen.

Hedrick musterte die Leiter der chinesischen und der EU-Delegation alles andere als begeistert. »Jeder hatte reichlich Gelegenheit, das Raumschiff zu inspizieren. Weitere Untersuchungen verzögern bloß die Fortsetzung der Auktion, die, wie verabredet, planmäßig um elf weitergeht ...« – Hedrick sah auf die Uhr – »... also in siebenundzwanzig Minuten.«

Darauf entgegnete Pieraut: »Meine Regierung hat Fragen, Mr. Hedrick, die ich zu beantworten versuchen muss. Ich bin bloß Beauftragter meines Landes.«

Der chinesische Delegationsleiter äußerte sich genauso. Er habe auch keine Wahl, setzte er hinzu.

Hedrick musste ihrem Wunsch entsprechen und tat das ohne weiteren Widerspruch. Charley Pine sollte die Auktionsparteien begleiten.

Auf dem Weg zum Hangar kamen sie an jemandem vorbei, der auf dem Bürgersteig kniete und an einem Verteilerkasten arbeitete. Weder Charley noch ihre Begleiter beachteten den Handwerker. Er hingegen sah ihr und den vier Männern nach, bis sie in der Flugzeughalle verschwanden. Dann wandte sich Rip Cantrell wieder der Fummelei am Verteilerkasten zu.

Als die kleine Gruppe in den Hangar kam, stand Rigby bereits neben der Untertasse. Er beobachtete, wie alle nacheinander ins Raumschiff stiegen, und kletterte hinterher.

Charley saß eine Stunde gelangweilt auf einem Passagiersitz und sah den Ingenieuren beim Untersuchen, Fotografieren und Ausmessen zu. Hedrick hatte strikt verboten, etwas auseinander zu nehmen.

Rigby lümmelte im Cockpit und beobachtete Charley Pine wie die Katze die Maus. Roger Hedrick ging anscheinend kein Risiko ein. Er hatte Charley bezahlt und ihr noch mehr Geld versprochen, doch er wollte keine Gefahr laufen, dass sie mit der Untertasse wegflog, ehe er von einem der Bieter eine riesige Summe eingestrichen hatte.

Ob Charley das Raumschiff gleich fliegen wird? Wann kommt sie aus dem Hangar? Diese Fragen gingen Rip durch den Kopf, während er die Verteilerkästen der Außenbeleuchtung untersuchte. Dann musterte er das Hauptgebäude. Vielleicht sollte er reingehen. Aber wohin?

Ständig kamen Soldaten – vermutlich auf Meldegängen – vorbei, und neben der Flugzeughalle war ein Bagger im Einsatz, der offenbar Schützengräben aushob.

Auch ein paar bewaffnete Zivilisten strichen über das Gelände, doch keiner von ihnen schien Rip weiter zu beachten.

Dennoch – er konnte nicht ewig Verteilerkästen öffnen und darin rumstochern, ohne unerwünschte Aufmerksamkeit zu erregen. Er musste irgendwohin und etwas tun, bis sich eine Gelegenheit ergab, mit Charley zu türmen.

Aber was?

»So wahr ich hier stehe – wenn das nicht der alte Bandwurmknabe persönlich ist!« Eine amerikanische Stimme.

Rip sah hoch und direkt ins Gesicht von Bill Taggart, neben dem der große Australier aus der Sahara stand, Red Sharkey. Und dahinter noch zwei Männer, beide mit Gewehren.

Also stand Rip auf und wischte sich die Hände an der Hose ab. »Was machst du hier, Taggart?«

»Richtig reich werden, Junge.« Er zog einen Scheck aus der Hemdtasche und wedelte damit herum. »Der alte Hedrick bezahlt seine Schulden, das muss man ihm lassen. Ich hab ihm von der Untertasse erzählt und damit eine Stange Geld verdient.«

Rip wurde wütend. »Dazu hattest du kein Recht!«

»Dazu hatte ich alles Recht der Welt, Jungchen. Das Raumschiff gehört mir genauso wie dir. Ich hab einen Weg gefunden, aus dem Ding Geld zu machen, viel Geld.«

»Genug gequatscht«, sagte Red Sharkey und legte Rip unsanft die Hand auf die Schulter. Der schüttelte sie ab, holte nach Taggart aus und traf ihn im Nacken. Bill ging völlig verblüfft zu Boden.

Sharkey und seine Männer packten Rip bei den Armen.

»Ich hab gedacht, ich seh dich nach dem Untertassen-Klau in der Wüste nie wieder, Jungchen«, meinte Sharkey. »Damals, als du uns den liebevollen Händen von Gaddhafis Kameltreibern überlassen hast. Mit dir hab ich ein Hühnchen zu rupfen.«

Red Sharkey holte zu einem Kinnhaken aus. Rip drehte sich so, dass Schulter und Wange das meiste abbekamen, doch der Schlag ließ ihn wanken.

Einer der Männer protestierte: »Es kostet uns den Job, Sharkey, wenn du dich hier auf dem Rasen prügelst.«

»Der kleine Drecksack hat's verdient«, knurrte Taggart, rieb sich den Nacken und stand langsam auf. Er war höllisch sauer.

Red Sharkey drehte Rip den Arm auf den Rücken. »Komm jetzt brav mit, oder ich kugele dir den aus.«

Sharkey und seine Leute brachten Rip ins Haus; Taggart blieb auf dem Bürgersteig stehen und sah ihnen nach.

Sie führten Rip in ein kleines Zimmer, in dem ein paar Stühle standen. »Passt auf ihn auf«, sagte Sharkey zu seinen beiden Begleitern und verließ den Raum.

Rip ließ sich auf einen Stuhl fallen und schüttelte den Arm aus, damit der Schmerz nachließ.

Kaum zwei Minuten später war Sharkey wieder da, mit Hedrick im Schlepp.

»Mr Cantrell – Sie sind's tatsächlich. Das ist eine ziemliche Überraschung«, meinte er lächelnd. »Willkommen in Australien.«

Rip antwortete nicht.

Hedricks Lächeln verschwand. »Wie ist der aufs Gelände gekommen?«, fragte er Sharkey.

»Keine Ahnung, Sir. Wir haben ihn draußen aufgestöbert, als er an den Verteilerkästen für die Rasenbeleuchtung rumgespielt hat.«

»Bring ihn zum Hangar und zeig ihn Miss Pine. Sperr ihn danach irgendwo ein. Und lass einen Wächter bei ihm.«

Die Beine hätten Rip fast im Stich gelassen, als er die Untertasse in der Flugzeughalle stehen sah – ihr so nah und doch so fern.

Sharkey rief Charley durch die Luke. Sie kam raus, blieb stehen und sah Rip an, der von Sharkeys Gorillas flankiert war.

»Mr. Hedrick hat gesagt, ich soll Ihnen den hier zeigen. Jetzt haben Sie ihn gesehen.«

Rip stopfte die Hände in die Taschen, damit niemand merkte, wie sie zitterten.

Charley sah wunderschön aus.

Sie ging zu ihm und streichelte seine Wange.

»Mehr Romantik ist nicht«, rief Red Sharkey verdrossen. »Sonst werd ich fuchsig.«

Die Gorillas drehten Rip um hundertachtzig Grad und brachten ihn weg.

Charley stand wie angewurzelt da und sah ihm nach.

Sharkey blieb bei ihr. »Hedrick hat gemeint, ich soll Ihnen eins klipp und klar sagen: Irgendwelche faulen Sachen, und der Kerl ist dran.«

Charley Pine kletterte in die Untertasse zurück.

Kurz nach zwölf erklärten die Ingenieure, sie seien zufrieden, und kletterten – gefolgt von Charley – aus dem Raumschiff.

Rigby blieb in der Untertasse. Die Ingenieure wandten sich zum Personaleingang und verließen den Hangar.

Was Rigby wohl da drin macht?

Charley dehnte sich, machte ein paar Kniebeugen und langte bei gestreckten Beinen an die Stahlkappen ihrer ledernen Fliegerstiefel.

Die Halle war ausgestorben.

Wo haben sie Rip bloß hingeschleppt?

Ich sollte die Untertasse wegfliegen. Einfach durch die Tür brechen, die Raketen zünden und in null Komma nichts verschwinden.

Hedrick tut Rip schon nichts. Er wird ihn am Ende freilassen.

Doch schon als Charley das dachte, glaubte sie nicht daran.

Mutterseelenallein, erschöpft und deprimiert stand sie da, als Rigby aus der Luke sprang und vornübergebeugt auf sie zuhielt.

Gerade als er unter dem Rumpf vorkam und sich aufrichtete, sprang Charley hoch und trat mit dem rechten Fuß zu. Sie zielte auf seinen Kehlkopf, verfehlte ihn aber. Immerhin traf ihr Stiefel Rigby genau auf den Mund.

Sein Kopf knallte gegen die abgerundete Kante des

Raumschiffs, und Rigby ging auf alle viere. Blut schoss ihm aus dem Mund. Er spuckte ein paar Zähne aus, schüttelte den Kopf und sammelte Kräfte.

Dann sah er hoch, nahm Charley ins Visier, hockte sich mit verzerrten Lippen auf und wollte aufstehen.

Wieder stieß sie aus Leibeskräften zu und legte ihr ganzes Gewicht in den Tritt. Diesmal erwischte sie Rigby voll an der Nase. Das machte ein furchtbares Geräusch und riss ihm den Verband ab.

Die Wucht ihres Tritts ließ Rigby rücklings auf den Beton krachen. Er lag ganz ruhig da. Ohnmächtig. Blut strömte ihm aus dem Mund und aus dem unförmigen Höcker, der seine Nase gewesen war.

Charley Pine nahm ihren Mut zusammen, bückte sich und tastete Rigbys Achseln ab. Nichts. Sie drehte ihn auf die Seite, klopfte sein Kreuz ab und fand ein Pistolenhalfter.

Die Waffe – eine hübsche, kleine .38er Walther, geladen und mit vollem Magazin – steckte sie in ihren Fliegeranzug und kletterte in die Untertasse.

In der Kabine blieb sie stehen, versuchte, wieder ruhig zu atmen, sah sich um und überlegte.

Falls die Ingenieure hier eine Bombe versteckt hatten – wo wohl? Bestimmt war ihnen klar, dass das Raumschiff noch mal überprüft werden mochte. Oder noch zwei-, dreimal.

Charley begann die Suche im Maschinenraum.

Zehn Minuten später war sie wieder in der Passagierkabine.

Ein Chinese hatte unter die Fußbodenplatten geschaut.

Auch Charley öffnete nun diese Platten – und ertastete

mit den Fingerspitzen eine Bombe. Sie war so weit wie möglich unter den Kabinenboden geschoben und in einen Spalt gezwängt, der mit bloßem Auge nicht zu sehen war. Vorsichtig zog sie den Sprengsatz aus seinem Versteck und schob ihn in ihre Jacke.

Hatte auch der deutsche Ingenieur in das Loch geschaut? Charley war sich nicht sicher.

Sie suchte noch zehn Minuten fieberhaft alles ab, was sich die Ingenieure angesehen hatten. Nichts.

Rigby lag noch immer auf dem Boden des Hangars. Er hatte sich kein bisschen bewegt.

Vielleicht ist er tot?

Soll ich nachsehen, ob er noch atmet?

Ach was …

Draußen auf dem Rollfeld standen vier Passagiermaschinen: zwei Gulfstream V – eine mit dem Familienwappen der Hedricks am Heck –, ein russisches Verkehrsflugzeug und eine Boeing 737. Charley ging sich die vier Vögel ansehen.

Die vor dem Hangar postierten Soldaten ließen sie unbehelligt – sie bewachten die Halle, nicht die Flugzeuge.

Charley schob die Bombe, die sie von gestern übrig hatte, in die rechte Fahrwerkklappe von Hedricks Gulfstream und versteckte die Bombe, die sie gerade gefunden hatte, im Fahrwerk der chinesischen Boeing.

Dann ging sie zum Hauptgebäude zurück. Die Soldaten waren in Gespräche vertieft und achteten nicht auf sie.

Das Mittagessen verlief in gedrückter Stimmung. Die Mitglieder aller Delegationen waren angespannt und innerlich sehr beschäftigt und sagten kaum ein Wort. Sie schlangen ihre Mahlzeit runter und verschwanden dann eilig, um untereinander zu beraten und auf den letzten Drücker Ferngespräche zu führen.

Ihre Tischgenossen waren verschwunden, doch Charley stocherte noch immer auf ihrem vollen Teller herum und brachte keinen Bissen runter. Da kam Bernice mit breitem Lächeln reingeschneit.

»Bald ist es geschafft, sagt Roger. Die Entscheidung fällt heute Nachmittag.« Bernice kicherte. »Roger ist ja so aufgeregt! Demnächst ist er der reichste Mann der Welt.«

»Freut mich für ihn«, meinte Charley.

»Und mich erst!«, schwärmte Bernice. »Er hat so schwer dafür gearbeitet!«

»Stimmt.«

»Wir erleben einen historischen Moment – ist das nicht großartig! Ich spüre richtig, wie elektrisiert die Stimmung ist.«

Sie verschwand mit schnellen Schritten Richtung Bibliothek und ließ Charley vor dem vollen Teller sitzen.

Die schenkte sich Kaffee ein, ging damit über den Flur in den Fernsehraum, machte es sich in einem der viel zu weich gepolsterten Sessel bequem und zappte durchs Programm, bis Professor Soldis sonnengebräuntes Gesicht vor der Kamera auftauchte.

»... Natürlich gibt es keine Beweise für meine Theorien, allerdings haben die Archäologen auch keine, um sie zu widerlegen.«

»Aber Ihre These, der Homo sapiens sei mit der Untertasse auf die Erde gekommen, läuft doch unweigerlich darauf hinaus, dass die frühe Menschheitsentwicklung völlig neu geschrieben werden muss.«

Soldi schüttelte den Kopf. »Nein, Sir, nicht völlig neu. Die Vorgeschichte des Menschen ist uns bisher nur ausschnittweise bekannt, und das Wenige, das wir wissen, wurde womöglich falsch interpretiert. Tatsache ist, dass die frühesten archäologischen Funde des Homo sapiens – also des Menschen, der heute die Erde bevölkert – nur hunderttausend Jahre alt sind. Alle älteren Funde stammen vom Neandertaler oder vom Homo erectus.«

»Dann könnte es also sein, dass die Insassen der Untertasse die Vorläufer des Menschen verdrängt haben, die damals auf der Erde lebten?«

»Sie könnten sie verdrängt oder getötet haben. Oder sie haben einfach überlebt, während die Frühformen des Menschen ausgestorben sind. Darüber wissen wir so wenig, dass wir nicht mal Vermutungen anstellen können.«

»Professor, Sie haben eingeräumt, Ihre Theorie beruhe auf der Annahme, die Evolution habe anderswo einen ähnlichen Verlauf genommen. Würden Sie dazu bitte etwas sagen?«

»Ich denke, die Evolution verläuft unter ähnlichen Bedingungen ähnlich«, erläuterte Professor Soldi. »Unter gleichen Voraussetzungen sind auch die Evolutionsbedingungen gleich. Statistiker dürften im Hinblick auf die Wahrscheinlichkeitstheorie sagen, die Verhältnisse seien nur in den seltensten Fällen gleich – aber wenn schon, denn schon. Wenn beispielsweise ein Stern von der Größe unserer Sonne einen Planeten hat, der in Größe und Entfernung unserer Erde entspricht, können wir davon ausgehen, dass die auf diesem Planeten herrschenden chemischen und physikalischen Gesetze ihn der Erde sehr ähnlich machen. Die Menschen vergessen anscheinend, dass unsere Galaxis, die Milchstraße, aus mindestens hundert Milliarden Sternen besteht. Und es gibt Milliarden Galaxien.

Im Universum existieren nicht ein oder zwei Planeten, die der Erde ähnlich sind«, fuhr Soldi mit zusammengekniffenen Lidern fort, »sondern Hunderte. Tausende. Vielleicht Hunderttausende. Könnte nicht eine dieser hunderttausend unserer Erde ähnlichen Welten von Wesen bevölkert sein, die uns ähneln? Ich behaupte: Es wäre erstaunlich, wenn es nicht so wäre.«

»Also sind wir nicht allein im Universum?«, fragte der Reporter.

»Natürlich nicht. Da können Sie jeden fragen, der die Untertasse gesehen hat.«

Charley Pine nahm die Fernbedienung. Kaum hatte sie das Gerät ausgeschaltet, sagte eine männliche Stimme hinter ihr: »Ich schätze, das Ding stammt aus Brasilien.«

Sie drehte sich um: Sharkey.

Charley stand auf und ging über den Flur zur Bibliothek. Die Tür war geschlossen, daneben saß ein bewaffneter Mann auf einem Hocker. Er sagte kein Wort, als sie reinging.

Rip Cantrell saß im Stall in einer leeren Pferdebox. Die hatte keine Tür, doch an der Stallwand gegenüber hockte ein Wächter mit auf die Schenkel gelegtem Gewehr.

Oberhalb von Rip fiel ein Sonnenstrahl durch eine kleine Glasscheibe – Fenster konnte man die kaum nennen – ins Gebäude. Rip saß im Heu und bemühte sich nachzudenken. Gefesselt oder angekettet war er nicht. Alles, was ihn in seiner Box hielt, war die stillschweigende Drohung seines Bewachers, ihn zu erschießen, falls er versuchte, sich davonzumachen.

Der Wächter war etwa vierzig, kaum mehr als mittelgroß und leicht untersetzt. Aus dem Halfter unter seiner linken Achsel ragte ein Pistolenkolben. Sein Maschinengewehr wies die ganze Zeit vage in Rips Richtung, und seine rechte Hand blieb nah am Abzug.

»Hey!«, sagte Rip, um eine Unterhaltung in Gang zu bringen.

Der Wächter blinzelte nicht mal.

Rip rückte ein wenig hin und her, um bequemer zu sitzen.

Er hatte noch einen Standardschraubenzieher in der Tasche, denn Sharkey hatte vergessen, ihn zu filzen. Rip spürte ihn, als er einen Arm auf den Schoß legte. Die Klinge war etwa zehn Zentimeter lang.

Ohne sich zu rühren, ging Rip im Geiste durch, was er bei sich trug – seine Brieftasche, den Schlüssel des geliehenen Wagens und den zu seinem Hotelzimmer, amerikanische und australische Münzen und Geldscheine, eine Büroklammer, einen Kugelschreiber und eine Reportage über Esssüchtige, die er vor ein paar Tagen bei Onkel Egg aus der Zeitung gerissen hatte.

Taggart … auf den wäre er nie gekommen. Na ja, selber schuld, dem zu trauen.

Er dachte an Dutch Haagen. Ob der ihn auch gelinkt hatte?

Jedenfalls saß er hier fest. Ehe der bewaffnete Hanswurst da drüben nicht einschlief oder verschwand, würde er nirgendwohin kommen.

Rip seufzte und lehnte sich an die Wand, um sich ausruhen. Kurz darauf schloss er die Augen und versuchte zu schlafen.

Charley Pine … Er berührte seine Wange. Dort hatte sie ihn gestreichelt … Er bekam eine Gänsehaut.

Charley saß in der Bibliothek auf ihrem Stammplatz neben dem Safe. Die Spannung im Saal war mit Händen zu greifen. Von den Bietern wirkten nur die Abgesandten der EU halbwegs locker. Roger Hedrick war ganz Geschäftsmann und verbarg seine Gefühle hinter der Maske einstudierter Gelassenheit. Dennoch glaubte Charley, die Person hinter dem Pokerface manchmal flüchtig zu Gesicht zu bekommen – einen Mann, dem bewusst war, einen Royal Flush auf der Hand zu haben.

Pieraut hatte das neue Gebot der EU zu Papier gebracht, setzte seine schwungvolle Unterschrift darunter, schob das Blatt in einen Umschlag und gab ihn Bernice.

Damit war die Runde komplett. Bernice reichte Hedrick die vier Umschläge und nahm zwischen dem Abgesandten des australischen Premierministers und dem Beamten vom Finanzministerium Platz, die auch am zweiten Tag die Versteigerung verfolgten.

Hedrick öffnete die Umschläge, ordnete die Gebote vor sich auf dem Schreibtisch, legte das Blatt, das er nach ganz rechts geschoben hatte, auf die linke Seite und sah mit unbewegter Miene auf.

»Meine Herren, es sind sechsundsiebzig Milliarden, zweiundachtzig Milliarden, sechsundachtzig Milliarden und einhundertfünfzig Milliarden geboten.«

Die Chinesen, Japaner und Russen saßen fassungslos

da und starrten ihre Konkurrenten an. Pieraut strahlte leutselig.

Der Leiter der chinesischen Delegation stand auf und stopfte seine Unterlagen in die Aktentasche. Seine Kollegen folgten diesem Beispiel. Kaum hatten sie gepackt, gingen sie wortlos aus dem Saal.

Die Japaner räumten langsam ihre Papiere zusammen. Dann verbeugten sie sich nacheinander erst vor Hedrick, dann vor den verbliebenen Bietern und verließen die Bibliothek im Gänsemarsch.

»Ich muss mit meiner Regierung Rücksprache halten«, erklärte Krasnoyarsk, der Leiter der russischen Delegation.

»Aber gern«, sagte Hedrick freundlich. »Wir treffen uns hier in zwanzig Minuten wieder.«

Der Russe ging raus.

Pieraut zündete sich eine Zigarette an und inhalierte genüsslich. »Sollte in der nächsten Runde niemand bieten, sind wir die Sieger, nehme ich an?«

»Nach den Regeln der Auktion«, bestätigte Hedrick, »ist das in der Tat der Fall.«

»Wohin soll Ihnen das Geld angewiesen werden? Vorausgesetzt natürlich, wir gewinnen.«

Hedrick gab Bernice ein Blatt Papier, und diese brachte es Pieraut. »Das ist das Verzeichnis der Banken«, sagte Hedrick. »Falls Sie gewinnen, lassen Sie das Geld dorthin anweisen. Wenn die Banken den Erhalt bestätigt haben, gehört die Untertasse Ihnen.«

»Haben Sie damit gerechnet, das Raumschiff so teuer zu verkaufen?«

»Ich lasse mich ungern auf müßige Spekulationen ein.

Bei seltenen und wertvollen Dingen hängt der Preis schließlich immer davon ab, ob jemand etwas unbedingt haben will.«

»*Oui*«, bestätigte Pieraut und rauchte seine Zigarette schweigend zu Ende. Der sieht total selbstzufrieden aus, dachte Charley. Genau wie der Deutsche und der Italiener.

Das reicht, beschloss sie dann, stand auf und verließ den Saal.

Draußen stand Krasnoyarsk und seufzte ins Telefon. Die Entscheidung seiner Regierung war ihm deutlich ins Gesicht geschrieben.

Charley saß auf einem Hocker in der Küche und trank Kaffee, als Bernice reingestürmt kam. »Die Russen haben ihre Beteiligung an der nächsten Runde abgesagt! Die EU hat gewonnen!«

»Und Roger ist jetzt der reichste Mann der Welt?«

»Fast – in ein paar Stunden ist es so weit. Ich freu mich ja so für ihn!«

»Der hat dich doch gar nicht verdient, Bernice. Warum lässt du ihn nicht stehen und suchst dir einen anständigen Freund?«

Bernice war entsetzt, wirbelte herum und marschierte wortlos aus der Küche.

Es muss auch solche Käuzchen geben, dachte Charley und schenkte sich noch eine Tasse ein.

Der Küchenchef kam rein und erkundigte sich, ob ihr der Kaffee schmeckte.

»Haben Sie vielleicht Erdnussbutter?«, fragte Charley. »Ein Sandwich wäre jetzt genau das Richtige.«

18

»Mr. President, die japanische Delegation hat ihrer Regierung gerade per Satellitentelefon mitgeteilt, dass die Europäer die Untertasse für hundertfünfzig Milliarden Dollar ersteigert haben.«

P.J. O'Reilly stieß einen leisen Pfiff aus. »Das sind sechzig Milliarden mehr, als Japan höchstens zahlen wollte«, sagte er und schüttelte ungläubig den Kopf.

Der Präsident nahm dem Assistenten die Notiz aus der Hand und schickte ihn mit einem Nicken fort. Dann sah er einen Augenblick auf den Zettel, knüllte ihn zusammen und warf ihn in den Papierkorb.

»Jetzt reicht's«, meinte er zum Chef des Generalstabs, der auf dem Sofa des Oval Office neben Bomber Joe de Laurio saß. »Auf geht's.«

Der Vier-Sterne-Militär sah so säuerlich drein, als hätte er in eine Zitrone gebissen. »Ich gebe zu Protokoll, dass ich dagegen bin.«

»Schon registriert«, sagte der Präsident. Er verabscheute Leute, die ihre Einwände schriftlich festgehalten wissen wollten. Wenn der Gang der Dinge erwies, dass sie Recht gehabt hatten, waren solche Typen unerträglich. Und wenn sich rausstellte, dass sie falsch gelegen hatten, vergaßen sie ihre schlechten Ratschläge praktischerweise.

»Hätten wir das Ding bloß nach Area 51 fliegen können!«, meinte Bomber Joe wehmütig. »Aber das sollte wohl nicht sein. Und jetzt haben wir keine Wahl mehr, denke ich.«

Der Präsident musterte den General kalt. Bomber Joe

war keiner, mit dem man ein Rettungsboot teilte – sollten die Pitbulls im Kongress ihn doch lebendig verschlingen!

»Ich hätte zu Dad in die Computerbranche gehen sollen«, murmelte er.

»Ich will zu Rip Cantrell«, sagte Charley Pine dem Wächter im Stall.

»Was ist auf dem Tablett?«, fragte der misstrauisch.

Sie hob einen Deckel hoch, und das Hauptgericht kam zum Vorschein – ein dampfender Berg Rindfleisch mit Salzkartoffeln und Gemüse.

»Ich habe meine Anweisungen«, sagte der Wächter. »Irgendwelche Tricks, und ich erschieße ihn.«

Charley setzte den Deckel wieder auf den Teller.

»Das meine ich ernst. Wenn du glaubst, ich bluffe, täuscht du dich mächtig.«

»Du bist der Typ, einen Wehrlosen zu töten – das seh ich.«

»Hör zu, Lady ...«

Sie bückte sich, setzte das Tablett auf den Boden und erhob sich wieder. Wenn sie diesen Kerl dazu brächte, nur einen Moment nicht auf der Hut zu sein, könnte sie ihn mit einem Karate-Tritt oder einem Ellbogenschlag an den Hals außer Gefecht setzen. Oder mit einer anderen Attacke, die sich gerade anbot.

Der Australier war zu argwöhnisch. Er ließ den Finger am Abzug und das Gewehr mitten auf ihren Bauch gerichtet. Mit der Walther auf ihn zu schießen ... nun, das wäre wohl Selbstmord gewesen.

»Nicht näher kommen!«, befahl er. »Ich hab gesehen, wie du Rigby zugerichtet hast.«

Sie machte einen vorsichtigen Schritt auf den Mann zu und verlagerte ihr Gewicht.

»Lass es, Charley!«

Das war Rip.

Der Wächter hatte mit der linken Hand unter den Lauf des Gewehrs gefasst und Charley die Mündung direkt auf den Bauch gesetzt. Sein Gesicht war bleich und angespannt.

»Lass es bleiben, Charley«, flüsterte Rip. »Und danke für die Fressalien.«

»Ich soll die Untertasse wegfliegen«, sagte sie und blickte dem Wächter die ganze Zeit in die Augen. Der war dumm und hatte Angst – eine gefährliche Mischung.

»Vielleicht lässt Hedrick mich dann frei«, meinte Rip leise.

»Vielleicht.«

»Tut mir Leid, dass es so gekommen ist.«

»Wir sehen uns in den Staaten, Rip.«

»Klar.« Seine Stimme war heiser.

Sie wich vor dem Wächter zurück, drehte sich um und ging aus dem Stall.

Hedrick wartete an seinem Schreibtisch in der Bibliothek auf telefonische Nachrichten seiner Banken in Europa, dass das Geld eingegangen sei. Um ihn herum saßen die EU-Delegierten und zwei australische Politiker, rauchten Havanna und tranken Whiskey. Pieraut schien besonders gut gelaunt.

Als Charley in der Tür auftauchte, bat Hedrick kurz um Entschuldigung und ging zu ihr.

»Ich bekomme noch Geld von Ihnen«, meinte sie.

Hedrick langte ins Jackett und zog ein Bündel Hunderter aus der Tasche. »Ich glaube, wir hatten dreitausend pro Tag gesagt, plus dreitausend für den Rückflug mit der Concorde von Paris aus. Hier sind zwanzigtausend.«

»Die wollen nach Paris?«

»Genau.«

Charley zog etwa ein Drittel der Scheine aus dem Bündel. »Ich nehm kein Trinkgeld«, meinte sie, gab ihm den Rest zurück und stopfte ihr Honorar in die Brusttasche ihres Fliegeranzugs. Dann schob sie die Hände in die Jacke und umklammerte mit der Rechten Rigbys kleine Walther.

Hedricks Augenbrauen schnellten hoch. Dass jemand Geld ablehnte, war er offensichtlich nicht gewohnt.

»Ich erwarte, dass Sie Rip freilassen, sobald die Untertasse in Paris gelandet ist.«

»Und ich erwarte, dass Sie die Untertasse nach Paris fliegen und sie dort Pieraut und Co. überlassen.«

»Mhm.«

»Vorausgesetzt, Sie wollen Ihren Rip lebendig wiedersehen.«

Charley Pine runzelte die Stirn. Beinahe hätte sie die Walther gezogen und diesen Mistkerl an Ort und Stelle erledigt. Sie atmete tief ein und langsam aus. Dann sagte sie: »Wenn Rip nicht heil und unversehrt nach Hause kommt, bringe ich Sie um, Hedrick – darauf können Sie Gift nehmen.«

Hedrick musterte sie. »Wissen Sie was? Ich glaube, Sie meinen das ernst. Sie würden es wirklich versuchen.«

Charley zog die Walther aus der Tasche und drückte sie

ihm gegen den Bauch. »Sie sind dem nächsten Leben schon verdammt nah, Mister. Ich könnte Sie sofort rüberschicken. Wenn Sie Rip etwas antun, sind Sie der reichste Tote auf Erden.«

Hedrick hatte gute Nerven, das musste man ihm lassen. Er blickte kurz auf die Pistole und lächelte dann freundlich. »Wir verstehen uns, Miss Pine. Das ist unter Menschen selten und deshalb umso besser. Missverständnisse sind oft ziemlich unerfreulich.«

Sie schob die Pistole wieder in die Tasche, ließ sie aber nicht los.

»Apropos – wo ist eigentlich Rigby?«

»Woher soll ich das wissen? Ist er Ihnen abhanden gekommen?«

»Schon gut.«

»Wann wird geflogen?«

Hedrick sah auf die Uhr. »In Europa öffnen die Banken erst in einer Stunde. Dann gehen die Überweisungen ein.«

Er kehrte zu den Männern zurück, die um seinen Schreibtisch saßen.

Charley nahm die Hände aus den Taschen und ließ sich auf den nächsten Stuhl fallen.

Das atomgetriebene amerikanische Kampf-U-Boot tauchte langsam bis in Sehrohrtiefe auf. Zuvor hatten die Techniker an Bord das Meer eine Stunde lang sorgfältig nach Geräuschen abgehört, aber im Umkreis von achtzig Kilometern kein Schiff geortet.

Nachdem das Boot ausgependelt war, befahl der Kapitän, das Periskop auszufahren. Ringsum waren nur Meer und Himmel zu sehen, und die Funkdetektoren des

Sehrohrs fingen keine Signale auf. Der Kapitän fuhr das Periskop wieder ein.

»Rohre eins und zwei sind bereit«, meldete der Offizier vom Dienst.

»Verstanden.«

Der Kapitän sah auf den Countdown des Waffenleitradars – noch vierundvierzig Sekunden, dreiundvierzig …

Er befahl: »Feuer frei.«

»Feuer ist frei für automatischen Abschuss«, antwortete der zuständige Offizier.

Sechsundzwanzig Stunden zuvor hatte das U-Boot die Antenne aus dem Wasser gefahren und einen verschlüsselten Datensatz aufgefangen, der von einem Computer in Washington stammte und per Satellit weitergeleitet worden war. Danach war das U-Boot in Tauchfahrt einen vollen Tag lang mit dreißig Knoten auf seine aktuelle Position gelaufen. Vor einer Stunde hatte es seine Fahrt in hundertfünfzig Metern Wassertiefe auf drei Knoten gedrosselt und begonnen, per Passivsonar nach Schallquellen zu fahnden. Zehn Minuten später hatte das Boot ein Längstwellen-Funksignal empfangen, das einmal um den Globus gelaufen war. Dieses Signal war der Feuerbefehl.

Jetzt war es so weit.

Der Kapitän beobachtete den Monitor des Waffenleitradars. Wer hätte gedacht, dass der Präsident der USA je einen Raketenangriff auf Australien befehlen würde? Die Welt wurde einfach immer verrückter.

Drei … zwei … eins … Als der Countdown auf Null sprang, spürte der Kapitän einen Stoß – das war die Druckluft, mit der eine Tomahawk Cruise Missile aus Rohr eins gedrückt wurde.

Kaum durchschlug der Marschflugkörper die Wasseroberfläche, sprangen seine Flügel auf und sein Triebwerk an. Die Tomahawk donnerte mehrere hundert Meter in den Himmel und nahm dann eine waagrechte, schon nach Westen, fast genau auf ihr Ziel gerichtete Bahn. Im Flug empfing die Rakete Signale von acht GPS-Satelliten und errechnete daraus ihre genaue Position.

Sechzig Sekunden später jagte eine weitere Tomahawk aus dem Wasser und folgte der ersten.

Nach getaner Arbeit drehte das U-Boot wieder nach Osten ab und tauchte in aller Stille in eine Tiefe, in der die Wassertemperatur stets konstant war.

Abgehackte, unregelmäßige Maschinengewehrsalven hallten durch den langen Mittelgang des Pferdestalls. Dann waren auch Explosionen zu hören. Die Geräusche überlagerten sich und wurden immer lauter.

Der Wächter stierte Rip mit bestürzter Miene an.

Dann sah er zum rechten und zum linken Stalltor.

Rip war schon halb aufgestanden.

»Halt!«, rief der Wächter und setzte das Gewehr an. »Keine Bewegung!«

Rip pflanzte sich wieder ins Heu.

Sein Bewacher stand auf und zog sich in die Pferdebox zurück, vor der er gesessen hatte. So war er von den Toren her nicht zu sehen.

»Willst du warten, bis sie dich umlegen kommen?«, schrie Rip durch das Getöse.

Der Wächter wusste nicht, was er tun sollte – das war offensichtlich. Er öffnete die Scheibe über seiner Box und spähte vorsichtig nach draußen.

Rip konzentrierte Kräfte und Gedanken. Das war seine Chance – vorausgesetzt, er kam aus diesem blöden Stall raus!

Eine Salve durchschlug das Holz rund um das Fenster, aus dem der Mann lugte. Splitter flogen durch den Stall, und durch die stickige Luft wirbelte Staub.

Der Wächter sprang zum Mittelgang und sah nach rechts und links. Als das Maschinengewehrfeuer lauter wurde, rannte er zu dem Tor, das dem Hauptgebäude näher lag. Es klang, als würde direkt neben dem Stall geschossen.

Als Rip aus seiner Box spähte, sah er den Wächter das Gelände vor dem Stall mustern und dann nach draußen verschwinden.

Rip trabte durch den Mittelgang und lugte hinter der großen Brettertür vor, durch die sein Bewacher eben getürmt war.

Der lag keine zehn Meter entfernt, sein Gewehr neben ihm. Der Mann rührte sich nicht.

Er wich zurück. Kugeln schlugen in unregelmäßigen Abständen unter der Decke und in die Balken ein. So unberechenbar, wie böiger Wind Tropfen von den Bäumen weht.

Kurz darauf rollte der Knall einer Panzerkanone wie Gewitterdonner durch den Stall. Dann noch einer.

Was, zum Teufel, ging da vor?

Das Kampfgetöse traf Hedrick und die EU-Delegation offenbar völlig unvorbereitet. Pieraut fragte laut und aufgebracht, wer da schieße und was das zu bedeuten habe. Hedrick griff zum Telefon und wählte.

Kaum eine halbe Minute später kamen Krasnoyarsk und der Leiter der chinesischen Abordnung in die Bibliothek gestürmt.

Pieraut lief zum Sprossenfenster hinter Hedricks Schreibtisch und sah auf den Rasen. In diesem Moment krachte etwas durch eine der oberen Scheiben. Er duckte sich, um in Deckung zu gehen. Gleichzeitig regneten Glasscherben auf den Teppich.

Hedrick schrie ins Telefon: »Treibt sie auf und bringt sie in die Bibliothek! Aber bewaffnet euch vorher!« Er knallte den Hörer auf die Gabel. »Japanische Kommandotrupps«, meinte er dann. »Mindestens zwölf Mann. Die haben's auf die Untertasse abgesehen.«

»Wenn wir das Raumschiff nicht unversehrt bekommen, zahlen wir Ihnen keinen Cent«, sagte Pieraut laut genug, dass Charley es hörte.

»Logisch«, raunzte Hedrick.

»Wir sollten sofort mit der Untertasse verschwinden – solange es noch geht.«

Hedrick fuhr sich mit einem Taschentuch über die Stirn und tupfte sich die Handflächen ab. Wieder kam eine Kugel angepfiffen und zerschlug eine Scheibe, doch er zuckte nicht mal.

Charley Pine zog sich die Fliegerjacke an, ging an den Tisch mit Erfrischungsgetränken und schenkte sich ein Glas Wasser ein.

Hedrick sitzt in der Patsche, dachte sie. Sollte sie noch eine Bestätigung für seine wahren Absichten gebraucht haben, lieferte Hedricks Unentschlossenheit sie ihr jetzt deutlich genug: Er wollte nicht, dass die Untertasse Paris erreichte. Doch wenn er sie zerstörte, bevor er das Geld von der EU bekommen hatte, würden ihm die hundertfünfzig Milliarden durch die Lappen gehen. Das Raumschiff musste heil und Pieraut wohlauf sein, jedenfalls, bis die Summe auf Hedricks Konten eingegangen war – sonst würde das Geschäft platzen und der Geldsegen ausbleiben.

Und dann waren da die Japaner. Die Kommandotrupps wollten die Untertasse rauben oder zerstören – und wenn ihnen das gelänge, würde Hedrick von niemandem einen Cent bekommen. Er saß also in der Zwickmühle.

Charley schenkte sich noch ein Glas Wasser ein. Wieder schlugen Kugeln durch die Scheiben, und die um Hedricks Schreibtisch versammelten Männer duckten sich in den Schutz der Fensterbrüstung.

»Wo sind die Soldaten, die das Gelände sichern sollen?«, brüllte Hedrick den beiden Ministerialbeamten zu, die direkt neben ihm am Boden kauerten.

Wie zur Antwort feuerte ein Panzer in der Nähe eine Granate ab. Der Knall ließ noch ein paar Scheiben zersplittern.

Im selben Moment führten Red Sharkey und einige seiner Männer den Leiter der japanischen Delegation, Hideo Ota, mit Waffengewalt in die Bibliothek. Sharkey hatte ein batteriebetriebenes Funkgerät in der Hand, aus dem schrilles Kauderwelsch drang.

Hedrick ging wie ein Tiger auf Ota los und brüllte: »Was geht hier vor?«

Hideo Ota hatte von Hedrick die Nase voll und knurrte mit verzerrter Miene: »Woher soll ich das wissen?«

»Ihre Regierung versucht gerade, die Untertasse zu rauben oder zu zerstören! Und Sie haben *gewusst*, dass das passiert, wenn die Auktion für Japan zu teuer kommt.«

»Glauben Sie doch, was Sie wollen!«, entgegnete Ota und verschränkte ruhig die Arme. Hedrick gab ihm eine Ohrfeige. Um sein Gesicht zu wahren, tat der Delegationsleiter, als habe er nichts gespürt.

Über sein eigenes Verhalten offenbar erschrocken, trat Hedrick ein paar Schritte zurück und wischte sich erneut die Stirn. Dann steckte er das Taschentuch ein, straffte die Schultern, knöpfte seine Manschetten zu und überprüfte den Sitz seiner Krawatte.

Danach fasste er Charley Pine ins Auge und sagte: »Fliegen Sie die Untertasse nach Paris.«

»Und wie soll sie zum Hangar kommen?«, fragte Red Sharkey. »Da draußen herrscht Krieg.«

Die beiden Tomahawk Cruise Missiles flogen nur dreißig Meter über den Wellen, gerieten in einen Wolkenbruch, trotzten allen Turbulenzen und waren nach Durchquerung des Unwetters noch immer genau auf Kurs.

Die Besatzung eines Kutters, die gerade die Netze auswerfen wollte, sah die Raketen, nachdem die Fischer kurz vorher das Donnern der Triebwerke durch den Lärm ihres Dieselmotors hatten dringen hören. Einer der Männer wies in die Richtung, aus der das Grollen kam, und Sekunden später flog die erste Rakete fast genau über das Boot hinweg nach Westen. Eine Minute später raste die zweite hundert Meter weiter südlich vorbei.

Als die Tomahawks im Dunst verschwunden waren und der Lärm der Triebwerke verklungen war, berieten die Fischer darüber, was sie da eigentlich gesehen hatten.

Der Kapitän funkte seinen Stützpunkt in Sydney – also seine Frau – an und überließ ihr die Entscheidung, die Regierung über die Raketen zu informieren. Dann gingen die Fischer wieder an die Arbeit.

Rip Cantrell rannte durch den Mittelgang des Pferdestalls zurück und sah in jede Box. Wenn er bloß Mittel und Wege finden könnte, ins Hauptgebäude zu kommen, zu Charley …

Aber nichts. Vier hochnervöse Pferde tänzelten laut wiehernd und Augen rollend in ihren Boxen, doch im ganzen Stall gab es nicht mal einen Golfwagen.

Rip gelangte ans andere Ende des Gebäudes und spähte durch die Bretterritzen am Tor. Zwei Panzer fuhren klirrend den Hügel herab; Männer rannten zu den Schützengräben am Fuß der Steigung; in der Ferne stiegen über einer Baumreihe Rauchfahnen auf.

Noch während Rip die Szenerie beobachtete, schlug ein Geschoss mit solcher Wucht in einen der Panzer, dass er zur Seite gedrückt wurde. Feuer und Rauch drangen aus der offenen Einstiegsklappe, der Motor versagte, und ein Soldat versuchte aus der Luke zu klettern. Seine Uniform hatte Feuer gefangen, und sein Gesicht war verrußt. Er schaffte es nur noch, seinen Oberkörper ins Freie zu stemmen, knickte dann ohnmächtig um und blieb mit dem Gesicht nach unten im Ausstieg hängen.

Rip lief durch den Stall zurück und öffnete dabei Wandschränke, in denen nur Sattel- und Zaumzeug lag, und Kisten, in denen nichts als Pferdefutter war. Fast wäre er in Panik geraten, als er auf einer Tonne ein Silbertablett mit zwei leeren Weingläsern entdeckte.

Er lief ins Lager – lauter Werkzeug, jede Menge Sättel, Zaumzeug, Bürsten, säckeweise Futter … und eine Tür. Er riss sie auf und stand vor einer Treppe. Die jagte er hinab, während die Tür hinter ihm zuschlug.

Unten schloss sich ein schmaler Gang an, der nach rechts führte, zum Hauptgebäude. Etwa alle zehn Meter war der Tunnel von einer Glühbirne erleuchtet. Rip hetzte vorwärts.

Endlich tauchte wieder eine Treppe auf. Die Tür oben war nicht abgeschlossen, und so gelangte er in einen weiteren schmalen Gang.

Der kam ihm irgendwie bekannt vor …

Klar – hier war er schon mal gewesen! Er befand sich im Keller des Hauptgebäudes, lief weiter, kam um eine Ecke und sah durch eine Türscheibe in die Küche. Niemand in Sicht.

Tief gebückt, damit man ihn nicht über die Tresen sehen konnte, schlich Rip rasch durch die Küche und riskierte einen Blick in den Speisesaal.

Dort ging ein Mann von Fenster zu Fenster und schaute hinaus. Er hatte ein Gewehr.

Rip sah sich in der Küche um und fand ein Nudelholz. Praktisch, dachte er und griff zu. Kaum drehte er sich wieder um, ging die Tür zum Speisesaal auf, und er tauchte ab.

Der Mann kam an Geräten und Arbeitsplätzen entlang durch die Küche geeilt, und Rip verpasste ihm im richtigen Moment mit der Teigrolle einen Schlag vors Knie.

Schimpfend stürzte der Mann, und ehe er sein sperriges Gewehr im schmalen Gang zwischen Herd und Tresen auf Rip richten konnte, hatte der ihm schon mit dem Nudelholz versuchsweise eins auf die Nuss gegeben. Die Begegnung von Holz und Schädel hörte sich nicht gesund an. Der Australier krachte zu Boden und ließ einen gewaltigen Fluch vom Stapel.

Rip biss die Zähne zusammen. Er würde dem Kerl einen noch stärkeren Schlag überbraten müssen – auch wenn er damit riskierte, ihm den Schädel zu knacken. Er holte wieder aus und langte kräftiger hin.

Danach wirkte sein Gegner ungemein entspannt.

Rip nahm das Gewehr, überprüfte das Magazin und sah in den Lauf – na bitte: schimmerndes Messing.

Und das musste die Sicherung sein. Sie war noch nicht gelöst.

Als Teenager war Rip oft genug auf die Jagd gegangen, um mit Waffen vertraut zu sein, aber ein echtes Maschinengewehr hatte er noch nie angefasst. Der Bewusstlose hatte noch zwei volle Magazine in den Taschen.

Und er fühlte sich kalt an. Ob er tot war? Rip tastete nach seiner Halsschlagader – der Puls war noch da. Er fuhr mit den Fingern über die Stelle, auf die er mit dem Nudelholz geklopft hatte – dort bildete sich eine kräftige Beule, groß wie ein Hühnerei, aber die Schädeldecke schien heil geblieben.

Gewehr im Anschlag, schlich Rip Cantrell aus der Küche in den Speisesaal und arbeitete sich weiter ins Hauptgebäude vor.

Captain Koki Owada von den japanischen Verteidigungsstreitkräften warf sich beim Personaleingang des Hangars zu Boden und rang nach Atem. Vier seiner Soldaten hechteten neben ihn.

Zu Beginn des Einsatzes hatte er sechs Männer gehabt – zwei waren inzwischen tot.

Owada langte nach dem Knopf auf seinem linken Handrücken, schaltete das Funkgerät ein und sagte in den Kopfhörer: »Hier Rot eins – wir sind am Hangar-Seiteneingang und gehen jetzt rein.«

»Hier Blau eins – verstanden. Die australischen Soldaten haben die Köpfe eingezogen.« Blau eins war mit vierundzwanzig Männern ins Gefecht gegangen. Koki Owada fragte lieber nicht, wie viele davon noch am Leben waren.

»Rot zwei – Tür öffnen!«

Lieutenant Kawaguchi tat, wie ihm befohlen.

Gewehr im Anschlag, hechtete Owada in den Hangar.

Niemand in Sicht.

Die Untertasse stand mitten in der Halle, direkt auf Höhe der Tür.

Schussbereit ließ Owada die Augen durch den dämmrigen Hangar schweifen – keine Menschenseele zu sehen.

Er postierte zwei Männer vor dem Eingang und näherte sich mit Kawaguchi dem Raumschiff.

Erstaunlich! Wie groß die Untertasse war, wie …

»Rot eins!«

Owada sah Kawaguchi an. Der wies auf einen Blutfleck am Boden. Owada nickte und sah wieder zum Raumschiff.

Er umrundete es einmal. Die Strahlaustrittsdüsen zeigten zur Rückwand des Hangars – die Untertasse war also auf das geschlossene Hallentor ausgerichtet.

»Rot drei – freie Bahn für dich.«

Rot drei war Testpilot. Ihn und seinen Kollegen Rot

vier in die Halle zu bringen, so lautete Owadas Auftrag. Leider hatte Rot Vier vor zehn Minuten eine tödliche Kugel gefangen.

Jetzt lag alles auf den Schultern von Rot drei, von Captain Ikeda. Er hatte über ein abhörsicheres Satellitentelefon mit den japanischen Ingenieuren in Verbindung gestanden, die die Untertasse untersucht hatten (und sich nun im Hauptgebäude in sicherer Deckung hielten), und wusste deshalb, wo sich die Einstiegsluke befand. Bedauerlicherweise hatte er keine Ahnung, wie sie aufging – das Öffnen und Schließen hatte immer die amerikanische Testpilotin besorgt, und die japanischen Ingenieure hatten sie nicht mit der Frage misstrauisch machen wollen, wie die Luke funktionierte. Außerdem war das ja wohl leicht rauszufinden.

Während Rot drei rätselte, wie er den Einstieg aufbekommen sollte, sah sich Owada das Hallentor näher an, eine einfache elektrische Schwingtür. Wenn es so weit war, musste er bloß auf den Knopf drücken.

Owada gönnte sich ein Lächeln – die Sache lief gut.

Red Sharkey und Roger Hedrick kauerten in einer Ecke der Bibliothek vor Sharkeys Funkgerät und versuchten, die militärische Lage in den Griff zu bekommen. Charley Pine hatte sich in reichlichem Abstand zum Fenster und gegenüber der Flurtür in einen großen Sessel fallen lassen, die Hände in die Jackentaschen geschoben und mit der Rechten den Griff von Rigbys Walther umklammert.

Ihr war schleierhaft, warum niemand Rigby gefunden hatte. Aber vielleicht hatten sie ihn ja entdeckt und gedacht, die japanischen Soldaten hätten ihn vermöbelt.

Möglich auch, dass Hedrick sich nicht die Bohne um Rigby scherte. Charley hielt das für wahrscheinlicher – Hedricks Gorillas waren doch austauschbar wie Büroklammern.

Die Pistole in der Tasche flößte ihr ein lächerliches Selbstvertrauen ein – das durchschaute sie genau und kämpfte dagegen an. Dennoch war sie entschlossen zu schießen, falls jemand sie angreifen würde.

Sie beobachtete erst den inzwischen nervösen Pieraut, dann die australischen Politiker, die telefonisch Hilfe herbeizurufen versuchten und dabei nebeneinander auf dem Fußboden vor Hedricks Schreibtisch saßen, bis sie schließlich merkten, dass die Leitungen wohl kaputt sein mussten. Erst dann ließen sie das Telefon in Ruhe und schlangen die Arme um die Knie.

Weil Charley mit dem Gesicht zur Flurtür saß, war sie die Erste, die Rip vorsichtig aus dem Korridor in die Bibliothek spähen sah. Und er sah auch sie sofort.

Sie blickte sich kurz um, ob jemand auf sie achtete, stand auf und ging zur Tür. Aus dem Augenwinkel sah sie, dass Hedrick aufschaute und Sharkey mit dem Ellbogen anstieß.

Sie trat über die Schwelle und stand vor Rip. Er hatte ein Gewehr in der Hand.

»Könntest du damit auf jemanden schießen?«, fragte sie.

Rips Miene war Antwort genug.

Charley Pine nahm das Gewehr, entsicherte es, ging wieder in die Bibliothek und zielte auf Sharkey, der mit großen Schritten und Pistole auf sie zugeeilt kam.

Sharkey war mächtig reaktionsschnell. Er sprang

rechtzeitig zur Seite, als das Gewehr losging. Charleys Kugel schlug neben Hedrick in eine Vitrinentür, und der hechtete in Deckung.

Wie auf Kommando warfen sich alle bäuchlings hin.

Charley gab einen zweiten Schuss auf Sharkey ab. Diesmal traf sie. Der Verwundete hatte die Pistole noch in der Rechten, richtete sich halb auf und brachte es irgendwie fertig, eine Kugel abzufeuern, verfehlte sie aber.

Sie setzte das Gewehr an, zielte kurz und traf Red Sharkey in den Brustkorb.

»*Verdammter Mist!*«, hörte sie Rip rufen. Dann griff er nach ihrem Arm: »Weg hier!«

Einer von Hedricks Schlägern hatte Charley vom Fußboden her ins Visier genommen und zog seine Pistole. Sie verpasste auch ihm eine Kugel, drehte sich um und spurtete Rip nach.

»Das wird ein Riesenvergnügen, sich zum Hangar durchzuschlagen«, rief sie, als sie den Flur entlangrannten.

»Nach oben! Die Treppen hoch! In das Zimmer mit den vielen Fenstern!«

»Was sollen wir denn auf dem Dach?«

Rip hielt aufs Treppenhaus zu und stürmte nach oben. Charley hatte keine Wahl – sie musste ihm nach.

Die Tomahawks überflogen die australische Küste knapp nördlich von Sydney. Sie passten ihre Flughöhe nun automatisch dem Gelände an und flogen kaum siebzig Meter über dem Boden. Das Radar vorn in den Raketen suchte die Flugbahn nach Hindernissen ab und ließ die Marschflugkörper seitwärts oder nach oben ausweichen. Die Tomahawks jagten über flache Hügelzüge, umflogen einen

Funkturm und glichen ihre Position dabei ständig mit den Daten ab, die sie von den GPS-Satelliten empfingen. Die Kurskorrekturen waren minimal.

Rot drei, also Captain Ikeda, rief Koki Owada zur Untertasse zurück. »Ich krieg die Luke nicht auf«, sagte der Testpilot sehr erregt. »Ich komm nicht dahinter, wie sie funktioniert.«

»Gibt's einen anderen Weg ins Raumschiff?«

»Nicht, wenn wir damit wegfliegen wollen.«

»Versuch's weiter.«

Owada funkte Blau eins an, um sich über die aktuelle Lage zu informieren.

»Wir haben's fest im Griff«, erfuhr er. »Von denen hat's keiner eilig, aus den Schützengräben oder aus den Sandsackstellungen zu kommen.«

»Was ist mit den Leuten im Hauptgebäude?«

»Die sind noch drin. Vor einiger Zeit hat jemand aus dem Fenster geschossen, aber seitdem ist alles ruhig. Seid ihr schon in der Untertasse?«

»Wir arbeiten dran.«

Owada fragte den Testpiloten: »Brauchst du Werkzeug?«

»Die Ingenieure haben gesagt, die Amerikanerin hat das Ding per Hand geöffnet. Die hatte kein Werkzeug.«

»Lass dir Zeit«, meinte Owada und bemühte sich, ruhig zu wirken. Um dem Mann Zeit zum Nachdenken zu geben, ging er zum Personaleingang und sah bei seinen Leuten nach dem Rechten.

Dort kniete er sich neben die offene Tür.

Sie waren so nah dran! Aber falls sie nicht in die Untertasse kamen, mussten sie sie zerstören. Einer seiner Soldaten hatte noch zwei Panzerfäuste. Owadas Trupp hatte schon zwei abgefeuert – eine auf eine befestigte Stellung, die andere auf einen Panzer. So ein Geschoss würde ein Loch in den Rumpf des Raumschiffs reißen und ein Feuer verursachen. Wenn sie dann ein paar Magnesiumgranaten hinterherschickten, hätten sie ihren Auftrag erfüllt. Aber was für eine Verschwendung wäre das, dachte Owada – was für ein Verlust!

»Lass sie nicht reinkommen«, rief Rip Charley vom obersten Treppenabsatz zu und lief weiter in Hedricks Büro auf dem Dach, das dieser so gern als sein »Atrium« bezeichnete. Charley hetzte zum Fahrstuhl, forderte ihn an, legte das Ohr an die Tür des Aufzugs und hörte es summen.

Eine Frau saß mitten im Büro an Hedricks Schreibtisch und telefonierte.

»Wer sind Sie?«, wollte Rip wissen.

Sie hielt die Sprechmuschel zu. »Bernice Carrington-Smyth, falls Sie das was angeht. Und wer, darf ich fragen, sind Sie?«

»Später. Mit wem telefonieren Sie da?«

»Das geht Sie gar nichts …«

Rip langte über den Tisch, schnappte sich den Hörer und knallte ihn auf die Gabel.

»Das war meine Mutter«, sagte Bernice aufgebracht. »Also – wer sind Sie? Ich lass Sie von Roger rauswerfen, wenn Sie sich nicht benehmen können.«

»Rundum herrscht Krieg, und Sie telefonieren mit Ihrer Mutter?«

»Krieg?« Bernice sah sich hektisch um. Gewehr- und Pistolenschüsse waren hier oben ganz deutlich zu hören. »Ich dachte, die Soldaten üben nur.«

Charley kam angetrabt. »Ich hab den Fahrstuhl blockiert. Hey, Bernice.«

»Was hat das alles zu bedeuten, Charley? Ich hab über Satellit von Rogers Privatanschluss telefoniert, als der hier ...«

»Vielleicht kriechst du besser unter den Tisch, Bernice, damit du nicht versehentlich zum Kugelfang wirst.«

Während Bernice diesen Rat befolgte, fragte Charley: »Rip, könntest du mir mal erklären, was wir hier oben machen, wenn ...«

»Später. Lass niemanden rein.« Dabei zeigte er aufs Treppenhaus. »Übrigens – hier sind noch ein paar volle Magazine.« Er warf die Munition auf den Schreibtisch.

Charley verschanzte sich hinterm Tisch und richtete das Gewehr auf die Treppe. »Ich warte auf ein Wunder, Rip – also mach voran.«

Bernice maulte: »Würde es dir viel ausmachen, Charley, mir zu erklären, was hier los ist?«

Rip rannte in die Ecke des Büros, die dem Hangar gegenüberlag, und kniete sich hin, damit man durchs Fenster nur seinen Kopf sehen konnte.

Wenn das bloß gut ging!

Er kämpfte um Konzentration, schloss die Augen, presste die Hände vors Gesicht und atmete drei-, viermal tief durch.

Also.

Er stellte sich vor, er säße im Cockpit der Untertasse.

Reaktor einschalten!

Er wartete einen Augenblick.

Ein bisschen steigen, so dreißig Zentimeter!

Rip machte wieder einen Moment Pause, drei, vier Sekunden. Dann befahl er: Landekufen einfahren!

Captain Ikeda, also Rot drei, gestand sich ein, versagt zu haben. Er fand einfach nicht raus, wie die Luke aufging. So ein kleines Problem – und doch für ihn unlösbar.

Er ging zu Rot eins, zu Koki Owada, der noch immer neben dem Personaleingang kauerte, und funkte ihm dabei, er solle die Untertasse mit der Panzerfaust zerstören, da hörte er es plötzlich hinter sich summen – und zwar ganz leise.

Ikeda sah über die Schulter. Das Raumschiff schwebte etwa dreißig Zentimeter überm Boden.

Der Captain stolperte, konnte sich aber fangen. Dann drehte er sich um und fasste die Untertasse ins Auge.

Gerade wurden die Kufen eingefahren.

»Rot eins, hier Rot drei. Da ist jemand im Raumschiff – zerstör es besser sofort!«

Koki Owada ließ sich von einem seiner Soldaten eine Panzerfaust geben.

Als Owada sich wieder zur Untertasse wandte, war die schon unterwegs.

Sie schwebte durch den Hangar, beschleunigte, raste in das geschlossene Hallentor und brachte damit das ganze Gebäude zum Beben.

Von seinem Hochsitz in Hedricks Atrium sah Rip das Dach des Hangars zittern. Gut! Er ließ das Raumschiff zurücksetzen und erneut, diesmal schneller, gegen das Tor fliegen. Und siehe da – das Dach verschob sich beim Aufprall deutlich.

Ob er die Untertasse lieber steigen lassen sollte, damit sie das Dach abhob? Aber dazu müsste sie erst die stabilen Querträger losreißen …

Besser noch mal das Tor versuchen. Türen, die nach oben schwingen, sind ja verhältnismäßig leicht gebaut – und diese hier dürfte wirklich schnell nachgeben.

Die Untertasse rammte das Schwingtor mit solcher Wucht, dass die Deckenlaufschienen aus der Verankerung brachen. Jetzt hing es nur noch an den Kabelzügen.

Owada war vom Personaleingang zum Tor gelaufen und kämpfte damit, die Panzerfaust zu entsichern, als das Raumschiff wieder gegen das Tor knallte, dessen Unterkante ausschlug und Owadas Stiefel streifte.

Der Captain verlor das Gleichgewicht und fiel hin.

Er rappelte sich auf und nahm die Panzerfaust vom Boden, während die Untertasse zurücksetzte, um aufs Neue Anlauf zu nehmen. Das Tor hing lose – diesmal würde das Raumschiff es ins Freie schaffen.

Bevor Owada die Panzerfaust auf die Schulter setzen konnte, schoss die Untertasse vor, riss das Tor nieder und jagte steil aufwärts. Mit einem tollkühnen Hechtsprung rettete sich der Captain vor den herabstürzenden Trümmern.

Als Rip das Raumschiff hinter dem Hangar aufsteigen sah, spürte er einen Schauer der Erleichterung. Ja, ja, ja!

Er ließ die Untertasse drehen, auf seine Höhe steigen und beim Anflug auf das Atrium langsamer werden.

Die erste Tomahawk erreichte das Einsatzgebiet, stieg auf tausend Meter Höhe und kehrte im Steilflug zur Erde zurück. Das Radargerät in der Raketenspitze schaltete auf Zielsuche.

Das Ziel war ein Lüftungsschacht auf einem Dach. Der Computer der Rakete wertete die Radarreflektion aus, identifizierte den Schacht mit 99%iger Sicherheit, glich dessen Position und die der Tomahawk mit den Daten ab, die die GPS-Satelliten geliefert hatten, und gab der Rakete Steuerungsbefehle, damit sie genau im Ziel einschlug.

Als Rip die Untertasse sanft gegen ein Panoramafenster und gegen einen der Stützpfeiler des Atriums drücken ließ, krachte hinter ihm eine Gewehrsalve los. Er war deshalb für einen Moment abgelenkt, konzentrierte sich dann aber wieder auf das Raumschiff vor seiner Nase.

Die Scheiben zersprangen, und Scherben regneten in Hedricks Büro. Gleichzeitig gaben Sprossenwerk und Rahmen der Fenster nach und die ganze Leichtbaukonstruktion brach unter dem Druck der Untertasse zusammen. Das abgehackte Hämmern aus Charleys Gewehr und das schrille, unheimliche Geschrei von Bernice verstärkten das Getöse noch.

Koki Owada, also Rot eins, kam mit geschulterter Panzerfaust um die Ecke der Flugzeughalle. Er lehnte sich an die Seitenwand des Hangars, um besser zielen zu können, und nahm die Untertasse ins Fadenkreuz, die gerade auf den Trümmern des Atriums landete.

Die erste Tomahawk schlug knapp fünfzehn Zentimeter neben dem Lüftungsschacht durch das Hangardach und bohrte sich mehr als einen halben Meter in den Stahlbetonboden, ehe ihr Sprengkopf explodierte.

Die Druckwelle hob das Dach der Halle an und blies ihre Wände um.

Das geschah genau in dem Moment, als Koki Owada abdrückte, und bewirkte, dass seine Panzerfaust siebzig Meter über den kurzgeschnittenen Rasen jagte, ein Loch in die Seite des Hauptgebäudes riss und drei Innenwände durchschlug, bis sie etwas traf, das massiv genug war, ihren Sprengkopf zur Explosion zu bringen – den Fahrstuhlschacht aus Beton nämlich, der in der Mitte des Hauses stand.

Die Wucht der Detonation verzog die Lifttüren auf allen Stockwerken und ließ den Fahrstuhl, der sich im obersten Geschoss befand, gegen sein Hubwerk krachen, aus der Aufhängung brechen und mit der gesamten Hebevorrichtung unter gewaltigem Lärm den Schacht hinabstürzen.

Während Explosionen das Haus wanken ließen und Staub von den Deckenlampen fegten, kauerte Hedrick weiterhin in der Bibliothek. Als er Red Sharkeys Funkgerät krächzen hörte, hob er es auf und setzte es ans Ohr. Sharkey hatte bestimmt nichts dagegen, immerhin lag er mausetot zwei Meter weiter.

»Hier Hedrick.«

»Mr. Hedrick – die Untertasse steht auf dem Hauptgebäude, und der Hangar ist eben in die Luft geflogen.«

»Auf dem Hauptgebäude?«

»Mitten drauf, ja. Nachdem sie das Atrium platt gemacht hat. Sie thront da oben wie die Henne im Nest.«

Dieses Miststück Charley Pine! *Die* war schuld! *Hundertfünfzig Milliarden Dollar* – versenkt, einfach versenkt! So ein verfluchtes Pech!

Geduckt arbeitete Hedrick sich zu seinem Schreibtisch rüber und öffnete die untere Schublade. Die Fernsteuerung für die Bombe war noch da, wo er sie deponiert hatte. Vor den Augen der EU-Delegierten und der australischen Politiker nahm er sie raus, legte sie auf den Schreibtisch und schaltete sie ein.

Das Gerät zeigte grünes Licht.

Kaum hatte die Untertasse ihre Landekufen in die Trümmer von Hedricks Atrium gesetzt, arbeitete Rip Cantrell sich zur Einstiegsluke vor und öffnete sie. »Komm, Charley – wir müssen los.«

Sie kletterte ihm über Balken und verbogene Fensterrahmen nach und achtete darauf, sich nicht an den Glasscherben zu verletzen, die überall verstreut waren. Dann drehte sie sich zu der inzwischen unterm Schreibtisch verstummten Bernice um: »Das ist deine Chance – kommst du mit?«

»Nein.«

Bernice blieb lieber beim Geld. Charley zuckte die Achseln und kletterte weiter.

Rip war sehr aufgeregt. Hedricks Gorillas konnten jeden Moment von der Treppe her auftauchen und wie die Wilden losballern.

»Sag mal – wie hast du's angestellt, dass das Ding hergeflogen ist?«

»Später. Jetzt rein! Wir müssen so schnell wie möglich verschwinden!«

Die zweite Tomahawk konnte das programmierte Ziel nicht orten. Deshalb lenkte ihr Computer sie auf den Punkt, dessen GPS-Koordinaten vor dem Abschuss eingegeben worden waren, und sie schlug kaum einen Meter neben der ersten Rakete ein.

Diesmal wurde die Wucht der Detonation nicht mehr von den Wänden des Hangars abgeschwächt, und die Gulfstream V direkt neben der Halle – die von Hedrick – bekam einiges von der Sprengladung ab. Kerosin lief aus den Löchern der Tragflächen …

Als Charley in die Untertasse stieg, traf sie etwas mit enormer Wucht in die rechte Schulter.

Die war sofort taub, genau wie der rechte Arm, und Charley ließ ihr Maschinengewehr los. Sie wollte sich zurückfallen lassen, doch Rip drückte ihren Hintern mit Wucht hoch und stemmte sie gegen ihren Willen in die Kabine, wo sie bäuchlings landete.

Rigby trat ihr brutal in die Rippen, und sie stöhnte.

Rip kroch über Charley weg, um sich auf Rigby zu stürzen.

Dieser schrie unartikuliert los. Aus dem verschwollenen, blutverschmierten Trümmerhaufen, der mal sein Gesicht gewesen war, drang nur ein schrilles, klagendes Heulen.

Er trat wieder zu und erwischte diesmal Rip, doch der bekam beim nächsten Tritt sein Bein zu fassen. Rigby fiel hin und schrie dabei noch immer.

Charley rollte sich auf den Rücken und versuchte, mit der linken Hand die Pistole aus der rechten Tasche ihrer Fliegerjacke zu ziehen. Die Schmerzen in der Schulter machten ihr jeden Atemzug zur Qual.

Rigby hatte Kraft für zehn, und Rip blieb nichts übrig, als sich weiter an sein Bein zu klammern, während Rigby strampelte und mit den Fäusten auf Rips Kopf und Schultern einschlug.

Endlich hatte Charley die verdammte Pistole ausgegraben und wollte sie mit der Rechten entsichern, doch die ließ sich nicht bewegen. Dafür schaffte sie es mit der Linken …

… zielte und drückte ab.

Der Treffer wirkte auf Rigby wie ein Knüppelschlag auf einen Stier – er drehte restlos durch, schrie noch immer aus vollem Hals und trat so wild um sich, dass er sein Bein aus Rips Umklammerung befreite.

Völlig außer sich stürzte er sich auf Charley, die wieder und wieder abdrückte, so schnell sie konnte, doch die Treffer bremsten Rigby nicht.

Seine Pranken legten sich um ihren Hals.

Während er sie würgte, entdeckte sie eine weitere Bombe, die unter den Pilotensitz geheftet war. Trotz ihrer Schmerzen begriff sie, was das bedeutete. Sie hatte die Pistole weiter in der Linken, feuerte noch zweimal auf Rigby, und dann klickte es nur noch – leer!

Rigby kippte langsam zu Boden, Blut strömte ihm aus dem Mund; da packte Rip ihn an den Haaren und rammte ihm seinen Schraubenzieher seitlich in den Hals. Das Schreien erstarb, und Rigby sank um.

Charley langte hoch, griff nach der Bombe und zerrte sie los.

»Flieg los, Rip. Wir werfen ihn dann aus der Luke.«

Mit der Linken stopfte sie Rigby die Bombe unters Hemd und half Rip, ihn Richtung Luke zu ziehen.

»Du fliegst«, schrie er. »Ich bau bestimmt einen Unfall.«

Sie kletterte in den Pilotensitz und steuerte mit der Linken. Die Untertasse hob vom Dach ab. Landekufen einfahren!, befahl sie.

Mit nur einer Hand ließ sie das Raumschiff über den Rasen fliegen.

Rip schleifte Rigby das letzte Stück zur Luke und warf ihn raus.

Auf halbem Weg aber, in etwa zehn Metern Höhe, blieb der Tote in der Luft schweben.

»Er ist im Antigravitationsfeld gefangen! Scheiße!!«, rief Rip.

Als die Untertasse mit dem schwebenden Rigby in Sicht kam, drängten sich Hedrick und die EU-Delegierten ans Fenster der Bibliothek.

»Das ist doch einer von Ihren Leuten, oder?«, wollte einer der beiden Australier wissen. »Sein Gesicht ist ja kaum noch zu erkennen!«

Hedrick drückte auf den Auslöser der Fernsteuerung.

Hinter ihm gab es eine ordentliche Explosion, und er sah sich um. Die Flurseite der Bibliothek lag hinter einer dicken Putz- und Gipswolke. Als sich der Staub senkte, war der Safe zu sehen, aus dessen weggesprengter Tür Rauch quoll.

Diese *verdammte* Charley Pine!

Pieraut betrachtete Hedricks Fernsteuerung und dachte: Wenn wir mit der Untertasse losgeflogen wären, hätte Hedrick uns alle umgebracht. Dann holte er seine eigene Fernzündung aus der Tasche und schaltete sie ein.

»Komm du ans Steuer!«, rief Charley und kletterte aus dem Cockpit. Nachdem Rip die Luke endlich zugekriegt hatte, stieg er in den Pilotensitz, legte das Stirnband an und dachte:

Raketen zünden und nichts wie weg!

Hinter ihm sprangen die Triebwerke an.

Pieraut stand am Fenster, sah der beschleunigenden Untertasse nach und drückte den Auslöser. Rigby, der noch immer im Antigravitationsfeld gefangen war, verwandelte sich in einen Feuerball.

Während das Raumschiff davonraste, erreichte der Donner der Raketentriebwerke das Fenster der Bibliothek. Die Scheiben, die noch heil waren, barsten, und wieder einmal regneten Scherben ins Zimmer.

Durch das leere Sprossenwerk starrten die Zuschauer in der Bibliothek der Untertasse hinterher, die knapp überm Horizont im Dunst verschwand.

Während sie dem Raumschiff entgeistert nachblickten, schlugen zwei Explosionen aus den Flugzeugen, die vor dem Hangar geparkt waren – Mr. Ito von der japanischen Delegation und der Verhandlungsleiter aus Peking hatten ihre Bomben detonieren lassen.

Oben in seinem Schlafzimmer bemühte sich Krasnoyarsk vergeblich, die Fernsteuerung auszulösen – das grüne Licht wollte einfach nicht anspringen. Dann machte er das Gerät auf:

Die Batterie kam aus Russland …

Krasnoyarsk fluchte und knallte die Fernbedienung an die Wand, wo sie in Stücke zersprang.

Nach gut zwanzig Kilometern ließ Rip die Untertasse einen Bogen fliegen. Er hatte die Armaturen noch immer nicht angerührt, sondern gab alle Befehle übers Stirnband, also flog der Computer das Schiff.

Nachdem die Untertasse den Bogen gemacht hatte und direkt auf Hedricks Ranch zuhielt, ließ Rip sie die Schallmauer durchbrechen. Die Beschleunigungskraft nagelte ihn und Charley in den Sitz.

Als das Raumschiff in gut sechzig Metern Höhe über Hedricks Anwesen jagte, war es bereits sechsmal schneller als der Schall.

Die Druckwelle schlug alle Scheiben des Hauptgebäudes aus und drückte so mächtig auf das Obergeschoss, dass die Wände nachgaben und das ganze Haus zusammenbrach.

Die Untertasse stieg auf und raste auf einer Feuersäule senkrecht in den Himmel.

19

Es war ein Uhr nachts, als Rip Cantrell die Untertasse knapp über den Baumwipfeln durch Dunst und Sommerregen steuerte und vor Onkel Eggs Hangar in Missouri landete.

Er war über Kalifornien wieder in die Erdatmosphäre getaucht und hatte damit vermutlich erneut im ganzen Land die Alarmglocken schrillen lassen. Die letzten zwei Stunden aber war er zunächst mit kaum fünfhundert Sachen in niedriger Höhe geflogen, dann – als der Wassertank leer war – nur noch mit der Geschwindigkeit, die die Antigravitationsringe aufbrachten, also mit Tempo hundertachtzig.

Im Moment konnte Rip durch die Kanzel rein gar nichts erkennen. Es war ihm zu riskant, die Landescheinwerfer einzuschalten, und er verließ sich lieber auf die Meldung des Bordcomputers, sie seien an Ort und Stelle. Als Rip den Landebefehl gab, vertraute er dem Navigationssystem also im wahrsten Sinne des Wortes blind. Dabei war er innerlich so gespannt wie eine Banjosaite, bis er merkte, dass die Kufen auf etwas Festem aufsetzten und die Untertasse zur Ruhe kam. Da spürte er eine Erleichterung, die ihm Tränen in die Augen trieb.

Charley hatte die Lehne ihres Sitzes bis zum Anschlag nach hinten gefahren und schlief. Dort, wo Rigby sie mit den Füßen am Kopf getroffen hatte, prangten tiefblaue Flecke. Ihr rechter Arm war taub und teilweise gelähmt. Wahrscheinlich hatte sie auch ein paar gebrochene Rippen. Die Wucht der Beschleunigung über Australien hatte sie ohnmächtig werden lassen. Ich hätte an ihre Verletzungen denken sollen, bevor ich dem Computer Vollgas befahl, überlegte Rip.

Er stand in der dunklen Kabine und dachte daran, was in den letzten Tagen so alles passiert war.

Dass ich – ich! – diesem wahnsinnigen Rigby den Rest gegeben habe … Nachdem Charley so oft auf ihn geschossen hat …

War die Untertasse das wert?

Rip öffnete die Luke und sprang raus.

Der Geruch feuchtwarmer Erde umgab ihn. Taumelnd ging er den sanften Hügel zu Eggs Haus hoch.

Sein Onkel würde bestimmt bei offenem Fenster schlafen. Also blieb er draußen stehen und rief ihn.

»Bist du das, Rip?«, kam als Antwort.

»Ja, Onkel Egg. Ich brauch ein bisschen Hilfe.«

»Ich zieh mich an. Bin gleich da.«

»Komm zum Hangar runter.«

»Okay.«

Gemeinsam weckten sie Charley Pine, halfen ihr zum Haus hoch und legten sie in das Bett, in dem Rip als Jugendlicher in den Sommerferien geschlafen hatte. Egg hatte nirgendwo Licht gemacht. Rip setzte sich an Charleys Bettkante und hielt ihre Hand.

»Besser, die Nachbarn merken nicht, dass ich Besuch hab«, meinte Egg. »Morgen früh bring ich Sie zum Arzt, Charley.«

»Campieren die Journalisten immer noch vor deinem Grundstück?«, fragte Rip.

»Ja, aber wenn Charley sich vorn im Pick-up auf den Boden legt, sehen sie sie nicht. Der Sheriff passt auf, dass mir die Meute nicht zu nah auf die Pelle rückt.«

»Tut mir Leid, dass wir dir so viele Umstände machen.«

»Ich helf euch doch gern«, sagte Egg und verließ das Zimmer.

Rip beugte sich zu Charley vor und flüsterte: »Danke.«

»Du hättest jederzeit mit der Untertasse wegfliegen können«, sagte sie. »Du wolltest nicht ohne mich verschwinden, stimmt's?«

»Ich hab mir gedacht, wir türmen lieber zusammen.«

Sie drückte seine Hand.

»Bis in ein paar Wochen«, sagte er leise. »Du wirst wieder gesund.«

»Wenn du willst, gib mir einen Abschiedskuss.«

Er wollte.

Als Rip die Treppe runterkam, war Egg in der Küche und kochte Kaffee. Unten hatte er jetzt Licht gemacht. Rip öffnete den Kühlschrank und musterte die Bestände. Zum ersten Mal im Leben hatte er keinen Hunger. Er setzte sich an den Tisch.

»Als wir in die Untertasse geklettert sind, war ein Kerl drin. Er wollte Charley erst zu Tode trampeln und hat dann versucht, sie zu erwürgen. Sie hat ihm etliche Kugeln verpasst, und ich hab ihn dann wohl mit einem Schraubenzieher endgültig ins Jenseits befördert.« Als er daran dachte, brach Rip der Schweiß aus, und er fuhr sich durchs Gesicht. »Der Kabinenboden ist voll Blut.«

»Der lässt sich reinigen«, meinte Egg seelenruhig. »Erzähl mal – wie war's in Australien?«

Nach der dritten Tasse Kaffee hatte Rip seine Abenteuer berichtet und schwieg.

»Ich finde, dir blieb nichts anderes übrig als diesen Rigby abzuservieren«, meinte Egg.

»Charley hat ein paar Leute einfach umgelegt – bumm, bumm, bumm.«

»Und das lässt dir keine Ruhe?«

»Vielleicht wär's besser gewesen, den Mistkerlen die Untertasse zu lassen und Charley irgendwie rauszuschmuggeln.«

»Pah!«, rief Egg. »Mit so einer Haltung kommt man nicht durchs Leben, Junge. Du hast das Richtige getan.«

»Sag mal – was ist hier inzwischen eigentlich passiert?«

»Ich weiß gar nicht, wo ich anfangen soll, Rip. Die Untertasse ist noch immer *das* Medienereignis. Zwar berichtet das Fernsehen darüber nur noch drei, vier Stunden pro Tag, und Talkshows und Soap-Operas haben sich wieder im Programm breitgemacht, aber das ganze Land ist weiter in heller Aufregung. Die Reporter versuchen verzweifelt, dich und Charley aufzuspüren. Demnächst bist du für eine Viertelstunde berühmt.«

»Geschenkt. Ich gebe keine Interviews.«

»Das wirst du letzten Endes wohl müssen – die Untertasse gehört dir.«

Rip stierte Egg mit offenem Mund an. »Von Rechts wegen, meinst du?«

»Wellstar Petroleum hat das Raumschiff an dich verkauft – im Gegenzug für eine Gewinnbeteiligung an der Vermarktung der Antriebstechnik. Und morgen früh, nein, schon heute Vormittag beantragt Onkel Olie beim Bundesgericht in Washington eine einstweilige Anordnung auf Unterlassung gegen die Bundesregierung. Natürlich besteht keine Erfolgsgarantie, aber Olie meint, die Chancen stehen gut.«

Rip ließ einen leisen Pfiff los.

»Ich würde zu gern in ein paar Tagen mit Charley nach Washington reisen, pünktlich zum Anhörungstermin«, fuhr Egg fort. »Sie wäre eine prima Zeugin.«

»Sie braucht Ruhe.«

»Verstehe, Rip. Ich werde mich um sie kümmern. Die nächsten Wochen musst du die Untertasse irgendwo verstecken. Niemand darf sie finden. Und du verschwindest von der Bildfläche.«

Nach kurzem Nachdenken meinte Rip: »Ich flieg nach Hause. Unsere Landarbeiter verraten mich bestimmt nicht – die sind länger als zwanzig Jahre bei uns und leben seit Dads Tod in den Gesindehäusern. Die sind absolut loyal.«

»Versteck die Untertasse so, dass niemand sie entdeckt.«

»Darüber hab ich mir schon Gedanken gemacht.«

Egg stand auf. »Schaffst du's, vor Sonnenaufgang weiterzufliegen?«

»Ich geb dem Computer nur Befehle – das Fliegen erledigt er.«

»Dann mach dich besser auf den Weg. Jede Minute, die das Raumschiff hier rumsteht, vergrößert die Gefahr, dass die falschen Leute es finden.«

»Danke, Onkel Egg.«

»Ich kümmere mich um Charley, Rip. Olie kümmert sich um die Bundesregierung. Und du tauchst ab.«

Rip umarmte seinen Onkel. »Du bist ein toller Kerl.«

»Du auch, Ripper. Jetzt aber los. Ich helf dir beim Tanken.«

»Kannst du mir ein Taschenmesser leihen?«

Egg zog seins aus der Jacke und gab es ihm.

»Und Angelhaken und Streichhölzer?«

»Sind im Hangar. Nimm dir, was du brauchst.«

Die Hände in den Taschen standen sie da und hörten zu, wie das Wasser in den Tank lief. Plötzlich fragte Rip: »Wellstar hält eine Gewinnbeteiligung an der Antriebstechnik? Heißt das, wir müssen die Untertasse behalten?«

Egg zögerte und sagte dann: »Nicht unbedingt. Warum fragst du?«

»Ich hab geholfen, jemanden wegen des Raumschiffs umzubringen. Er hat bekommen, was er verdient, und ich bereue es nicht. Aber ich will das nicht noch mal tun müssen.«

»Was schlägst du vor?«

»Ich will die Untertasse haben, aber ich möchte niemanden töten, um sie zu behalten – so heiß bin ich auf das Schiff auch wieder nicht.«

»Du hast dein Leben riskiert, um es von Hedrick zurückzubekommen.«

»Ich hab mein Leben riskiert, um Charley zurückzubekommen. Schon gut, schon gut – *auch* wegen der Untertasse. Sterben müssen wir alle, das ist nicht das Problem. Aber *töten* – das ist was anderes.«

Was in Australien auf Hedricks Ranch geschehen war, entging den Medien völlig. Und das war vielleicht besser. Denn so brachte die Presse im ganzen Land die Nachricht von Olies Antrag auf einstweilige Verfügung gegen den Präsidenten der USA und Bomber Joe de Laurio groß auf der Titelseite.

In Missouri gelang es Egg mit Unterstützung des Bezirkssheriffs, unbehelligt durch die Reportermeute zu kommen, die seine Einfahrt belagerte. Charley wurde im nächsten Krankenhaus geröntgt. Der Arzt sagte, sie habe zwei angebrochene Rippen und böse Prellungen an der rechten Schulter. Zwar spürte sie Arm und Hand wieder, doch ihr Deltamuskel schmerzte so sehr, dass sie den Arm nicht heben konnte. Sie bekam Eisbeutel gegen die Schwellung und eine Schlinge verordnet, in der sie den Arm ein paar Tage tragen sollte.

Egg und Charley fuhren nicht zur Farm zurück, sondern machten sich auf den Weg nach Washington.

Charley stellte fest, dass sie Egg sehr mochte. Wie Rip ihr versichert hatte, war seine überragende Intelligenz mit Witz und einer zuvorkommenden Persönlichkeit gepaart. Nach ihren australischen Abenteuern fand sie Eggs Gesellschaft angenehm und entspannend, was zum Teil – wie sie vermutete – damit zusammenhing, dass er gern über Rip sprach. Während sie im Pick-up über Land fuhren, erzählte Egg ihr die ganze Geschichte der Familie Cantrell und jede Anekdote über Rip, auf die er sich besinnen konnte.

Rip, Rip, Rip – sie konnte gar nicht genug von ihm erfahren. Schon wenn sie nur seinen Namen hörte, lächelte sie.

Ja, es war angenehm, an einem dunstigen Spätsommertag mit runtergekurbelten Fenstern durch die Staaten zu fahren, vorbei an wogenden Getreidefeldern, Heu machenden Bauern und Straßenarbeitern, die eine neue Asphaltschicht aufbrachten. Egg und Charley plauderten und plauderten, während im Radio Baseball lief und die Straße unter ihnen dahinschnurrte.

Zwei Tage nach ihrer Abreise aus Missouri machten Egg und Charley in einem teuren Hotel in New York Station, das ein ausgeklügeltes Sicherheitssystem besaß. »Wir garantieren unseren Gästen, dass sie völlig ungestört sind, Mr. Cantrell«, erklärte der Direktor. »Gerade deshalb steigen bei uns Staatsoberhäupter ab, wenn sie New York besuchen. Die Presse traut sich hier nicht rein.«

Sie entschieden sich für eine Ecksuite mit zwei Schlafzimmern im achtzehnten Stock.

»Lassen Sie uns getrennte Kasse machen, Egg. Ich hab

Geld dabei. Hedrick hat für meinen Todesflug ein paar Dollar springen lassen.« Sie zog ein Bündel Banknoten aus der Tasche.

Egg winkte ab. »Machen Sie sich keine Sorgen – ich fahre gern Pick-up und lebe freiwillig auf einer Farm in Missouri, nicht weil ich sparen muss. Jetzt packen Sie sich Eis auf den Arm. Ich telefoniere in der Zwischenzeit ein bisschen. Dann lassen wir hübsche Sachen zum Anziehen bringen, und Sie suchen sich einiges davon aus. Dort, wo wir hingehen, sind Jeans nicht das Richtige. Und ich probier mal, ob ich für Sie einen Termin beim Hotelfriseur bekomme.«

»Das wäre toll«, meinte Charley Pine. »Ich würde mich gern wieder als Frau fühlen.«

Für den Abend hatten die beiden jemanden eingeladen.

Auf ein Klopfen hin öffnete Charley die Tür: »Professor Soldi, kommen Sie doch rein.«

Der Archäologe blieb einen Moment an der Schwelle stehen und musterte Charley mit gerunzelten Brauen. Mit ihrer neuen Frisur und den neuen Sachen fühlte sie sich wie verwandelt – und so sah sie auch aus.

»Miss Pine, ich hatte schon alle Hoffnung aufgegeben, Sie wiederzusehen.«

Sie strahlte und schloss die Tür hinter ihm.

Nachdem Charley, Soldi und Egg etwa eine Viertelstunde darüber gesprochen hatten, wie es mit der Untertasse zur Zeit aussah, meinte Egg: »Ich habe Sie eingeladen, Professor, weil ich sehr beeindruckt bin, wie genau Sie die Bedeutung des Raumschiffs begriffen haben. Ich habe bestimmt nicht die ganze Zeit gebannt vor dem Bildschirm gehockt, doch ich habe einige Interviews mit Ihnen gesehen. Ihre Theorien sind wohlüberlegt und provozierend.«

Soldi neigte kaum merklich den Kopf. »Danke.«

Egg fuhr fort: »Sie sollen als Erster erfahren, dass Ihre Theorien über die Untertasse in jedem wichtigen Punkt vollkommen zutreffend sind.«

Der Archäologe saß mit offenem Mund sprachlos da.

Egg holte seinen größten Koffer aus dem Schrank, machte ihn vorsichtig auf und nahm etwas heraus, das in Luftpolsterfolie verpackt war. »Dieser Computer war im Raumschiff. Den haben Hedricks Leute in der Sahara begonnen auseinander zu nehmen.«

»Stimmt«, meinte Soldi.

Charley sah erstaunt drein. »Den hatte ich ganz vergessen.«

»Rip und ich haben ihn gleich am Nachmittag eurer Ankunft auf der Farm aus der Untertasse geschafft, bevor Hedrick aufgekreuzt ist. Während Sie ein Schläfchen gemacht haben, Charley, haben wir mit dem Computer experimentiert, einige erstaunliche Dinge erfahren und beschlossen, ihn auszubauen, damit ich ihn gründlich untersuchen kann.«

Charley schüttelte den Kopf. »Mir ist bei dem ganzen Trubel gar nicht aufgefallen, dass er nicht mehr an Bord war.«

»Ich hab rausbekommen, bei wie viel Watt und welcher Spannung der Computer arbeitet, und einen Transformator gebaut. Damit können wir den Rechner auch außerhalb der Untertasse betreiben.« Egg nahm den Transformator aus dem Koffer und steckte ein Kabel in die Steckdose, das andere in den Computer. »Außerdem hab ich ein Überspannungsschutzgerät zwischengeschaltet.«

Dann zog Egg ein Stirnband aus dem Koffer, das bereits an den Computer angeschlossen war.

»Letzte Woche hab ich mich drei Tage lang nur diesem Rechner gewidmet.« Egg wählte seine Worte mit Bedacht. »Ich glaube, auf dem Computer sind genug Informationen, um ein großes Forschungsinstitut ein ganzes Jahrhundert vollauf zu beschäftigen. Ich habe nicht mal an der Oberfläche gekratzt.«

Soldi zog einen Schmollmund, während er den Rechner nachdenklich musterte. Dann berührte er den Computer mit den Fingerkuppen.

»Wie Sie gleich sehen, Professor, bietet Ihnen das Menü zwölf Wahlmöglichkeiten. Rip und ich haben damals die erste Option genommen, die sich als Wartungs- und Bedienungsprogramm der Untertasse erwies.«

Charley zog die Brauen hoch. »Rip hat diesen Computer gar nicht erwähnt.«

Egg grinste. »Rip ist die Verschwiegenheit in Person.«

»Das hat er dann wohl von Ihnen«, gab sie zurück.

»Professor – ich möchte vorschlagen, Sie probieren heute Abend die zweite Wahlmöglichkeit aus«, sagte Egg. »Die hat mich fasziniert und meine Gedanken drei Tage lang völlig in Beschlag genommen. Ich hoffe, in ein paar Monaten kann ich den Rest meines Lebens der Erforschung dessen widmen, was unter diesem Menüpunkt gespeichert ist.«

»Und was verbirgt sich hinter den anderen Optionen?«, fragte Soldi.

»Ich hatte keine Zeit, mich näher damit zu beschäftigen. Mir erscheinen sie aber sogar noch spannender. Trotzdem bitte ich Sie, heute Abend die zweite Option zu wählen – die hat mir bewiesen, wie richtig Ihre Theorien sind. Ich möchte, dass Sie sich selbst davon überzeugen.«

»Ich werde tun, was Sie sagen«, versprach Soldi.

Egg wies mit dem Kopf auf das Stirnband. »Dadurch verständigen Sie sich mit dem Computer. Folgen Sie einfach dem, was Ihnen unter der zweiten Option angeboten wird, und wählen Sie aus, was Sie interessiert.«

Soldi nickte.

»Es ist übrigens von Vorteil, sich dabei bequem hinzusetzen und sich zu entspannen«, ergänzte Egg. »Sie werden bestimmt nicht einschlafen.«

Soldi nickte wieder, diesmal ein klein wenig ungeduldig.

Egg setzte dem Archäologen das Stirnband auf.

Soldi legte den Kopf an die Rückenlehne des Sofas. Seine Augen blieben offen, doch sein Blick glitt ins Nirgendwo.

Nach einer halben Minute stand Charley auf und ging ans Fenster. Vor ihr lagen die Lichter Manhattans. Egg trat neben sie.

»Was verbirgt sich hinter der zweiten Option?«, fragte Charley.

»Ein Lexikon. Ich vermute, es enthält alles, was die Erbauer des Raumschiffs über das Universum wussten.«

»Die Besatzung der Untertasse – sind das unsere Vorfahren?«

»Was das anbelangt, liefert das Lexikon nur Indizien. Aller Wahrscheinlichkeit nach … ja.«

Nachdem Charley darüber kurz nachgedacht hatte,

sagte sie: »Mein Vater hatte einen Spruch drauf, der mir gerade wieder einfällt: ›Die Welt ist voller Idioten – ein unanfechtbarer wissenschaftlicher Beweis, dass Evolution Quatsch ist.‹«

Egg lachte in sich hinein. »Evolution ist kein Quatsch, sondern eine äußerst komplizierte Sache, die sich über enorme Zeiträume erstreckt. Der menschliche Verstand ist angesichts der Zeitspannen, die Mutter Natur zur Verfügung hat, einfach überfordert.«

Charley drehte sich zu Soldi um. Er hatte die Augen jetzt geschlossen.

»Haben die Erbauer der Untertasse die Einheitliche Feldtheorie entdeckt? Die Weltformel, wie alles im Innersten zusammenhängt?«

»Ja. Sie wussten, wie alle Kräfte des Universums zusammenspielen. Deshalb konnten sie das Anti-Schwerkraft-System der Untertasse entwickeln und bauen – es ist eine praktische Anwendung dieses Wissens.«

Charley Pine drehte sich wieder zum Fenster und legte die Stirn an die Scheibe.

Zwei Stunden später nahm Egg Soldi das Stirnband vom Kopf. Der Archäologe blinzelte mehrmals und musterte seine Umgebung. Dann langte er zum Couchtisch vor, strich behutsam mit den Händen darüber und vergewisserte sich anscheinend der gegenständlichen Welt. Danach berührte er den Computer der Untertasse, fuhr mit den Fingerspitzen an ihm entlang und legte dann beide Hände auf den Rechner.

»Darüber muss ich nachdenken«, murmelte er schließlich.

Als Soldi sich zum Weggehen anschickte, hielt er einen Moment inne und suchte die Taschen seines Sakkos ab. »Moment«, sagte er. »In der Aufregung hätte ich's fast vergessen: Heute Nachmittag habe ich von meinem Uni-Labor die Analyse des Materials bekommen, das Rip und ich im Maschinenraum der Untertasse gefunden haben. Es handelt sich um die halb zerfallenen Reste einiger persönlicher Gegenstände – um eine Art Brieftasche, wenn Sie so wollen. Eine dieser Sachen würde ich Ihnen gern zeigen.«

Er nahm ein paar Briefumschläge aus der Tasche, sah hinein, behielt einen in der Hand, zog ein Blatt Papier daraus hervor, faltete es vorsichtig auf und legte es auf den Couchtisch. Charley und Egg beugten sich gespannt vor.

Auf dem Blatt war eine Frau abgebildet. Ja, das waren eindeutig Gesichtszüge und Hals einer Frau. Sie lächelte und war offenbar glücklich. Ihre Hautfarbe allerdings war schlecht zu erkennen.

»Was wir hier sehen«, sagte der Professor, »ist die Computerrekonstruktion einer der halb zerfallenen Materialien, die wir damals eingeschickt haben. Ein Foto möchte ich das nicht nennen – eher ein Bild auf einer papierähnlichen Substanz. Die Leute im Labor arbeiten noch daran herauszufinden, um welche Substanz es sich handelt.«

»Das ist ein Porträt von Eva«, hauchte Charley Pine.

»Etwas in der Art, vermute ich«, meinte Soldi. Dann faltete er das Blatt behutsam zusammen und steckte es wieder in den Briefumschlag.

An der Tür ergriff er Eggs Hand und schüttelte sie heftig und ausdauernd. »Danke, Sir. Ich danke Ihnen von ganzem Herzen.«

»Kommen Sie morgen früh wieder, Professor. Dann reden wir miteinander. Gute Nacht.«

Bevor Charley Pine in ihr Schlafzimmer ging, fragte sie: »Wie wird das Universum einmal enden, Onkel Egg?«

»Es wird wiedergeboren werden«, antwortete Egg Cantrell. »Und zwar immer aufs Neue.«

20

Eine knappe Stunde vor Sonnenaufgang verließ Rip mit der Untertasse Missouri, flog nordwärts nach Kanada und landete auf einer Sandbank an einem breiten Fluss, der zum Eismeer strömte. Am Nachmittag fischte er mit Eggs Angelzeug und fing ein paar ansehnliche Exemplare, die ein bisschen nach Forellen aussahen, aber Rip war sich da nicht sicher.

Am Abend briet er die Fische über einem Lagerfeuer aus Treibholz, das er am Ufer gesammelt hatte und das anscheinend nach der Schneeschmelze im Frühjahr aus den viele hundert Kilometer südlicheren Wäldern hergespült und an der Sandbank angeschwemmt worden war, wo es sich bizarr verkeilt hatte.

In diesen Breiten zog sich die Dämmerung um diese Jahreszeit bis in den späten Abend hin. Nur langsam kamen die Sterne hervor, und mit ihnen stieg die Mondsichel am Horizont auf. Schließlich, als das Feuer längst zusammengesunken war, leuchteten Tausende von Sternen durch die schwarzsamtene Nacht, als habe jemand eine

Schaufel leuchtender Sandkörner an den Himmel geworfen.

Von welchem der vielen Sterne mochten die Erbauer der Untertasse gekommen sein?

Rip saß am Feuer und hoffte das Nordlicht zu sehen. Doch allmählich verblassten die Sterne, und der neue Tag kündigte sich an, ohne dass es geleuchtet hätte. Versöhnt mit sich und der Welt kletterte Rip in die Untertasse und legte sich schlafen.

Zwei Tage später beschloss er, jetzt lange genug auf der Sandbank gewesen zu sein. Aufklärungssatelliten hatten die Untertasse garantiert geortet, und es war nur eine Frage der Zeit, bis jemand auftauchen würde, um sie zu stehlen. Und ehe dieser Jemand kam, wollte Rip weg sein.

Also löschte er nach dem Abendessen das Feuer, schnallte sich an und startete Richtung Süden.

Um der Radarüberwachung zu entgehen, flog er niedrig und langsam, keine dreihundert Meter hoch und kaum fünfhundert Kilometer schnell. Er probierte, das Raumschiff per Hand zu fliegen. Für einen Anfänger reagierte die Untertasse fast zu prompt, und Rip stellte fest, dass er ständig übersteuerte. Er erinnerte sich an einen Rat, den Charley ihm gegeben hatte, ließ die Armaturen los, wartete, bis das Raumschiff ausgependelt war, und probierte es vorsichtig noch mal.

Es war schon ein tolles Gefühl, als Bauernjunge aus Wisconsin am Steuer einer echten Untertasse zu sitzen. Er lachte über sich, die Situation und den ganzen verflixten Schlamassel.

Kurz vor Tagesanbruch erreichte Rip sein Ziel. Er versteckte das Raumschiff und wanderte erst in der Dämmerung, dann in der Morgensonne die zehn Kilometer nach Hause.

Die Schaukel auf der vorderen Veranda sah einladend aus. Er setzte sich hinein und wartete, bis seine Mutter aufwachen und die Treppe runter in die Küche kommen würde.

Jetzt im Spätsommer sah die Farm blitzblank aus, und überall stand sattes Grün. Kühe muhten nach Futter, und ihr Geruch stieg ihm in die Nase. Mit diesem Geruch war er groß geworden – das fiel ihm eigentlich nur auf, wenn er frisch zu Besuch kam.

Die Schaukel schwang vor und zurück, und die Ringe quietschten in den Haken – genau wie immer.

Rip war eingedöst, da hörte er seine Mutter in der Küche. Er stand auf, streckte sich, gähnte und ging hinein.

»Hey, Mom.«

»*Meine Güte* – hast du mich erschreckt, Rip.« Sie streckte die Hände aus und schloss ihn kräftig in die Arme.

»Wo bist du bloß gewesen, Junge? Als diese Männer auftauchten, wusste ich nicht, was ich sagen sollte.« Sie musterte sein Gesicht. Tränen stiegen ihr in die Augen. »Ich hatte solche Angst, Rip – um dich und mich.«

»Schon gut, Mom. Du hattest keine Wahl. Du musstest ihre Fragen beantworten – das weiß ich doch.«

Sie wollte etwas sagen, brachte aber nichts heraus. Rip drückte sie fest an sich. Als sie sich beruhigt hatte, lockerte er die Umarmung. Seine Mutter lächelte nervös und wischte sich die Tränen aus den Augen.

»Jeden Tag sprechen sie im Fernsehen über dich. Du bist der berühmteste Mensch auf Erden.«

»Das geht vorüber, Mom, das geht vorbei. Nächstes

Jahr erinnert sich niemand mehr an meinen Namen. Dann heißt's: Der Dingsbums damals – der mit der Untertasse.«

»Wie wär's mit Frühstück? Rührei, Schinken und Bratkartoffeln?«

»Ich verdrücke alles, was du auf den Tisch bringst.«

Sie blieb noch einen Moment stehen, betrachtete sein Gesicht eingehend und kümmerte sich dann um das Frühstück. »Ich weiß nur, was sie im Fernsehen sagen – also erzähl mir mal den Rest.«

Er setzte sich an den Küchentisch und begann mit der Wüste. Mit der Hitze, dem Staub und der Leere unter einem fahlen Messinghimmel. Damit, wie ein Sonnenstrahl in der Ferne reflektiert wurde. Von etwas, das in einem Felsrücken steckte.

Als er den letzten Happen seines Frühstücks in den Mund schob, war er auch mit der Geschichte fertig. Rigby hatte er ausgelassen. Seine Mutter lehnte mit dem Rücken an der Spüle und trank Kaffee.

»Und wo ist die Untertasse jetzt?«

»Versteckt.«

»Du willst mir nicht sagen, wo?«

»Nein – kann doch sein, dass diese Männer noch mal auftauchen.«

In ihre Augen trat nackte Angst.

»Ich halte das für unwahrscheinlich, Mom, aber wenn sie kommen, beantworte ihnen jede Frage.«

Sie nickte mehrmals. »Mach ich.« Dann drehte sie sich zur Spüle. »Und wie soll's weitergehen? Wenn die Sache vorbei ist?«

»Keine Ahnung. Ich hatte nicht mal Zeit, darüber nachzudenken.«

»Der Unterricht an der Uni hat vor drei Tagen angefangen.«

»Vielleicht mach ich besser ein Semester Pause. Ich könnte auf der Farm arbeiten.«

»Bevor die ganze Aufregung um die Untertasse vorbei ist, bekommst du nur im Gefängnis Arbeit, als Nummernschild-Stanzer.«

»Vermutlich.«

»Du könntest bei uns zwar ein bisschen aushelfen, aber besonders dringend brauchen wir dich wirklich nicht. Die Jungs hier kommen mit ihrer Arbeit gut klar.«

Rip nickte. »Onkel Egg dürfte in ein paar Wochen anrufen. Er will, dass ich bis dahin untertauche. Du kannst den Jungs sagen, dass ich hier bin, wenn sie dir versprechen, es nicht weiterzuerzählen.«

»Das würde nichts nützen, Rip – die trinken am Samstag gern einen zu viel, und jeder hat eine Freundin …«

»Wenn sie Verdacht schöpfen, dass ich *heimlich* hier bin, gibt's bestimmt Schwierigkeiten. Bitte sie darum, den Mund zu halten – mehr können wir nicht tun.«

»Na gut.«

»Die Untertasse ist gut versteckt, die findet niemand. Ich hab gedacht, ich nehme mir heute Abend, wenn's dunkel ist, ein paar Klamotten und Proviant und geh zum See hoch – was meinst du? Da oben könnte ich in der Hütte wohnen, ein bisschen fischen und ein paar Bücher lesen, für die ich nie Zeit hatte.«

»Am See gibt's Angler, Rip. Der ist für jeden zugänglich.«

»Wer mit dem Boot unterwegs ist, ist zu weit vom Ufer weg, um mich zu erkennen.«

»Letzte Woche haben hier mindestens zwanzigmal Reporter angerufen und mich wie wild bedrängt. Erstaunlich, dass das Telefon heute noch nicht geklingelt hat.«

»Wenn Onkel Egg sich in ein paar Wochen meldet, kommst du dann mit dem Auto zum See und holst mich ab?«

»Meinetwegen.«

»Falls niemand rausfindet, dass ich hier bin, legt sich die Aufregung bestimmt bald. In ein paar Tagen gibt's andere Schlagzeilen: neue Steuerpläne der Regierung; Enthüllungen einer alten Liebe des Präsidenten; der neueste Hollywood-Skandal ... *irgendwas* – Hauptsache, die Zeitung wird voll.«

»Ist das eine Prophezeiung?«

»Ein Stoßgebet. Lange halte ich das nicht mehr aus.«

»Wie ernst ist es dir eigentlich mit dieser Charley?«

»Mom!«

»Das ist eine berechtigte Frage.«

»Wer hat behauptet, es wäre mir ernst?«

»Ich hab ein bisschen Lebenserfahrung, Rip. Du bist nicht bis nach Australien gereist, um eine Maschine zu retten.«

»Ich mag sie, okay? Was dagegen?«

»Tja, ich weiß nicht. Du erzählst mir ja nie was. Wie alt ist sie eigentlich genau?«

»Keine Ahnung. Ich hab nicht gesagt: ›Zeig mir mal deinen Führerschein.‹«

»Ich hab den Eindruck, sie ist schon ziemlich alt – eine Testpilotin der Air Force im Ruhestand ...«

»Im Ruhestand? *Gekündigt* hat sie!«

»Du und eine ältere Frau – das hätte ich mir nicht träumen lassen. Das ist … traurig, irgendwie …«

»Mom, ich geh nach oben und leg mich hin, okay? Ich hab die ganze Nacht nicht geschlafen.«

»Soll ich dich wecken, wenn sie anruft?«

»Mom, bitte!«

Als Rip die Treppe hochging, rief sie ihm nach: »War Charley schon mal verheiratet?«

Sein Zimmer hatte sich nicht verändert und war voller Erinnerungen: ein paar Star-Poster; der Football, den er in der Abschlussklasse der Highschool spielentscheidend hinter der gegnerischen Endlinie abgelegt hatte; ein Filmplakat; Souvenirs aus dem Baseballstadion von Chicago … Es war Zeit, das meiste davon auf den Müll zu werfen.

Die alte Winchester seines Vaters befand sich im Wandschrank unter der Dachschräge. Rip nahm sie raus und zog ein paarmal den Repetierhebel. Dann wühlte er im Schrank herum, bis er eine Schachtel Munition gefunden hatte. Die war schon fünf, sechs Jahre alt, musste ihm aber genügen.

Er lud das Gewehr, vergewisserte sich, dass der Hahn gespannt war, und schob es griffbereit neben das Bett. Danach erst zog er die Schuhe aus und legte sich hin.

Kurz nach Mitternacht erreichte Rip die Hütte. Noch immer wirkte sein Jetlag nach: Er war mal wieder blitzwach. Also nahm er den Besen, fegte die Zimmer aus und packte die Konserven aus dem Rucksack ins Regal. Mäuse hatten ein paar Löcher in Bettwäsche und Decken gefressen, doch Rip faltete sie trotzdem auf, schüttelte sie aus und bezog das Bett.

Sein Vater hatte die Hütte zwei, drei Jahre vor seinem Tod gebaut. Rip dachte daran, wie er im ersten Sommer ein paarmal mit ihm hier gewesen war, bevor sich die Gesundheit seines Vaters verschlechtert hatte.

In der Highschool-Zeit hatte Rip manchmal mit seinen Kumpels hier übernachtet. Sie hatten Bier getrunken, verbotenerweise geraucht und sich insgesamt reichlich blöd aufgeführt.

Die Hütte hatte in seinem Leben eigentlich keine große Rolle gespielt. Er verband mit ihr jedenfalls keine besonderen Erinnerungen.

Die Petroleumlampe war so schwach, dass sich dabei kaum lesen ließ. Also saß Rip auf der dunklen Veranda und hörte dem nächtlichen Quaken der Frösche und dem Zirpen der Grillen zu. Die Mücken waren nicht besonders gierig und stachen nur ab und an.

Vor dem Morgengrauen begann Rip einzunicken, raffte sich auf und ging ins Bett.

Die Tage verstrichen gleichförmig. Rip schlief, wenn er müde war, aß, wenn er Hunger hatte, und angelte, wenn er nicht gerade las; jeder Fang wanderte sogleich in die Pfanne. Am dritten Tag regnete es stundenlang.

Als er schon eine Woche in der Hütte wohnte, brachte ihm ein Landarbeiter zwei Tüten Lebensmittel vorbei. »Das Essen kommt von deiner Mutter, das Sixpack von mir und Otis.«

»Danke, Sherman. Echt nett von dir.«

»Ich und Otis, wir erzählen niemandem, dass du hier bist, Rip. Ehrenwort.«

»Das glaub ich euch.«

»Aber man hat uns vielleicht gelöchert – meine Güte!

Ein Reporter aus Los Angeles hat mir hundert Dollar geboten, damit ich was ausplaudere. Der wollte vor allem was aus deiner Kindheit wissen. Ich hab ihn natürlich abblitzen lassen. Ich würde nie über meine Freunde tratschen, nicht um alles Geld der Welt. Du kennst mich ja.«

»Stimmt.«

»Alle in der Stadt wollen dich nach der Untertasse ausfragen – wo sie ist, wie du gelernt hast, sie zu fliegen, und so weiter. Die platzen vor Neugier.«

»Mhm.«

»Ich bin auch ein bisschen neugierig, weißt du das?«

»Sobald ich kann, erzähl ich dir alles haarklein.«

»Ich und Otis, wir sagen keiner Seele was, Rip. Ehrenwort.«

»Gut, wenn man Freunde wie euch hat.«

»Weißt du, ich hab noch nie eine fliegende Untertasse gesehen, keine einzige. Und das heutzutage! Stell dir das mal vor!«

»Die sind eben ziemlich selten.«

»Vielleichst lässt du uns auch mal mitfliegen, hm?«

»Tja …«

»Meine Freundin Arlene ist total aufgeregt. Die fährt voll auf Aliens und Parallelwelten ab und liest jede Menge Bücher darüber. Die weiß alles über Untertassen. Bei der käme ich ganz groß raus, wenn du sie auch mitnehmen würdest.«

»Ich werd's versuchen, Sherman. Danke, dass du vorbeigekommen bist.«

»Keine Ursache, Rip. Ich und Otis, wir sagen keiner Seele was. Ehrenwort.«

Sherman und Otis würden reden – das war Rip klar. Mehr noch, er wettete hundert zu eins, Arlene und ihre ganzen Bekannten wussten bereits, dass die Untertasse irgendwo in der Nähe war.

Als er Sherman wegfahren sah, spürte Rip deutlich, dass bald jemand auftauchen würde, um sie zu holen. Dabei hatte er angenommen, niemand wüsste, wo er steckte.

Von wegen!

Fragte sich nur, wer zuerst käme – Leute vom Geheimdienst oder Roger Hedricks Schläger? Oder eine andere Truppe?

Das Raumschiff war einfach zu wertvoll. Hundertfünfzig Milliarden Dollar, hatte Charley gesagt.

So viel Geld zu haben – das musste so sein, als gehörte einem Kalifornien.

Was war er für ein Narr gewesen, hier stillvergnügt zu hocken, zu lesen, zu angeln und darauf zu vertrauen, dass Hedrick geschlagen und die Regierung strunzdumm war!

Eigentlich ein Wunder, dass sie noch nicht aufgetaucht waren.

Was tun? Rein in die Untertasse und ab durch die Mitte? Das Raumschiff in seinem Versteck lassen und für eine Woche oder länger türmen, damit Egg und Olie den Prozess führen konnten?

Oder einfach hier bleiben?

Er brachte die Lebensmittel in die Hütte, machte ein paar Dosen Chili con carne auf, schüttete sie in die Pfanne und heizte den Holzofen ein.

Eigentlich müsste er alles stehen und liegen lassen und abhauen. Nur im Orbit war die Untertasse wirklich sicher. Ihr jetziger Aufenthaltsort war eine Notlösung, aber immer noch besser als an einem Fluss in Kanada oder auf einer Eisscholle in der Antarktis – er musste nun mal regelmäßig essen, schlafen und aufs Klo gehen.

Rip aß sein Chili, wusch ab, räumte auf und packte den Rucksack. Sobald es dunkel war, würde er verschwinden.

Er legte die Winchester vor sich auf den Tisch und vergewisserte sich, dass der Hahn gespannt war.

Vielleicht waren sie schon da draußen und hielten Ausschau …

Wonach?

Danach, ob er sie zur Untertasse führen würde.

Also gut – er würde das Raumschiff lassen, wo es war. Aber er musste sich unbedingt verstecken. Loswandern und immer weiter ziehen … jede Nacht woanders schlafen … nie an einen Ort zurückkehren.

Er ging auf den Steg und sah über den See. Zwei Angler saßen in einem Boot, das gut fünfhundert Meter weiter rechts in knapp fünfzig Metern Abstand zum Ufer geankert hatte. Sonst war kein Boot zu sehen.

Jetzt fiel ihm auf, wie ungewöhnlich das war. In dieser Jahreszeit waren normalerweise sechs bis acht Boote draußen. Schließlich standen in den Wäldern rundum zig Hütten.

Gestern waren fünf Boote auf dem See gewesen.

Wo sind die Leute alle geblieben?

Widerwille durchfuhr ihn. Bekam er jetzt Verfolgungswahn? Nur weil Sherman Hockett – eine Seele von Kerl, aber auch ein großer Schwätzer – zwei Tüten Fressalien vorbeigebracht hatte, musste er wirklich nicht auf Gefechtsstation gehen! Schließlich lebte er hier seit sieben Tagen völlig unbehelligt – nein, seit acht.

Reichlich viel Zeit, falls Hedrick die Untertasse noch mal erbeuten wollte.

Und reichlich viel Zeit für die Regierung, falls die scharf auf das Raumschiff war.

Rip schürzte die Lippen und versuchte zu pfeifen – Fehlanzeige. Er verließ den Steg, ging zur Hütte hoch und bemühte sich dabei, so gelassen zu wirken wie er die ganze letzte Woche gewesen war.

Noch eine Stunde bis Sonnenuntergang.

Er ging rein und setzte sich mit dem Gesicht zur Tür in die Küche. Da saß er dann, Gewehr im Schoß.

Als es ganz dunkel geworden war, stellte Rip Cantrell das Gewehr in die Ecke, setzte den Rucksack auf und schloss hinter sich ab. Die brennende Petroleumlampe ließ er in der Küche stehen – die wäre irgendwann am nächsten Tag leer und würde von selbst ausgehen. Mit etwas Glück war er bis dahin in Kanada.

Bis zur Landstraße war es einen knappen Kilometer auf einer Schotterpiste durch den Wald. Rip war kaum fünf Minuten unterwegs, als er ein Auto hörte. Er sprang vom Weg und schlug sich tastend in die Büsche. Der Wagen kam näher.

Beinahe wäre Rip über einen umgestürzten Baum gefallen. Ich bleib besser hier, dachte er, legte sich hinter den Stamm und lauschte.

Das Auto schlich ohne Licht die Schotterpiste entlang. Dahinter kam noch eins … Und noch eins. Alle ohne Licht.

So ein Mist!

Wenigstens war er aus der Hütte verschwunden, gerade noch rechtzeitig. Jemand suchte den Ripper.

Die würden ihn nachts im Wald nicht finden. Bei Sonnenaufgang schon eher, aber wenn er es geschickt anstellte, war er bis dahin schon zwei Landkreise weiter.

Wer hat das Pack wohl geschickt?

Egal, sagte er sich. Die wollen die Untertasse, und ohne mich finden sie sie nicht.

Als die Autos kaum noch zu hören waren, stand Rip auf und schob seinen Rucksack zurecht.

Er konnte seine Umgebung schemenhaft erkennen, denn die Nacht war nicht tiefschwarz, und seine Augen hatten sich inzwischen an das schwache Licht gewöhnt.

Mit tastend ausgestreckten Armen arbeitete er sich langsam durchs Unterholz Richtung Landstraße. Wenn er die erst erreicht hatte, konnte er in die sechs Kilometer entfernte Stadt laufen und morgen früh beim Gebrauchtwagenhändler Honest Ed White ein Auto mieten. Am Nachmittag wäre er dann in Kanada.

Jede Minute blieb Rip kurz stehen und lauschte – nichts.

Mehrmals fiel er hin und kratzte sich an ein paar Ästen, die er nicht gesehen hatte. Dennoch kam er gut voran, doch dann hörte er Stimmen.

Er hielt an und stand mucksmäuschenstill.

Männerstimmen waren das, mindestens drei, aber er konnte nicht erkennen, was sie sagten. Sie kamen aus der Richtung, in die er geschlichen war. Ob die Männer auf der Straße waren? Oder im Wald?

Wenn er sie reden hörte, würden sie ihn vermutlich durchs Unterholz gehen hören. Oder sie hatten ihn bereits gehört …

Er kauerte sich an Ort und Stelle nieder.

Die Stimmen kamen näher. Wenigstens war keine Taschenlampe zu sehen.

Rip lag still und mit dem Gesicht nach unten da. Er schloss die Augen und legte die Arme vorsichtig als Schutz über Nacken und Ohren. Das Gesicht hielt er an den Waldboden gepresst.

»… hier rüber, Tony.«

»Pass auf – da liegt ein Baumstamm.«

»Dieser verdammte Lederstrumpf – treibt sich mitten in der Nacht in den Wäldern rum …«

Sie stapften vor sich hin, gaben sich keine Mühe, leise zu sein, und kamen immer näher. Rip lag reglos da.

Sie kamen direkt auf ihn zu!

»Steh auf, Lederstrumpf. Wir wollen hier draußen nicht übernachten.«

Rip drehte sich zur Seite. Einer leuchtete ihm mit der Taschenlampe direkt ins Gesicht.

Er stand auf.

»Das ist er. Leuchte mal hier rüber, damit ich mein Funkgerät sehe.«

Der Lichtkegel wanderte zu den Händen eines Mannes, der an einem kleinen Funkgerät rumfummelte und es dann ansetzte. Rip sah kurz eine Schutzbrille – ein Infrarot- oder ein Nachtsichtgerät: Die Männer konnten ihn so gut erkennen wie bei Tage.

»Hier Tony. Wir haben ihn. Er hat sich durch den Wald geschlagen wie der letzte Mohikaner.«

Rip hörte, was Tony zur Antwort bekam: »Bringt ihn zur Hütte.«

»Dreh dich um, Junge. Dinky – du nimmst den Rucksack. Den durchsuchen wir später. Fats – fessle ihn.«

Einer riss ihm die Arme nach vorn und band ihm die Handgelenke mit einer Plastikfessel so fest zusammen, dass es wehtat.

»Also, Junge, dann mal los. Fats, du gehst vorneweg. Dann kann er sich an deinem Gürtel festhalten. Gib deine Waffe einem von uns.«

Auf dem Parkplatz neben der Hütte standen sechs Autos, drei davon mit eingeschalteten Scheinwerfern im Halbkreis. Die Männer, die Rip gefangen genommen hatten, führten ihn auf diese Lichtbühne. Dann verpasste ihm der, den sie Tony nannten, einen Schlag.

Er hatte ihn nicht kommen sehen – es war ein Stoß aus dem Nichts, und er traf voll ins Schwarze. Rip fiel der Länge nach halb ohnmächtig hin, wurde aber von zwei Männern gleich wieder auf die Füße gerissen. Tony war schätzungsweise Ende dreißig. Er hatte kurze Haare und stramme Muskeln. Und er schlug wieder zu. Rip bog sich diesmal mit dem Schlag zurück, ging aber wieder zu Boden. Als die Männer ihn aufs Neue hochrissen, spürte er eine warme Flüssigkeit im Mund.

Den nächsten Haken versuchte er mit den Händen abzuhalten, doch Tony war wieselflink und erwischte ihn auf dem linken Auge.

Rip versuchte, sich auf den kommenden Schlag einzustellen, als jemand sagte: »Das reicht erst mal.«

Ein Mann trat ins Licht, langte nach Rips Gesicht und drehte es so, dass er seine blutende Nase begutachten konnte.

»Sie haben mich viel Geld gekostet, Mr. Cantrell. Und mir viel Ärger gemacht.«

Roger Hedrick!

Rip schwieg. Er hatte Blut im Mund und spuckte es auf den Boden.

»Wo ist sie?«

Rip war intuitiv klar, dass Hedrick die Oberhand hätte, sobald er antworten würde.

»Wir haben den ganzen Abend Zeit, Mr. Cantrell, den ganzen Abend, um Sie zu quälen. Glauben Sie mir – diese Männer können Ihnen mehr Schmerzen bereiten, als Sie aushalten.«

Rip wollte sich gerade mit dem Arm Blut von der Nase wischen und hätte Hedricks zu Tony gewandtes Nicken beinahe verpasst. Der war wieder unverschämt schnell, und Rip schaffte es nur knapp, mit Tonys Kinnhaken mitzugehen.

Diesmal ließen sie ihn liegen. Hedrick stand außer Reichweite von Rips Beinen.

»Niemand wird Ihnen zu Hilfe eilen«, sagte er. »Ich hab das Gelände von dreißig Mann umstellen lassen. Die ganze Umgebung ist abgeriegelt. Sie kommen hier nicht weg – selbst dann nicht, wenn wir Sie losbinden und Ihnen Vorsprung geben.«

Er stand da, musterte Rip und schätzte ihn ab. »Brich ihm ein Bein«, sagte er dann zu Tony.

»Wie haben Sie erfahren, dass ich hier bin?«, fragte Rip. Seine Stimme krächzte heiser.

Hedricks Handbewegung ließ Tony abwarten. »Ich hab im Haus Ihrer Mutter Wanzen anbringen und das Telefon anzapfen lassen – zwei Tage nachdem ich erfahren hatte, wer mit der Untertasse unterwegs ist. Wir haben erwartet, dass Sie zu Hause anrufen, natürlich vergeblich.

Aber schließlich sind Sie ja dort aufgetaucht. Sie können nicht entkommen, Cantrell – die Erde ist zu klein. Ich kann überall auf der Welt innerhalb einer Stunde eine Armee auf die Beine stellen.«

Einer der Umstehenden meinte: »Regnet es? Hör ich's nicht regnen?«

Hedrick sah den Mann kurz an.

Rip fragte: »Wenn Sie die Untertasse kriegen, wie wollen Sie sie wegbekommen?«

»Ich möchte Sie mit Herrn Zwernemann bekannt machen«, verkündete Hedrick, »Europas bestem Testpiloten.« Zwernemann trat ins Scheinwerferlicht. »Wenn Sie die Untertasse fliegen können, Cantrell, kann er es auch. Er fliegt alles, was Tragflächen oder Rotorblätter hat.«

»Manche Leute machen für Geld einfach alles, schätz ich«, meinte Rip. Irgendwas musste er ja sagen.

»Wie Recht Sie haben, Cantrell, wie Recht! Und ich gehöre zu diesen Leuten. Ich werde alles tun – alles! –, um die Untertasse zu bekommen. Ich kauf sie Ihnen an Ort und Stelle ab, ich foltere Sie, ich lass Ihre Mutter vergewaltigen – mir ist jedes Mittel recht.«

»Lassen Sie meine Mutter aus dem Spiel.«

»Jedes Mittel.«

Rips Gesicht tat höllisch weh.

»Sie haben gesagt, Sie würden die Untertasse kaufen. Für wie viel?«

»Für eine Million Dollar.«

»Das ist ein starkes Stück – danach verkaufen Sie sie für hundertfünfzig *Milliarden!*«

»Natürlich werd ich den Preis erhöhen. Als Zwischenhändler will ich schließlich Gewinn machen. Eine Million

Dollar – das ist Ihr Profit. Nehmen Sie das Geld, oder ich zieh Ihnen das Fell ab – schließlich bekomm ich dadurch hundertfünfzig Milliarden.«

»So viel ist meine Haut nicht wert.«

»Taggart!« Das klang, als würde Hedrick einen Butler rufen. Bill Taggart tauchte im Scheinwerferlicht auf.

»Sag ihm, wie viel ich dir bezahlt habe«, befahl Hedrick.

»Eine Million, Rip. In bar. Und noch mal hunderttausend, damit ich ihn heute begleite. Gib ihm die Untertasse, und wir können uns beide zur Ruhe setzen und müssen nie mehr arbeiten.«

Rip sah von Hedrick zu Taggart und spuckte ihm Blut aufs Hemd.

»Du bist ein Drecksack, Bill.«

»Möglich, aber eine Million ist eine Million. Und wenn du tot bist, bist du tot.«

»Wenn ich tot bin, bekommt Roger Hedrick die Untertasse nie.«

»Schluss damit«, schnappte der. »Wir haben genug Zeit verplempert. Dass ich *Sie* nicht umbringen kann, wissen Sie. Aber ich kann Ihre Mutter umbringen. Wenn Sie nicht antworten, schick ich ein paar Männer los, um sie zu holen. Fangen wir mit einer einfachen Frage an: Wer hat die Untertasse aus meinem Hangar geflogen?«

»Was?«

Rip hatte ein paar brutale Schläge eingesteckt. Deshalb verstand er Hedrick nicht sofort.

»Wer hat die Untertasse vom Hangar zum Atrium geflogen, um Sie und Pine abzuholen?«

»Wissen Sie das wirklich nicht?«

Hedrick holte tief Luft: »Meine Geduld ist so gut wie erschöpft, Jungchen. Zum letzten Mal – wo ist die Untertasse?«

Rip senkte den Kopf und wischte seine blutende Nase an der Schulter ab. Tonys Faust sah er nicht kommen. Der Schlag traf ihn mit voller Wucht auf den Wangenknochen.

Er fand sich mit dem Gesicht am Boden wieder und hatte Staub im Mund. Mühsam rollte er sich zur Seite und versuchte, Hedrick ins Auge zu fassen.

Der redete mit Taggart und Zwernemann, die einen Schritt näher am Wasser standen als ihr Chef und ihn ansahen, dann aber plötzlich in die Höhe zu schweben begannen, begleitet von Blättern, Zweigen und Staub.

Taggart brüllte, Zwernemann schrie etwas auf Deutsch. Vermutlich fluchte er.

Hedrick trat schnell ein paar Schritte zurück und sah zu den aufschwebenden Männern und dem schwarzen Umriss über ihnen hoch, der sich dunkel am Nachthimmel abzeichnete.

»Gute Güte«, sagte einer und leuchtete mit der Taschenlampe nach oben. Das Scheinwerferlicht der Autos und die Kegel der Taschenlampen spiegelten sich im nass glitzernden Rumpf der Untertasse, die über den immer höher steigenden Männern schwebte.

Taggart und Zwernemann zappelten schreiend bis in die Mitte zwischen Erdboden und Raumschiff und wurden dann zerquetscht.

»O Gott!«, rief Hedrick. Er beugte sich zu Rip hinunter und brüllte ihn an: »Was ist passiert?«

»Erde und Untertasse stoßen einander ab – dadurch sind die Männer zerquetscht worden.«

Rip zog die Beine an und kniete sich hin. Die platt gedrückten Männer waren noch immer in etwa sechs Meter Höhe im Anti-Schwerkraft-Feld gefangen. Das Blut, das sie verloren hatten, machte die Zone sichtbar, in der die Kräfte von Erde und Raumschiff einander abstießen. Es sah fast aus, als steckten die Leichen wie ein Laborpräparat zwischen zwei Glasplatten.

»*Wo hattest du sie versteckt?*«

»Im See. Wollen Sie der Nächste sein?«

Roger Hedrick packte ihn am Arm und riss ihn hoch. »Wenn schon, dann mit dir zusammen, Jungchen.«

Die Untertasse kam auf sie zu, und die Männer ringsum stoben wie Wachteln auseinander.

Rip ließ das Raumschiff langsam näher schweben, wobei wieder Blätter, Staub und Schotter aufwirbelten. Als er spürte, dass er leichter wurde, drehte er sich um, hechtete mit gestreckten Armen nach der Stoßstange des nächststehenden Wagens und bekam sie genau in dem Moment zu fassen, als seine Füße zu schweben begannen. Kurz darauf hing er kopfüber am Auto und spürte den Aufwärtssog der Untertasse – wie vor ihm Taggart und der deutsche Testpilot.

Hedrick umklammerte Rips Hüften. Auch er schwebte mit den Füßen nach oben in der Luft.

»Wer ist da drin?«, schrie er. »Sag ihnen, sie sollen aufhören! Die töten uns auch noch!«

Er blickte panisch nach oben und drohte: »Bring sie dazu wegzufliegen, Junge, oder ich reiß dich mit hoch!«

Rip musste sein Gewicht und zusätzlich das von Hedrick halten und klammerte sich mit aller Kraft an der Stoßstange fest, um zu überleben. Ihre Kanten und die

Plastikfessel um seine Handgelenke schnitten ihm ins Fleisch.

Dann spürte er, wie sich Hedricks Griff lockerte.

»In der Untertasse ist niemand, stimmt's?«, zischte Hedrick. »Sie gehorcht *dir!*«

War das denn zu fassen? Mit einem unglaublichen Kraftakt gelang es ihm, sich nur mit dem linken Arm an Rips Hüften festzuhalten, die rechte Hand aber bis zu seiner Schulter hochzuschieben, sich dort festzukrallen und dann die Linke nachzuziehen. Um das fertigzubringen, hatte Hedrick seine Beine um die von Rip geschlungen, und nun gelang es ihm, die Hände um seinen Hals zu bekommen.

Hedrick blickte ihm aus nächster Nähe in die Augen und begann ihn zu würgen. Er hatte offenbar den Verstand verloren.

»So bringen Sie uns beide um«, presste Rip noch hervor, bevor Hedrick ihm die Luftröhre zudrückte.

»Sie gehört *mir!*«, ächzte der. »Mir!« Und er würgte ihn so fest er konnte.

Rip trat Hedrick mit den Knien in Bauch und Leistengegend, stieß und trommelte auf ihn ein und rang dabei verzweifelt nach Luft.

Mit einem Schrei verlor Roger Hedrick den Halt.

Er grub seine Fingernägel in Rips Brust und riss ihm die Haut streifenweise weg und das Hemd entzwei, als er der Untertasse, die über ihm wartete, brüllend entgegenstürzte …

Rip ließ das Raumschiff ein Stück zum See zurückschweben, um nicht auch angesogen zu werden. Als das Anti-Gravitations-Feld ihn freigab, ließ er die Stoßstange los und plumpste zu Boden.

Einer der zerquetschten Männer landete in einer Blutkaskade neben ihm.

Zwei waren noch oben und schwebten platt gedrückt dort, wo die Kräfte von Erde und Raumschiff aufeinander prallten. Einer davon war Hedrick.

Tony näherte sich Rip, behielt aber die ganze Zeit die Untertasse im Auge, die sich jetzt nicht mehr bewegte. Er war bereit, jeden Moment loszurennen.

»Du hast gewonnen, Junge«, sagte er und rief dann: »Nichts wie weg!«

»Bist du verrückt?«, fragte einer. »Das Raumschiff ist Milliarden wert!«

»Sei kein Dummkopf«, gab Tony bitter zurück. »Der Mann, der das ganze Unternehmen finanziert hat, ist tot. Willst du ihm da oben Gesellschaft leisten, platt gedrückt wie eine Fliege? Und wer würde *dir* auch nur zehn Cent für die Untertasse zahlen, *falls* du es fertig brächtest, sie dir zu schnappen und damit wegzufliegen?«

Rip ließ die Untertasse auf den nächsten Wagen zuschweben, dessen Schnauze einen Meter in die Luft stieg. Er hielt das Raumschiff an, und das Auto blieb in halb schwebender Lage, während einige Männer in ihre Wagen stürzten und das Weite suchten. Schließlich ließ er die Untertasse ein kleines Stück zurückschweben, so weit, dass die Vorderräder des Autos wieder auf den Boden knallten.

Daraufhin keilten sich noch ein paar Männer in ihre Wagen und jagten davon. Die wenigen, die noch übrig waren, liefen unruhig hin und her und leuchteten mit ihren Taschenlampen den Rumpf der Untertasse ab.

»Ich verschwinde«, erklärte Tony. »Wer dem Jungen

das Raumschiff immer noch abnehmen will, kann Roger Hedrick in der Hölle die Hand schütteln.« Er setzte sich ans Steuer des Wagens, der neben Rip stand, und ließ den Motor an.

Rip ließ die Untertasse an Ort und Stelle schweben und ging zur Hütte.

Er hörte, wie hinter ihm Autotüren schlugen, Wagen ansprangen und Reifen den Schotter spritzen ließen.

In der Besteckschublade lag ein Schälmesser, das Rip mit Mühe an seine Plastikfessel setzen konnte. Es dauerte einige Zeit, bis er seine geschwollenen Handgelenke befreit hatte.

Im Licht der Petroleumlampe saß er auf dem Küchenboden, massierte die Gelenke, wischte sich mit dem Hemdschoß Blut vom Gesicht und hörte den Fröschen und Grillen zu.

21

Richter entscheidet: Untertasse gehört Cantrell – der Präsident las diese Schlagzeile stirnrunzelnd und überflog den Artikel:

»Nach einem Eilverfahren hat ein Richter in Washington gestern dem Antrag stattgegeben, den Olie Cantrell im Auftrag seines Neffen Rip gestellt hat. ›Die Regierung hat keine überzeugenden Argumente vorgetragen‹, urteilte der Richter. ›Sie hat keinen plausiblen Anspruch auf die Untertasse.‹«

»Keinen plausiblen Anspruch«, brummte der Präsident

denen zu, die um seinen Schreibtisch versammelt waren. Er streifte den Generalbundesanwalt mit einem vernichtenden Blick, und der errötete etwas.

Dann sprang dem Präsidenten links und ziemlich weit unten auf der Titelseite noch eine Überschrift ins Auge: *Milliardär vermisst*. Der Artikel begann so: »Der milliardenschwere australische Industrielle Roger Hedrick – der zweitreichste Mann der Welt – wurde gestern von seiner Lebensgefährtin Bernice Carrington-Smyth als vermisst gemeldet. Vor neun Tagen landete Hedrick mit einem Charterflugzeug in Minneapolis-St. Paul (Minnesota), verließ den Flughafen in einer Limousine und wurde danach nicht mehr gesehen. Miss Carrington-Smyth vermutet, er sei eines gewaltsamen Todes gestorben …«

Der Präsident warf die Zeitung auf den Schreibtisch und blickte in die Runde: »Was haben Sie zu Ihrer Verteidigung zu sagen?«

»Das ist noch nicht alles, Mr. President«, meldete sich O'Reilly, der Stabschef des Weißen Hauses, zu Wort.

»Noch mehr?«

»Heute Morgen hat Olie Cantrell im Fernsehen erklärt, sein Neffe habe die Untertasse dem Luft- und Raumfahrtmuseum gestiftet, und zwar unter drei Bedingungen: Der Atomreaktor wird ausgebaut; das Raumschiff darf nie wieder fliegen; es muss der Öffentlichkeit ständig zugänglich sein.«

»Ein politisches Meisterstück«, murmelte der Präsident. »Gott sei Dank ist Olie Cantrell nicht in der Politik.«

»Der Direktor des Museums hat diesen Bedingungen natürlich zugestimmt.«

Bomber Joe de Laurios Gesicht wurde puterrot. »Die dürfen dieses Geschenk doch nicht annehmen! Die Untertasse gehört beschlagnahmt – im nationalen Sicherheitsinteresse! Ich hab's satt, mit diesen Leuten übervorsichtig umzugehen. Hier steht zu viel auf dem Spiel.«

»Übervorsichtig?«, fragte der Präsident säuselnd. Er sah den Direktor des FBI an, der neben de Laurio saß. »Tragen Sie Ihren Bericht bitte noch mal vor, damit es alle kapieren – auch der General.«

Der FBI-Chef holte tief Luft, warf einen Blick auf de Laurio, der mit angespanntem Gesicht dasaß, und legte los: »Auf Ihre Anordnung, General, haben wir Wanzen auf der Farm von Rip Cantrells Mutter angebracht. Als Rip vor sechzehn Tagen nach Hause gekommen ist, haben wir ihn in der Hütte am See observiert. Wie Ihnen bekannt ist, sollten wir lediglich beobachten und unsere Erkenntnisse an Sie weiterleiten, während das Justizministerium vor Gericht Anspruch auf die Untertasse erhoben hat.«

Der FBI-Chef sah in die Runde. »Am Abend des neunten September ist Roger Hedrick mit mindestens dreißig Mafiosi aus Chicago zur Hütte am See gekommen. Dort wurde Rip Cantrell gefesselt und zusammengeschlagen. Hedrick und zwei weitere Männer sind von der Untertasse, die Cantrell vermutlich ferngesteuert hat, zerquetscht worden. Wenn das Raumschiff im Museum ist, können wir es vielleicht untersuchen und rausfinden, wie er es – wenn überhaupt – gesteuert hat.

Jedenfalls haben die überlebenden Gangster nach Hedricks Tod das Weite gesucht. Wir nehmen an, Mr. Cantrell hat die drei Leichen in Bettzeug aus der Hütte gewickelt und in die Untertasse geladen und ist mit ihnen weggeflogen. Vor der kalifornischen Küste ist das Raumschiff von den Radarschirmen der NORAD verschwunden. In der folgenden Nacht ist Cantrell nach Minnesota zurückgekehrt, hat die Untertasse erneut im See versenkt und wieder angefangen zu lesen und zu angeln.«

Der Präsident kratzte sich am Kopf und strich sich die Frisur glatt. »Als wir das vorhin besprochen haben, waren Sie der Meinung, Hedricks Tod sei Notwehr gewesen, oder?«

»Genau, Sir«, antwortete der FBI-Chef.

»Und nach Beratung mit Ihnen und dem Generalbundesanwalt habe ich entschieden, dass Mr. Cantrell nicht verhaftet wird.«

»Wir hätten uns die Untertasse schnappen sollen«, knurrte der General. »Die ist für die Sicherheit unseres Landes von höchster Bedeutung.«

Der Präsident verlor allmählich die Geduld. »Wenn ich während der gerichtlichen Klärung der Eigentumsfrage die Beschlagnahme der Untertasse genehmigt hätte, hätte ich einem Amtsenthebungsverfahren gegen mich Tür und Tor geöffnet.«

»Wir können Berufung gegen das Urteil einlegen«, sagte de Laurio.

»Könnten wir«, entgegnete O'Reilly, »tun wir aber nicht. Olie Cantrell hat diese Möglichkeit mit der Ankündigung torpediert, Rip habe die Untertasse als Ausstellungsobjekt im Luft- und Raumfahrtmuseum der Bevölkerung zum Geschenk gemacht. Wir haben unsere Eigentumsklage auf das Interesse der Bevölkerung gestützt – und jetzt schenkt er ihr das Raumschiff. In Berufung zu gehen wäre politischer Wahnsinn.«

Der Präsident beugte sich im Stuhl vor und drohte dem Oberkommandierenden der Luftwaffe mit erhobenem Zeigefinger: »Die Sache ist gelaufen, General. Die Untertassen-Krise war vom ersten Tag an ein heilloses Durcheinander – ich bin schlecht beraten worden und dumm genug gewesen, einige Ratschläge zu befolgen. Die Krise ist *vorbei*. Ich werde mein Amt oder meinen Platz in der amerikanischen Geschichte nicht wegen einer fliegenden Untertasse aufs Spiel setzen.«

»Wir sollten das Raumschiff sofort zerstören«, erklärte de Laurio beharrlich.

»Wir haben Schwein gehabt, dass die Australier beschlossen haben, keinen Stunk wegen der beiden Tomahawk-Raketen zu machen.«

»Die sind korrupt.« Bomber Joe zog höhnisch die Oberlippe hoch. »Die haben doch alle nach Hedricks Pfeife getanzt.«

»Hedrick hat halb Sydney gehört«, erklärte der Präsident. »Einen solchen Mann können Politiker nicht ignorieren – das ist nun mal so in unserer Welt.«

»Politik!«, rief Bomber Joe verächtlich.

Der Präsident warf ihm einen nachdenklich prüfenden Blick zu. »Joe, ich verstehe noch immer nicht, warum Sie so leidenschaftlich für die Zerstörung der Untertasse gestritten haben, obwohl sie der Menschheit unschätzbaren Nutzen bringen kann.«

Der General beugte sich vor und dämpfte seine Stimme unwillkürlich zu einem Flüstern: »Mr. President, wir haben schon eine Untertasse. Sie ist in einem Hangar in Area 51 und hat die technischen Grundlagen für den neuen Hyperschallaufklärer geliefert. Wir brauchen keine mehr.«

Der Präsident saß mit offenem Mund da.

Die immer vernehmlichere Stille brach erst, als er fragte: »Warum hab ich nichts davon erfahren?«

»Weil das streng geheim ist«, sagte Bomber Joe mit hochrotem Kopf.

»Das ist doch nicht Ihr Ernst, General?«, knurrte der Präsident.

»Meine Vorgänger haben vor Jahren entschieden, über die Untertasse zu schweigen«, erläuterte Bomber Joe, »und zwar absolut. Politiker werden gewählt und abgewählt, sind im Bett geschwätzig, flüstern auf den Fluren des Kongresses …«

»*Wo* hat die Air Force die Untertasse gefunden?«

Bomber Joe atmete ein paarmal tief durch, ehe er antwortete. Der Präsident sah, dass er lieber geschwiegen hätte. »In New Mexico, vor vierzig Jahren«, sagte der General schließlich und zuckte die Achseln.

Der Präsident saß kerzengerade auf dem Stuhl und spielte mit den Sachen auf seinem Schreibtisch. Schließlich fragte er: »Ist Ihre Pensionierung nicht in anderthalb Jahren fällig, Joe?«

»Ja, Sir.«

»Sie reichen heute noch Ihren Abschied ein. Und der gilt ab morgen.«

Bomber Joe schluckte unüberhörbar. Dann straffte er die Schultern, sagte »Ja, Sir« und stolzierte davon.

Der Präsident sah noch mal kurz auf die Schlagzeilen und warf die Zeitung dann in den Papierkorb.

»Wann liefert Rip Cantrell die Untertasse ab?«, fragte er P.J. O'Reilly.

»Heute Mittag um zwei, Sir.«

»Sagen Sie meine Nachmittagstermine ab. Ich geh rüber ins Museum und seh mir die Ankunft des Raumschiffs an.«

Als die Untertasse in Sicht kam, hatten sich mindestens hunderttausend Menschen auf dem Rasen vor dem Luft- und Raumfahrtmuseum versammelt, das knapp zwei Kilometer vom Weißen Haus entfernt rechts vor dem Kapitol liegt. Anscheinend hatte sich jeder, der im Umkreis von zehn Kilometern für die Regierung arbeitete, den Nachmittag freigenommen. In der Hoffnung, abends in den TV-Nachrichten zu erscheinen, umgab eine Horde Kongressabgeordneter und Senatoren den Präsidenten, der die Menge verstohlen nach hübschen Mädchen musterte.

Die Museumsverwaltung hatte angeordnet, die Fassade des größten Ausstellungssaals aufzureißen; diese provisorische Maßnahme hatte die ganze Nacht und bis weit in den Vormittag gedauert. Die letzten Arbeiter waren mit dem Aufräumen gerade fertig geworden, da tauchte das Raumschiff als schwarzer Punkt am westlichen Himmel auf. Olie hatte darauf bestanden, dass vor dem Ausstellungssaal eine Fläche von etwa dreißig mal neunzig Metern mit Seilen abgesperrt wurde.

»Da!«, rief jemand emporzeigend, und sofort schnellten Hunderte Finger suchend aufwärts, und Tausende Augenpaare tasteten den Himmel ab. Dann erblickten alle zugleich das dunkle Oval und wurden still.

Rip kam am gut zwei Kilometer vom Museum entfernten Lincoln Memorial vorbei und drosselte seine Geschwindigkeit weiter. Er flog, ohne die Armaturen zu berühren, und ließ den Computer die Arbeit machen. Inzwischen wusste er ja, wie gefährlich es war, mit der Untertasse über eine Menschenmenge zu fliegen.

Falls das Raumschiff unter fünfzehn Meter Flughöhe sank und die Anti-Gravitations-Ringe zum Auftrieb benötigte, würde die Erde alles, was nicht niet- und nagelfest war, der Untertasse buchstäblich entgegenstoßen. Oberhalb von fünfzehn Metern Flughöhe trat dieser Effekt nicht ein.

Rip mochte gar nicht daran denken, wie unbekümmert Charley und er mit dem Raumschiff ins Baseballstadion von Denver geflogen waren. Ein Wunder, dass niemand von seinem Sitz in den Tod gerissen worden war, geschweige denn ganze Zuschauerblöcke!

Er konnte sein Ziel erkennen – die abgesperrte Fläche vor dem Museum. Die behielt er im Auge und vergewisserte sich nur ab und an durch einen Blick auf den Monitor, dass der Anflug genau nach Plan verlief.

In knapp hundert Metern Höhe kam er am Obelisk des Washington Monuments vorbei, hatte also noch einen guten Kilometer vor sich. Die Untertasse drosselte die Geschwindigkeit weiter, doch hatte sie immer noch mehr als fünfhundert Sachen drauf.

Bei Tempo zweihundertsiebzig schaltete das Raumschiff auf das Anti-Schwerkraft-System um. Es flog jetzt sechzig Meter hoch, also noch über den Wipfeln.

Schließlich schwebte die Untertasse über der abgesperrten Fläche vor dem Museum.

Als sie sich dem Pflaster näherte, wirbelte Staub auf.

Rip ließ die Untertasse direkt überm Boden schweben und sah sich den Platz an, den er als Standort für das

Raumschiff ausgesucht hatte – die freie Fläche direkt unter dem Flugzeug der Brüder Wright. Ganz langsam bewegte sich die Untertasse nun darauf zu, schwebte durch die aufgestemmte Außenwand des Gebäudes …

Landekufen ausfahren!

Er spürte, wie sie einrasteten.

Dann setzte das Raumschiff auf … schaukelte kurz … und kam sacht zur Ruhe.

Jetzt erst bemerkte er all die auf ihn gerichteten Blicke wirklich – ein Meer von Gesichtern, Tausende von Menschen, die dicht an dicht im Museum standen. Neben dem Flugzeug der Brüder Wright hingen Lindberghs »Spirit of St. Louis« und Chuck Yeagers »Bell X-1« und »Bell X-15« von der Decke.

Rip schaltete den Reaktor aus, nahm das Stirnband ab und schnallte sich los.

Er kletterte aus dem Sitz, blieb aber noch einen Moment in der Kabine stehen und ließ den Blick ein letztes Mal rundum schweifen.

»Hier bist du richtig, altes Mädchen«, sagte er und öffnete die Luke.

Die Ersten, die Rip sah, als er unter dem Raumschiff hervorkam, waren Onkel Egg und Charley Pine. Er drückte Charley an sich und gab Egg gleichzeitig die Hand.

»Hey, Charley.«

»Hey, Rip.«

»Dein Auftritt hier wird weltweit übertragen«, sagte Egg über das Raunen der Menge hinweg.

»So vielen Zuschauern sollten wir auch was bieten«, meinte Rip und gab Charley einen langen Kuss. Als sie

Luft holen mussten, fragte Charley: »Was ist mit deinem Auge passiert? Und mit deinem Hals?« Die Kratzer von Hedricks Fingernägeln waren verschorft.

»Unfall. Erzähl ich dir später.«

»Ich möchte dir den Direktor des Museums vorstellen«, sagte Egg und nahm Rip am Arm, der daraufhin jemandem die Hand schüttelte.

Egg flüsterte Rip ins Ohr: »Wir müssen hochgehen und was unterschreiben.«

Der Direktor führte sie durchs Blitzlichtgewitter und an zahllosen Fernsehkameras vorbei in den zweiten Stock. Als sie in den Verwaltungstrakt kamen, war Ruhe.

Kaum im Büro des Direktors angelangt, schüttelte der Rip aufs Neue die Hand. »Ich freue mich, Mr. Cantrell, ich freue mich sehr. Wir sind wirklich begeistert, dass Sie die Untertasse dem Museum stiften.«

Rip nickte nur.

»Hier ist der Schenkungsvertrag. Vielleicht möchten Sie ihn lesen?«

»Wer hat ihn aufgesetzt?«, fragte Rip seinen Onkel.

»Ich.«

Rip ließ sich vom Direktor einen Füller geben, unterschrieb die drei Ausfertigungen und drückte Onkel Egg eine davon in die Hand. »Ich hab die Luke offen gelassen.«

»Miss Pine war sehr hilfsbereit. Sie hat uns den ganzen Vormittag alles erzählt, was sie über die Untertasse weiß – auch, wie die Luke funktioniert.«

Rip nickte. »Seien Sie vorsichtig: Wenn das Raumschiff niedriger als fünfzehn Meter überm Boden schwebt, ist das tödlich für jeden, der sich darunter aufhält.«

»Ihre Schenkungsbedingungen verbieten uns, die Untertasse zu fliegen. Und ich versichere Ihnen, dass wir den Reaktor so schnell wie möglich ausbauen lassen.«

Auf Wunsch des Direktors lernte Rip einige Mitarbeiter des Museums kennen, schüttelte noch ein paar Hände, lächelte und versuchte gar nicht erst, sich Namen zu merken.

»Vielleicht möchten Sie eine kleine Ansprache halten und der Presse ein paar Fragen beantworten?«

»Nein, danke«, sagte Rip Cantrell.

»Der Präsident ist auch da. Er hat darum gebeten, Sie kennen zu lernen.«

Rip lehnte freundlich ab. »Ich hab den anderen Kandidaten gewählt. Vielleicht später mal, hm? Wenn ich älter bin.«

Damit führte er Charley und Egg durch eine Seitentür aus dem Verwaltungsflügel und bahnte sich einen Weg durch die Menge. Schließlich gelang es den dreien, sich bis zur Galerie durchzuschlagen. Von dort oben betrachteten sie die von Menschenmassen umringte Untertasse.

Als anonyme Schaulustige wurden sie hin und her geschoben, bis sie sich am Geländer der Galerie befanden. Egg zeigte auf die »Spirit of St. Louis« und meinte: »Deine Entscheidung war richtig, Rip. Das Raumschiff gehört hierher.« Er legte die Ellbogen aufs Geländer und musterte die Szenerie unter ihm.

Rip und Charley stellten fest, dass die dichte, ruhelose Menge sie eng aneinander gedrückt hatte. »Wenn du magst, küss mich ruhig wieder«, flüsterte Charley.

Unten begutachteten der Präsident und führende Abgeordnete und Senatoren des Kongresses das Raumschiff, berührten es und fuhren über Landekufen und Strahlaustrittsdüsen, während Museumswärter und Geheimdienstler die Menge zurückhielten.

Eine halbe Stunde später erkundigte sich Rip draußen auf der Straße: »Gibt's in der Nähe ein anständiges Restaurant?«

Im Gehen fragte Egg: »Warum hast du die Untertasse eigentlich dem Museum geschenkt?«

Rip erzählte den beiden von der Nacht am See, von Hedrick, Taggart und dem deutschen Testpiloten. Charley Pine drückte seine Hand noch fester.

»Und was hast du mit den Leichen gemacht?«

»Die hab ich recycelt. Auf Hawaii ist der Vulkan Mauna Loa gerade aktiv.«

Die Untertasse lastete nicht mehr auf seinen Schultern; die Sonne tat gut; Charleys Hand tat tierisch gut … – es war Zeit umzuschalten, Zeit, wieder auf die Erde zu kommen.

»Was hast du da in der Aktentasche, Egg?«

»Patente. Erinnerst du dich an den Computer, den wir aus dem Raumschiff ausgebaut haben?«

»Logisch.«

»Ich hab rausgefunden, wie man ihn an einen Laserdrucker anschließt. Heute Morgen haben Charley und ich sechsundzwanzig Patente angemeldet, die auf der Technologie der Untertasse beruhen.«

»Sechsundzwanzig?«

»Wellstar hat uns ein paar Ingenieure vorbeigeschickt, die beim Erstellen der Unterlagen geholfen haben. Dutch Haagen – kennst du den noch? Der arbeitet jetzt für uns.«

Rip schüttelte erstaunt den Kopf.

Egg fuhr fort: »Wenn wir pro Woche drei Patente einreichen, haben wir in zweieinhalb Monaten die entscheidenden Sachen so ziemlich abgedeckt. Ich hab alle Patente im Namen von uns dreien angemeldet und als Bevollmächtigter für dich unterschrieben.«

»Gut, aber …«

»Vielleicht weißt du noch, dass wir Wellstar für den Verkauf der Untertasse eine Beteiligung am Gewinn aus der Antriebstechnologie eingeräumt haben. Ich hab mir überlegt, wir könnten die einschlägigen Patente in Lizenz verkaufen – dann hätte ich genug Geld fürs Pflegeheim, und ihr zwei hättet ausgesorgt. Wenn ihr einverstanden seid, machen wir die anderen Patente allgemein zugänglich, damit sie jedem, der sie nutzen will, kostenlos zur Verfügung stehen, und zwar weltweit.«

Rip strahlte. »Hört sich prima an. Was meinst du, Charley?«

»Früher hat die Untertasse allen gehört, oder? In Zukunft wird das wieder so sein – das find ich gut.«

Sie waren schon ein ganzes Stück Hand in Hand gegangen, als Charley meinte: »Ist euch eigentlich klar, dass wir nichts mehr zum Fliegen haben?«